S

Martina Mettner
Karriere in Aspik

Roman

Schöffling & Co.

Die Ereignisse und Personen in diesem Roman sind frei erfunden. Reale Institutionen oder Organisationen werden ausschließlich im fiktiven Zusammenhang genannt. Jede Ähnlichkeit mit lebenden Personen, tatsächlich existierenden Firmen oder wahren Begebenheiten wäre rein zufällig.

Erste Auflage 1996

Satz: Reinhard Amann, Aichstetten
Druck & Bindung: Pustet, Regensburg
ISBN 3-89561-170-0

Karriere in Aspik

1. Kapitel

Schöner Empfang!« dachte Simone. Sie stand schon seit geraumer Zeit vor einem verqualmten Glaskasten, in dem eine ältere Frau saß, die immer wieder »Zipfel-Gruppe-Mohr-Gutentag«, sagte und keinerlei Anstalten machte, sie zu bemerken. Diese Verzögerung hatte Simone nicht einkalkuliert.

»Hören Sie«, sagte sie, entschlossen den Kopf durch das Fenster im Empfangskabuff vorschiebend, »Herr Zipfel erwartet mich!«

Die Telefonistin schaute kurz auf: »Clemens oder Cäsar?«

»Herr Cäsar Zipfel! Meine Name ist Doktor Simone Störmer!«

Die Telefonistin ignorierte sie wieder und bediente die Anlage.

In der Erwartung, abgeholt zu werden, ging Simone unruhig einige Schritte vom Empfangsglaskasten weg, um Fahrstuhl und Treppe besser im Blick zu haben. Wenn hier selbst die Firmeninhaber mit dem Vornamen angesprochen wurden, ging es ihr durch den Sinn, dann war das ja wirklich ein modernes Unternehmen.

»Fünfter Stock!« blaffte es unversehens hinter ihr. Simone drehte sich erschrocken um und sah die Telefonistin mit ihrer Zigarette in Richtung Aufzug weisen.

Im verspiegelten Lift zog Simone den warmen Mantel aus und kontrollierte ihr Äußeres. Sie bemühte sich vorsorglich, ihre leichte Nervosität mit einem Lächeln zu überspielen. Schon öffnete sich der Aufzug auf einen fenster- und geräuschlosen Flur mit zahlreichen Türen und einem großen

Kopiergerät. Niemand erwartete sie, keine Tür stand offen. Mit einem satten Summgeräusch fuhr der Lift wieder abwärts. Simone schaute sich um. »Sekretariat Cäsar Zipfel / Sekretariat Clemens Zipfel« las sie auf einem kleinen Schild an der Tür schräg gegenüber vom Lift.

Sie klopfte, trat ein und stand an der Nahtstelle zweier sich gegenüberstehender, nahezu raumfüllender Schreibtische. Auf der einen Seite telefonierte eine mütterlich wirkende Pulloverträgerin mit offensichtlicher Neigung zu erhöhtem Blutdruck, auf der anderen stehend eine jüngere, blasse Frau, die Gesundheitssandalen unter ihrem langen weiten Rock trug. Beide musterten Simone von oben bis unten, als hätten sie noch nie eine Frau in einem Business-Kostüm gesehen. Mehr grinsend als lächelnd wechselte Simone Stand- und Spielbein, darauf wartend, daß wenigstens eine der beiden ihr Gespräch beenden würde.

An den Wänden zogen sich weiße Schränke entlang, unterbrochen von Zimmertüren. Unmittelbar vor ihr stand ein großes Faxgerät, aus dem ein seitenlanger Text quoll; etwas Juristisches, soweit sie erkennen konnte.

Plötzlich öffnete sich eine Tür und ein untersetzt wirkender Mann, kaum größer als sie selbst, stürzte heraus.

»Frau Dr. Störmer? Tach auch!« Jovial streckte er ihr im Vorbeigehen seine Hand entgegen. »Moment noch, gehen Sie schon mal rein!« Er nahm die Seiten aus dem Fax und verließ den Raum.

Die Blasse hatte inzwischen ihr Telefonat beendet, stellte sich als »Frau Allerbeck, Cäsars Sekretärin« vor und führte Simone in das große Büro ihres Chefs. »Nehmen Sie Platz!« wies sie auf eine abgenutzte braune Sitzgruppe hin und schloß die schalldicht gepolsterte Tür hinter sich.

Die beiden betagten Sofas und der Sessel sahen aus, als würde man in den tiefen Sitzkuhlen versinken. »Schweinsleder«, taxierte Simone, »na, liegt ja nahe!« Sie steuerte die mit dem Rücken zur Fensterfront stehende Couch an und setzte sich auf deren vorderen Rand. Die Einrichtung war genauso muffig wie die Luft in dem Zimmer. Die geschlossene Einbauwand in dunklem Holz wirkte bedrückend. An der hinteren Schmalseite des Raumes dominierte ein altdeutscher Eicheschrank mit gelbgrün getönten Butzenscheiben, hinter denen Aktenordner herumlagen. Daneben hing eine Kupferstichplatte mit dem Stadtpanorama von Hamburg, falls sie das auf die Entfernung richtig sah. Vor dem Schrank, frei im Raum, prangte der wuchtige Schreibtisch mit einem wüsten Durcheinander aus Papierstapeln und Unterschriftenmappen. Sie legte ihren Mantel und ihre Tasche auf das zweite Sofa.

Mit einem Ruck öffnete sich die stark gepolsterte Tür und Cäsar Zipfel stand im Raum, ihre Bewerbungsunterlagen in der Hand. Simone erhob sich.

»Frau Allerbeck«, rief er hinter sich durch die Tür ins Vorzimmer, »haben Sie Frau Dr. Störmer schon unsere Unternehmensbroschüren gegeben?«

Die Antwort gar nicht abwartend, schloß er die Tür und wandte sich der Besucherin zu. »Schön, daß Sie kommen konnten! Setzen Sie sich!«

Zipfel ließ sich in den Sessel fallen und blätterte ihren Lebenslauf auf.

»Wir suchen ja nun eine Pressesprecherin, die auch die interne Kommunikation auf Vordermann bringt. Sie wissen schon. Firmenzeitschrift, Artikel in der Presse und so.«

»Frau Allerbeck!« Er hatte das Telefon, das auf dem Mosaiktisch vor der Sitzgruppe stand, auf Freisprechen geschaltet, »besorgen Sie doch mal alle Ausgaben der *Zipfel News*!«

»Und da haben Sie ja Erfahrung«, wandte er sich wieder an Simone. »Sie haben doch Zeitschriften gemacht!« Sie nickte. »Ich bin ein Mann mit Visionen, müssen Sie wissen, da braucht man die Unterstützung der Presse!« Cäsar Zipfel lächelte sie an. »Sie haben lange studiert«, meinte er anerkennend. »Ich bin gleich nach der Volksschule abgegangen und dann in eine kaufmännische Ausbildung. Von der Pike auf. Und mein älterer Bruder hat seinen Metzgermeister gemacht!«

Simone fand es sympathisch, wie er nun ausführlich von sich und seinem Unternehmen erzählte, dessen Ausbau sich wesentlich in den letzten fünfzehn Jahren vollzogen hatte.

»Ja, wir sind ein expandierendes Unternehmen der Lebensmittelbranche! Unseren Umsatz haben wir in nur fünf Jahren verdreifacht! Aber wir sind insgesamt zu schnell gewachsen«, schränkte Zipfel seine Erfolgsstory ein. »Die internen Strukturen!« seufzte er. »Mein Vater hatte ja nur ein paar Metzgereien. Und heute gehören über zwanzig verschiedene Firmen zur Zipfel Gruppe. Die Verwaltung allein ist immens. Was wir herstellen und so weiter, wissen Sie ja schon von unserem Personalberater. Mit ihm haben Sie, glaube ich, nur telefoniert?«

Simone riß sich vom Anblick seiner nachlässig gebundenen Mickymaus-Krawatte los, sah ihn an und bestätigte das.

»Unsere Produkte und Unternehmensbereiche werden Sie dann ja auch ganz schnell kennen, wenn Sie erst mal als Pressesprecherin angefangen haben.«

»Ja, also von Pressesprecherin«, unterbrach sie Cäsar Zipfel, der zu ihrer Verblüffung schon so tat, als hätte er sie bereits engagiert, »von Pressesprecherin war vorher nicht die Rede. Es hieß doch *Leitung Öffentlichkeitsarbeit*.«

»Pressesprecherin, Öffentlichkeitsarbeit. Das können Sie nennen, wie Sie wollen! Hauptsache, Sie kümmern sich um meine Aktivitäten und bringen das in die Zeitung! Man braucht heute als Unternehmer ein positives Image in der Öffentlichkeit, da geht kein Weg dran vorbei!«

Simone schaute wohl etwas kritisch, denn Zipfel fuhr fort: »Und um das Lobbying in Brüssel kümmern sich die Verbände. Und um die Verbände brauchen Sie sich nicht zu kümmern. Dafür habe ich eine Agentur.«

»Aha.«

Zipfel hielt seinen kompakten Körper ständig in Bewegung. Jetzt rollte er gerade ihre Bewerbungsmappe ein und ließ sie dann wieder aufspringen, so daß die Seiten fächerförmig abstanden. Simone konnte kaum hingucken.

»Verläßt der jetzige Stelleninhaber das Haus, oder warum wird die Position neu besetzt?«

»Im Moment kümmere ich mich selbst darum. Aber ich muß mich auf andere Dinge konzentrieren, meine Visionen im Auge behalten. Wir haben es mit einer Agentur versucht, doch das brachte nicht die gewünschten Resultate. Ich brauche jemanden wie Sie an meiner Seite. Dieses ewige Hin und Her mit der Agentur ist reine Zeitvergeudung.«

»Wie sieht es denn mit Mitarbeitern aus?« fragte Simone, die sich damit auf Zipfels Art, so zu tun, als habe er nur auf sie gewartet, einließ.

»Da die Stelle neu eingerichtet wird, müssen wir uns darum noch kümmern. Selbstverständlich erhalten Sie so viel Unterstützung, wie Sie brauchen.«

Das Telefon klingelte.

»Der nächste Termin«, wandte er sich nach dem Auflegen wieder an Simone. »Haben Sie noch Fragen?«

Sie überlegte, was mit Clemens Zipfel, seinem Bruder, sei, dem, wie sie wußte, die Hälfte des Unternehmens gehörte. Er hatte ihn nicht weiter erwähnt. Wahrscheinlich würde sie mehr für Cäsar Zipfel arbeiten, und sein Bruder war so eine Art stiller Teilhaber.

»Ja, wir haben noch nicht über das Gehalt gesprochen, Herr Zipfel«, sagte Simone statt dessen, so als sei alles andere schon eine klare Sache.

»Na, da werden wir uns schon einig werden!« Zipfel stand auf und hielt ihr zur Verabschiedung die Hand hin. »Machen

Sie sich doch erstmal mit unseren Informationsmaterialien vertraut, wir telefonieren dann in den nächsten Tagen!«

»Frau Allerbeck«, er öffnete die Tür zum Vorzimmer, »denken Sie an die Broschüren für Frau Dr. Störmer!«

2. Kapitel

Im ICE zurück nach Frankfurt blätterte Simone geistesabwesend in den sechs Ausgaben der *Zipfel News* und den diversen Produktkatalogen, die sie mitbekommen hatte: Rohwürste, Brühwürste, Kochwürste, Pökelwaren; Sülzen/Pasteten. Das war ja gut gelaufen, fand sie. Anscheinend gab es nicht einmal andere Bewerber.

Simone, gerade arbeitslos geworden, sah eine großartige Karriere vor sich: als Kommunikations-Managerin müßte sie bei allen wichtigen Entscheidungen von der Geschäftsleitung um Rat gefragt werden. Endlich würde sie wirklich Einfluß nehmen und auf oberster Ebene mitmischen. Und wenn sie sich bei Zipfel erstmal bewährt hatte, stand ihr praktisch alles offen. Ein Traumjob in New York zum Beispiel. Sie sah sich schon in einem Büro mit Blick auf die Skyline von Manhattan sitzen. Sie würde bei einem weltweit tätigen, amerikanischen Konzern landen, der sie dann in die Zentrale beförderte. Der Umstand, daß sie dazu zunächst einmal bei einer deutschen Wurstfabrik anfangen mußte, fiel da kaum ins Gewicht. »Fleischwarenfabrik«, korrigierte sie in Gedanken.

»Ihre Fahrkarte bitte!« Eine Hosteß der Deutschen Bahn mit sehr keck aufgesetztem Käppi guckte Simone an, als hätte sie diese beim Schwarzfahren erwischt, und wippte ungeduldig mit dem Fuß.

»Moment!« Simone durchforstete die Fächer in ihrer großen Umhängetasche, bis sie den Fahrausweis endlich fand. »Ach, und könnten Sie mir wohl eine Telefonkarte verkaufen?« Umständlich nestelte die Schaffnerin ein buntes Plastikkärtchen in einer Schonhülle aus ihrem dicken Lederetui und hatte dann prompt kein Wechselgeld.

Das ICE-Telefon war besetzt. Simone lehnte sich im Gang mit dem Rücken ans Fenster und sah statt der Landschaft beim Vorbeifliegen lieber dem Slipper-mit-weißen-Socken-Träger beim Gestikulieren zu. Sie guckte bei Männern immer zuerst auf die Schuhe. Ganz unten auf ihrer Skala rangierten die hellgrauen Bequemschuhe, oft mit Klettverschluß. Nach ihrer Erfahrung wurden die gern von Männern mit technischen Berufen getragen, und zwar in Kombination mit gemusterten Pullovern und Bundfalten-Jeans. Slipper mit weißen oder auch farbigen Socken kamen dagegen vorzugsweise in Kombination mit karierten Jacketts daher und gehörten Vertretern. Slipperträger mit dunklen Socken und dunklen Blazern fanden sich selbst mit Bauch unwiderstehlich. Männer, die etwas auf sich hielten und einen gefestigten Charakter hatten, erkannte man treffsicher an ihren soliden Schnürschuhen, rahmengenäht.

Komischerweise mußte sie erst überlegen, welche Art von Schuhen Cäsar Zipfel trug. Dabei hatte er ständig mit den Füßen gewippt. Dann fiel es ihr wieder ein: es waren schwarze, billig aussehende Budapester gewesen.

Die braunen Slipper hatten fertig telefoniert, und Simone ekelte sich ein wenig vor dem noch warmen Hörer. Sie wählte ihre Nummer.

»Wolff.«

»Arno! Ich bin es, Simone.«

»Und, wie lief es?«

»Gut. Klang so, als hätte ich den Job schon. Details erzähle ich dir später. Kannst du mich vom Bahnhof abholen?«

»Klar, kein Problem!«

Es war toll, einen Mann zu Hause zu haben, der immer für einen da war.

»Irgendwas Neues sonst?«

»Ja, Post für dich.«

»Von wem, sag schon!«

»Nö, wart's doch ab.«

»Hast du den Brief aufgemacht?« fragte Simone, neugierig geworden.

»Hab ich schon jemals Post an dich aufgemacht?« Ein wenig Entrüstung schwang in Arnos Stimme mit.

»Ist ja schon gut! Bis dann also! Tschüs, und: Danke!«

»Wofür denn? Bis gleich, tschüs!«

Simone legte auf und entnahm die Telefonkarte, auf der ein knackbrauner nackter Mann für ein Eau de toilette warb. Simone fand Herrenduftwässer penetrant. »Mit Axe stinkt der Mann wie ein Dachs!« meinte auch Arno.

Sie ging wieder zurück auf ihren Platz und starrte gedankenverloren aus dem Fenster. Seit sie nicht mehr jeden Morgen zur Arbeit ging, hatte sich ihr Leben grundlegend verändert. Morgens kam sie nur mühsam aus dem Bett, zumal Arno gewohnheitsmäßig bis gegen neun schlief. Darum hatte sie ihn in den letzten Jahren immer beneidet. Beim gemeinsamen Frühstück beobachteten sie die Frau von gegenüber, die um diese Zeit bereits die Garagenzufahrt kehrte und auf andere Hausfrauen lauerte, mit denen sie ein Schwätzchen halten könnte. Simone sah sich bereits als potentielle Gesprächspartnerin über die Vorzüge von Haushaltsreinigern auf Essigbasis philosophieren.

Er mache sich erst Sorgen, wenn sie anfange, eine Kittelschürze zu tragen, hatte Arno neulich süffisant gemeint, als sie ihm ihre Befürchtungen mitteilte. Arno war anscheinend entgangen, daß eine beige, schnell angeschmuddelt wirkende Strickjacke, in deren Taschen Hausschlüssel, Papiertaschentücher und Hundekuchen für Pablo, den Golden Retriever aus dem Parterre, so praktisch unterzubringen waren, zu ihrer Standardbekleidung avanciert war. Und die Strickjacke ist, war Simone längst klargeworden, die Kittelschürze der modernen Hausfrau.

Morgens überlegte sie, was sie mittags kochen würde und ob sie dazu einkaufen müßte. Sie studierte Kniffe und Zubereitungsarten der Feinschmeckerküche, die sie bisher aus Zeitmangel vernachlässigt hatte, und brachte jeden Mittag ein anderes kleines Gericht auf den Tisch. Zwischendurch köchelten Suppen oder Fonds für die Saucenbereitung vor sich hin, und neulich hatte sie allen Ernstes Brot gebacken.

»Du wirst wirklich häuslich«, hatte Arno daraufhin bemerkt. »Es wird Zeit, daß du wieder arbeitest!«

»Ach ja!« war Simone aufgebraust, »stört dich wohl, daß ich auch mal zu Hause bin und ein wenig Zeit habe! Du gehst ja schließlich schon seit Jahren nur deinen Schnurrpfeifereien nach, während ich im Büro schufte! Ich kann ja schließlich nichts dafür, daß meine Zeitschrift eingestellt wurde und ich von heute auf morgen auf der Straße stand. Meine goldigen Mitarbeiter! Das ist so ungerecht!«

Eines Tages war der Inhaber einer großen Druckerei in Frankfurt mit einem amerikanischen Verleger in Kontakt gekommen. Dabei entstand die Idee, eine deutsche Ausgabe der in den USA sehr erfolgreichen Zeitschrift *Better Homes & Gardens* zu publizieren. Das würde kostengünstig gehen, da die meisten Beiträge aus der US-Ausgabe lediglich zu übersetzen und durch einige regionale Informationen zu ergänzen wären. In den Jahren, in denen Simone diese Zeitschrift gemacht hatte, warf sie nie groß Gewinn ab, und als dann der Kooperationsvertrag auslief und gleichzeitig die Druckerei durch die Rezession arg gebeutelt wurde, beschloß Simones Arbeitgeber, sich wieder ausschließlich auf »das Kerngeschäft« zu konzentrieren. Das waren also die neunziger Jahre! Simone konnte es lange Zeit nicht fassen.

Gelegentlich hatte sie darüber nachgedacht, sich eine Stelle als Chefredakteurin in einem richtigen großen Zeitschriftenverlag zu suchen, scheute jedoch die Vorstellung, ihre Freiheiten aufzugeben und sich in eine festgefügte Hierarchie einzugliedern. Sie war selig damit, in Stoffproben zu wühlen, auf Einrichtungsmessen zu stöbern und einmal im Jahr zu einem Meeting nach New York zu reisen, bei dem die kommendenHeftthemen festgelegt wurden. Da blieb ihr sowieso keine Zeit, sich um einen neuen Job zu kümmern.

Im Gegenteil, sie konnte sich nur gratulieren, daß sie als für nichts spezifisch qualifizierte Kunsthistorikerin, die nicht in einem Museum verstauben wollte, überhaupt so einen tollen Job bekommen hatte. Chefredakteursstellen bei Magazinen werden bekanntlich über Beziehungen vergeben. Simone hatte zufällig von dieser erfahren, denn die Stadtzeitschrift, für die sie schrieb, wurde dort gedruckt. Spielend setzte sie sich gegen zwei männliche Mitbewerber durch. Nicht nur, daß sie Erfahrung im Schreiben und Übersetzen vorweisen konnte, sie hatte eben Stil, und das war schließlich nicht unwichtig. Die Investition in ein umwerfendes Kostüm der Güteklasse »ahh!« hatte sich ausgezahlt. Und überhaupt: So ein Doktortitel beeindruckte eben! Sie hatte über *Kunst, Architektur und Design der De Stijl-Bewegung von 1917–1931. Unter besonderer Berücksichtigung eines Vergleiches mit dem Bauhaus* promoviert.

Die Ankunft des ICE in Frankfurt riß sie aus ihren Erinnerungen. Nachdem sie Arno gleich im Auto das, was sie über ihr Vorstellungsgespräch berichten konnte, erzählt hatte, runzelte er die Stirn.

»Eigentlich komisch«, überlegte Simone, »daß immer angenommen wird, Journalisten müßten als erfahrene Opfer von Firmen-Propaganda qualifiziert sein, selbst welche zu produzieren. Dabei wird doch im Normalfall nur geschaut, ob ein geeignetes Foto beiliegt oder ob die Länge des Textes paßt. Welcher Redakteur liest schon PR-Texte, die er abdruckt?«

»Na, du zum Beispiel.«

»Stimmt, aber ich bin ja auch kein ausgebildeter Journalist!«

Als sie in ihrer Wohnung eintrafen, war Simone froh, aus dem Kostüm herauszukommen, zog Jeans an, wusch sich die ICE-Hände und ignorierte die in Arnos Gesicht geschriebenen Bedenken.

»Du hast gesagt, es sei Post für mich gekommen!« erinnerte sie Arno an das Telefonat. »Wo denn?«

»Da, wo sie immer liegt. In der Küche.«

»Oh, von Ilka.« Simone riß den Lang-Din-Umschlag auf. Ilka war ihre Sekretärin. Man sagt natürlich »Assistentin«, obwohl: ihr Assistent war eigentlich Tim gewesen.

Liebe Simone, begann der Brief. Sie hatten sich alle geduzt.

Bitte entschuldige, daß ich so lange nichts habe von mir hören lassen. Wie Du weißt, hatte ich große Sorge, eine neue Stelle zu finden, da ich ja erst ein knappes Jahr in der Redaktion war.

Ilka war gelernte Reisekauffrau und stets derartig gut gelaunt, daß es gelegentlich nerven konnte.

Ich wollte ja gerne in der Medienbranche bleiben.

Simone sah die blonde Ilka geradezu vor sich, wie sie hinter »Medienbranche« in Klammern grinste.

Nun habe ich einen Job bei einer Fernsehproduktion bekommen! Der Name wird Dir nichts sagen, die machen eben Produktionen fürs TV. Was, weiß ich noch nicht genau. Ist aber bestimmt spannend.

Simone beneidete Ilka um ihre Unbeschwertheit.

Ich bin dort fürs Organisatorische zuständig. Soll aber nicht so viel zu organisieren geben.

»Stell dir vor, Arno, Ilka hat einen Job als Studioleiterin bekommen. Was sagt man dazu!« Simone las weiter.

Leider ist der Job in Köln. Ich muß also bald umziehen. Vielleicht finde ich ja in Köln endlich den Mann fürs Leben. Einen Promi womöglich. Ich halte Dich auf dem laufenden. Jetzt fahre ich noch schnell drei Wochen zum Trekking in den Himalaya. Sitze schon auf meinem Rucksack. Mach's gut und auch Dir viel Glück! Alles Liebe, Ilka.

Simone war geplättet und atmete tief durch.

»Hast du eigentlich keinen Hunger?« fragte Arno ungeduldig.

»Doch, klar«, antwortete Simone abwesend.

3. Kapitel

Könnten wir etwas früher zu Mittag essen? Ich will heute nachmittag in die Stadt.« Simone legte den Wirtschaftsteil der Zeitung zur Seite. Die Unternehmensnachrichten überflog sie mehr pro forma.

»Was gibt's denn?«

»Mal sehen, was wir noch da haben.«

Simone kramte in der Abstellkammer neben der Küche und förderte ein Netz alter Kartoffeln zutage, die angefangen hatten, zu keimen. Kleine weiße Ärmchen reckten sich ihr durch die gelben Maschen entgegen. Sie trug das Netz mit den runzeligen braunen Sättigungsbeilagen in sicherem Abstand vor sich her in Richtung Abfalleimer.

»Zeig doch mal!« Arno unterbrach die Zeitungslektüre. Er

las natürlich den politischen Teil, für den Simone nie die Geduld aufbrachte. »Sieht doch gut aus. Kann ich gebrauchen. Nehme ich gleich mit hoch.« Er griff sich das pittoreske Netz und vertiefte sich wieder in den Leitartikel.

Arno war Künstler. Fotokünstler. In seinem Atelier über ihrer Wohnung bastelte er in mühevoller Kleinarbeit kuriose Stilleben, die er mit einer Deardorff-Plattenkamera abfotografierte. Außerdem inszenierte er stillebenartige Fotos mit seltsam verfremdeten Personen. Gelegentlich verschwand er tagelang im Keller, um im Fotolabor großformatige Schwarzweißabzüge auf Barytpapier oder Fotoleinen anzufertigen, die dann im Wäschekeller – sehr zum Mißfallen der anderen Hausbewohner – trockneten, bevor er sie tonte und kolorierte. Wenn er nicht an seinen Werken arbeitete, las er. Die ganze Wohnung stand voll mit Bücherregalen. Weder seine Lektüre noch seine Bilder entsprachen populären Geschmacksvorstellungen. Lange war er mit einem Zyklus zu *Fluß ohne Ufer* von Hans Henny Jahnn befaßt. Aber selbst zum hundertsten Geburtstag des Dichters verkaufte er kein einziges der etwas düsteren Unikate, da er den Kulturbetrieb verabscheute und gar nicht auf die Idee kam, seine Arbeiten in einer Galerie auszustellen. Und daß mal zufällig ein Sammler bei ihnen vorbeikäme, klingelte und fragen würde, ob hier der Künstler Arno Wolff wohne, er würde gerne seine Werke sehen, stand kaum zu erwarten.

Arno benutzte es zwar nie als Argument, aber er stammte aus einem sehr wohlhabenden Elternhaus und hatte es nicht wirklich nötig, einer Erwerbstätigkeit nachzugehen. Er schwamm nicht gerade im Geld, aber für Fotomaterial und seinen Anteil am Haushaltsgeld reichte es.

Arnos Weigerung, sein Talent zu vermarkten, sorgte gleichwohl in regelmäßigen Abständen für Konfliktstoff. Es fiel Simone manchmal schwer, seine kompromißlose Künstlerhaltung zu akzeptieren. Sie selbst konnte sich schlicht nicht vorstellen, ohne richtigen Beruf zu leben.

Es klingelte. Wie auf Kommando schauten beide aus dem Fenster, sahen aber weder den Paketboten noch den Briefträger oder gar die Zeugen Jehovas am Gartentörchen stehen. Schade eigentlich.

»Machst du auf, ich bin noch nicht geschminkt«, bettelte Simone.

»Jetzt bist du mal dran! Ich war oft genug fällig, als du gearbeitet hast.« Arno tat, als ginge ihn das nichts mehr an. Simone fügte sich in ihr Schicksal und öffnete die Wohnungstür.

»Ei, gude wie, Frau Störmer.«

»Guten Morgen, Frau Glatzer.«

Simone mußte zwanghaft grinsen, wenn sie den Namen aussprach, denn Frau Glatzer, ihre rüstige, hessisch sprechende Nachbarin, die sie auf Anfang sechzig schätzten, hatte wirklich wenig Haare.

»Ei, wie geht's?«

»Gut, danke, und Ihnen?«

»Wissen Sie, man wird ja auch nicht jünger.«

»Was gibt's denn, Frau Glatzer?«

»Ja, ich hätte da was Neues, das wollte ich Ihnen mal zeigen! Darf ich reinkommen?«

Frau Glatzer hatte bereits einen Fuß über die Schwelle gesetzt, Simone ging vor in die Küche. In einem Affenzahn faltete Arno die Zeitung zusammen.

»Also, ich muß jetzt mal ... Morgen, Frau Glatzer, 'tschuldigung.« Er drängte sich samt der alten Kartoffeln an den Frauen vorbei in Richtung Ausgang. »Ich bin dann im Atelier.«

»Ei, wie geht's denn dem Herrn Wolff? Er ist ja immer so beschäftigt. Was macht er denn mit die Kar...« Frau Glatzer unterbrach sich und fuhr fort: »Ich hatte ja auch mal einen Bekannten, der Künstler war. Ist aber schon lange her. Das war noch in der schlechten Zeit, nachem Krieg.«

»Setzen Sie sich doch, Frau Glatzer. Käffchen?« fragte Simone gönnerhaft.

»Ei, wenn Sie auch Milch und Zucker haben, gern.«

Simone entfernte Arnos Kaffeereste, stellte eine frische Tasse auf den Tisch, goß ein und setzte sich zu der Nachbarin. Diese wiederum holte ein kleines, braunes Fläschchen aus ihrer geblümten Schürze und plazierte es triumphierend zwischen den beiden Untertellern mit den Kaffeetassen.

»Wissen Sie, was *das* ist?« Frau Glatzer versorgte sich, die Kunstpause nutzend, mit reichlich Milch und Zucker.

»Nö«, antwortete Simone wahrheitsgemäß und blickte auf das Arzneimittel-Fläschchen, dessen Etikett sich mit Sicherheit aus dramaturgischen Gründen auf der ihr abgewandten Seite befand. Einen gewissen Sinn für Inszenierung konnte sie der lebhaften Dame von nebenan nicht absprechen.

Frau Glatzer ließ die Bombe platzen: »Orangenöl!«

»Ach was!« Simone wollte zum Fläschchen greifen. Frau Glatzer aber hielt blitzschnell ihre Hand drauf. So einfach ging das nicht.

»Also, das heißt *Oranex*, und das ist ein ganz tolles Mittel! Damit kriegen Sie praktisch alles sauber. Das ist gut zum Putzen von Treppen als wie bei uns im Hausflur ...«

Simone überlegte kurz, ob das jetzt eine Anspielung darauf sei, daß Arno und sie es mit dem Flurputzen nicht so genau nahmen.

»Damit kriegen Sie Flecken aus Teppichen – na ja, Sie haben ja nicht so viel Teppiche als wie ich.«

»Mehr Parkett, Frau Glatzer!«

»Ei, auch für Parkett können Sie das selbstverständlich verwenden. Das ist ganz sparsam. Als nur zwei, drei Tröpfchen auf einen Eimer Wasser. Und wie das riecht! Sie werden begeistert sein, da bin ich mir sicher!«

Simone wußte aus Erfahrung, daß sie aus der Nummer nur durch raschen Kauf herauskommen würde. Bestimmt hatte Frau Glatzer für sie gleich ein Fläschchen besorgt.

»Darf ich mal dran riechen?«

Frau Glatzer öffnete persönlich den Schraubverschluß und hielt Simone den »Alleskönner beim Haushaltputz« unter die Nase.

»Das nehmen Sie natürlich nicht unverdünnt, gell. Nur wenige Tröpfchen ins Putzwasser. Das reicht.«

»Klingt ökologisch sinnvoll!«

»Ökologisch, gell. Ei, wollen Sie's nicht gleich mal ausprobieren?«

»Im Moment nicht, Frau Glatzer. Aber ich darf Ihnen das doch sicher abkaufen?«

Simone holte ihr Portemonnaie und zahlte. Anstandslos ließ sich Frau Glatzer daraufhin verabschieden. Simone stellte das Orangenöl neben die anderen Putzmittel in den Küchenschrank. Wenigstens war es nicht schon wieder ein Vitaminpräparat oder eine »praktische, unentbehrliche« Plastikdose zum Eingefrieren von Lebensmitteln gewesen.

Es klingelte.

»Ei, Frau Störmer, ich hab ganz vergessen, Ihnen den Zettel zu geben, da wo draufsteht, wie man das verwenden soll.«

Zum Mittagessen gab es grüne Nudeln mit Gorgonzola-Sauce und Salat mit Sprossen. Anschließend fuhr Simone in die Stadt. Sie wollte ein Geschenk für Arno besorgen. Morgen jährte sich ihr Kennenlernen bereits zum zehnten oder elften Mal; so genau wußte sie das im Moment nicht. Nach der langen Zeit kam's auf ein Jahr mehr oder weniger ohnehin nicht an.

Arno war nicht gerade der Typ, der eine Frau mit Geschenken verwöhnte. Er fand das überflüssig, so nach dem Motto: »Du weißt doch, daß ich dich liebe. Das muß ich dir doch nicht durch Geschenke beweisen!«

Die Wahrheit war, daß ihm nichts einfiel. Es hatte sie Jahre gekostet, aus ihm ein Geburtstagspräsent herauszuquälen, das sie sich notgedrungen selbst aussuchte. Irgendwie galt das in ihren Augen zwar nicht, denn sie fand, Geschenke müßten eine Überraschung sein, aber inzwischen hatte sie sich damit abgefunden. Dabei kam es Arno nicht aufs Geld an. Die Hauptsache war, er mußte sich nicht selbst nach etwas Passendem umsehen, es womöglich noch einpacken!

Sie schlenderte leicht gelangweilt die Frankfurter Einkaufsmeile entlang. Da wurde sie unversehens angesprochen und gefragt, ob sie mal eine halbe Stunde Zeit erübrigen könne, um an einem Geschmackstest teilzunehmen. Simone wollte schon routinemäßig abwinken, doch dann dachte sie, warum eigentlich nicht.

Die Marktforscherin erklärte ihr in einem Raum, von dem aus man auf die Einkaufsstraße blickte, es ginge um Würstchen, Knackwürstchen. Ausgerechnet!

Drei Sorten sollten verglichen werden. Sie möge bitte beurteilen, ob sie den Geschmack jeweils »normal, lecker oder sehr lecker« fände.

»Also«, sagte Simone, »was normal ist, weiß ich nicht, ich esse sonst keine Würstchen.« Sie biß hinein. »Etwas wässrig, möchte ich meinen.«

»Das sehen unsere Befragungsbögen leider nicht vor. Wenn Sie bitte die nächste Wurst testen würden.«

»Fies!«

»Das heißt also: normal. Fein, dann die nächste.«

»Knackig, aber auch nicht gerade lecker.«

»Sie sagten ›lecker‹. Sehr schön!«

Dann sollte sie in einem Greiftest zeigen, ob sie eher

Würstchen im Glas, in der Dose oder in einer Folienverpackung kaufen würde.

»Die Klappe geht ganz kurz hoch, und Sie sollen spontan zugreifen!«

Die Klappe ging jedesmal wieder zu, während Simone noch unschlüssig die Hand im Kasten hatte. Sie kam sich vor wie ein dressierter Affe. Sie würde gar keine Würstchen kaufen, erklärte sie beim dritten Versuch, und die Marktforscherin sagte, das sei jetzt alles.

Anschließend suchte sie ein altertümliches Bürstengeschäft in einer Seitenstraße auf, in dem sie einen wunderschönen Rasierpinsel für Arno erwarb; »Echt Dachshaar« mit schwarzem Griff. Bis jetzt benutzte Arno nämlich einen Billigpinsel, dem bei jeder Benutzung die Schweineborsten ausgingen.

Auf dem Weg zurück zur Fußgängerzone schaute sie in die Schaufenster eines Kaufhauses, dessen Miederwarenabteilung in dieser Seitenstraße einen »Hinterausgang« besaß. Das fand sie ungeheuer faszinierend. Ihr drängte sich die Vermutung auf, hier seien früher Frauen heimlich hineingeschlüpft, um sich einen Hüfthalter anpassen zu lassen. Sie überlegte, ob sie einen neuen BH bräuchte.

»Ja, die Frau Doktor!«

Die Angesprochene drehte sich erschrocken um.

»Tim, was machst du denn hier?« Simone strahlte und umarmte ihn.

»Du, ich komm' gerade vom *Sinkkasten*.« Er erwiderte die freudige Begrüßung. »Wir haben dort vielleicht bald einen Auftritt. Kann ich dich beim Dessous-Kauf beraten?« Schelmisch grinste Tim sie an.

Simone zog ihn von dem Schaufenster weg in die belebte Fußgängerzone. »Das fehlte mir gerade noch! Gehen wir einen Kaffee trinken?«

Im *Grello*, einem lauten Szene-Lokal mit viel Chrom, viel

hellem Holz und unbequemen Stühlen, herrschte mächtig Betrieb. Simone konnte ihren Blick kaum von der blonden Bedienung wenden, die ausgiebig einen halbseiden aussehenden älteren Mann knutschte, der gerade an der Bar Platz genommen hatte.

»Erzähl!« sagten beide wie aus einem Munde, als der Cappuccino endlich vor ihnen stand.

»Du zuerst!« nutzte Simone ihren Vorteil als seine ehemalige Chefin aus. Tim war in ihrem Team für das Akquirieren und Bearbeiten von Anzeigenaufträgen zuständig gewesen. »Was ist das für ein Auftritt?«

Er spielte Gitarre in einer Band. Bescheiden wie immer, meinte er, es sei nichts Besonderes, nur ein ganz normaler Auftritt eben. Sie müßten allerdings noch ziemlich oft proben, es klappe noch nicht alles.

»Und was treibst du außerdem so?« wollte Simone wissen.

»Ich schreibe Bewerbungen, was sonst? Mir geht die Knete aus.«

»Schon was in Aussicht?« Simone mußte ihm mal wieder die Informationen aus der Nase ziehen.

»So richtig nicht. Hast du mal was von Beate gehört?«

Beate war das stille Mitglied ihres Teams gewesen. Sie kümmerte sich um die Aboverwaltung und ansonsten um die zahlreichen Topfpflanzen in ihrem Büro.

Zum Glück war Tim mit Ende zwanzig für Ilka zu alt und für Beate zu jung. Simone hätte Herzensangelegenheiten innerhalb ihrer Abteilung nicht sehr lustig gefunden. »Im Team nicht intim!«

»Ich hatte zu Beate kaum privaten Kontakt. Mich würde sie nicht anrufen. Bei dir hat sie sich auch nicht gemeldet?« fragte sie Tim suggestiv. Er schien nicht weiter interessiert, und Simone kam mit der Nachricht über Ilkas neuen Job heraus.

»Schön für Ilka!« meinte Tim nur. »In den Himalaya! Nicht zu fassen!« Er drehte sich schon wieder eine Zigarette.

»Und was ist mit dir?«

»Ja, ich...«, Simone wußte nicht so recht, wo sie anfangen sollte.

»Ich habe eine Anzeige geschaltet. Mittwochs. Stellengesuche. Du weißt schon: Dynamische Chefredakteurin, Anfang 30, sucht neue berufliche Herausforderung. Chiffre. So ähnlich.«

»Und? Kam was?«

»Ja, fünf Zuschriften. Viermal wurden mir Jobs angeboten, bei denen ich irgendwelche Diätmittelchen oder so an die Frau bringen sollte.«

»Strukturvertrieb«, stellte Tim fachkundig fest. »Da rufst du Leute an, bei denen du froh warst, daß du seit der Schulzeit nichts mehr von ihnen gehört hast, und versuchst, sie anzuwerben, nur damit du auf deinen Bonus kommst.«

»Genau. Ja, und dann ein Brief von einem Personalberater. Sehr geheimnisvoll.«

»Hast du angerufen?«

»Klar! Und ich hatte auch schon einen Vorstellungstermin bei der Firma!«

Tim saugte hektisch an der Zigarette. Simone erzählte von ihrem Besuch bei der Zipfel Gruppe und den goldenen Aussichten als Leiterin einer Abteilung für Öffentlichkeitsarbeit. Und fragte ihn gleich, ob er nicht als ihr Assistent mitkommen wolle.

»Und was machen die?«

»Das ist eine Wuschtfima«, nuschelte Simone in ihre Kaffeetasse.

»Was?«

»Mann, das ist eine *Wurst*fabrik!«

Simone hatte das just in das Aussetzen der lauten Musikberieselung hineingebrüllt. Die Leute an den Nebentischen drehten sich zu ihr um. Simone fühlte, wie sie rot wurde. Die Blondine schob die nächste Kassette in die Anlage und stellte damit den üblichen Geräuschpegel wieder her.

»Was ist denn dabei? Außerdem habe ich ja noch nicht zugesagt.«

»Das darf nicht wahr sein!« Tim war entsetzt. »Von *Schönere Häuser & Gärten* zu Schweinepest und Rinderwahn? Du übertreibst! Und dann noch in Posemuckel!«

4. Kapitel

Simone kuschelte sich, langsam wachwerdend, an Arno. »Wie spät?«

»Halb neun!« Arno lag mit offenen Augen im Bett und starrte an die Decke.

»Is was?«

»Nö, nichts.«

»Komm, sag schon!« Simone stützte sich mit einem Arm auf Arnos sparsam behaarte Brust auf und gab ihm einen Kuß. »Schlecht geträumt?«

»Nein, auch nicht. Ich werd' doch einfach mal so daliegen dürfen.«

Schaffenskrise oder was, dachte Simone, hütete sich aber davor, durch lautes Aussprechen Ärger zu provozieren. Sie war froh, gerade selbst aus dem Schlimmsten heraus zu sein und – Zipfel sei Dank – Hoffnung schöpfen zu können, bald wieder einen Job zu haben. Sie sank zurück in die Makodamast-Bettwäsche und schob den Gedanken, daß Arno vermutlich nicht daran dachte, welcher Tag heute war, in das Gehirnreservoir für depressive Stimmungen, auf das sie in keinem Fall zurückgreifen wollte.

Statt dessen begann sie, den immer noch deckestarrenden Arno rund um den Bauchnabel zu streicheln. Dabei legte sie ihren Kopf auf seine Brust. So konnte sie seinen abwesenden Gesichtsausdruck spielend ignorieren und zugleich hören, wie sein Herzschlag schneller wurde. »Na also!«

Arnos Hand glitt unter ihr Pyjama-Oberteil. Sie hob ihren Kopf, sah ihn an und sie küßten sich lange und das morgendlich-pelzige Gefühl ungeputzter Zähne ignorierend. Schlafanzugteile landeten irgendwo im Zimmer. Die Bettdecke rutschte auf den Boden.

»Ich glaube, ich sollte ...« Arno kaute an ihrem Ohr.

»Präser liegt schon neben dem Bett!« Simone hatte mal wieder alles voll im Griff.

Das neue französische Lokal war ziemlich leer. »Die Reservierung wäre wohl nicht nötig gewesen«, meinte Arno, als sie Platz nahmen.

Ein aalglatter Ober stand kurz darauf wie aus dem Boden gewachsen am Tisch: »Heute gibt es Menue régional.«

»Und das wäre?« wollte Arno wissen. Simone war ohnehin schon entschlossen, es zu nehmen, weil à la carte hier viel zu teuer würde.

»Also, da ätten wir züerst«, bemühte sich der Ober, der garantiert kein Franzose war, wie Simone gleich dachte, um einen stilechten Akzent, »Artischock, danach ein, also isch weiß jetzt nischt, wie man auf Deutsch sagt.«

»Dann sagen Sie's doch auf Französisch!« forderte Arno, der mal ein Jahr lang die Kunstakademie in Paris besucht hatte.

»Ein Moment, ich frag' in der cuisine!«

»Ist nicht wahr, oder?« Arno grinste. Simone hielt sich die Hand vor den Mund, damit man das Lachen nicht bis in die ›cuisine‹ hörte.

»Als Hauptgang gibt es Kalbsax, mit légumes selbstverständlisch, und als Dessert Profiterolles. Das ist unser Menue régional provençal.«

»Können wir bitte mal in die Karte schauen?« Arno wurde offenbar vergnügungssüchtig.

»Das ist natürlisch regionale Küche. In unserer Carte finden sie die Gerischte der Haute Cuisine.«

Er händigte zwei kopfkissengroße Faltpappen aus. Simone reichte ein Blick auf die Preise, um ihre Entscheidung für das Menü zu bestätigen. Arno überlegte noch; er erinnerte daran, daß er keine Artischocken mochte.

»Äh, ja, aber vielleicht kannst du ja eine andere Vorspeise bekommen!?« Simones Stimme klang ein wenig besorgt.

»Okay, fragen wir den Ober!« Eine Fortsetzung der ›Conversation‹ war ganz in Arnos Sinn.

»Oh, Sie mögen keine Artischock? Wie kann das sein?« Der Ober tat noch blasierter. »Gut, gut, wir machen Ihnen eine klein surprise, extra für Sie!«

»Und zwei Glas Champagner, bitte!«

»Seit wann bestellst *du* Champagner?« wunderte sich Simone. Arno mochte keine Getränke mit Luft, die sich nach dem Trinken wieder den Weg ins Freie suchte.

»Weil heute unser, du weißt schon, Tag ist und ich kein Geschenk für dich hatte!«

»Das macht doch nichts!« Simones Stimme wurde ganz weich. »Tut mir leid, daß der Pinsel so nach Mottenkugeln riecht, wenn er naß wird.«

»Danke für alles! Du bist eine tolle Frau!«

Arno hatte sein Glas erhoben und sah Simone tiefer und länger als sonst in die Augen. In ihrem Bauch kribbelte es. Dabei hatte sie von dem Champagner noch gar nichts getrunken.

Arnos Überraschungs-Vorspeise stellte sich als in Rotwein pochierte Eier heraus. »Von wegen, extra für Sie!« kommentierte Arno. »Das ist eine reguläre Vorspeise von der Karte. Ich würde das, schätze ich, lieber fotografieren als essen. Man könnte ein kleines Segelschiff in den Rotweinsee setzen.«

»Arno, also wirklich!« Simone saugte genüßlich an den Artischockenblättern, und der Ober brachte ihr sogar, ohne daß sie es angemahnt hätte, eine Fingerschale. Sie war mit der Wahl des Lokals, das sich stetig füllte, ganz zufrieden.

»Sag mal«, Arno stocherte in seiner glibberigen Vorspeise, »hast du schon eine Entscheidung gefällt, was den neuen Job angeht?«

»Du meinst, ob ich das Zipfel-Angebot annehmen werde?« Simone war nicht gerade scharf auf das Thema, aber irgendwann mußten sie ja mal darüber sprechen.

»Wahrscheinlich schon. Ich habe ja nichts anderes in Aussicht, und ich brauche dringend einen neuen Job, nicht nur des Geldes wegen. Wieso fragst du?«

»Ach, nur so. Ich meine, es bedeutet halt eine große Veränderung für uns.«

In der Tat, dachte Simone, Wochenendbeziehung!

»Ja, wenn man heute Karriere machen will, dann muß man auch bereit sein, einen Job in einer anderen Stadt anzunehmen.« Sie verschanzte sich hinter Allgemeinplätzen.

»Hast du dir das gut überlegt? Ausgerechnet Fleischverarbeitung! Das paßt überhaupt nicht zu dir. Außerdem weißt du kaum was von der Firma.«

»Wieso? Das klingt doch alles ganz dynamisch. Die Zipfel Gruppe ist ein aufstrebendes Unternehmen. Da habe ich bestimmt Möglichkeiten, mehr Verantwortung zu übernehmen. Zumindest hat mir Zipfel das in Aussicht gestellt.«

»Verstehe.« Arno klang traurig.

»Noch habe ich ja keinen Vertrag unterschrieben. Ich warte jetzt erst mal ab, ob er mich überhaupt wieder anruft«, meinte Simone beschwichtigend.

»Da bin ich sicher. So eine wie dich finden die doch sonst

nirgends.« In Arnos Stimme schwang Bewunderung mit. Dafür liebte sie ihn.

Am Nebentisch leierte der Ober das Menü herunter, aber die beiden Ehepaare entschieden sich für diverse Vorspeisen von der Karte und Ente. Als einer der gesetzten Herren seine Gänseleberpastete verzehrte und sich dabei mokierte, wie die armen Tiere gemästet würden, konnten Arno und Simone das kaum überhören.

»Wart ihr schon mal in Polen auf einer Geflügelfarm? Schrecklich, sage ich euch!«

»Ja, man muß ja heute wirklich aufpassen, was man ißt«, meldete sich seine Frau zu Wort.

Weil sie das an die Wurstfabrik denken ließ, versuchte Simone Arno in ein Gespräch über die Frage, ob sie nicht mal wieder ins Kino gehen sollten, zu verwickeln. Sie waren gerade an der Stelle, an der Arno immer einwarf, es gäbe keine guten Filme mehr und Simone stets erwiderte, daß ihr ein unterhaltsamer Film völlig reiche, für sie müsse es nicht einer von Godard sein, als der Ober den Hauptgang brachte. Beim Verzehr der Kalbshaxenscheiben dachte Simone daran, wie sie Arno kennengelernt hatte. Meine Güte, war das lange her!

Während der Semesterferien arbeitete sie damals in Büros, um ihr Studium zu finanzieren. Außerdem schrieb sie Reportagen und Rezensionen für ein Stadtmagazin. Da sie ohnehin Kunstgeschichte studierte, war sie ganz froh, den Auftrag für einen Bericht über eine Ausstellung der Kunsthochschule zu ergattern. Einmal im Jahr veranstaltet diese eine Schau mit Arbeiten der Studenten.

Um unter den Künstlern nicht aufzufallen, trug sie ausschließlich schwarze Kleidungsstücke, die Lippen in einem leuchtenden Rot geschminkt, passend zu den zwei roten Streifen auf der Umhängetasche, in die sie ein rotes Notizheft und einen schwarzen Kugelschreiber steckte. Für Farbkombinationen hatte sie ein Faible.

Etwas verloren wanderte sie durch die Räume der Akademie. Sie mochte diese chaotisch-kreative Umgebung mit ihrem typischen Geruch nach Terpentin. Was sie weniger mochte, waren die ausgestellten Werke. Einige sahen aus, als ob ein Anstreicher unter einen Lkw gekommen wäre, die Farbtuben zum Abmischen noch in der Hand. Andere waren monochrom schwarz. »Schlecht nachgemachter Ad Reinhardt«, dachte sie entrüstet und hegte die Hoffnung, wenigstens im Garten ein paar interessante Skulpturen zu finden.

Sie notierte sich noch den Namen Klaus Kohl, der auf einem Kärtchen unter einem wandfüllenden Bild stand, das in glühenden Farben die weiblichen Geschlechtsteile zwischen gespreizten Schenkeln darstellte. »Der Maler drückt darin sein Bedürfnis aus, in den übermächtigen Mutterleib zurückzukriechen«, würde sie vielleicht später schreiben – zumindest war das der Tenor, dessen sich Kunstrezensenten populärer Magazine ihrer Meinung nach befleißigten.

Noch während sie Heft und Stift in ihrer Tasche verstaute, wandte sie sich um und stieß buchstäblich mit einem Typ zusammen, der nicht gerade aussah, als würde er hierher gehören.

»Tschuldigung«, stammelte Simone erschrocken.

»War meine Schuld, pardon!«

Abschätzig musterte sie seinen dunkelblauen Strickblazer mit Goldknöpfen, der unter all den wandelnden Flohmarkt-Klamotten aus den 30er und 40er Jahren so unglaublich deplaziert wirkte.

»Ich habe dich hier noch nie gesehen«, wandte er sich an Simone. »Gefällt dir dieses Bild?«

Wohl der Künstler selbst! Sie hatte keine Lust, sich auf eine Unterhaltung über gemalte Körperöffnungen einzulassen. Doch dann dachte sie daran, daß sie kaum Stoff für ihren Artikel hatte und fand die Idee ganz verlockend, aus der zufälligen Begegnung einige amüsant-abschätzige Bemerkungen destillieren zu können. Ein Gespräch mit dem Leiter der Akademie, der schon jede Menge Vernissagen-Wein intus hatte, konnte sie sich dann wenigstens sparen. Wenn der feine Bubi sich als unergiebig erweisen sollte, würde sie einfach den Pressetext durch einige spitze Bemerkungen ergänzen. Durchaus verbindlich antwortete sie also: »Es ist recht ausdrucksstark, aber nicht ganz mein Fall. Hast du es gemalt?«

»Sehe ich so aus?« fragte er zurück.

»Offen gesagt, ja!« antwortete Simone.

Sie mußten lachen.

»Ich heiße Arno, und du?«

»Simone.«

»Im Garten stehen ein paar ganz ordentliche Skulpturen.«

»Da wollte ich gerade hin.«

Simone sah auf seine feingliedrigen Hände. Bildhauer war er bestimmt nicht, ging es ihr durch den Kopf, während sie sich hinter ihm her den Flur zwischen den Kunststudenten und deren Freunden hindurchdrängte. Und die Schuhe waren auch okay. Als sie am Tisch mit den Getränken vorbeikamen, drückte er ihr ein Glas Wein in die Hand. Sie betraten den stillen Garten. Abgesehen von einigen Typen in schweren dunklen Ledermänteln, die sich auf flache Marmorplatten, die Simone an Grabsteine denken ließen, gesetzt hatten, war sie mit ihrem neuen Bekannten allein.

»Das, was wie Friedhof aussieht«, er deutete auf die Gruppe, »ist eine Installation zur Mahnung an die Nazi-Verbrechen.«

Simone fragte sich, ob er ihre Gedanken lesen konnte. Im hinteren Teil des Gartens stand eine große freistehende, nur unten in den Boden eingelassene Eisenplatte. Simone strich über die rostige Oberfläche und hatte promt eine rote Hand. Sie zögerte, sie an ihrer Hose abzuwischen. Schon hielt ihr der smarte Clubjackenträger ein blütenweißes Taschentuch hin und nahm ihr das Weinglas ab.

»Wow, Stoff!« entfuhr es Simone, die immer nur Papiertaschentücher benutzte. »Jetzt ist es aber ganz schmutzig!«

»Macht nichts.« Seine graublauen Augen strahlten sie an.

Simone verspürte das Bedürfnis, der Unterhaltung eine etwas substantiellere Wendung zu geben und sagte, mit Blick auf die Eisenplatte: »Erinnert schwer an Richard Serra.«

»Das *ist* von Richard Serra und steht immer hier.«

Panne, dachte Simone. Das hätte sie nun wirklich wissen müssen!

»Und was machst du so?« fragte sie dumpf, weil ihr auf die Schnelle nichts Intelligentes und zugleich Unverfängliches einfiel.

»Hier an der Akademie bin ich in einer Klasse für experimentelle Fotografie. Außerdem habe ich an der Uni Philosophie belegt.«

Beim Sprechen kondensierte sein Atem in der kalten Luft.

»Frierst du nicht?« fragte Simone.

»Du?« Er griff nach ihrer Hand.

»Hey, aufwachen!« Arno streichelte ihre Hand. »Träumst du?«

»Ich habe nur gerade daran gedacht, wie wir uns kennenlernten und du mir nicht mal deine Arbeiten gezeigt hast, sondern die Skulpturen im Garten. Kannst du dich noch an die Ausstellung erinnern?«

»Und an deinen Verriß in diesem Journal, wie hieß es doch gleich?«

»*Mainhattan*. Ist das alles?«

»Und daran, daß wir lange miteinander gesprochen haben und ich vergaß, dich nach deiner Telefonnummer zu fragen. Wenn mir nicht zufällig Klaus wutentbrannt mit den Worten, ›was denkt sich diese blöde Kuh eigentlich?‹ die Besprechung unter die Nase gehalten hätte, würden wir vielleicht jetzt nicht hier sitzen.«

»Danke Klaus! Was ist aus dem eigentlich geworden?«

»Klaus ist jetzt Kunstprof in Darmstadt. Fachhochschule.«

»Darm-Stadt paßt irgendwie gut zu seinen Bildern, finde ich.« Simone grinste und wandte sich den Profiterolles zu, die inzwischen vor ihnen standen.

»Ist das Eis kalt an den Zähnen!« Arno schüttelte sich.

»Und viel zu viel Schokoladensoße! Ich bin unglaublich satt!« Simone legte eine Hand auf den Magen.

Am Nebentisch wurde mit Bombast die Ente aufgetragen.

»Arno, ich würde gerne gehen.« Simone sehnte sich, den Abend in den eigenen vier Wänden ausklingen zu lassen. Frostige Januar-Luft schlug ihnen entgegen, als sie das Lokal verließen.

»Was ist eigentlich aus meinem blauen Strickblazer geworden?«

»Schon vor Jahren habe ich deine schöne Jüngelchen-ausreichem-Hause-Jacke in die Altkleidersammlung gegeben.«

»Wenn das meine Mutter wüßte!«

»Als ob ihr das nicht total egal wäre!«

5. Kapitel

Nachdem nun in Aussicht stand, daß sie ihr Hausfrauendasein bald wieder beenden würde, verfiel Simone in hektische Aktivität. Der Keller mußte aufgeräumt, der Kleiderschrank neu geordnet, die Küche gründlich geputzt, im Bad endlich mal wieder die Kacheln abgewaschen werden, und das Schränkchen mit den Toilettensachen wartete dringend auf eine Entrümpelung. Wie immer bei solchen Gelegenheiten sammelten sich am Schluß Tüten mit Sachen, die man eigentlich nicht mehr brauchte, die aber zum Wegwerfen zu schade waren. Simone brachte sie in den Keller, denn da war ja jetzt Platz.

Dann wurden die Bücher in den Regalen entstaubt, die Fenster geputzt und das Parkett im Wohnzimmer poliert. Simone war schwer beschäftigt, während Arno wie vom Erdboden verschwunden blieb. Sie fand das auch besser so.

Er, der hervorragend in der Lage war, sein Fotolabor nachgerade klinisch sauber zu halten, stellte sich bei Hausarbeiten an wie der erste Mensch. Arno war der Erfinder des doppelten Putzstreifens! Was er abwischte, war hinterher schlierig *und* fusselig. Simone hatte es ihm tausendmal erklärt, daß es für das Klo einen extra Schwamm gab und man ein Staubtuch niemals naß machen dürfe; daß er mit dem Bodenputzmittel nicht die Schränke abwischen solle und der Wannenblitz sich nicht für das Reinigen des Badspiegels eigne. Er merkte sich nichts, bot aber großzügig an, ihr zu helfen, wenn der wochenendliche kleine bis mittelgroße Hausputz anstand.

Da sie ihm spätestens bei ihrer zweiten Katastrophenschutz-Maßnahme zur Rettung ihrer Einrichtung den Wischlappen mit den Worten »um Himmels willen! Gib sofort her!« aus der Hand riß, war es wahrscheinlich nur eine perfide Taktik, sich vor dem Putzen zu drücken.

»Alle Männer haben einen angeborenen Widerwillen gegen nasse Textilien!« hatte ihre Freundin Gaby sie eines Tages aufgeklärt. »Oder hängt Arno etwa Wäsche auf?«

»Bewahre!« rief Simone. »Erstens ist er materialblind, zumindest was den Unterschied zwischen Sechzig- und Vierziggradwäsche angeht, und zum anderen weiß er nie, welches Waschmittel er nehmen soll. Also läßt er's besser. Und wer die Wäsche in die Trommel schmeißt, muß sie auch aufhängen! Alte Hausfrauenregel!«

Gaby und Simone folgerten haarscharf, es würde wohl bis in alle Ewigkeiten so bleiben, daß Männer bloß die Mülleimer runterbrächten.

»Das sehen die Nachbarsfrauen und denken: wie toll, ein moderner Mann, der macht seiner berufstätigen Frau den Haushalt!«

Frau Glatzer jedenfalls war felsenfest davon überzeugt gewesen, bis Simone sie eines Besseren belehrt hatte.

Allenfalls staubsaugen könne man sie lassen, behauptete Gaby. Weil, das sei was Technisches. Das wecke den Ingenieur im Manne. Dabei könnten sie nämlich die Saugstärke, besser gesagt: den Energieverbrauch regulieren, Aufsätze wechseln und außerdem mache es Krach. Das sei immer gut. »Und sie kommen nicht mit Wasser in Berührung!«

Der Inhalt des Garderobenschränkchens lag ausgebreitet in der Diele, als Arno die Wohnungstür öffnete. »Vorsicht!« brüllte Simone von innen. Sie saß direkt hinter der Tür auf dem Boden. Blöderweise waren ihr beide Beine eingeschlafen, so daß sie nicht behende aufspringen konnte. Arno quetschte sich durch den Türspalt und murmelte was von »wann gibt's Essen?«.

»Du kannst schon mal eine Schalotte schälen und kleinschneiden.« Simone humpelte in die Küche.

»Ist was mit dir?« wollte Arno wissen.

»Dämliche Frage! Mir sind vom langen Hocken auf dem Boden die Beine eingeschlafen, und jetzt piekt es wie verrückt! Und wenn du jetzt noch eine Bemerkung über mein Alter machst, dann kannst du dir dein Essen alleine kochen!« Simone war immer etwas gereizt, wenn sie räumte und putzte.

Sie setzte Wasser für Nudeln auf. Da Arno mal wieder orientierungslos in der Küche stand, drückte sie ihm ein Messer und ein Holzbrett in die Hand.

»Die Zwiebeln stehen dort!« Sie zeigte mit dem Finger drauf.

»Ach was!« bemerkte ihr Lebensgefährte leicht beleidigt. Das Telefon klingelte, als er gerade die Schalotte in die Hand nahm. »Das ist bestimmt für mich!« Schon war er draußen.

Typisch. Immer, wenn er ihr mal zur Hand gehen sollte, rief jemand an. Sie wurde den komischen Verdacht nicht los, daß Arno Freunde und Verwandte durch Telepathie verständigen konnte, ihn loszueisen. Meist war es Lutger von Brink, mit ihm schien das am besten zu klappen. Kein Wunder, sie kannten sich schließlich schon aus dem Internat.

Sie brühte einige Tomaten ab, um sie anschließend zu schälen. Während sie Butter in einer Kasserolle heiß werden ließ, dachte sie, daß Lutger aussähe, als hätten ihn sich zwei alleinstehende Frauen am Telefon ausgedacht. Simone ließ die Schalottenstückchen in die heiße Butter gleiten und rührte. Lutger war Broker, fungierte aber ab und an auch als »Körper« in Arnos Inszenierungen. Sie erinnerte sich noch gut daran, wie Arno nachts den halbnackten Lutger mit einer Fackel in der Hand unter die Straßenlaterne vor dem Haus plaziert hatte und sie ganz nervös war vor Sorge, die Nachbarn könnten wach werden und die Polizei oder gleich die Psychiatrie alarmieren.

Dann kochte das Wasser für die Nudeln und lenkte sie von ihren Gedanken an den schönen Lutger ab. Nachdem sie den Beutel mit den Rigatoni endlich aufbekommen hatte und die Nudeln im Wasser waren, konnte sich Simone wieder der Saucenbereitung zuwenden. Sie gab die Tomatenstücke dazu, Salz und Pfeffer, drückte eine Knoblauchzehe aus und goß Wasser sowie einen Rest französischen Rotwein an, der sich noch im Kühlschrank fand.

»Basilikum!« sagte sie laut vor sich hin. Sie betrachtete das traurig aussehende Basilikumgewächs auf der Küchenfensterbank und hatte Mitleid. »Dann eben Thymian!« Auf dem Weg zum Balkon, auf dem die winterharten Pflanzen vor sich hin froren, kam sie am telefonierenden Arno vorbei.

»Bist du sicher?« hörte sie Arno fragen, »vielleicht ist es ja nur eine Episode.«

Als Simone, zwei Stengelchen Thymian in den Händen, wieder in die Küche kam, rührte Arno unnötigerweise in der Tomatensauce. Mit dem Herumrühren in Töpfen täuschte er Interesse am Kochen vor.

»Was war denn los?«

»Lutger hat herausgefunden, daß Sebastian fremdgeht.«

»Hat er ihn gefragt, oder ist das nur eine Vermutung?«

»Ist wohl sicher. Er läßt sich nur noch selten zu Hause blicken. Und das, wo sie erst vor einem Jahr die Wohnung gekauft haben. Ich gehe heute abend mit Lutger einen trinken, damit er auf andere Gedanken kommt.«

»Gute Idee von dir.« Simone schmeckte die Sauce ab und probierte, ob die Nudeln gar, aber noch bißfest seien. Sie goß sie ab und schwenkte sie in Butter.

»Wir können essen. Hol bitte den Parmesan aus dem Kühlschrank und die Reibe.«

»Seit wann ist die Reibe im Kühlschrank?«

»Arno, du Blödmann, jetzt sei nicht so sprachkritisch!«

»Voilà, Rigatoni mit Tomaten-Sauce!« Mit Aplomb stellte Simone die Teller auf den Küchentisch. »Wird Zeit, daß es Frühling wird und wir wieder frisches Basilikum haben.«

Arno wußte es immer zu schätzen, daß er etwas Warmes zu essen bekam: »Das schmeckt aber gut!«

»Was heißt hier ›aber‹? Selbstverständlich schmeckt das gut!« Simone mußte sich natürlich für Arnos sprachliche Spitzfindigkeit von vorhin revanchieren und rieb, nachdem sie nun quitt waren, Parmesan über seine Nudeln.

Abends fuhr Arno zu Lutger, und Simone telefonierte mit

Gaby. Sie hatten sich während des Studiums bei einem Ferienjob in einem Bekleidungshaus kennengelernt. Gaby war dann »irgendwie da hängengeblieben«, und während Simone studierte, legte sie den Weg über eine kaufmännische Ausbildung, Substitutin, bis zur Abteilungsleiterin für Herrenkonfektion zurück. Der Job lag ihr. Sie zupfte gerne an Männern herum, zumindest wenn sie gut aussahen. Stundenlang konnte sie Geschichten erzählen über nervige Ehefrauen, die ihre Männer nicht zu Wort kommen ließen und ihnen stets das Biederste vom Biederen andrehten, damit sie auch bestimmt unattraktiv aussahen. Die meisten hatten ohnehin Bauch und Halbglatze, da war nicht mehr viel zu verderben.

Gaby war schön. Sie hatte lange, wellige rote Haare. Daß sie nicht gefärbt waren, erkannte man an ihrer blassen Haut mit den Sommersprossen. Außerdem glitzerten ihre Augen grün. Manchmal wenigstens.

Gaby war die einzige, die aus Simones weiterem Uni-Bekanntenkreis übriggeblieben war. Alle anderen hatten Kinder und ein Häuschen in einem dieser typischen Vororte, die wochentags wie ausgestorben wirkten und wo samstags alle ihren Rasen mähten. Oder arbeiteten in einem Museum, organisierten Ausstellungen oder Malkurse für Kinder. Die Frauen wenigstens. Männer hockten in diesem Fall auf Assistentenstellen an Unis in anderen Städten.

Gaby jedenfalls hatte kein Kind und war wie Simone berufstätig. Das verband. Ihr Lover, den sie auf einer firmeninternen Veranstaltung näher kennengelernt hatte, störte im Moment nicht weiter, der war zur Zeit in einer anderen Filiale tätig.

»Und wie ist das so mit einer Wochenendbeziehung?« wollte Simone aus Eigeninteresse wissen. Gaby hatte sie zwar für unzurechnungsfähig erklärt, einen Job bei einem Wurstfabrikanten anzunehmen, gab aber bereitwillig ihre Erfahrungen weiter.

»Wochenendbeziehung! Daß ich nicht lache! Du hast vielleicht Vorstellungen! Wir haben doch nur einmal im Monat ein langes Wochenende. Wenn du samstags arbeiten mußt, ist von dem Wochenende doch praktisch nichts mehr übrig!«

Gaby erklärte, daß ihr Ulfi manchmal sogar an seinem freien Tag hochgebraust käme, nur um abends mit ihr zusammenzusein und dann nachts wieder führe. Außer, sie habe ihren freien Tag auf seinen freien Tag legen können. Dann würden sie den Nachmittag im Bett verbringen. Sonst eben einmal im Monat drei Tage am Stück.

»Ulfi ist süß! Er bringt mir oft kleine Geschenke mit!«

»Einen Mann, der Geschenke macht, gibt's doch gar nicht. Es sei denn, er ist Heiratsschwindler.«

Gaby konnte das ausschließen. Sie sei schließlich keine reiche Witwe. Dann erklärte sie Simone, daß sie einen neuen Nagellack von Yves Saint Laurent habe, genau in der Farbe von Ulfis neuem Jackett.

»Ein rotes Jackett? Ist er Quizmaster beim Fernsehen geworden?« Simone ging das Ulfi-Getue langsam auf die Nerven. Gaby mußte jetzt ohnehin Schluß machen, noch schnell eine Schicht Nagellack auftragen und dabei die supertolle Serie *Verbotene Leidenschaften* sehen, die alle »im Haus« (sie meinte damit das Geschäft) auch guckten, Simone aber nicht. Nach Gabys Meinung lebte Simone hinterm Mond.

Als Arno nach Hause kam, fand er sie völlig in Lektüre versunken in ihrem Zimmer, neben sich eine halbleere Tüte Gummibärchen. Er wunderte sich, daß sie ein Buch über die gesunde Feinschmeckerküche las und dabei Süßigkeiten aß.

»Du bist ganz schön inkonsequent!«

»Weißt du doch! Wie geht's Lutger?« wollte Simone wissen.

»Ganz mies!«

»Erzähl endlich!«

»Da gibt's nichts zu erzählen. Lutger hängt durch, weil Sebastian einen Neuen hat. Hat ihn schon eine Weile betrogen, und Lutger hat zuerst nichts gemerkt. Er hat Sebastian verfolgt, um zu sehen, wer der Neue ist. Als er's wußte, hat er den Fernseher aus dem Fenster geschmissen. Das mußt du dir mal vorstellen!«

»Und? Jemand verletzt?«

»Nein, natürlich nicht!«

»Mach's nicht so spannend: Wer isses? Kennen wir ihn?«

»Glaube nicht. Irgendein Jungdarsteller aus einer Endlos-Serie im Fernsehen, *Verbogene Liebschaften* oder so.«

»Meinst du *Verbotene Liebhaber* oder *Verbohrte Liebe*? *Verbogene Liebschaften* gibt's, glaube ich, nicht.«

»Nein, das hieß wohl *Verbotene Leidenschaften*. Als ob das nicht egal wäre.«

Das war doch genau die Serie, auf die Gaby so scharf war, dachte Simone, wenn die wüßte!

Arno sah etwas angegriffen aus, was wahrscheinlich eher von Lutgers Psychoberieselung kam denn vom Alkohol. Er küßte sie und ging zu Bett.

Simone wandte sich wieder genüßlich der Beschreibung von »Rehrücken in der Nußkruste« zu. Rezepte zu lesen machte Spaß, obwohl man daraus kaum etwas lernen konnte, da die Schwierigkeiten bei der Zubereitung selten erklärt wurden. Diese Rezeptverfasser ließen einen doch geradezu ins offene Küchenmesser laufen. Ohne Grundlagenkenntnisse kam man einfach nicht aus. Die hatte sie sich in den letzten Jahren so einigermaßen angeeignet. Sie konnte sich noch gut erinnern, wie sie damals, als sie den ewig hungrigen Arno kennenlernte, Reis im Kochbeutel gekocht hatte. Als sein Freund Lutger das sah, hatte er Bemerkungen gemacht, die ihr heute noch die Schamröte ins Gesicht trieben. Andererseits wurde ihr Ehrgeiz dadurch angestachelt, und sie verbannte Römertopf und Beutelreis aus ihrer Küche und schaffte sich langsam, aber sicher das richtige Handwerkszeug an. Messer vor allem und gute Töpfe.

In ihrer Küche gab es zwar eine überdimensionale Dunstabzugshaube aus Edelstahl, die wie das Zitat aus einer Profi-Küche wirkte, jedoch wenig nutzte, da der Abzug nach draußen in der Mietwohnung nicht installiert werden durfte. Auf sonstige Statussymbole in Form von lärmenden Küchenmaschinen, wie sie männliche Hobbyköche so liebten, konnte Simone dankend verzichten.

Im Gegensatz zu den kochenden Männern, die sie kannte, kam es bei ihr so gut wie nie vor, daß sie sich sklavisch an Rezepte hielt. Denn sie enthielten meist Zutaten, die sie nie wieder brauchen würde, oder nicht mochte, deren Kauf sie deshalb strikt ablehnte. Aber sie ließ sich gerne anregen und setzte die Ideen dann in die Alltagsküche um. Kein normaler Mensch kochte schließlich so, als ob die Inspekteure des *Guide Michelin* oder Wolfram Siebeck zu Gast wären.

In der Tüte waren nur noch die gelben und orangefarbenen Gummibärchen. Sie schlug das Kochbuch zu und überlegte, warum es wohl keines gab, in dem sich nachschlagen ließ, wie man das, was man gerade frisch gekauft hat, schön verarbeiten könnte. Und warum gab es keine Tüten nur mit weißen, roten und grünen Gummibärchen? Das waren die wirklichen Fragen des Lebens.

6. Kapitel

Simone klopfte. »Arno, kann ich reinkommen?«

»Moment, gleich!«

Simone trat von einem Fuß auf den anderen.

»So, jetzt!«

Sie betrat das säuerlich riechende Fotolabor und mußte sich erst an das schummerige Licht gewöhnen. Die beiden gelben Lampen über den Schalen mit Entwickler, Stoppbad und Fixierer boten Simone Orientierung. Arno bewegte einen Abzug im Entwickler, der umgedreht in der gelblichen Flüssigkeit schwamm, damit kein Streulicht an die Schicht drang. Simone fand es immer wieder spannend zu sehen, wie das Foto langsam entstand: erst die Schwärzen, dann kamen schließlich immer mehr Details zum Vorschein. Wenn sie dachte, es sei längst fertig, bearbeitete es Arno manchmal noch mit den Handballen oder mit warmem Wasser an Stellen, die nicht genügend Zeichnung aufwiesen.

»Heute keine Zweischalen-Entwicklung?« fragte Simone fachfraulich.

»Ich mache nur ein paar Probeabzüge.«

Arno drehte das Blatt um, und Simone erkannte die schrumpeligen Kartoffeln wieder. Während er den Abzug kurz in das Zwischenbad und dann wieder verkehrt herum in den Fixierer legte, fragte er Simone, was los sei. Sie störte ihn selten in der Dunkelkammer.

»Du kannst jetzt übrigens das Licht anmachen!«

»Nö, nicht nötig. Ich kenn' dich ja.«

Arno trocknete sich die Hände ab. »Ich bin ganz Ohr, sprich!«

»Zipfel hat gerade angerufen!«

»Aus der Begeisterung in deiner Stimme schließe ich, daß

er nicht abgesagt hat.« Arno setzte sich auf den Drehschemel vor dem wuchtigen Vergrößerungsgerät, rollte damit auf Simone zu und zog sie auf seinen Schoß. »Wie seid ihr verblieben?«

»Also«, Simone holte hörbar Luft, »Zipfel kommt übermorgen nach Frankfurt, um die Einzelheiten mit mir zu besprechen. Er bringt auch schon einen Vertragsentwurf mit. Wir treffen uns am Hauptbahnhof. Er meinte, ihm wäre es egal wo, sein Fahrer würde das schon finden. Aber ich wollte es dem Mann nicht so schwermachen. Der Bahnhof ist wenigstens ausgeschildert.«

»Und was hast du für ein Gefühl?«

»Ein Gutes, eigentlich.«

»Und uneigentlich?«

»Jetzt wird es ernst!«

»Das läßt sich kaum leugnen.«

Arno schob Simone von seinen Knien und stand auf. Er brauchte Bewegung. Das Foto im Fixierbad umdrehen zu müssen war dafür eine willkommene Rechtfertigung.

»Was soll ich bloß anziehen?« Simone blickte auf Arnos weißen Kittelrücken, als ob auf dieser Leinwand eine Modenschau ablaufen würde.

»Typisch Frau«, grunzte Arno in den Fixierer. Er drehte sich halb zu ihr um. »Sonst hast du keine Sorgen?« Das Projektionsbild ihres Kleiderschrankinhaltes verschwand.

»Also, wenn es morgen wieder regnet, kommen die blauen Wildlederpumps mit den dünnen Ledersohlen nicht in Frage«, resümierte Simone halblaut. »Dann muß ich einen Hosenanzug anziehen, zu dem ich auch festere Schuhe tragen kann. Aber welchen?« Sie war offensichtlich schwer beschäftigt.

Arno warf den Abzug in das Becken für die Schlußwässerung, ging zum Vergrößerer und blies ein neues Negativ mit Preßluft ab, bevor er es in die Bühne legte. Aus einem Kasten mit Fotopapier entnahm er einen Probestreifen und plazierte ihn quer über das durch den Rotfilter projizierte Bild auf der Grundplatte. Er machte das Dauerlicht aus und drückte auf die Uhr, die das Vergrößererlicht steuerte. Die Zeit lief.

Es machte »Klack«, als das Licht wieder ausging. Er brachte den Probestreifen zur Entwicklerschale und tauchte ihn mit einer Metallzange unter. Zuerst wehrte sich der Streifen noch, dann sog sich das Barytpapier voll Flüssigkeit und blieb am Schalenboden liegen. Während Arno es hin und her bewegte, unterbrach er die Stille mit einem Wortbeitrag, so daß Simone aus ihren Gedanken an die passende Hosenanzug-Oberteil-Schuh-Kombination aufschreckte.

»Was hast du gesagt?« fragte sie.

»Wann du bei Zipfel anfangen sollst, wollte ich wissen.«

»Ich schätze, sobald als möglich. Wahrscheinlich schon zum nächsten Ersten.«

»Das sind ja nicht mal mehr vier Wochen!« Arno klang entsetzt.

»Findest du es eigentlich schlimm, wenn ich in einer anderen Stadt arbeite?«

Simone war hinter Arno getreten und umfaßte ihn mit den Armen, während er weiter den Papierstreifen im Entwickler traktierte. Sie legte ihren Kopf auf seinen Rücken, was ihn in seiner Bewegungsfreiheit ziemlich einschränkte.

»Du mußt tun, was du für richtig hältst.« Er ließ den Streifen endlich in das Unterbrecherbad fallen und drehte sich um. »Du weißt, daß ich dir da nicht reinrede.«

Sie standen umschlungen an die Naßzone gelehnt.

»Würdest du denn mit mir nach«, Simone zögerte, bevor sie das Wort aussprach, »Hannover ziehen?«

»Wenn es sein muß, ziehe ich mit dir überall hin!«

Simone drückte sich noch fester an Arnos bekittelten Körper und küßte ihn. Er war wirklich ein Schatz!

Gerade als Simone aus dem Haus gehen wollte, klingelte das Telefon. Cäsar Zipfel meldete sich aus dem Auto.

»Ich stecke im Stau. Es wird etwas später.«

Simone wußte nicht so recht, was sie jetzt sagen sollte.

»Können Sie denn ungefähr abschätzen, wann sie am Bahnhof sein werden?« fragte sie vorsichtig.

Zipfel verhandelte irgendwas mit seinem Fahrer, das sie nicht verstehen konnte.

»In einer Stunde. Im Restaurant. Wie verabredet.«

Simone sah den Hörer an. Schon in Filmen konnte sie es nicht leiden, wenn die Leute einfach auflegten, ohne das Gespräch durch ein ordentliches »bis dann« oder »tschüs« zu beenden, geschweige denn in der Realität.

Nun hatte Simone noch eine knappe halbe Stunde Zeit. Also schaute sie – Vorbereitung ist alles – noch einmal in die Unterlagen, die ihr Frau Allerbeck seinerzeit in die Hand gedrückt hatte.

Der Zipfel-Schriftzug in den Firmenfarben Braun und Gelb wurde dominiert von einem braunen »Z« in Form einer Wurst, mit Zipfeln an beiden Enden. Darunter stand in Gelb *Zipfel* oder aber *Zipfel News* bei den Firmenzeitschriften. Diese zeichneten sich durch ein Layout aus, bei dem alles vorkam, was ein Grafik-Programm bieten konnte: Auf jeder Seite mindestens vier verschiedene Schriftarten, Rähmchen, ineinandergeklinkte, teilweise unscharfe Fotos und farbige Verlaufshintergründe, die Simone besonders schrecklich fand.

Da werde sie als erstes aufräumen, nahm sie sich vor. Inhaltlich gaben die Broschüren nicht allzuviel her. Nur die Rubrik, in der einzelne Mitarbeiter vorgestellt wurden, fand ihr Interesse. Sie fand es gut, daß alle noch recht jung waren.

In den Katalogen wurden in der gleichen Manier »Trendprodukte in impulsgerechter Aufmachung« für die »Blockplazierung in der Durchlaufzone« empfohlen. Als »echte Schnelldreher« propagierte die Firma Zipfel ihre eingeschweißten Würstchen, die sie im »aufmerksamkeitsstarken Display-Karton für die Kassenzone« anbot.

Sie nahm die Treppe in die erste Etage, wo sich der Intercity-Treff des Frankfurter Hauptbahnhofes befand. In Gedanken ging sie noch einmal die Fragen durch, die sie stellen wollte. Etwa eine Viertelstunde nach der vereinbarten Zeit erschien Cäsar Zipfel mit wehendem Mantel und schwerer Aktentasche.

»Haben Sie es gut gefunden?« erkundigte sich Simone fürsorglich.

»Dafür gibt's den Fahrer«, beschied er knapp. Simone hatte eigentlich den Eingang des Restaurants gemeint, aber egal. Zipfel erkundigte sich nach ihrem Befinden und kam dann zur Sache.

»Ich habe hier einen Vertragsentwurf.« Er förderte ein mehrseitiges Schriftstück in einer fast neuen Klarsichthülle aus seiner überquellenden Tasche zutage, räumte kurzerhand die Servietten an die Seite und legte es vor Simone auf den Tisch.

»Also, da hätten wir zuerst, als was Sie eingestellt werden, ›Leitung der Kommunikations- und Public Relation-Abteilung‹.«

»Es heißt Public Relations, immer im Plural«, verbesserte ihn Simone. Zipfel nahm einen Stift und malte gutmütig ein ›s‹ an ›Relation‹.

»Und dann die Vereinbarung, daß Sie nach sechs Monaten Prokura erhalten.«

Simone fühlte sich geschmeichelt.

»Sie haben die Möglichkeit, später die Firma *Cäsar Werbung* zu leiten, die noch sozusagen inaktiv ist. Die brauchen wir nur, um bei Anzeigenschaltungen die Agenturprovision zu kassieren. Sehen Sie, hier steht's!«

Simone schaute, konnte sich aber, wie stets in Situationen,

wo gleichzeitig jemand auf sie einredete, überhaupt nicht auf den Text konzentrieren. »Schön!« war alles, was ihr dazu einfiel.

Die Bedienung fragte, ob sie etwas zum Trinken bestellen möchten, und wies darauf hin, daß es das Essen am Buffet gäbe. Zipfel schaute Simone an, die »für mich ein Mineralwasser, bitte« sagte, und schloß sich an.

Er wandte sich wieder dem Vertrag zu. »Paragraph zwo: Bezüge.«

Simone sah den Absatz, in dem ihr eine lange gepunktete Linie auffiel.

»Hier müssen wir noch«, Zipfel deutete darauf und grinste verschmitzt, »ihr Gehalt eintragen. Was haben Sie denn bisher verdient?«

Simone, ehrlich wie immer, nannte die Höhe ihrer bisherigen jährlichen Bezüge.

»Da war dann aber sicher auch Provision dabei!«

Mit etwas heiserer Stimme gab Simone das zu.

»Sehen Sie! Ich zahle Ihnen«, er nannte einen Betrag, der um zehntausend Mark unter dem lag, was Simone bisher bekommen hatte, »und zusätzlich eine Leistungsvergütung. Sagen wir zwanzigtausend Mark.«

Simone schluckte und setzte ihr Pokerface, oder das, was sie dafür hielt, auf: »fünfunddreißigtausend!«

»Dreißigtausend, und wir sind uns einig!«

Zipfel trug den Betrag bereits in die Leerstelle ein.

»Und wie wird das festgelegt? Ich meine, wenn es eine Prämie ist, dann muß es dafür ja Richtlinien geben.«

»Die legen Sie selbst fest.«

Simone glaubte, sich verhört zu haben. »Wie, selbst?« stammelte sie.

»Sie machen einen Plan, stimmen den mit mir ab und am Ende des Jahres sehen wir dann, ob Sie ihn erfüllt haben. Wie lange brauchen Sie für einen Plan?«

»Schwer zu sagen. Ich muß mich ja erst mal orientieren, eine Bestandsaufnahme machen über die bisherigen Aktivitäten, mit den anderen Abteilungen sprechen. Ich denke, so zwei bis drei Monate.«

»Sagen wir nach acht Wochen!«

Zipfel trug auch diese Zahl in das Dokument ein.

»Dann steht da was von einem Firmenwagen.« Simone schaffte es hin und wieder, wenigstens bruchstückhaft das Dokument zu erfassen. Zipfel überging diese Bemerkung und fuhr fort: »Urlaub wie üblich. Den stimmen Sie mit mir ab, damit wir nicht beide gleichzeitig weg sind. Die Arbeitszeit können Sie sich frei einteilen. Wir beteiligen uns übrigens zur Hälfte an den Mietkosten für eine Wohnung am Arbeitsort.« Er legte den Schriftsatz wieder zusammen. »In der Probezeit. Sie können doch am nächsten Ersten anfangen? Es gibt so viel zu tun für Sie. Ich bin wirklich froh, wenn Sie kommen.«

Simone fand das Gefühl, bei Zipfel gebraucht zu werden, angenehm.

»Am besten, ich schicke Ihnen schon mal einige Unterlagen zu, damit Sie sich einarbeiten können.«

Der kleine Zipfel war von der schnellen Truppe, Simone gefiel das.

»Wenn ich das seinerzeit recht verstanden habe, soll ich doch auch für Ihren Bruder arbeiten. Ich meine, ich bin doch bei der Gruppe angestellt, die Ihnen beiden gehört?«

»Ja, richtig. Mein Bruder sollte Sie natürlich auch noch zu Gesicht bekommen, bevor Sie anfangen.« Er erweckte den Eindruck, als sei ihm das erst auf ihre Frage hin eingefallen. »Können Sie dieser Tage noch mal schnell nach Hannover kommen?«

Zipfel zückte einen erstaunlich kleinen Terminplaner, dessen Seiten allerdings von oben bis unten mit Notizen gefüllt waren. Simone nahm ihren Filofax in die Hand und hielt ihn so, daß Zipfel die leeren Kalenderblätter nicht sehen konnte.

»Nächste Woche Donnerstag, halb eins?« Simone nickte und notierte sich den Termin der Form halber. Sie würde ihn wohl kaum vergessen.

»Den Vertrag faxe ich Ihnen vorher durch, dann können Sie ihn nochmal lesen und am Donnerstag unterschreiben.«

»Ich habe zu Hause noch kein Fax«, wandte Simone ein wenig schuldbewußt ein.

»Dann muß sich Händel eben beeilen! Wir schicken ihn rechtzeitig.«

»Und wegen der Wohnung ...«

»Wir helfen Ihnen selbstverständlich bei der Suche«, unterbrach Zipfel, »ich setze unsere Immobilienabteilung darauf an. Wenn Sie noch Fragen haben, wenden Sie sich an Michael Murx, unseren Justitiar. Emm-uh-err-ix«, buchstabierte Zipfel. »Und notieren Sie sich doch auch gleich die Telefondurchwahl.«

Simone notierte.

»Wollen wir noch etwas essen?« Zipfel schaute auf die Uhr. »Ich müßte eigentlich schon wieder auf der Autobahn sein. Der Termin in Stuttgart!«

»Nein, danke«, antwortete Simone anstandshalber, obwohl sie Hunger hatte. Zipfel zahlte und rief seinen Fahrer an, damit er ihn abhole. Simone begleitete ihn noch bis zum Südausgang und sagte, sie würde sich freuen, schon so bald eine neue, interessante Tätigkeit aufzunehmen. »Ich habe mir schon einige Ideen bezüglich der Unternehmenskommunikation notiert.«

»Das gefällt mir, Sie machen sich Gedanken. Schön, daß wir uns so rasch einig geworden sind. Ich seh' Sie dann nächsten Donnerstag!« Zipfel reichte ihr die Hand, und Simone wünschte ihm unnötigerweise eine gute Fahrt. Sie hatte das mit dem Fahrer wieder nicht bedacht, aber Zipfel war schon im Gewühl verschwunden.

Auf dem Weg zur S-Bahn kaufte sich Simone ein Rosinenbrötchen und zur Einstimmung auf den neuen Job die aktuelle Ausgabe der Wochenzeitschrift *Werbung & PR*. Die S-Bahn-Fahrt ließ ihr Zeit, über Zipfel nachzudenken. Sie fand ihn nicht so steif-distanziert wie die meisten Unternehmer. Natürlich hatte er keinen Geschmack. Aber welcher erfolgreiche Mann hatte den schon? Sie brauchte bloß an seine schrill bunte Krawatte von heute zu denken, um das bestätigt zu sehen. Glücklicherweise legte er nicht eine penetrante Höflichkeit an den Tag. Sie verabscheute dieses Pseudo-Kavalier-Gehabe, wenn ihr Männer mit den Worten »oder sind Sie etwa emanzipiert?« den Mantel hinhielten. Ihren Stuhl konnte sie auch selbst vom Tisch abrücken, das durften höchstens servile Oberkellner. Schließlich war das deren Job.

»Und so als Mann?« In Gedanken sprach sie mit sich wie früher im Werbefernsehen das schlechte Gewissen mit der Frau, die keinen Weichspüler verwendete. »Schon figürlich überhaupt nicht mein Typ, aber wahrscheinlich nicht ungefährlich.«

Am Gartentor sprang ihr Pablo entgegen, den obligaten Wegzoll von mindestens einem Hundekuchen erwartend. Pablo schnüffelte um sie herum, bis er merkte, daß heute nichts zu holen war, und verzog sich wieder auf seinen Beobachtungsposten. Als Simone die Wohnungstür aufschloß, hörte sie Arno in der Küche rumoren.

»Hallo, ich bin wieder da.«

Arno kam in die Diele und gab ihr einen Kuß.

»Achtung, Hundefinger«, warnte Simone und wusch sich im Bad die Hände. Arno folgte ihr und setzte sich auf den Rand der Badewanne. »Wie ist es gelaufen?«

»Gut.« Simone trocknete sich die Hände ab und nahm auf dem Bidet Platz, das sie regelmäßig putzte, ohne es je zu benutzen.

»Wir sind den Vertrag durchgegangen. Er schickt ihn mir in den nächsten Tagen zu. Ich habe ihn noch ein bißchen raufgehandelt«, verkündete sie stolz. »Zwanzigtausend mehr als bisher! Allerdings mit so einer Provisionsklausel, aber das klappt schon«, baute sie Bedenken von Arnos Seite vor.

»Gehst du den Vertrag dann noch mit einem Rechtsanwalt durch?«

»Ach was, das wird ja wohl nicht nötig sein!«

»Und wann fängst du an?« fragte Arno fatalistisch.

»Wie schon gedacht, Anfang nächsten Monats. Vorher muß ich aber noch mal hin, Vertrag unterzeichnen, seinem Bruder präsentiert werden und so.«

»Das geht ja alles ganz schön rasant.«

»Sie wollen sich um eine Unterkunft kümmern. Ist das nicht nett? Es kann sein, daß demnächst ein Michael Murx anruft. Er ist der Justitiar. Keine Ahnung, was der damit zu tun hat, offenbar so etwas wie die rechte Hand von Zipfel.«

Arno stand auf. »Hast du schon gegessen?«

»Nein, Zipfel hatte keine Zeit mehr. Du?«

Arno schüttelte den Kopf. Ich habe gerade nachgesehen, ob ich was zu essen im Kühlschrank finde.«

»Na, mal sehen, was wir auf die Schnelle zaubern können.«

7. Kapitel

Vor dem geöffneten Kleiderschrank stehend, inspizierte Simone ihre Sachen. Auf dem Boden vor dem Bett lagen offene Schuhkartons, auf der Tagesdecke Blusen und Pullover in wüstem Durcheinander.

Sie brauchte dringend noch einen Trenchcoat und mindestens zwei neue Hosenanzüge. Und diese Oberteile reichten wahrscheinlich auch nicht. Mal sehen, ob das blaue Kostüm noch paßte. Sie zog die Jeans aus und wollte gerade den Kostümrock anprobieren, als das Telefon läutete. Auf Strümpfen lief sie zum Apparat und schlitterte den letzten Meter, das linke Bein vor dem rechten, übers Parkett ins Wohnzimmer.

»Murx – von der Zipfel Gruppe. Cäsar, also ich meine Herr Zipfel, aber wir sprechen über die Chefs nur als Cäsar und Clemens, also Cäsar hat mir erzählt, daß er nun eine qualifizierte Frau für die Öffentlichkeitsarbeit eingestellt hat. Das begrüße ich natürlich sehr, denn wissen Sie, ich kümmere mich ja quasi auch um die Öffentlichkeitsarbeit – auf juristischem Gebiet.« Er lachte. »Wir werden dann ja häufiger miteinander zu tun haben. Ach ja, ich rufe wegen der Wohnung an, die Sie suchen. So an die hundert Quadratmeter, vermute ich.«

»Wie bitte?«

»Na, Sie sind doch zu zweit. Oder suchen Sie ein Haus? Außerhalb kann man schon recht günstig was kaufen.«

»Also, ich dachte, ähm, während der Probezeit komme ich erst mal alleine.« Simone war von der Vorstellung, gleich mitsamt Arno und seinem Fotolabor in den Norden zu ziehen, ziemlich überrascht.

»Ich persönlich kann das natürlich verstehen. Ist ja auch immer ein Risiko, so ein neuer Job, vor allem, wenn man bei Zipfel anfängt. Ich will ja nichts gesagt haben, aber an Ihrer Stelle würde ich mir auch vorerst ein Zimmer nehmen. Nur Cäsar wird das nicht gefallen. Der hat seine Leute immer gerne um sich. Ich weise dann Frau Richter von unserer Immobilien-Verwaltung an, sich nach etwas Passendem umzusehen. Möbliert?«

»Wenn's geht. Und in zentraler Lage, bitte.«

»Frau Richter ruft Sie an.«

Am nächsten Tag brachte ihr der Postbote zwar nicht den Vertrag, jedoch eine Karte von ihrer Mutter, die Simone erst mal beiseite legte, und einen Umschlag mit Fotokopien von Presseartikeln aus den letzten zwei Jahren mit »freundlichen Grüßen, i. A. Allerbeck«. Simone blätterte durch die Kopien und sah immer wieder das Bild von Cäsar, manchmal eines, das ihn zusammen mit seinem Bruder Clemens zeigte. Im wesentlichen, das erfaßte sie schon aus den Überschriften, behandelten die Beiträge den rasanten Aufstieg zu einem der führenden Wurstproduzenten.

»Neue Diätsalami eingeführt«, berichtete die Fleischer-Fachpresse mit einem Bild von Cäsar, eine Packung eingeschweißter Salamischeiben in die Kamera haltend, und »Zipfel: Neuer Umsatzrekord« das *Handelsblatt*. Auch in dem schon etwas älteren Artikel »Die jungen deutschen Unternehmer« des *Manager Journals* wurde Cäsar Zipfel erwähnt. Die Textpassage war gelb gemarkert.

Cäsar Zipfel (40), Vater von drei Kindern, hat keine Zeit für Hobbys. Praktisch ›rund um die Uhr‹ sei er für sein Unternehmen im Einsatz, berichtet er. Dabei muß das Familienleben notwendigerweise zu kurz kommen. Seine Kinder sieht er ›am Wochenende, wenn ich nicht gerade unterwegs bin‹. Wie fast alle jungen Unternehmer muß Zipfel hart arbeiten für seinen Erfolg. Mit seinen Fleisch- und Wurstwaren liegt er an vierter Stelle in der Rangliste der einheimischen Fleischverarbeiter. ›Das Ziel ist natürlich die Marktführerschaft‹, erläutert der erfolgverwöhnte Aufsteiger. Sein Vater war noch – wie sein Bruder Clemens (43) – einfacher Metzgermeister. Zur Zipfel Gruppe gehören heute verschiedene Produktionsstätten für Fleisch und Wurst in Deutschland und dem europäischen Ausland, eine eigene Flotte von Kühlfahrzeugen sowie die im Aufbau befindliche Ladenkette ›Schlemmer-Passage‹. Auf dieses in den 80er Jahren von Cäsar Zipfel entwickelte Konzept setzt er seine größten Hoffnungen. In zwei bis drei

Jahren will er eine Passage in jeder deutschen Großstadt eröffnet haben.

Simone blickte versonnen auf die durchs Kopieren wie ein Fahndungsfoto aussehende Abbildung von Cäsar Zipfel vor hängenden Rinderhälften. Ihr wurde ein bißchen mulmig.

Dann nahm sie die Karte mit dem süßlichen Konterfei von Wolfgang Amadeus Mozart zur Hand, die ihre Mutter geschickt hatte. Sie war Schauspielerin und zur Zeit in Salzburg engagiert. Wenn sie im Sommer nicht spielte, unternahm sie, seit Simone Abitur hatte, weite Reisen, verschwand wochenlang in Indien oder Südamerika. Als Kind lebte Simone die meiste Zeit bei ihrer Oma, deren Tod vor ein paar Jahren sie sehr mitgenommen hatte. Ab und an las sie über die Erfolge ihrer Mutter im Feuilleton, aber für Theater interessierte sie sich nicht wirklich. Ihre Mutter berichtete von dem Triumph, den sie gerade feiere, und hoffte, Simone ginge es gut. *Wir sollten wieder einmal telefonieren. Oder besser noch, komm nach Salzburg. Du solltest mich spielen sehen!*

»Ich habe jetzt andere Sorgen!« antwortete Simone in Gedanken. »Außerdem war ich schon mal in Salzburg.« Da hatte sie ihre Mutter kaum gesehen, weil überraschend Proben angesetzt wurden. Sie legte die Karte zu den anderen in eine Blechdose im Schrank und beschloß, heute zum Dessert Salzburger Nockerl zu machen.

Nachmittags war sie gerade im Keller, um Wäsche abzunehmen, als das Telefon klingelte, das sie sicherheitshalber in der Jackentasche mitgeführt hatte. Frau Richter. Mist, dachte Simone, ausgerechnet jetzt. Sie war bemüht, das Gespräch in die Länge zu ziehen, und eilte durch den Hausflur die Treppe zu ihrer Wohnung im ersten Stock hinauf. Just in dem Moment kam Frau Glatzer aus der Tür. Das »Ei gude wie?« blieb ihr im Halse stecken. Sie sah der telefonierenden Simone mit offenem Mund hinterher. Endlich war Simone in der Wohnung und bei einem Notizblock. Frau Richter hatte ihr in der Zwischenzeit mit unsympathisch schneidender Stimme eine »wunderbare, möblierte Wohnung« beschrieben, ruhig gelegen, die sie sich extra für sie angesehen habe.

»Wie groß ist sie denn?«

»Zwanzig Quadratmeter, aber sehr gut geschnitten.«

»Da bekomme ich ja Platzangst! War's das schon?«

»Nein, da habe ich noch eine unmöblierte Wohnung mit 90 Quadratmetern, die gerade renoviert wird. In einem Hochhaus und mit Balkon.«

Simone dachte daran, daß sie die Miete ihrer Wohnung in Frankfurt ja vorerst auch noch weiterbezahlen mußte und erklärte, ihr seien so große Wohnungen zu teuer.

»Also wissen Sie, jetzt mache ich Ihnen ein Angebot nach dem anderen, und Sie haben immer etwas auszusetzen!«

Simone wollte nicht glauben, was sie da hörte. Sie konnte ja wohl kaum die erstbeste Wohnung nehmen, nur um Frau Richter einen Gefallen zu tun.

Im Keller traf sie auf Arno, der gerade ins Labor wollte. Gemeinsam nahmen sie die restliche Wäsche von der Leine.

»Arno, so legt man Handtücher nicht zusammen!« Er würde es nie lernen. Sie faltete ein Handtuch vor: vorne eine ordentliche Rundung und die Bordüre oben auf. »Das ist ein gutes Handtuch! Und das ein böses!« Sie zeigte auf das von Arno gefaltete Exemplar.

Arno war das egal: »Sonst noch was?«

»Ja, ich habe Probleme mit der Wohnung. Diese Frau Richter ist wirklich unmöglich, außerdem hat sie nur teure Wohnklos oder große Wohnungen im Angebot. Ich fürchte, ich muß mich selbst darum kümmern.«

Sie reichte Arno das andere Ende eines Bettbezugs, damit sie ihn glattziehen könnten. Arno ließ den Bezug in der Mitte durchhängen, und Simone fauchte: »Geh doch mal ein Stück zurück. Du siehst doch, daß ich schon an der Wand stehe!«

»Dabei fällt mir ein«, Simone hielt inne, und Arno stand etwas unbeteiligt mit dem halbgefalteten Ende des Bezugs in den Händen da, »es gibt doch so etwas wie eine Mitwohnzentrale. Da rufe ich gleich mal an!«

Sie nahm Arno die Wäsche ab und legte sie zu der anderen in einen Korb.

»Bis später!«

Von der Mitwohnzentrale erhielt sie drei Telefonnummern. Bei einer Wohngemeinschaft erreichte sie zwar niemanden, aber den täglichen Kampf um einen Platz im Bad wollte sie sich sowieso nie wieder antun. Dann hatte sie einen jungen Mann am Apparat, der ein Zimmer in seiner Wohnung vermieten wollte, aber »erst mal seine Eltern fragen« mußte, ob Simone gegebenenfalls bei ihm einziehen dürfe. (»Vergiß es, Kleiner!«) Die dritte Nummer war ein Volltreffer. Esther, eine Chemikerin in Simones Alter, leitete vorübergehend ein Forschungsprojekt in Berlin und suchte jemanden, der für vier Monate ihre Dreizimmer-Altbauwohnung beziehen würde. Sie verabredeten sich für Donnerstag nachmittag zur Wohnungsbesichtigung und Schlüsselübergabe.

8. Kapitel

Vorsichtshalber ging Simone in den Speisewagen, um eine Kleinigkeit zu essen. Der Termin bei Zipfel war wieder genau in der Mittagszeit.

»Guten Tag, Frau Mohr«, grüßte sie in die Empfangskabine

hinein. »Simone Störmer, ich habe einen Termin bei Cäsar Zipfel.«

»Mahlzeit!« grüßte Frau Mohr zurück und versprach, sie anzumelden, sie solle nur schon hoch fahren. Oben angekommen, betrat sie das Sekretariat und fand, Frau Allerbeck sähe auffällig bleich aus. Simone grüßte. Die mütterliche Sekretärin, die sie bisher noch nicht mit Namen kannte, stellte sich mit herzlichem Händedruck vor: »Frölich ohne h, schönen guten Tag.«

»Gehen Sie ganz schnell rein. Er telefoniert gerade ausnahmsweise nicht«, forderte Frau Allerbeck sie auf, und Simone betrat nach dem Anklopfen zum zweiten Mal das Büro von Cäsar Zipfel. Der saß hinter seinem großen Schreibtisch, Unterschriftenmappen vor sich. Simone ging auf ihn zu, er reichte ihr die Hand.

»Nehmen Sie schon mal dort drüben Platz«, er wies auf die Sitzgruppe, »ich bin gleich soweit.« Er unterschrieb weiter. Als er die Mappe durch hatte, stand er auf, brachte sie ins Vorzimmer und kam nach einer Weile mit zwei Herren zurück.

»Herr Händel, unser Personalchef, Herr Dr. Neubert, Frau Dr. Störmer«, stellte er vor. Simone wurden Hände gereicht, die von Händel war weich und feucht. Man setzte sich. Simone überlegte, wie sie Dr. Neubert einordnen sollte, während Zipfel den Herren erklärte, was er mit ihr vorhatte. Attraktiv, dachte sie, den Akademiker betrachtend. Irgendwo hatte sie den Namen schon mal gelesen. Die Situation erforderte ihre Aufmerksamkeit, Händel sprach sie an.

»Was haben Sie denn vorher gemacht?«

Simone war erstaunt, schließlich hätte Händel in ihre Unterlagen schauen können, erzählte aber gutmütig noch einmal ihre Lebensgeschichte.

»Das heißt, Sie wechseln jetzt sozusagen die Fronten?«

»So ungefähr«, bestätigte Simone.

»Und worin sehen Sie die Aufgabe der Öffentlichkeitsarbeit?« mischte sich Neubert in das Gespräch ein. Gerade noch rechtzeitig fiel ihr ein, daß in den *Zipfel News* Neubert als Unternehmensberater von Cäsar Zipfel vorgestellt worden war. Eine falsche Antwort könnte sie den Job kosten. Hier war ausweichendes Taktieren angesagt. Sie räusperte sich.

»Natürlich werde ich ganz selbständig alles tun, was Sie von einer Kommunikations-Managerin erwarten dürfen, ohne dazu erst aufgefordert zu werden. Aber ich bin mir sicher, daß Sie mir jederzeit«, sie sah in die Runde, »wichtige Hinweise geben können. Ich werde, auch das ist für mich selbstverständlich, nichts unternehmen, ohne mich vorher mit den Leitern der betreffenden Abteilungen und Ihnen abzusprechen. Wenn wirklich einmal ein Ereignis eintreten sollte, das eine unmittelbare Stellungnahme gegenüber der Presse erforderlich macht, werde ich dies in Absprache mit Ihnen regeln. Ansonsten hoffe ich, meine Kreativität zum Nutzen der Zipfel Gruppe einsetzen und daran mitwirken zu können, daß sie noch erfolgreicher wird als bisher schon.«

Neubert, Zipfel und Händel blickten zufrieden, und Simone war stolz, diese Klippe umschifft zu haben.

Neubert sah sie taxierend an. »Und Sie sind ledig?« fragte er ganz ernsthaft.

»Ja, schon, aber...«

»Dann können wir jetzt den Vertrag unterzeichnen«, unterbrach Zipfel. Er holte seinen Füller und die Unterlagen vom Schreibtisch. »Oder gibt es da noch etwas, Frau Dr. Störmer?«

»Alles soweit in Ordnung, bis auf den Punkt, daß Public Relations wieder ohne ›s‹ am Ende geschrieben ist.« In der Beziehung war Simone kleinlich.

»Das wird doch nicht mit ›s‹ geschrieben!« Händel wollte sich ausschütten vor Lachen.

Simone sah, auf Unterstützung hoffend, zu Dr. Neubert. Er lächelte sie vielsagend an, sagte aber nichts.

»Aber nein«, Händel insistierte, »da bin ich mir sicher. Wieso sollte das denn ›Relations‹ heißen?«

»Na, weil *eine* öffentliche Beziehung im Normalfall noch keine Öffentlichkeitsarbeit ist, aber das ist ja vielleicht nicht so wichtig.« Simone wollte nicht zickig erscheinen.

Zipfel unterschrieb derweil die beiden Vertragsexemplare und legte sie vor Simone hin, die schon ihren Füller in der Hand hielt. Während sie »Simone Störmer« ohne Doktor darunter setzte, hatte sie ganz plötzlich die Befürchtung, es könne etwas in dem Text geändert worden sein, von dem sie nichts wußte. Sie ermahnte sich selbst, nicht kindisch zu sein.

»Schön, dann auf gute Zusammenarbeit!« Zipfel hielt ihr seine Hand hin, Simone schlug ein.

»Ich würde gerne noch ihren Bruder kennenlernen. Wäre das möglich?« Simone steckte den Vertrag in ihre Tasche.

»Ja richtig. Ich wollte Sie ja noch meinem Bruder vorstellen. Kommen Sie!«

Sie durchquerten das Vorzimmer, in dem die beiden Sekretärinnen ihnen synchron mit den Blicken folgten, und betraten, ohne anzuklopfen, das Büro von Clemens Zipfel.

»Clemens, das ist Frau Dr. Störmer! Ich habe dir von ihr erzählt. Sie kümmert sich zukünftig um unser öffentliches Erscheinungsbild.«

Clemens erhob sich und kam auf sie zu. Er trug ein geschmackvoll kariertes Jackett mit farblich abgestimmter Krawatte. Er war noch ein bißchen kleiner als sein Bruder, untersetzt, und auf den ersten Blick ein netter, eher bodenständiger Typ.

»Ich begrüße Sie, Frau Dr. Störmer, freue mich, Sie kennenzulernen.«

»Ganz meinerseits«, hätte Simone fast geantwortet, sagte dann aber nur artig: »Guten Tag, Herr Zipfel«.

»Sie wollen also zukünftig bei uns Wunder wirken, das ist ja schön.«

»Ich freue mich jedenfalls auf eine interessante Aufgabe.«

»Interessant, ja, ja«, Clemens Zipfel hatte ein leerlaufendes Lachen. »Wann fangen Sie denn bei uns an?«

»Am nächsten Ersten«, antwortete Cäsar anstelle von Simone. »Clemens, laß dich nicht weiter stören. Du wirst Frau Dr. Störmer dann ja bald ausführlicher kennenlernen.«

»Ja, ausführlicher. Schön, schön. Dann also bis bald, Frau Dr. Störmer.« Clemens Zipfel reichte Simone die Hand.

Cäsar brachte sie zum Aufzug.

»Ach, Frau Dr. Störmer, was ich noch sagen wollte: Ich habe schon eine Sekretärin für Sie!«

»Wie?« meinte Simone erstaunt.

»Marilyn Schupps.«

»Herr Zipfel, ich suche mir meine Mitarbeiter normalerweise selbst aus!«

Cäsar war einigermaßen verblüfft. Wahrscheinlich hatte er Dankbarkeit erwartet.

»Verständlich, aber das ergab sich günstig. Wenn's nicht klappt, können Sie ihr ja kündigen und suchen sich eine Neue. Kein Problem, Sie entscheiden das.«

»Schau mal, was ich hier habe!« Simone hielt Arno ein Schlüsselbund unter die Nase. »Für meine Zweitwohnung. Drei Zimmer, Küche, Bad, Balkon in einer ruhigen Seitenstraße.«

»Und wie sieht sie aus?«

»Meinst du die Wohnung oder Esther?« fragte Simone gutgelaunt.

»Was interessieren mich andere Frauen, ich hab' doch dich!«

Arno und Simone hatten es sich im Wohnzimmer bequem gemacht.

»Ganz schön«, ging Simone endlich auf die Frage ein, »hell und freundlich. Die üblichen Kiefernholzregale. Sieht aus wie eine typische Studentenwohnung. Reines Ikea.«

Simone ließ Arno Zeit, sich das vorzustellen, und nippte derweil an ihrem Glas Rotwein.

»Esther hat mich auch gleich der Vermieterin vorgestellt, die unten im Haus wohnt. Du, die ist vielleicht goldig! Als ich ihre Wohnung betrat, fühlte ich mich richtig in meine Kindheit zurückversetzt. Das Wohnzimmer sah aus wie das gute Zimmer von meiner Oma, echt Gelsenkirchener Barock.«

»Und Esther?«

»Also doch neugierig!« Simone schmunzelte. »Auch nett. Wir sind dann, weil sie schon in Berlin wohnt und deshalb keine Lebensmittel in der Wohnung hatte, in ein Café an der Ecke gegangen. Sie ist auch promoviert, Naturwissenschaftlerin, und hat eine Assistentenstelle an der Uni in Hannover. Viel werde ich mit ihr ja nicht zu tun haben, aber es ist sicher für beide Seiten angenehmer, wenn man sich sympathisch ist.«

»Na, dann war das ja ein erfolgreicher Tag für dich!« Arno konnte sich ganz selbstlos für Simone freuen. »Hast du dir das Unternehmen jetzt mal näher angesehen?«

»Das ergab sich irgendwie nicht.«

»Ja, aber deinen zukünftigen Arbeitsplatz hast du dir doch wenigstens zeigen lassen?«

»Nö, auch nicht. Es kam nicht dazu.«

Arno zog die Augenbrauen hoch.

»Aber ich habe schon eine Sekretärin! Die heißt Marilyn!« Simone kicherte. »Marilyn Schupps! Toller Name, nicht?«

»Und die hat dieser Zipfel einfach für dich eingestellt? Ohne dich zu fragen?«

»Scheint so. Finde ich ja auch nicht in Ordnung. Aber was soll ich machen? Nun ist es passiert. Und wenn ich irgendwo angefangen hätte, wo es schon eine entsprechende Abteilung gibt, hätte ich mir die Mitarbeiter ja auch nicht aussuchen können!«

»Auch wieder wahr. Aber trotzdem!« Arno runzelte mißbilligend die Stirn. »Du hast den Bruder noch gar nicht erwähnt.«

»Mensch, hab' ich total vergessen! Das muß ich dir sogar unbedingt erzählen!« Simone verschluckte sich fast am Wein und schilderte dann die kurze Begegnung mit Clemens.

»Das klingt aber ziemlich eigenartig!« meinte Arno daraufhin. »Ach übrigens, da ist ein Karton von Zipfel für dich angekommen. Bleib sitzen, ich hole ihn dir.«

Simone überlegte angestrengt, was da wohl drin sein könnte.

Arno spekulierte laut: »Geschmacksproben vielleicht? Leckere Schinken, köstliche Salami?« Er dachte wieder nur ans Essen und reichte ihr das Päckchen. Gespannt riß sie den Karton auf und stieß zuerst auf einen Briefbogen ohne Umschlag. Handschriftlich hatte Cäsar auf dem Blatt notiert, sie möge sich doch bitte diese Muster-Videos anschauen, denn er wolle einen Unternehmensfilm drehen lassen. Seine Assistentin, Laura Koerner, habe schon die beiliegenden Angebote eingeholt.

»Nicht eine einzige Wurst?« Arno war bitter enttäuscht vom zukünftigen Arbeitgeber seiner Lebensgefährtin. »Willst du die Filme gleich ansehen?«

»Können wir doch auch morgen machen, oder? Ich bin schon etwas müde.«

»Noch Wein?« Simone nickte, bekam nachgeschenkt und kuschelte sich an Arno.

»Sag mal, Wölfchen, jetzt wo ich in die große weite Welt hinausgehe und wo wir doch schon so lange zusammen sind, wollen wir nicht«, sie sah Arno in die Augen, »heiraten?«

Es entstand eine Pause, länger, als es Simone lieb sein konnte. Arnos Gesichtsausdruck wurde noch ernster, geradezu finster.

»Woher dieser Sinneswandel? Du hast doch immer gesagt, du brauchst keinen Trauschein!«

»Ja, aber«, Simone war etwas um ihre Fassung bemüht, »ich finde es langsam blöd, in meinem Alter noch ›mein Freund‹ zu sagen, das hört sich immer so nach wechselnden Partnern an. Außerdem wäre es doch auch steuerlich viel günstiger, doppelte Haushaltsführung und so.«

»Nein!«

»Nein?« Simone setzte sich abrupt auf. »Wie meinst du das?«

»So, wie ich es sage. Allein, wenn ich schon an den ganzen Zirkus denke, mit Familie und so, wird mir übel. Kommt gar nicht in Frage!«

»Ach Arno, komm! Ich rede ja nicht von einer Traumhochzeit, sondern nur von einer schlichten Trauung. Bei Zipfel denken sie sonst noch, ich hätte keinen Mann abbekommen. Die sind alle verheiratet.«

Arno schüttelte den Kopf.

»Du willst es mir nicht sagen, aber deine Familie ist dagegen? Ich bin nicht gut genug für Unternehmers.«

»Mein Schneckchen, du liest zu viele Romane.«

Simone gab es auf. Wozu sollte sie mit Arno streiten? Die bevorstehende Trennung verstärkte in ihr im Gegenteil ja das Bedürfnis, die Bindung an Arno zu bekräftigen. Und dann wieder diese peinliche Situation bei dem Vorstellungsgespräch! Dieses »ledig, aber...«! Sie war schließlich kein Single auf Partnersuche! Sie könnte ja einfach behaupten, sie sei verheiratet, wenn da nicht die Steuerkarte wäre – die sie verraten würde.

9. Kapitel

Ich finde, wir sollten ein paar Leute einladen, um meinen Karrierefortschritt zu feiern. Wer weiß, wann wir sonst mal wieder ein Fest machen können.«

Arno sah unwillig von seiner Zeitungslektüre auf.

»Ich könnte ein ländliches, französisches Buffet herrichten.«

»Wenn du meinst.«

»Zeig mal ein bißchen mehr Begeisterung!«

»Wen willst du denn einladen, wir kennen doch kaum jemanden.«

»Stimmt doch gar nicht!« Simone ging in Gedanken die Liste der in-Frage-Kommenden durch. Viele waren es nicht, gab sie im stillen zu, aber zu voll sollte es ohnehin nicht werden.

Arno wandte sich wieder dem Feuilleton zu, und Simone holte sich einen Zettel, schrieb Namen darauf, machte hinter einige ein Fragezeichen, strich andere wieder durch.

»Namen zu streichen macht am meisten Spaß!«

»Mmmh?«

»Arno, jetzt hör doch mal! Du rufst Lutger an. Frag ihn, ob er noch jemanden mitbringen will. Und überlege dir, wenn du sonst noch einladen möchtest.«

»Ja, ja.«

Schon am Freitag begann Simone mit den Vorbereitungen. Bis Samstag nachmittag war sie vollauf damit beschäftigt, zu backen und zu kochen. Arno kümmerte sich kurz um die Getränke und fotografierte dann ausführlich von allen Seiten das von Simone liebevoll aufgebaute Buffet.

Ilka traf als erste ein, noch braungebrannt vom Urlaub und in einem nepalesischen Fräckchen samt passendem Folklorerock. Sie fing gleich zu erzählen an, was sie im Himalaya so alles erlebt hatte. Simone versäumte dadurch das Eintreffen von zwei Fotografen, die sie nur flüchtig kannte.

Nahezu gleichzeitig kamen Tim und Lutger an, die sich gegenseitig musterten. Lutger im modisch-dezenten Zwirn, Tim mit einem ausgeleierten T-Shirt von der Gruppe Mum and Dad on Bass and Drums. Arno stellte sie einander vor.

»Ich wußte gar nicht, daß ihr in adeligen Kreisen verkehrt«, raunte ihr Tim bei der Begrüßung zu. »Degeneriert sieht er nicht aus, ist Lutger von Brink vielleicht sein Künstlername?«

Simone machte »pscht!«, da Lutger genau hinter Tim stand, um sie ebenfalls zu umarmen. Anschließend klebte ihr der intensive Moschusgeruch seines Rasierwassers an der Wange.

»Du bist alleine gekommen?« fragte Simone mitfühlend. Er nickte nur stumm.

Arno zeigte, wo die Getränke standen.

»Was für ein tolles Buffet!« kreischte Ilka, alles andere übertönend.

»Du mußt ja Stunden in der Küche gestanden haben!« meinte der dicklichere der beiden Fotografen, der, damit man ihn als solchen erkannte, eine alte zweiäugige Rolleiflex umhängen hatte. »Dabei siehst du gar nicht aus, als ob du kochen könntest!«

Da nun ohnehin schon alle Anwesenden am Buffet in der Küche standen, erklärte Simone, soweit erforderlich, um was es sich im einzelnen handelte: »Selbstgebackenes Brot, selbstgemachte Leberpastete, Löwenzahnsalat, gekaufte Pasteten, Tapenade.«

Ilka fragte, was Tapenade sei.

»Olivenmus«, erklärte ihr Lutger bereitwillig.

»Tapenade«, fuhr Simone fort, »ist auch in dieser Tarte, zusammen mit Tomaten und Sardellen, wie man sieht. Das sind zwei Quiche Lorraine. Und auf dem Ofen schmurgeln«,

Simone öffnete den Deckel des Bräters, »kleine Kaninchenteile!«

»Wie das duftet!« Arno lief schon wieder das Wasser im Munde zusammen.

Ilka sagte: »Wann immer du kochst, machst du Lämmchen, Kaninchen, Kälbchen. Immer kommen niedliche Kuscheltiere in den Topf.«

Lutger schaute Ilka fassungslos von der Seite an: »Bist du Vegetarierin?«

»Nein, das nicht, aber ich finde kleine Tiere so süß!«

Simone kam in Stimmung: »Meine Damen und Herren, liebe Kinder, darf ich die Aufmerksamkeit nun auf die Süßspeisen lenken. Wir hätten hier eine Kirschwähe, eine Tarte Tartin mit Äpfeln und für jeden ein, ich betone, ein Tellerchen mit Crème caramel.«

»Wahnsinn! Darf man schon anfangen?« wollte der verfressen aussehende Fotograf wissen.

»Nur zu!« forderte Simone die Umstehenden auf.

Sie holte sich Wein und ging dann zu Ilka, die Tim ihre Urlaubsfotos zeigte.

»Gut, dann fange ich von vorne an.«

Tim fiel plötzlich ein, daß er seit dem Frühstück nichts mehr gegessen hatte, und er entfernte sich in Richtung Buffet.

»Also, das bin ich beim Abflug in Frankfurt und hier bei der Ankunft in Katmandu ...«

»Entschuldige, es hat geklingelt.«

Simone ging zur Tür. Es waren Gaby und ihr Freund Ulfi. Letzterer in einem grasgrünen Sakko, schwarzem T-Shirt, schwarzer, enger Lederhose, seitlich geschnürt, und ultraspitzen Cowboystiefeln. Gaby hatte sich ihre langen roten Haare im Retro-Look hochgesteckt und trug ein weich fallendes, ihre weiblichen Vorzüge betonendes Kleid.

»Ich wußte gar nicht, daß du auf Typen mit Schnauzer stehst!«

Sie fände das männlich, gestand ihre Freundin. Simone fragte vorsichtshalber, ob sie Ulfi duzen könne.

»Er heißt Ulf-Dieter, nur zur Info! – Nein, was für ein opulentes Buffet! Wie hast du das nur wieder gemacht?«

Simone zuckte mit den Schultern. »Mache ich doch gerne, laß es dir schmecken!«

»Du, das ist jetzt dumm, aber ich bin gerade auf Diät. Vielleicht später ein Häppchen von den köstlich aussehenden Desserts.«

Simone reichte ihrer Freundin ein Glas Wein.

»Schon alles gepackt?«

»So ziemlich«, antwortete Simone. »Ich mußte mir ja etliche neue Klamotten kaufen, denn in dem neuen Job kann ich unmöglich in Jeans aufkreuzen, so wie in der Redaktion. Ich habe ernstlich überlegt, ob ich mir bügelfreie Blusen anschaffe.«

»Diese vollsynthetischen Dinger mit Karriereschlupp und Goldknöpfchen? Du spinnst doch!«

»Ich hab's ja gelassen«, verteidigte sich Simone, »mit dem Nachteil, daß ich dauernd bügeln muß. Und dann braucht man alles doppelt, Kosmetik, meine ich: Rouge, Puder, Make-up und so weiter, damit ich die Sachen nicht immer hin- und herschleppen muß.«

Gaby's Hochsteckfrisur geriet bedrohlich ins Rutschen, und sie verschwand im Bad. Simone fühlte sich verpflichtet, sich um Ulf-Dieter zu kümmern, der alleine im Wohnzimmer herumstand. Sie brachte ihm ein Glas Wein.

»Habt ihr kein Bier?« schrie er sie an. Simone verneinte erschrocken.

»Wein tut's auch. Ich wollte ja schon lange mal sehen, wie Künstler so leben. Viele Bücher! Und du lebst von der Stütze, sagt Gaby. Sollte man gar nicht meinen!«

Simone blieb die Spucke weg. Alle sahen her, weil Ulf-Dieter so laut redete.

»Am Dienstag fange ich wieder an zu arbeiten.«

»Ja, richtig, in Hannover, hat Gaby gesagt, im Wurst-Verkauf.« Er betonte ›Verkauf‹ auf der ersten Silbe. »Also, den ganzen Tag Kittel tragen, das wäre nichts für mich.«

Simone stellte das richtig und hoffte inständig, Gaby würde endlich aus dem Bad kommen.

»Wo bleibt Gaby eigentlich ab?«

»Ist auf siebzehn!«

»Klaro.«

Er sah sie mit Verzögerung irritiert an.

Während sie ihn anstrahlte, dachte Simone, er wundere sich jetzt, wieso sie weiß, daß ›auf Toilette‹ im *Ver*kauf ›auf 17‹ heißt.

»Schicke Stiefel«, lenkte sie ab, bevor sie es erklären mußte, »und du bist auch Abteilungsleiter?«

»Klaro. Jeansabteilung. Echt cooler Job!«

Nun war Simone klar, wieso er so laut redete. Er brüllte den ganzen Tag gegen die Musik an.

Gaby kam frisch aufgesteckt zurück und fragte, ob sie sich in der Zwischenzeit gut unterhalten hätten.

»Klaro!« sagte Simone grinsend.

Sie ging zu Arno, der sich mit dem hochsensibel aussehenden Heiner unterhielt, der eigentlich auch Fotograf war, jetzt aber ›richtige‹ Kunst produzierte. Er erzählte so leise von seiner Ausstellung im Württembergischen Kunstverein vor zwei Jahren, daß Simone mit dem lauten Ulf-Dieter im Hintergrund Mühe hatte, dem Gespräch zu folgen. Arno entschuldigte sich bald darauf, er müsse mal nach Lutger sehen und verzog sich in die Küche.

»Ich erfuhr gerade, daß du PR für Fleisch und Wurst machen wirst. Weißt du, daß du damit zur Vernichtung des Regenwaldes beiträgst? Du rechtfertigst mit deiner Arbeit die Zerstörung des ökologischen Gleichgewichtes! Die durch die

Massentierhaltung verursachten Ammoniakdämpfe tragen zum Waldsterben auch bei uns bei. Die Gülle belastet unsere Gewässer mit Nitrat und Phosphat. Das fördert das Algenwachstum in den Meeren. Das Algenwachstum wiederum führt zu Sauerstoffmangel, der Fische und Meerestiere sterben läßt. Und das ist nicht mal alles. An deiner Stelle«, er sah Simone abschätzig an, »an deiner Stelle würde ich darüber mal nachdenken!«

Simone war wirklich beeindruckt. Global-ökologisch hatte sie ihre zukünftige Funktion noch gar nicht betrachtet.

Tim trat auf sie zu und fragte in besorgt-interessierter Tonlage, ob sie sich denn auf den neuen Job habe vorbereiten müssen.

»Sicher«, erklärte ihm Simone, sie habe Fachbücher gelesen und ihr neuer Chef habe sie bereits mit Arbeit eingedeckt. Als erstes müsse sie einen Film produzieren lassen.

»Genial!« sagte Tim.

Sie habe sich schon durch einen Stapel Videos gesehen, erläuterte Simone, »eines schlimmer als das nächste. Immer fangen diese Unternehmensfilme mit einer Luftaufnahme des Firmengeländes an, dann kommt das Büro des Inhabers; der Chef sichtlich bemüht, nicht in die Kamera zu gucken. Dann tritt eine Sekretärin ein, die eine Unterschriftenmappe anreicht.«

»Hört sich zum Einschlafen an.«

»Du sagst es!« Simone reichte Tim eine ausrangierte Untertasse als Aschenbecher, damit er gar nicht in Versuchung kam, das Parkett zu ruinieren.

»Du wirst das sicher besser machen«, sagte Tim voller Vertrauen in Simones Fähigkeiten und dabei die Untertasse jonglierend. »Bei deinem Sinn für Formen und Farben wirst du dich bestimmt auf alles, was mit Corporate Identity und so zu tun hat, stürzen.«

»Bestimmt. Da gibt es übrigens eine einfache Regel.«

»Nun sag schon!« forderte Tim sie auf.

»Was sich nicht bewegt, bekommt ein Logo verpaßt, was sich bewegt, eine Krawatte in den Firmenfarben!«

In dem Moment drehte Ulfi die leise Musik ganz ab, und Gaby klopfte an ihr Glas. Alles schaute. Simone war das schon jetzt schrecklich peinlich. Da Arno zu weit weg stand, versteckte sie sich halbwegs hinter Tim.

»Liebe Simone«, hob Gaby an, »dein Horoskop sagt dir große Veränderungen voraus sowie berufliche Turbulenzen. Aber auch Geld und Glück in der Liebe, was wir uns natürlich alle wünschen.«

Sie sah ihren Ulfi an.

»Viel Erfolg bei deinem neuen Job, und vergiß uns nicht, wenn du dem Ruf der Wurst folgst!«

Ulf-Dieter klatschte als einziger. Lutger sah betreten auf seine teuren englischen Schuhe. Arno trank sein Glas auf einen Zug leer. Simone starrte über Tims Schulter hinweg wie hypnotisiert auf ihre schöne, rothaarige Freundin, die sich räusperte, in Pose warf und »mi, mi, mi« trällerte. Jedes Geräusch im Raum erstarb. Sie sang!

»Wem Gott will rechte Gunst erweisen, den schickt er in die Wurstfabrik, er läßt ihn in die Fleischwurst beißen und gibt ihm noch 'nen Zipfel mit.«

10. Kapitel

Am Montag morgen, einen Tag bevor sie bei Zipfel anfangen sollte, verstauten Arno und Simone alles, was sie vermutlich in Hannover brauchen würde, im Auto. Sie wuchteten gerade einen großen, schweren Korb, in den Simone

Unterwäsche, Pullover und Bettbezüge gepackt hatte, auf die Rückbank, als Frau Glatzer aus der Haustür trat.

»Ei, wo wollen Sie denn hin?«

»Morgen fange ich in Hannover an. Ich habe dort eine neue Stelle gefunden. Öffentlichkeitsarbeit für ein großes Unternehmen«, antwortete Simone etwas außer Atem.

»Ist nicht wahr! Gibt's als in Frankfurt keine Position, die für Sie passen tät? Was macht denn jetzt Ihr Freund? Den wollen Sie doch nicht etwa allein lassen? Der arme Kerl! Soll der jetzt etwa selbst die Treppe putzen?«

»Karl, mei Droppe!« dachte Simone, der das gerade noch gefehlt hatte. Arno war schon wieder in der Wohnung verschwunden.

»Ich komme ja immer am Wochenende nach Hause.«

Sie strich sich mit dem Handrücken eine Haarsträhne aus dem Gesicht.

»Und die ganze Woche sind Sie dann in Hannover?«

»Genau!« Simone wurde unruhig, sie mußten los. »Tschuldigung, Frau Glatzer, ich muß mich ranhalten! Bis bald.«

Frau Glatzer machte sich kopfschüttelnd an ihrem Briefkasten zu schaffen, und Simone hielt Arno, der gerade mit einer Kiste ankam, das Vorgartentörchen auf.

»Was ist da eigentlich drin? Das ist ja wahnsinnig schwer.« Arno keuchte.

»Och, das sind bloß all die Unterlagen, die mir Zipfel in der letzten Zeit zugesandt hat, damit ich mich einarbeiten kann. Und das Notfall-Kit für den Schreibtisch. Pack den Karton nicht so weit nach unten, bitte. Ich denke, wir fahren erst bei Zipfel vorbei und geben ihn ab.«

»Was bitte ist ein Notfall-Kit für den Schreibtisch?« Arno wuchtete den Karton in den Kofferraum.

»Das Übliche: Ersatzstrumpfhose, Reisezahnbürste, Bürotasse, Tampons, kleiner Spiegel, Packung Papiertaschentücher, Reisenähset, Kopfschmerztabletten.«

»Gut zu wissen – falls ich mal in einem Büro arbeiten sollte!«

»Unwahrscheinlich!« konterte Simone.

Nachdem alle Kartons und ein Bügelbrett im Auto verstaut waren, legten sie noch Simones Kleider, sorgfältig in Plastikfolien von der Reinigung verstaut, oben drauf.

»Als wolltest du auswandern!« Arno versuchte, den rutschigen Kleiderberg in Schach zu halten.

In dem Moment kam Frau Glatzer aus dem Haus und auf Simone zu gestürzt.

»Ein Glück, daß ich Sie noch erwische. Ich hab' hier ein Magnesiumpräparat. Das werden Sie brauchen. Es hilft gegen Streß. Wo Sie doch jetzt so 'ne wichtige Tätigkeit aufnehmen.« Sie drückte Simone eine Packung in die Hand. »Und alles Gute auch!«

Simone bedankte sich und stieg ein, ihre Handtasche und diverse Tüten zwischen den Füßen verteilend. »Das Auto sieht aus, als würde es gleich die Grätsche machen!«

»So 'n Volvo hält schon was aus!«

Arno mußte natürlich seine alte Karre verteidigen. Er ließ den Motor an. Simone schaute zum Wohnzimmer- und Küchenfenster auf, als würde sie die Wohnung nie wiedersehen. Frau Glatzer winkte ihnen vom Bürgersteig aus nach.

»Am Freitag kommst du doch schon zurück!« versuchte Arno sie zu trösten, der ihren Blick mal wieder richtig gedeutet hatte. »Das ist ja schon bald!«

Die Strecke nach Hannover zog sich. Am frühen Nachmittag erreichten sie das Firmengelände der Zipfel Gruppe. Simone bat Arno, um die Ecke zu parken, damit keiner sehen würde, was für ein Auto sie hatten.

»Ist dir wohl peinlich! Und ich soll wohl im Auto bleiben?«

»Ja, bitte.« Simone wollte ihre Privatsphäre für sich behalten.

Sie trug den schweren Karton zum Empfang und stellte ihn auf einen Tisch, der von Vitrinen mit künstlichen Würsten flankiert wurde. Sie hatte inzwischen in Erfahrung gebracht, daß ihr Büro im vierten Stock gegenüber dem von Michael Murx liegen würde, und hielt es für ganz geschickt, sich schon mal mit Frau Hoffmann, Murxens Sekretärin, bekannt zu machen. Frau Mohr vom Empfang war sehr beschäftigt. In die erste Sprechpause hinein bat Simone darum, Frau Hoffmann möge doch bitte kurz herunterkommen. Sie wartete neben ihrem Karton stehend und betrachtete angewidert die in einer Vitrine liegenden ungenießbaren Produktmuster: die blassen Bierwurstscheiben, den kränklichen Kochschinken und die angestaubte Ringsalami. Arno würde das gefallen.

Als sie wieder ins Auto stieg, legte Arno den Stadtplan beiseite.

»Weißt du, wo wir langfahren müssen?«

»Kein Problem. Warst du oben?«

»Na hör mal, ich lauf doch nicht mit den Freizeitklamotten durch's Haus. War mir schon peinlich genug, daß Händel gerade vorbeikam, während ich unten stand. Beinahe hätte er mich nicht erkannt.«

»Aber den Karton bist du losgeworden?«

»Hat Frau Hoffmann netterweise mitgenommen. Die müßte mal zum Friseur.«

»Du lästerst!«

»Ist aber wahr! Anfang zwanzig – schätze ich – und unfrisiert. Obwohl«, überlegte Simone, »zipfelige Haare gehören hier vielleicht zur Corporate Culture! – Die nächste Straße rechts!«

Arno bog in die Seitenstraße ein, in der sich Simones Leih-Domizil befand, und sie dirigierte ihn in die richtige Einfahrt. Die Vermieterin war gerade an den Mülltonnen im Hof beschäftigt. Simone nutzte die Gelegenheit, sie zu begrüßen.

»Und dies ist«, Simone zeigte auf Arno und zögerte, »mein Mann.«

Arno ließ sich auf das breite Bett fallen. Die Schlepperei war ganz schön anstrengend gewesen. Simone hatte an alles gedacht, inklusive einer Lebensmittelration, die wahrscheinlich für die nächsten vier Monate reichen würde. Er ging zu ihr in die Küche, um sich etwas zu trinken zu holen.

»Man sollte meinen, in Hannover könne man nichts zu essen kaufen.«

»Das vielleicht schon, aber wahrscheinlich nicht zu den Zeiten, zu denen ich aus dem Büro komme.«

Sie dachte daran, daß Murx ein paarmal abends nach zwanzig Uhr noch bei ihr angerufen hatte – aus der Firma.

»Die Wohnung ist geräumig. Da hast du wirklich Glück! Soll ich hier übernachten oder wieder fahren?«

Simone hielt beim Einräumen der Lebensmittel inne und überlegte laut: »Es wäre schon schön, die erste Nacht in einer fremden Wohnung nicht einsam zu sein, andererseits«, sie ließ eine Pause entstehen, und Arno beendete die Abwägung, »du möchtest dich morgen früh in Ruhe auf deinen ersten Arbeitstag vorbereiten. Da störe ich nur.«

»So ähnlich. Ach, Arno! Außerdem ist es noch schrecklicher, die folgenden Nächte allein zu schlafen, wenn du schon mal hier im Bett gelegen hast.«

Simone hatte sich auf Arnos Schoß gesetzt, um für ihren Egoismus Abbitte zu leisten. Sie war sich wohl bewußt, daß es für ihn kein Vergnügen war, die lange Strecke zweimal an einem Tag zu fahren.

»Dann laß uns aber noch irgendwo etwas essen gehen. Und schau nicht so unglücklich! In vier Tagen kommst du ja wieder nach Frankfurt.«

11. Kapitel

Simone wunderte sich, daß sie gar nicht nervös war. Nach Arnos Abreise hatte sie weiter ihre Sachen in der fremden Wohnung eingeräumt, in der in allen Zimmern gerahmte Filmplakate hingen. Dann hatte sie überlegt, was sie an ihrem ersten Arbeitstag anziehen wollte und Tee gekocht, mit dem sie sich vor ihren neuen, kleinen Fernseher gesetzt hatte. Dank eines Plans des örtlichen Nahverkehrsnetzes, den Esther ihr bereitgelegt hatte, konnte sie nachschlagen, wie und wann sie fahren mußte. Sie schlief tief und fest, bis kurz vor sieben Uhr der Wecker klingelte.

Um halb neun betrat sie den Empfang der Zipfel Gruppe, grüßte zu Frau Mohr hinüber und fuhr in den vierten Stock, um ihr Büro zu suchen. Sie schaute durch die Glastüren auf dem Gang und mußte feststellen, daß der Bürobetrieb schon auf Hochtouren lief. Am Ende des Flurs entdeckte sie ein unbewohntes Zimmer. Auf dem Schreibtisch stand ihr Karton. Sie trat ein.

Die der Tür gegenüberliegende Wand hatte Fenster über die gesamte Breite mit Ausblick auf einen Verkehrsknotenpunkt. An der linken Wand stand ein Sideboard, in der Mitte des Zimmers der bis auf den Karton und einen Tischkalender namens »Der Fleischer-Freund« gähnend leere Schreibtisch. An der Wand mit der Tür befanden sich Einbauschränke, alle in dezentem Büro-Hellgrau. Das Zimmer, vor allem der braune Teppichboden, sahen nicht so aus, als seien sie nach dem Auszug des letzten Bewohners renoviert worden. An den Wänden stachen Simone die von Bilderrahmen übriggebliebenen Löcher und dunklen Ränder ins Auge. »Und wo bitte«, überlegte Simone, »ist das Vorzimmer für meine Sekretärin?«

Sie stellte ihre topmodische, nagelneue Aktentasche auf den Stuhl und zog die Fächer des Schreibtisches auf: leer. Dann öffnete sie die Schranktüren, zuletzt die schmale neben der Eingangstür. Dahinter befand sich ein Garderobenschrank. Sie hängte ihren Mantel hinein. Dabei bekam sie fast die Zimmertür ins Kreuz, die ein blonder Mann, Mitte bis Ende dreißig, aufstieß.

»Guten Morgen und willkommen! Ich bin Michael Murx, wir kennen uns ja schon vom Telefon.«

Simone dachte, ›kennen‹ sei wohl übertrieben, und grüßte zurück.

»Na, wie finden Sie's?«

»Och, ganz nett. Ich frage mich bloß, wo der PC ist, über den wir gesprochen haben!« platzte Simone heraus.

Murx ließ sich auf den Besucherstuhl fallen. »Ich darf doch?«

»Aber bitte!« Simone setzte sich zum ersten Mal hinter ihren Schreibtisch. Sie saß, da der Schreibtisch im Raum stand, mit dem Rücken zur Wand.

»Also«, hob Murx an, »nur mal so, zur Orientierung, üblicherweise beginnt die Arbeitszeit um acht Uhr. Zipfels sind da ziemlich empfindlich.«

»Ach was!« ließ Simone verlauten, die kein Frühaufsteher war und bisher immer um neun angefangen hatte.

»Und dann«, fuhr Murx unbeirrt fort, »bin ich persönlich ja meist bis nach zwanzig Uhr hier. Nur die Sekretärinnen und Sachbearbeiter gehen um fünf. Wissen Sie«, Murx beugte sich vertraulich vor und fixierte sie durch starke Brillengläser, »wenn Sie hier mal kurz nach fünf das Haus verlassen, werden Sie garantiert gefragt, ob Sie einen halben Tag Urlaub haben.« Er lachte unfroh. »Machen Sie sich lieber darauf gefaßt, bis spät abends im Büro zu sein, zumindest wenn Cäsar im Haus ist. Der läßt Sie gar nicht vorher weg. Besprechungen sind bei uns sowieso erst abends, wenn das Tagesgeschäft vorbei ist, öfter auch am Wochenende.«

Simone konnte sich nur vorstellen, daß Murx schamlos übertrieb. Zipfel mußte doch klargewesen sein, daß sie freitags nach Hause fahren würde. Er hätte sonst bestimmt etwas gesagt.

»Das ist aber nicht unbedingt üblich, daß die Wochenenden auch noch beansprucht werden! Ich meine, wenn externe Veranstaltungen stattfinden, ist das klar, aber normalerweise?«

»Ja, da haben Sie recht«, stimmte ihr Murx zu, »aber bei Zipfel ist das alles ein wenig anders. Sie werden sich schon daran gewöhnen.«

Simone war sich da nicht so sicher.

»Aber natürlich«, fuhr Murx fort, »hätte niemand etwas dagegen, wenn Sie versuchen würden, das zu ändern. Es gibt da noch so einiges ...«, er schaute vielsagend.

Simone wußte nicht so recht, ob sie das wirklich gleich am ersten Tag alles wissen wollte.

»Sie sind schon länger bei Zipfel?« fragte sie.

Murx lachte. »Ich gehöre schon fast zum Inventar. Wie übrigens jeder, der länger als drei Jahre hier ist. Kommt fast nie vor. Na, ich wollte ja auch immer mal wieder gehen, aber dann bleibt man eben doch. Obwohl ich ja woanders wesentlich mehr verdienen würde! An den Gehältern spart Zipfel ja am meisten. Das werden Sie auch gemerkt haben.«

Simone ging auf diese Testfrage nicht weiter ein, machte nur »och«, so als sei sie ganz zufrieden und könne das nicht auf sich beziehen.

Plötzlich quäkte eine Stimme: »Bitte 100 anrufen, Herr Dr. Neubert.«

Simone war ziemlich erschrocken und fragte Murx, was das denn sei.

»Das ist die Rufanlage.« Er wies auf ein schmales Gerät neben dem Telefon mit runden Zifferntasten und Lautsprecherrillen. »Wenn Sie die Telefonnummern drücken, können Sie direkt in die jeweiligen Zimmer sprechen. Aber meistens wird das für Durchsagen von der Zentrale benutzt, nur die Geschäftsführungssekretärinnen können auch durch das ganze Haus rufen. Meistens reden sie erst und drücken dann die Taste, so hört man nur die Hälfte der Durchsage, wie eben.«

»Kann man das abstellen?« wollte Simone sofort wissen. Schließlich würden Durchrufe, wenn man Pech hatte, in wichtige Telefonate hineintönen. Murx verneinte. »Das kann nur die Geschäftsführung.«

Sie schaute die Wände entlang. »Sieht aus, als könne der Raum mal einen Eimer Farbe vertragen.«

»Ja«, Murx lachte gekünstelt, »die Kollegin, die vorher hier in dem Büro war, hatte Bilder aufgehängt: Kunstdrucke. Ich habe zu Hause ja nur echte Gemälde hängen. Meine Frau ist Malerin.«

»Interessant! Welche Stilrichtung?«

»Alle eigentlich. Sie malt wirklich sehr gut!«

»Aha.« Simone sah Kunstgewerbliches vor ihrem inneren Auge.

»Also, die Kollegin«, kam Murx wieder auf die Zimmer-Vorgängerin zurück, »ist leider gegangen worden, wie man so sagt. War in unserem Alter und ganz patent. Aber, das werden Sie ja noch merken, Frauen in Führungspositionen haben es hier nicht leicht. Sie sind übrigens die einzige zur Zeit.«

Na fein, dachte Simone und fragte, was denn nun mit ihrem Computer sei. Der käme wahrscheinlich noch heute. Er würde gleich noch mal in der EDV-Abteilung anrufen. Dann fragte Simone nach ihrer Sekretärin.

»Hat sich krank gemeldet. Vergaß ich ganz, Ihnen zu sagen.«

»Und wie lange?«

»Bis Ende der Woche, soweit ich weiß. Kennen Sie sie schon?«

»Nein, leider noch nicht, wieso?«

»Ach, nur so. Nichts weiter.«

»Klingt sehr geheimnisvoll. Verraten Sie mir mehr!«

»Ich sage nur: Sehen Sie sich vor!«

»Na gut. Wo wird eigentlich Frau Schupps sitzen?«

»Gegenüber von Frau Hoffmann, meiner Sekretärin.«

»Wie bitte, in Ihrem Vorzimmer?«

»Leider gab es keinen anderen Platz. Wir haben schon einen zweiten Schreibtisch reingestellt.«

»Das darf ja nicht wahr sein! Und was sagt Frau Hoffmann dazu?«

»Was soll sie schon sagen. So ist es eben.«

Frau Hoffmann, erfuhr Simone noch, würde ihr auch vorerst bei den Dingen des täglichen Bürolebens helfen. Murx stand auf. »Gehen wir doch gleich mal zu ihr rüber.«

Simone folgte ihm in das gegenüberliegende Büro, wo seine Sekretärin vom Band tippte. Als sie eintraten, nahm sie ihre Kopfhörer ab.

Simone sehnte sich nach einem Kaffee, doch in der nächsten Stunde war sie vollauf damit beschäftigt, sich den Kopierer und das Faxgerät anzusehen, sich eine Essenskarte gegen fünf Mark Kaution zu besorgen und in die Geheimnisse der Teeküche eingewiesen zu werden. In der gab es zwar jede Menge Wärmekannen und sogar eine kleine Spülmaschine, aber nur eine einzige Kaffeemaschine aus schreiend rotem Plastik, die aussah, als würde sie gleich auseinanderfallen. Die winzige Küche wurde noch enger durch zwei mit »Restmüll« und »Kompostierbare Abfälle« beschriftete Container.

Während Frau Hoffmann in der Küche stand und erklärte, lehnte Simone notgedrungen halb im Türrahmen. Sie fühlte sich beobachtet. Hinter den Glastüren in den gegenüberliegenden Büros bildeten sich wahrscheinlich schon Gruppen, die über sie tuschelten. Frau Hoffmann machte sich nicht die

Mühe, Simone den vorübereilenden Kolleginnen vorzustellen.

»Kann ich irgendwo einen Kaffee bekommen?« fragte sie, als die Unfrisierte mit ihrem Programm durch war.

»Herr Murx trinkt nur Tee!« Damit war das für sie abgehakt. Simone fiel ein, daß die Schreibtischschubladen ohne Inhalt waren, und fragte nach Büromaterial.

»Das Nötigste können Sie von mir bekommen«, bot Frau Hoffmann generös an, »alles andere müssen Sie natürlich bestellen. Dafür gibt es extra Formulare. Das dauert dann etwa eine Woche, bis es kommt.«

Simone bedankte sich für die Einführung und fing in ihrem Büro an, den Karton auszupacken und den Inhalt großflächig im Wandschrank zu verteilen.

»Schon bei der Arbeit?« Cäsar Zipfel war hereingekommen, als Simone gerade zwischen den geöffneten Schranktüren verschwunden war. Er reichte ihr die Hand.

»Hat Murx Ihnen alles bereitgestellt?«

»Der PC soll heute noch kommen. Zum Glück habe ich mir einen Block und Stifte mitgebracht.« Simone wies ironisch grinsend auf die Reste in der Kiste. »Denn hier gibt es nicht mal ein Blatt Papier für Notizen.«

»Dabei habe ich ihm gesagt, er soll sich drum kümmern! Ich wollte auch nur mal kurz vorbeischauen. – Ah, da kommt Sänger!«

Ein jungenhaft-fröhlich aussehender großer Blonder in dunkelblauem Anzug betrat das Zimmer, in dem es langsam eng wurde.

»Sänger, Rudi Sänger. Guten Tag, Frau Dr. Störmer.« Herzlich schüttelte ihr der Neuankömmling die Hand.

»Herr Sänger ist unser kaufmännischer Leiter und mit meinem Bruder und mir der dritte Geschäftsführer der Holding.«

Simone war das schon aus den *Zipfel News* bekannt. Sie freute sich, Sänger persönlich kennenzulernen.

»Ich muß mich jetzt leider verabschieden. Wir sehen uns dann ja bald!«

Simone fühlte sich vorsichtshalber angesprochen, obwohl Cäsar Zipfel weder sie noch Sänger direkt angeschaut hatte. Sänger setzte sich.

»Ja, ja, so geht das hier«, meinte er unbestimmt. »Das ist ja nun schön, daß wir jemanden im Haus haben, der sich um die Kommunikation kümmert. Vor allem bin ich ja offengestanden froh, wenn ich die Probleme mit den Abrechnungen vom Hals habe. Diese Agenturen! Das kann doch die Buchhaltung gar nicht überblicken! Haben Sie schon ein Kürzel?«

»Was für ein Kürzel?«

»Jede Abteilung hat eine Abkürzung aus zwei Buchstaben.«

»Ist doch bei mir ganz einfach: PR.«

»Nein, PR geht nicht, das heißt ›Produktion Rind‹ und ist schon vergeben! Am besten, Sie wenden sich an Herrn Hornmüller von der Abteilung Organisation. Der weist Ihnen eine Abkürzung zu. Und dann brauchen Sie auch noch einen Stempel.«

»Was für einen Stempel meinen Sie?«

»Na, einen mit dem Datum und Ihrem Namen. Ohne den können Sie keine Rechnung abzeichnen. Auch bei Hornmüller zu bestellen.«

Wo sie schon mal dabei waren, fragte Simone nach ihrer Kostenstelle.

»Richtig, Ihre Kostenstelle.«

Sänger griff zu Simones Telefon und drehte den Apparat zu sich um. Als er aufgelegt hatte, nannte er ihr eine vierstellige Nummer, die sie sich in ihrem Terminplaner notierte.

»Kann ich sonst noch etwas für Sie tun?« Sänger sah Simone aufmunternd an.

»Ich muß mich erst einmal zurechtfinden. Eine Betriebsführung wäre ganz gut.«

»Sie meinen, durch die Produktion?«

»Ja sicher, ich denke, ich sollte das kennenlernen.«

»Wenn ich Ihnen einen Rat geben darf«, Sänger bat darum, rauchen zu dürfen, holte sich einen Zipfel-Werbeaschenbecher aus der Küche und fuhr fort: »Heben Sie sich die Besichtigung der Produktion für morgen auf, und bringen Sie sich einen Schnaps mit. Alkohol am Arbeitsplatz ist zwar bei uns verboten, aber in dem Fall.« Sänger ließ eine vielsagende Pause. »Ich gehe da auch nur rein, wenn es sich gar nicht vermeiden läßt. Das ist schon eine andere Welt als die der Verwaltung. Aber ich schicke Ihnen Laura Koerner vorbei, die Assistentin von Cäsar, die organisiert das für Sie.«

Da Sänger noch rauchte, bat Simone ihn, etwas über seine Tätigkeit zu erzählen. Sänger erläuterte die Struktur der Verwaltung und fuhr dann fort: »Ich bin jetzt schon zwei Jahre im Unternehmen. Das ist eine lange Zeit für Zipfel.« Simone stutzte. »Na ja, ich hatte vier Vorgänger, von denen keiner länger als ein Jahr die Position des kaufmännischen Geschäftsführers bekleidete. Davor hat – ich übertreibe nur wenig – noch die Mutter der beiden Unternehmer die Buchhaltung gemacht!«

Sänger lachte laut und fröhlich, Simone mußte mitlachen.

»Die gute Else Zipfel! Ist letztes Jahr gestorben, eine Seele von Mensch, habe sie noch kennengelernt.« Sänger griff den Faden wieder auf. »Als ich anfing, gab es viel zerbrochenes Porzellan zu kitten. Wir leiden bis heute darunter. Ein richtiges Controlling haben wir erst vor anderthalb Jahren eingeführt. Man kommt kaum nach. Laufend werden neue Firmen gegründet, wir haben dreiundzwanzig zur Zeit, aber schon nächste Woche können es mehr sein. Wissen Sie, unsere beiden Inhaber überlegen sich morgens beim Zähneputzen, eine neue Gesellschaft zu gründen, und mittags soll sie dann schon im Handelsregister stehen.« Er stand auf. »Aber noch habe ich meinen Humor nicht verloren.«

»Vielen Dank, und ich hoffe, ich darf mich an Sie wenden, wenn ich Fragen habe?«

»Nur zu, und viel Glück! Sie werden es brauchen!« Er verließ den Raum. Simone öffnete ein Fenster, um den Rauch hinauszulassen, und starrte einen Moment gedankenverloren auf die Straße. Ein Lastwagen blockierte die Kreuzung. Dann fiel ihr ein, daß sie ihre Unterlagen in der Personalabteilung abgeben müsse. Sie fragte Frau Hoffmann, wo die zu finden sei, und machte sich auf den Weg.

Auf dem Tresen vor der Sekretärin im Glitzerpulli lag ein Stapel Bewerbungsmappen. Simone reichte ihre Unterlagen über die Theke.

»Gehen Sie doch lieber zu Herrn Händel rein und geben es ihm persönlich!« Die Sekretärin wies auf eine Tür.

Simone wunderte sich und klopfte an.

»Herein!«

Sie betrat einen länglichen Raum, noch kleiner als ihr eigenes Büro, mit einem Fenster am anderen Ende des längs im Raum stehenden Schreibtisches. Der endete dort, wo Simone stehenblieb, in einem angehängten, runden Konferenztischchen, auf dem Milch, Zucker und eine Bonbonniere standen. Der Zugang zu Händels Schreibtisch war auf ihrer Seite durch eine Topfpflanze und ein hüfthohes, rot-weiß gestreiftes Leuchtturmmodell aus Plastik verstellt.

Händel rollte mit seinem Stuhl zum Besuchertisch, erhob sich halb und reichte ihr seine weiche, warme Hand. Simone setzte sich nach der entsprechenden, durch Handzeichen erfolgten Aufforderung und wischte sich für Händel unsichtbar die rechte Handfläche am Papiertuch in ihrer Hosentasche ab.

»Ihr erster Tag?« fragte ihr Gegenüber rhetorisch.

»Ja, und ich komme erst jetzt dazu, Ihnen meine Unterlagen zu bringen.«

Simone schob die Klarsichthülle mit der Lohnsteuerkarte und anderen Dokumenten über den Tisch in seine Richtung.

»Ihr Büro ist im vierten Stock?«

»Gegenüber von Herrn Murx, wieso?«

»Ach, nichts, wollte ich nur wissen. Frau Schupps ist übrigens bis Freitag krank geschrieben.«

»Hoffentlich nichts Ernstes?«

»Kann ich nicht sagen. Haben Sie eine Firmenwohnung?«

»Firmenwohnung? Nein, ich habe mir selbst eine Unterkunft besorgt. Allerdings erst mal nur für vier Monate. Dann muß ich weitersehen.«

»Aber Ihre Probezeit ist doch ein halbes Jahr!«

»Sicher, aber die Wohnung ist nur für vier Monate frei. Ich habe sie über die Mitwohnzentrale bekommen.«

»Was ist eine Mitwohnzentrale?«

Simone war erstaunt, daß Händel das nicht wußte und erklärte es ihm.

»Interessant. Das muß ich mir merken, falls wir mal wieder Engpässe bei Firmenwohnungen haben!«

»Sie sprechen immer von Firmenwohnungen. Mir ist keine angeboten worden, nur teure Apartments außerhalb von Hannover.«

»Wahrscheinlich war keine frei. Eine Firmenwohnung gibt's nur vorübergehend, und Sie ziehen ja sicher bald um von äh ...«

»Frankfurt!« ergänzte Simone. »Ich wollte mich hier erst mal umsehen und dann in Ruhe etwas suchen, schließlich lebe ich ja nicht allein.«

»Moment, Sie sind doch nicht verheiratet!«

»Nein, das nicht, aber in festen Händen.«

»Ach, und was macht denn Ihr – wie sagt man doch gleich? – Lebensabschnittsgefährte?« Händel fand den Ausdruck offensichtlich originell.

»Er ist Künstler«, entgegnete Simone unüberlegt.

»Wohl ein kleiner Picasso, wie?« Überheblich griente Händel sie an.

Simone schluckte, »nein, er ist künstlerischer Fotograf!«

»Oh, oh!« Händel guckte kokett, »das ist ja *ganz* interessant! Ich fotografiere übrigens auch. Man könnte sagen, ›künstlerisch‹, obwohl ich ja selten Aktaufnahmen mache!«

Simone verspürte einen leichten Brechreiz, fragte aber tapfer: »Was fotografieren Sie denn hauptsächlich?«

»Leuchttürme!« Händel ließ diese Eröffnung auf sie wirken.

Simone konnte sich ein Grinsen nicht verkneifen. Laut sagte sie: »Ach, wie ausgefallen!«

»Ja, nicht!« Händel strahlte stolz über das ganze Gesicht. »Ich kann Ihnen ja gelegentlich mal einige meiner Aufnahmen zeigen«, bot er großzügig an.

Bitte nicht, dachte Simone, doch sie nickte nur. »Ich glaube, ich sollte Sie nun nicht länger aufhalten.« Sie erhob sich. »Sie überweisen mir dann ja sicher automatisch den Mietanteil für die Wohnung.«

»Also, *ich* weiß ja nicht, was Sie mit Cäsar vereinbart haben!« antwortete Händel ein wenig beleidigt. »*Ich* habe Sie ja nicht eingestellt.«

»Die Vertragsunterlagen werden Ihnen doch wohl vorliegen!«

»Ja, da schaue ich dann mal rein.«

»Tun Sie das, auf Wiedersehen!«

Als sie in ihrem Zimmer eintraf, klingelte zum ersten Mal das Telefon. Sie überlegte kurz, wie sie sich melden sollte, dachte, daß es kaum ein Gespräch von außerhalb sein könne, und sagte nur »Störmer«.

Es war Frau Hoffmann, die ihr mitteilte, Frau Koerner sei vorbeigekommen und bäte um Rückruf, außerdem sei jetzt Essenszeit. Ob sie ein Essen bestellt habe. Simone bejahte, und Frau Hoffmann bot an, ihr die Kantine zu zeigen. Sie fuhren zusammen mit dem Aufzug ins Parterre.

»Eine richtige Kantine ist das eigentlich nicht«, erklärte Frau Hoffmann. »Da kommt nur mittags eine Frau, die das angelieferte Essen austeilt.«

»Und morgens Brötchen oder etwas zu trinken gibt's nicht?«

»Ja, das wäre schön. Aber da stehen ein paar Automaten, aus denen können Sie sich Kekse ziehen und Cola.«

Sie kamen unten an und gingen durch die Empfangshalle zu einer Feuertür. »Das ist der Kaltgang«, erklärte Frau Hoffmann, als sie den überdachten, rückwärtigen Hofteil betraten, durch den der Wind pfiff. Sie erreichten das Ende des unaufgeräumt wirkenden Ganges, in dem ein Getränkeautomat stand, und bogen rechts ab in einen schmalen Flur. »Umkleide Frauen« las Simone auf dem Türschild rechts, »Raucherkantine« links auf einer Glastür, durch die man in einen schmucklosen Raum mit einfachen Tischen und Bänken blickte, in dem eine Qualmwolke stand sowie ein großer Zigarettenautomat.

»Hier links an der Wand ist der Apparat, wo sie sich morgens ein Essen auswählen können. Wird direkt vom Gehaltskonto abgebucht.«

Frau Hoffmann wies darauf und war schon weiter, bevor Simone recht hingesehen hatte. Sie passierte eine Tür, auf der »Nichtraucherkantine« stand, und ging auf einen Tisch am rechten Ende des Raumes zu. Darauf warteten fünf Alupäckchen-Türme sowie zwei aus Kunststoffschalen auf die Esser. Frau Hoffmann begrüßte die Frau an der Ausgabe, die sich mit beiden Händen auf den Tisch aufstützte, und überreichte ihr einen Zettel. So einen hatte Simone auch.

»Also, ich geh' dann wieder hoch«, sprach ihre Begleiterin, nachdem sie eine Aluverpackung auf einem Tablett erhalten hatte. »Sie wollen ja sicher hier essen!«

Simone bejahte. Der Gedanke, zwischen lauter unbekannten Gesichtern ein aufgewärmtes Fertiggericht zu verzehren, war geradezu bestechend! Sie überreichte ihren Bestellzettel und rüstete sich mit Besteck und mehreren der hauchdünnen Papierservietten aus.

Die meisten Plätze an den blanken Resopaltischen waren noch frei. Simone nahm auf einem ziemlich betagten Holzstuhl Platz – einem echten Strumpfhosen-Killer, wenn sie einen Rock angehabt hätte. Sie schaute auf die Uhr – fünf vor eins – und bemühte sich, den festsitzenden Deckel von der Essensportion zu entfernen, ohne Kondenswasser auf ihr Jackett oder die Bluse zu spritzen. In der zweigeteilten Aluschale erwartete sie Reis (linke Hälfte) und graubraunes chinesisches Gemüse (rechtes Fach). Leider wurde sie durch nichts von der geschmacksneutralen Speise abgelenkt. In der Reihe vor ihr saß nur ein Mann in Hemd und Krawatte, der seine Mahlzeit besinnungslos in sich hineinschaufelte.

Dann gaben sich plötzlich, wie auf ein Zeichen hin, Mitarbeiter die Klinke der Eingangstür in die Hand und vor der Ausgabe bildete sich eine kleine Warteschlange. Die meisten verließen die Kantine mit ihrem Tablett, einige verteilten sich an den Tischen. Niemand setzte sich zu ihr.

Um fünf nach eins war Simone bereits mit dem Essen fertig. Neben dem Ausgang standen drei Behälter für »Aluschalen ohne Speisereste«, »Kunststoffschalen ohne Speisereste« und »Restmüll« sowie ein Behältnis für das gebrauchte Besteck auf einem Tischchen, auf dem man auch das curryfarbene Tablett los wurde.

Im Kaltgang kam Simone ein junger Mann entgegen und wünschte »Mahlzeit!«.

12. Kapitel

Hallo Arno, mein Liebster. Ich vermisse dich schon!«

»Dachte ich mir, daß du es bist. Ich vermisse dich auch. Du klingst erschöpft.«

»Das bin ich auch! Es war ein anstrengender Tag! Ich komme gerade aus der Stadt, ich mußte mir einen Schnaps besorgen!«

»Spinnst Du?«

»War nur Spaß. Aber den soll man angeblich nötig haben, wenn man die Firmenbesichtigung macht. Und ich habe daran keinen Zweifel, offen gesagt. Außerdem habe ich eine Wärmekanne gekauft, einen Heißwasserbereiter und eine Kaffeekanne mit so einem Sieb drin, das man runterdrückt – du weißt schon.«

»Schön, schön. Erzähl endlich, wie es dir ergangen ist!«

Simone saß auf dem Stuhl im Flur, weil die Schnur des Telefons in kein Zimmer reichte, und zog sich die Schuhe aus. Der Terrazzoboden war schön, aber eiskalt. Ihr gegenüber hing das Plakat eines Laurel & Hardy-Films von 1929: *Perfect Day*.

»Es war mächtig viel los. Erst kam Murx, eigenartiger Typ. Schaut einen intensiv durch randlose Glasbausteine an. Trug einen altrosafarbenen, schlechtsitzenden Anzug aus weichem Material, Viskose, vermute ich, der ihn wurstig und blaß aussehen ließ.«

»Wurstig ist gut!« Arno lachte. »Ich kann ihn mir vorstellen.«

»Und, obwohl Jurist, eine richtige Plaudertasche. Er hat mir außerdem erzählt, daß Marilyn Schupps sich krank gemeldet hat. Bißchen eigenartig, findest du nicht?«

»Kann man sagen. Hat wohl Angst vor dir!«

»Scherzkeks! Wie auch immer, dann kam Zipfel, was auf dem Flur für einigen Aufruhr sorgte, wie ich später erfahren habe, da er sonst nie Mitarbeiter in ihren Büros aufsucht. Daß sie mir keinen Empfangs-Blumenstrauß ins Zimmer stellen – okay, das wäre wohl zuviel verlangt. Aber glaubst du etwa, ich sei rumgeführt und vorgestellt worden? Fehlanzeige! Ich habe mich dann nachmittags zumindest in den umliegenden Büros selbst bekannt gemacht.«

»Sind da denn noch viele Büros, außer deinem?«

»Es geht. Murx und seine Frau Hoffmann. Gleich bei mir in der Nähe die Immobilienabteilung mit Frau Richter, und ansonsten die Büros der Abteilung, in der die Grossisten und Einzelhändler Fleisch oder Wurst bestellen.«

Simone beschrieb nun detailliert ihr Büro, den Besuch von Sänger und kündigte den Bericht über Herrn Händel als Leckerbissen fürs Wochenende an.

»Zwei Jungs aus der EDV-Abteilung haben den Computer angeschlossen. Ich bin jetzt am Netz! Aber der absolute Knüller war, daß sie keine Datenbank-Software für mich haben. Angeblich haben sie überhaupt keine Datenbank im ganzen Haus! Kannst du dir das vorstellen? Ich finde das unglaublich! Und dann«, Simone redete sich in Rage, »sollte ich doch einen guten Drucker bekommen, ist ja wohl selbstverständlich. Und was bringen die mir? So ein Billiggerät. ›Ne‹, habe ich gesagt, ›da habe ich ja zu Hause einen besseren!‹ Und weißt du, was sie mir erklärt haben?«

»Nein, was denn?« meinte Arno anstandshalber, da Simone gerade Luft holte.

»Demnächst würde ein besserer Drucker in der Buchhaltung frei, den könne ich dann haben!« Simone war empört. »Also wirklich!«

»Scheint ja alles nicht so einfach zu sein!« Arno klang mitfühlend.

»Entschuldige, daß ich dich damit so zugeschwallt habe, aber ich mußte das loswerden!«

»Ist doch klar, mein Schneckchen, dafür bin ich doch da.«

Nach dem Telefonat trat Simone auf den Balkon am Wohnzimmer, der auf die Straße hinaus ging. Die Luft roch nach Frühling, aber es war kalt. Sie fröstelte, während sie auf die erleuchteten Fenster starrte. Ein Paar stritt sich lauthals in einer ihr nicht bekannten Sprache. Ein Kind fing an zu plärren. Türen wurden geknallt, und wenig später kam ein Mann aus dem Haus gegenüber, stieg in ein Auto und fuhr davon.

Sie fühlte sich alleine. Sie hätte jetzt gerne Arno neben sich gespürt und seine Schulter zum Anlehnen gehabt. Er war verdammt weit weg.

Im Fenster gegenüber leuchtete ein Globus.

13. Kapitel

Am nächsten Morgen erreichte Simone schwer bepackt und etwas atemlos das Gelände der Zipfel Gruppe. Die große Uhr über Frau Mohr zeigte zehn nach acht. Vor der Küche der vierten Etage standen zwei Frauen an, während eine dritte an der Kaffeemaschine hantierte. Simone machte sich im Vorübergehen bekannt und packte in ihrem Büro die neuen Geräte aus.

»Ist ja erstaunlich, daß Zipfel einen Kocher genehmigt hat!« meldete sich eine der beiden Wartenden, als Simone wiederkam.

»Wieso genehmigt, den habe ich selbst gekauft.« Sie erntete verwunderte Blicke.

»Na, so weit kommt's noch, daß wir hier unsere eigenen Sachen mitbringen!« meinte die mit schwarzgefärbter Lockenmähne und Minirock zu der Kollegin im Sweatshirt mit gestickten Bärchen drauf.

Großzügig bot Simone die Geräte zur Benutzung an und drängelte sich dabei zum Wasserhahn vor, mit dem Argument, sie habe gleich einen Termin.

Das waren noch Zeiten gewesen, als der Kaffee auf dem Tisch stand, wenn sie ins Büro kam. Sie hatte gerade den ersten Schluck aus ihrer neuen Bürotasse genossen, als auch schon ihre Verabredung nahte. Laura Koerner war eine zierliche Person mit wilden blonden Locken und ziemlich vorlaut, wie Simone schon feststellen konnte, als sie noch von zu Hause aus wegen der Videofilme mit ihr telefoniert hatte.

»Ich hol' mir mal eben eine Tasse«, sagte sie, Becher und Kanne auf Simones Schreibtisch erblickend. Als sie mit einer Besuchertasse zurückkam, goß sie sich, ohne zu fragen, aus Simones Wärmekanne ein.

»Müssen wir denn nicht gehen?« wollte Simone wissen.

»Nur keine Eile, Ihnen wird schon noch früh genug schlecht!«

»Na, Sie machen mir ja Mut! Ist das wirklich so schlimm?«

»Es geht. Ich kenne das nun schon, aber es gibt Leute, die können kein Blut sehen.«

»Männer.«

»Stimmt!« Laura Koerner grinste.

»Wie lange sind Sie denn schon bei der Zipfel Gruppe?«

»Seit knapp einem Jahr.«

»Und vorher?«

»Habe ich BWL studiert. Das ist mein erster Job.«

»Was sind denn Ihre Aufgaben als Assistentin von Cäsar Zipfel?«

»Ich betreue verschiedene Projekte. Cäsar hat ja jeden Tag eine andere Idee, und ich recherchiere das. Meist wird nichts daraus. Manchmal fragt er mich, was ich eigentlich den ganzen Tag mache, weil er schon wieder vergessen hat, daß ich an drei verschiedenen Projekten arbeite, die er mir zugewiesen hatte. Für ihn ist das schon Schnee von gestern.«

»Klingt nicht sehr effektiv. Sind Sie denn nicht über das auf dem laufenden, was er so macht und plant?«

Laura Koerner lachte pseudo-hysterisch auf.

»Das kann man komplett vergessen! Sie glauben doch wohl nicht, daß wir irgendwelche Entscheidungen mitbekommen würden, es sei denn rein zufällig.«

»Wieso wir?«

»Ich habe einen Kollegen, Thorsten Fischer. Stelle ich Ihnen vor, wenn wir zurück sind. Ich denke, wir sollten jetzt los.«

Laura Koerner führte Simone zu ihrem Auto. »Der Schlachthof liegt außerhalb. Zum Glück, denn wer will schon vom Bürofenster aus zusehen, wie Kühe und Schweine zum Abmurksen geführt werden!«

Während sie fuhren, erklärte ihr Laura Koerner, daß der Schlachthof ein eigenständiges Profitcenter darstelle, das nicht nur die Zipfel Gruppe beliefere. Sie hielten auf einem großen Hof, um den sich mehrere flache Gebäude gruppierten, und stiegen aus.

»So, jetzt erst mal verkleiden!« Laura führte sie in einen Umkleideraum und wies ihr einen gestärkten, viel zu großen weißen Kittel zu. »Und hier«, sie holte etwas aus ihrer Jackentasche, das aussah wie Einmal-Duschhauben aus Hotelbeständen. »Leider vorgeschrieben!«

»Soll ich mir etwa drei Plastiktüten auf den Kopf stülpen?« fragte Simone entsetzt.

»Nein, zwei sind für die Füße. Damit die teuren Schühchen nicht schmutzig werden!« Sie sah an Simone herunter. Klar, Gummistiefel hatte sie nicht gerade an. Sie selbst war bemüht, ihre Lockenpracht unter die Haube zu bringen. Simone zog sich mit großem Widerwillen das Plastikhäubchen über die Fönfrisur, froh, daß kein Spiegel in der Nähe war.

»Ich erspare Ihnen den Anblick, wie die Tiere betäubt und dann angestochen werden, damit das Blut abfließt, und zeige Ihnen gleich die nächste Station.«

Sie betraten, vorbei an Desinfektionsgeräten, eine kalte Halle. Laura Koerner erklärte, gegen den Lärm ansprechend: »Wir sind hier in der Produktion Rind. Das Blut wird aufgefangen und zum Teil weiter verwertet, zum Beispiel für Blutwurst, aber auch an die Pharmaindustrie verkauft. Hier erfolgt dann das Abschlachten der Haut.«

Sie wies auf die an einem Förderband hängenden Rinder, vor denen Metzger mit großen Messern standen und in einem unglaublichen Tempo die Häute abtrennten. Viel schlimmer als den Geruch fand Simone den Anblick der auf Haken hängenden, enthäuteten Rinderköpfe am niedrigeren Förderband längs der Hallenwand.

»Dann wird das Rind aufgesägt. Lassen wir diese Stelle, wo die Innereien ausgenommen werden, mal links liegen.«

Simone sah – mehr so im Augenwinkel – wie die Rinder kettensägenmassakerartig in Hälften zerteilt wurden und folgte Laura Koerner zur Fleischuntersuchung.

»Es gibt wahnsinnig viele Vorschriften zu beachten. Ein amtlicher Beschauer«, dieser drehte sich gerade um, und die beiden weißgewandeten Frauen grüßten zu ihm hinüber, »stellt fest, ob Fleisch, Knochen und Organe des Tierkörpers vom normalen Zustand abweichen und ob Anzeichen für eine Krankheit vorliegen. Taugliches Fleisch erhält dann einen Stempel.«

»Wieso hat er denn mehrere Stempel?« Simone wies auf das Drehgestell neben dem Veterinär.

»Es gibt verschiedene Kategorien: ›tauglich‹, ›tauglich nach Brauchbarmachung‹ und ›untauglich‹. Die Beanstandungsquote beträgt aber unter ein Prozent.«

Sie verließen die Halle und betraten durch eine Schleuse die nächste.

»Dies ist die Zerlege-Abteilung.«

Auch in diesem Raum herrschte eisige Kälte und grelle Helligkeit. Simone sah auf der einen Seite die Rinderhälften hereinkommen. Sie wurden zuerst in Viertel zerteilt.

»An den Arbeitsplätzen«, Laura Koerner wies auf die Tische im rechten Winkel zum Förderband in der Mitte der Halle, »erfolgt die Zerlegung.«

Die Fleisch- und Knochensägen verursachten einen Höllenlärm. Simone konnte kaum verstehen, was die vorauseilende Kollegin erklärte, zumal sie meist nach vorne sprach. »Was für ein Job!« dachte sie, die Metzger mit den weißen Sturzhelmen bei der Arbeit beobachtend. Sie gelangten ins Freie.

»Und jetzt die Schweine?« fragte Laura Koerner. »Da drüben ist die Anlage zum Stechen und Brühen. Wir können ja mal kurz durch die Tür gucken!«

Sie ging vor und hielt eine Schwingtür auf, durch die ihnen warme, feuchte Luft entgegenschlug. Simone sah an den Hinterbeinen aufgehängte Schweinchen.

»Die Tiere werden erst abgeduscht und dann an einer Rohrbahn durch eine Brühkammer gefahren. Dann kommen sie in die Enthaarungsmaschine.«

»Und aus den Borsten macht man Rasierpinsel!«

»Genau!« Laura guckte Simone erstaunt an und ließ die Tür wieder zufallen, »auch Polstereien benutzen Schweineborsten. Ja, ja, Zipfel schlägt aus allem Kapital! Interessant ist für Sie sicher noch, wie die Schweinedärme bearbeitet werden. Aus ihnen entstehen die Hüllen für Brüh- und Bratwurst.«

»Och nö!« Simones Bedarf am Sightseeing war schon ziemlich gedeckt.

»Im Prinzip«, fuhr Laura Koerner fort, während sie in einem Umkleideraum die Kittel auszogen, »ist das in der Schweineschlachterei auch nicht viel anders als bei der PR.«

»Wie?« Simone mußte sich erst wieder vergegenwärtigen, daß PR hier ja ›Produktion Rind‹ hieß.

Ihr fiel ein Schild auf, das über den Spinden hing. *Durch die Kunst des Fleischers / kommt das Schwein / in die feine Gesellschaft hinein.*

»Von wann ist das denn übriggeblieben?« Sie wandte sich an ihre Begleiterin.

»Sicher noch von Else Zipfel. Die liebte Sinnsprüche. Gern genommen wird von Clemens bei entsprechenden Gelegenheiten auch ein Wilhelm Busch-Zitat.« Laura Koerner rezitierte: »Ein kluger Mann verehrt das Schwein, er denkt an dessen Zweck, von außen ist es ja nicht fein, doch drinnen sitzt der Speck.«

Im Auto schlug Laura Koerner mit dem Argument: »Sie sehen schon ein wenig grün aus im Gesicht!« vor, die Besichtigung der Wurstherstellung besser zu vertagen.

»Mir geht es ganz gut, danke!« antwortete Simone trocken, »aber wahrscheinlich haben Sie recht. Ich sollte mich darauf vorbereiten und etwas über die Herstellung von Wurst lesen, bevor ich mir das ansehe.«

»Ich kann Ihnen eine Informationsbroschüre leihen, wenn Sie möchten«, bot Laura an. »Wollen wir noch einen kurzen Abstecher machen?«

»Wohin denn?« Simone fragte das leicht entnervt, da sich schon das Wort ›Abstecher‹ für sie nun mit den blutrünstigsten Ahnungen verband.

»Hier ist eine ganz witzige Kneipe in der Nähe, in der hauptsächlich Arbeiter aus der Umgebung ihr Bier trinken. Ich finde, wir haben uns einen Klaren verdient.«

»Gute Idee!«

»Na, denn man los, nech!«

14. Kapitel

Als sie mittags wieder im Büro erschien, ließen sie Zettel auf ihrem Schreibtisch wissen, daß Cäsar Zipfel schon mehrfach nach ihr gefragt habe. Sie rief Frau Allerbeck an.

»Cäsar hat gerade Sänger drin, das kann dauern. Ich melde mich.«

Dann entdeckte sie auf dem Sideboard einen große Briefumschlag, auf den jemand mit der Hand die Adresse »Zipfel Holding, z. Hd. Clemens Zipfel« durchgestrichen und ihren Namen darüber gekrakelt hatte. »Die erste Post«, frohlockte Simone. Jetzt fing der Büroalltag richtig an! Früher, bei der Wohnzeitschrift, hatte sie jeden Tag einen ganzen Stapel Post erhalten. Sie liebte das, vor allem wenn Stoffmusterproben oder Disketten mit Pressetexten und Computerspielen eingetroffen waren. Ihr Assistent Tim und sie waren manchmal abends eine Stunde länger geblieben, um ein neues Spiel auszuprobieren und zu testen, wer die höhere Punktzahl erreichte.

Voller Erwartung riß Simone den notdürftig mit Tesa wiederverklebten A4-Umschlag auf und nahm ein mehrseitiges Schreiben heraus.

»Oh nein! Nicht schon wieder!« rief sie laut aus. »Dieser Kettenbrief!« Der krebskranke Gary aus England, der Visitenkarten sammelte, um ins *Guinness-Buch der Rekorde* zu kommen, hatte eine Lawine ausgelöst, die sie schon in ihrem letzten Büro erreicht hatte. Sie solle, wurde sie aufgefordert, so viele Visitenkarten wie möglich senden sowie den Brief an fünf weitere Firmen schicken.

Nichts da! Simone war völlig überzeugt, dieses sei der clevere Trick einer Firma, um kostenlos an Adressen von Führungskräften zu kommen.

Während sie auf den Termin bei Cäsar Zipfel wartete, blätterte sie in der Broschüre, die sie von Laura Koerner erhalten hatte.

»*Wurst besteht*«, las sie darin, »*aus mehr oder weniger fein zerkleinertem Fleisch- und Fettgewebe, dem Salz und Gewürze beigemengt sind. Man unterscheidet drei Gattungen von Wurstwaren: Roh-, Brüh- und Kochwürste.*«

Simone ging gleich weiter zum Kapitel ›Rohwürste‹.

»*Rohwürste sind nicht erhitzte Wurstwaren, die ihre Haltbarkeit durch Salzzugabe, innere Säuerung und Wasserverlust erreichen. Man unterscheidet Streichwürste und schnittfeste Würste. Zu den Streichwürsten zählen z. B. Teewurst und grobe Streichmettwurst. Zu den schnittfesten Wurstwaren zählt man Plockwurst, Cervelatwurst, Salami und ähnliche Produkte.*«

»Besonders appetitlich hört sich das ja nicht an! Aber weiter im Text!«

»*Brühwurst kann aus Schweinefleisch, Rindfleisch, Speck, Salz, Gewürzen und anderen Zutaten bestehen. Das Grundmaterial wird im Rohzustand zerkleinert und das fertige Brät vor dem Verkauf erhitzt. Brühwürste sind zum Beispiel Weiß- und Gelbwurst, Wiener Würstchen, Jagdwurst, Bierschinken und Leberkäse.*«

Simone aß selten Wurst, deshalb kannte sie sich mit den Sorten nicht so aus. Sie zog Käse bei weitem vor. Für Arno kaufte sie ab und an Schinken und fand es dann immer kurios, wenn vor ihr in der Schlange an der Wursttheke jemand »Aufschnitt« verlangte. Diese beliebige Zusammenstellung erweckte in ihr den Eindruck, den Leuten sei es egal, was sie essen würden. Oder aber sie wußten auch nicht, wie die Sorten hießen.

Simone las weiter. »*Kochwurst wird aus Fleisch, Speck und Innereien hergestellt, die vor dem Zerkleinern gebrüht werden. Salz, Gewürze und eventuell Bindemittel dienen als Zu-*

sätze. Die in Därme gefüllte Wurst wird vor dem Verkauf erneut gebrüht. Von den Innereien, die man zu Kochwürsten verarbeitet, sind in erster Linie Leber, Blut, Zunge und Herz zu nennen. In einfacheren Qualitäten ...«

Das Telefon unterbrach Simones Lektüre. Gerade, wo es spannend wurde!

»Allerbeck. Sie sollen gleich zu Cäsar kommen!«

Simone zog ihr Jackett an, das über der Stuhllehne hing, und nahm ihren Terminplaner. Sie hatte gelernt, daß es immer besser ist, etwas in der Hand zu haben. Sonst könnte ja der Eindruck entstehen, man sei gänzlich ohne Verpflichtungen.

»Also, das ist ja nun Pech!« begrüßte Frau Allerbeck Simone beim Eintreten. »Jetzt ist gerade wieder jemand reingegangen. Es soll aber nicht lange dauern! Warten Sie doch einen Moment.« Während sie Rundschreiben in Wandfächer mit Namensschildchen einsortierte, wies sie Simone darauf hin, daß sie ihr auch schon ein Fach eingerichtet habe. Es läge aber noch nichts drin. Und fragte dann: »Na, wie finden Sie sich denn sonst so in dem Chaos hier zurecht?«

»Och«, sagte Simone, »bis jetzt geht's noch.«

»Tja, es ist nicht einfach, mit so einem Chef«, seufzte die Sekretärin, »die wenigsten halten das lange durch. Immer diese Überstunden bis in die Puppen. Und falls sie mal pünktlich gehen, fragt Cäsar, ob sie einen halben Tag Urlaub genommen hätten.«

Simone sagte, davon habe sie schon gehört.

»Ja, ja«, stöhnte Frau Allerbeck, »hier ist was los! Ein Jahr bei Zipfel ist wie drei Jahre in einem anderen Unternehmen!« Ihr Telefon klingelte.

Das Mitführen des Terminkalenders erwies sich mal wieder als gute Idee. Mit konzentrierter Miene blätterte Simone die Seiten um. Sie überprüfte, wer von ihren Bekannten oder Verwandten in den nächsten acht Wochen Geburtstag hätte.

»Na, haben Sie schon einen Plan?« fragte Cäsar, als sie vor seinem Schreibtisch Platz genommen hatte.

»Heute vormittag hat mir Laura Koerner den Schlachthof gezeigt. Sehr interessant«, wich Simone aus, die sich zwar schon im Vorfeld ausführlich mit der Thematik Öffentlichkeitsarbeit befaßt hatte, sich aber nun erst einmal einen Eindruck vom Unternehmen Zipfel schaffen wollte, bevor sie Vorschläge machte.

»Ach was, das hat mit meinen Aktivitäten nun überhaupt nichts zu tun! Niemand verlangt von Ihnen, daß Sie sich mit der Produktion vertraut machen!« reagierte Cäsar ungehalten.

Simone war sich der Sinnlosigkeit von sachlichen Einwänden gegenüber Chefs bewußt. Trotzdem hätte sie Cäsar Zipfel gerne gesagt, daß sie es für unerläßlich hielt, das Unternehmen genau zu kennen, denn sonst könne sie es ja nicht vertreten, doch er ließ sie nicht zu Wort kommen.

»Überhaupt, Frau Koerner, die soll sich lieber um ihre Aufgaben kümmern! Sie wird ohnehin nicht mehr lange im Haus sein. Ich habe hier einen Stapel Sachen für Sie zurückgelegt, den sollten Sie durcharbeiten!«

Cäsar reichte ihr einen etwa dreißig Zentimenter hohen Berg Unterlagen.

»Schön, mache ich.« Simone nahm ihn in Empfang.

»Herr Zipfel, es geht um den Videofilm, den Sie produzieren lassen möchten«, kam Simone nun auf das, was von ihrer Seite aus zu besprechen war. »Ich habe mir aus den Mustern, die Sie mir zusandten, einen Produzenten ausgesucht und einen Termin mit ihm vereinbart. Was ist denn Ihre Intention mit dem Film?«

»Meine was?«

»Na, Ihre Absicht, was wollen Sie erreichen, an wen soll sich der Film wenden?«

»Wir müssen zeigen, was für ein großes Unternehmen wir sind. Und ich brauche den Film in sechs Wochen.«

»Ach ja.« Simone fragte sich, wie sie in sechs Wochen einen Film über ein Unternehmen fertig haben sollte, bei dem sie gestern angefangen hatte. Von der Tatsache, daß die Produktionszeit von der Aufgabenstellung abhängen würde, einmal abgesehen.

»Also, es soll ein richtiger Unternehmensfilm werden, über alle Produktionszweige und Produkte?«

»Nicht unbedingt«, blieb Cäsar weiterhin vage und verlangte dann apodiktisch, der Film dürfe aber auf keinen Fall mehr kosten als den geradezu lächerlichen Betrag, den er nannte.

»Dann kann es ja nur ein kurzer Film werden mit wenigen Drehtagen«, gab Simone leicht erschüttert zu bedenken. »Soll er Besuchern gezeigt werden oder auf Messen über das Unternehmen informieren?« Sie überlegte, ob Cäsar überhaupt wußte, was er wollte, oder ob er nur nicht die richtigen Worte fand. Womöglich setzte er ja voraus, daß sie Gedanken lesen könne.

»Es geht um die ZSP. Das ist im Moment das wichtigste.«

Simone war froh, daß es nun endlich raus war, allerdings wußte sie nicht, was sich hinter dem Kürzel ZSP verbarg.

Cäsar fuhr unterdessen fort: »Essen müssen die Leute ja. Deshalb habe ich das Konzept der Schlemmer-Passagen entwickelt, in denen wir Läden und Bistros betreiben. Natürlich müssen wir dafür Standorte akquirieren und so weiter.«

»Wie viele Passagen gibt es denn bis jetzt?«

»Gehen Sie mal von zehn aus – alle im Osten der Bundesrepublik.«

Simone fragte sich, ob wohl mehrere Passagen kurz vor der Fertigstellung standen.

Zipfel redete munter weiter. »Ein Konzept, das ich gleich nach der Öffnung der Grenze entwickelt habe. Da ist ein ungeheurer Nachholbedarf, und wir wollen weiter expandieren, vor allem in die großen Städte.«

»Verstehe.« Simones Eindruck, daß Cäsar keine konkreten Vorstellungen über den Film hatte, verstärkte sich. Sie fand das gar nicht schlecht, denn das würde ihr Spielraum für eigene Ideen lassen.

»Ich werde mich über die Schlemmer-Passagen informieren und arbeite ein Konzept aus. Das sollten wir dann möglichst bald besprechen.« Sie nahm den Stapel Unterlagen, den Cäsar ihr hingeschoben hatte.

»Wie läuft es mit Frau Schupps?« wollte Cäsar Zipfel wissen, während er schon anfing, Rechnungen abzuzeichnen.

»Die habe ich noch nicht zu Gesicht bekommen. Ist wohl krank.«

Cäsar blieb stumm, und Simone verabschiedete sich.

In ihrem Büro sah sie die Schriftstücke und Prospekte durch. Es waren hauptsächlich Kopien der Unterlagen, die ihr Cäsar schon hatte zusenden lassen, ein Exemplar des Visitenkarten-Kettenbriefes, der an Cäsar adressiert war, aber auch eine Sonderausgabe des Magazins *top agrar* mit dem Titel *Fleisch-Forum*, die Simone als Lektüre für die Zugfahrt nach Frankfurt beiseite legte. Vieles konnte sie gleich »in die Tonne drücken«, wie die aus Hamburg stammende Laura Koerner es formuliert hätte. Simone fand den Ausdruck sehr plastisch und nahm ihn in ihren Wortschatz auf. Sie war im übrigen froh, daß hier Hochdeutsch gesprochen wurde und nicht ein regionaler Dialekt. Sie hätte sich sonst noch viel fremder gefühlt.

Sie beschloß, als nächstes Cäsars Assistentin nach den Schlemmer-Passagen zu fragen, und suchte deren Büro auf. Dort saß ein gut gekleideter und offensichtlich body-gebildeter Nachwuchsmanager, den sie auf Ende zwanzig schätzte. Als er aufstand, war er einen Kopf größer als sie selbst.

»Sie ist irgendwo im Haus unterwegs. Kann ich helfen?«

»Ich wollte sie nur etwas fragen, aber das ist nicht so eilig. Es wäre nett, wenn sie sich melden würde, wenn sie zurückkommt.«

»Klar, ich lege ihr einen Zettel hin. Entschuldigung, wie war doch gleich der Name?«

»Simone Störmer.«

»Thorsten Fischer.« Er reichte Simone die Hand. »Laura hat schon von Ihnen erzählt.«

»Ja«, meinte Simone, »sie hat mir netterweise die Schlachterei gezeigt.«

»Wie fanden Sie's?«

»Etwas abschreckend. Wenn man Fleisch ißt, hat das etwas Abstraktes, man denkt nicht an das Tier, das getötet wurde, aber wenn man das dann mal erlebt, dann ist das schon sehr konkret.«

Sie hatte sich in der Zwischenzeit auf Laura Koerners Stuhl gesetzt. Simone nahm dankend das Angebot einer Tasse Kaffee an, die Thorsten aus dem Vorzimmer der Inhaber holte. Frau Allerbeck und Frau Frölich würden ihn sozusagen mitbetreuen, seine Briefe tippen und so, ließ er Simone wissen.

Simone wäre nie auf die Idee gekommen, einen Brief »abzudiktieren«, wie sie sich hier ausdrückten. Da hatte sie ihn doch schneller selbst geschrieben. Das war mal wieder typisch Mann. Er hatte natürlich auch einen Terminplaner vor sich liegen, der doppelt so groß war wie ihrer, und notierte etwas hinein. Sie sah sich um.

Das Zimmer lag genau über ihrem und war recht karg eingerichtet. Wo bei ihr die Einbauschränke waren, stand hier nur ein niedriges Sideboard, auf dem einige Dinge herumlagen. Außerdem gab es einen Computer für beide, nur ein einziges Telefon auf einem Schwenkarm und einen weiteren halbhohen Schrank im breiten Rücken von Thorsten Fischer.

An der Wand hing eine atemberaubende Werbetafel. Darauf war ein stehendes Schwein gezeichnet, das sich selbst in die vor ihm befindliche dampfende Pfanne gelegt haben mußte, denn sein Bauch war braun verkohlt. Trotz seiner Brandwunde leckte es sich das Maul und hielt ein Schild in den Pfoten. Über dem Schwein las sie: *Heute einmal...*, dann *gebackener Schweinebauch* auf der Tafel in den Vorderpfoten des Schweinchens, und schließlich unten: *natürlich von ihrem Fleischermeister*.

»Wie abartig!« Sie konnte es kaum fassen, wie man ein Schwein zeichnen konnte, das sich über seine Selbstverstümmelung freute.

Thorsten Fischer drehte sich zu der Werbetafel um. »Ja, genau! Das fanden wir auch, deshalb konnten wir es nicht wegwerfen.«

»Wer denkt sich nur so etwas aus?«

»Na, die Werber der Fleischerverbände zum Beispiel. Aber auch die Zipfel Werbeabteilung ist nicht ohne!«

»Wieso, was machen die denn?« Simone war für jede Insider-Information dankbar.

»Also, die Kataloge, die Labels für die Verpackungen, dann aber auch Anzeigen natürlich.«

»Ich habe noch nie eine Zipfel-Anzeige in einer Zeitschrift gesehen.« Simone überlegte. »Zumindest ist mir noch keine aufgefallen.«

»Die kennen Sie auch höchstens vom Wegsehen! Scheußliche Motive und meist nur schwarzweiß, wegen der Kosten!«

Er drehte die Augen nach oben, um zu unterstreichen, was er davon hielt.

»Und dann eben hauptsächlich in Fachzeitschriften, nicht in Illustrierten. Das haben sie wohl auch mal probiert, aber es hatte nicht den gewünschten Erfolg. Wenn Cäsar nicht schon drei Tage später seinen Umsatz gesteigert sieht, bläst er das Ganze sofort wieder ab!«

Ach du Schande, dachte Simone, das konnte ja heiter werden.

»Und dann machen sie aber auch PoS-Aktionen?« fragte sie.

»PoS? Was ist das denn?«

»Das heißt ›Point of Sale‹. Ich meine, es gibt doch sicher Verkaufsförderungsmaßnahmen in den Läden oder in den Metzgereien.«

»Nicht daß ich wüßte. Aber fragen Sie besser Cäsar selbst. Und rechnen Sie damit, daß Sie dann erstens die Sache am Hals haben und es zweitens nichts kosten darf.«

Jetzt war Simone mit dem Augenrollen dran. »Kommen Sie, Herr Fischer, so schlimm wird es doch nicht sein!«

Das Telefon klingelte und enthob ihn einer Antwort. Simone nickte ihm zu und verließ den Raum.

Sie fand es an der Zeit, sich endlich mit dem nötigen Büromaterial auszustatten. Also betrat sie gleich das Zimmer von Frau Hoffmann, die wieder vom Band tippte.

»Frau Hoffmann, ich muß Sie mal stören.«

Frau Hoffmann, von der Simone nicht einmal wußte, wie sie mit Vornamen hieß, nahm unwillig die Kopfhörer ab.

»Die Schriftsätze müssen heute noch raus!« baute sie schon mal vor.

»Es geht um das Büromaterial. Da brauche ich Ihre Hilfe!«

Die Sekretärin griff in eine Schreibtischschublade und überreichte einen mit einer Klammer zusammengehefteten Stapel Fotokopien.

»Das ist der Katalog, aus dem Sie bestellen können. Andere Sachen gibt's nicht. Und hier«, sie griff in einen Schrank, »sind die Formulare, da müssen Sie die Bestellungen eintragen. Das geht dann in den Zentraleinkauf.«

Simone nahm auch den Block mit den Durchschreibesätzen in Empfang und begrub die Hoffnung, Murxens Sekretärin könne ihr diese Arbeit abnehmen.

Nachdem Simone seitenweise achtstellige Nummern, Mengen und Bezeichnungen wie ›Hängemappen mit Fröschen‹ vom ›Katalog‹ in die Formulare übertragen hatte sowie ihre Kostenstelle, frohlockte sie schon, das hinter sich zu haben. Doch zu früh! *Keine Bestellung ohne Kostenstelle, Abteilungskürzel und 2. Unterschrift* stand unten auf dem Formular.

Was hatte Sänger noch gesagt, wie der hieß, an den sie sich wenden sollte? Die Telefonliste half Simone nicht weiter, da die Abteilungen nur mit kryptischen Kürzeln angegeben waren. Und die alphabetische Liste war ziemlich lang. Sie überlegte. »So was mit Müller. Kornmüller, Zornmüller, ... nein, es hatte etwas mit Rindern zu tun. Richtig: Hornmüller.«

Erst aus der Telefonliste entnahm sie, daß es sich in Wirklichkeit um einen Doppelnamen handelte. Sie wählte die Nummer und hatte Herrn Horn-Müller auch gleich am Apparat.

»Guten Tag, mein Name ist Simone Störmer. Ich bin seit gestern für die Kommunikation zuständig und benötige ein Abteilungskürzel. Ich dachte an PR, aber das ist wohl schon anderweitig vergeben.«

»Ganz recht. Und es ist hier tatsächlich nicht üblich, daß sich die Abteilungen ihre Kürzel selbst ausdenken, das wird zentral von meiner Abteilung aus gesteuert.«

»Fein, dann sagen Sie mir doch bitte mein Kürzel, ich kann die Formulare sonst nicht ausfüllen.«

»Ja, so einfach geht das nicht, junge Frau! Ich werde es Ihnen in den nächsten Tagen schriftlich mitteilen. Muß alles seine Ordnung haben!«

Simone atmete tief durch.

»Dann beantrage ich hiermit noch einen Namensstempel mit Datum.«

»Dafür schicken Sie mir bitte eine Hausmitteilung, die Sie vorher von Ihrem Vorgesetzten abzeichnen lassen.«

»Was denn für ein Vorgesetzter? Ich bin Abteilungsleiterin!«

»Das spielt keine Rolle. Da könnte ja jeder kommen. Soweit ich gehört habe, hat Cäsar Sie eingestellt.«

»Wenn Sie das gehört haben, wozu dann der Umstand?«

»Vorschriften, meine Liebe, und die gelten auch für Sie!«

»Bürokrat!« schimpfte Simone, als sie den Hörer aufgelegt hatte.

15. Kapitel

Iiiiiiii«, Simones Schrei gellte durch die Wohnung. Etwas Großes, Pelziges hatte sie gerade angestarrt.

»Aaaarno! Komm her, da ist was ganz Schreckliches drin!«

Der Gerufene stürzte in die Küche. »Was ist passiert?«

»Da!« Simone wies auf den Kühlschrank.

»Oh, entschuldige, ich habe vergessen, dir zu sagen, daß ich einen Hasen frisch halte. Den brauche ich für ein klassisches Stilleben.«

»Du hast sie wohl nicht mehr alle!« Simone war außer sich. »Kann ich denn nicht wenigstens zu Hause davon verschont bleiben? Kauf dir gefälligst einen eigenen Kühlschrank, wenn du unbedingt Tierleichen aufbewahren mußt!«

»Ist ja okay. Kommt nicht wieder vor!« Arno nahm sie in den Arm.

Simone saß der Schreck noch in allen Knochen. Seit sie die Schlacht- und Zerlegeabteilung besichtigt hatte, träumte sie von niedlichen Kälbchen auf der Weide und Rindern, die mit ihren rauhen Zungen ihre Hand ableckten. Sie erinnerte sich, daß sie als Kind immer ganz versessen darauf gewesen war,

Kühe zu streicheln und sie mit Grasbüscheln zu füttern. In dem Traum guckten sie die Tiere treuherzig an. Dann hingen sie gleich darauf tot an Haken und böse Onkels zogen ihnen das Fell über die Ohren.

»Ich mixe dir einen schönen Aperitif, und dann laß uns etwas essen«, schlug Arno vor, der sie vorhin vom Bahnhof abgeholt hatte.

»Gut, aber keine Wurst! Und pack den Hasen in Papier ein!«

Arno war bereits putzmunter, als Simone am nächsten Morgen verschlafen in die Küche kam.

»Schon das Frühstück fertig! Toll!«

Sie ließ sich auf einen Stuhl fallen und gähnte.

»Du siehst ganz schön verpennt aus. Dabei bist du doch gestern schon so früh eingeschlafen.«

»Ich muß mein Schlafdefizit ausgleichen. Dieses frühe Aufstehen bringt mich noch um! Halb sieben! Einfach unmenschlich!«

Arno wartete, bis das Wasser durch den Kaffeefilter gelaufen war, setzte sich zu Simone und goß ihr ein.

»Und ich hab' in Hannover total schlecht geschlafen. Nachts spukten mir die vielen neuen Eindrücke im Kopf herum. Und dann war drüber in der Wohnung so ein Krach. Ich glaube, die üben nachts um drei Stepptanz.«

Sie strich sich Marmelade auf einen Toast.

»Und was machen wir heute? Hast du schon fürs Wochenende eingekauft?«

»Ich?« Arno guckte sie an, als hätte sie ihm einen unsittlichen Antrag gemacht.

»Also nicht. Gut, dann ab in die Stadt. Du kommst mit!«

Er sah ein, daß Widerstand zwecklos war, obwohl er sonst samstags meistens auf den Flohmarkt ging, um nach neuen Skurrilitäten für seine Stilleben zu suchen.

»Dann muß ich Wäsche waschen und putzen. Wunderbar!«

»Geputzt habe ich gestern. Extra, bevor ich dich abgeholt habe. Sieht man das nicht?« Arno fragte es mit einem leichten Ton der Unsicherheit.

»Doch, toll!« lobte Simone, der aufgefallen war, daß die Wohnung einigermaßen aufgeräumt aussah. Komischerweise waren ihr keinerlei Putzspuren aufgefallen. Weder Fussel noch Schlieren.

»Ach ja, noch etwas. Ich brauche ein Foto von mir, das nach ›Kommunikations-Managerin‹ aussieht, also ohne Hasen oder sonst was. Kannst du heute nachmittag eins machen?«

Arno biß in sein Brot und nickte.

»Dann kann ich mir morgen noch die Kontakte ansehen und nächste Woche die Abzüge mitnehmen. Es macht dir doch nichts aus, den Film gleich zu entwickeln?«

»Wenn es dir nichts ausmacht, daß ich am Wochenende, wenn du hier bist, im Labor verschwinde.«

Gut gegeben, dachte Simone.

»Wollen wir ins Atelier gehen?«

»Jetzt?« Simone kuschelte sich an Arno und zog die Bettdecke zu den Schultern hoch. »Jetzt ist die Frisur ruiniert und das Make-up auch. Du warst ganz schön wild!« Simone schnurrte wohlig und kraulte Arnos Nacken.

»Wir haben uns ja auch lange nicht gesehen!«

»Stimmt. Verschieben wir das Fotografieren auf morgen. Im Bett ist es gerade so nett.«

»Das reimt sich.«

»Oder ich freß dich!« Simone biß Arno herzhaft in die Magengegend.

»Auh!« jaulte Arno auf. »Womit habe ich das verdient?« Er besah sich die rote Stelle.

Simone lag inzwischen auf dem Bauch und zupfte drei Haare vom Kopfkissen.

»Hast du schon mal daran gedacht, aufs Land zu ziehen?«

Arno lachte. »Spinnst du?«

»Ne, mal im Ernst. Ich hab' die Wohnung ja nur für vier Monate, da müssen wir bald anfangen zu suchen.«

Simone sah ihrem Arno an, daß ihm das Thema gar nicht behagte und insistierte daher nicht weiter. Bald würde er seine Tiefkühlpizzas leid sein und herausfinden, daß ein gemeinsamer heimischer Herd Goldes wert sei. Deshalb neckte sie ihn mit der Bemerkung, alleine zu wohnen sei mal etwas anderes. Sie jedenfalls genieße es, abends mit dicken Socken an den Füßen ins Bett zu gehen, ohne daß jemand dumme Bemerkungen mache. Dabei schaute Simone ihren Arno provozierend an.

»Na, das ist ja wohl die Höhe.« Er markierte den Empörten, und die gespielte Auseinandersetzung endete in dem gegenseitigen Versuch, sich unter den Füßen zu kitzeln.

»Glänzt die Nase auch bestimmt nicht? Ich glaube, ich gehe noch mal runter und hole einen Handspiegel!« Simone wollte aufstehen.

»Du bleibst jetzt hier!« kommandierte Arno, der gerade seine Hasselblad auf ein Stativ montiert hatte und die Schärfe kontrollierte. »Wie soll ich dich denn sonst scharf kriegen?«

»Na, so bestimmt nicht!« Simone lachte.

»Sehr gut! Bleib so!« Arno löste aus, und in den großen Softboxen flammten kurz die Blitze auf. Er drehte den Film weiter. »Nochmal lächeln, bitte!«

»Arno, es soll seriös wirken!« mahnte Simone und lächelte nun gerade nicht. »Wie weit hast du mich denn im Bild?«

»Bis zum zweiten Knopf.«

Simone blickte an ihrem Jackett herunter, unter dessen Revers ihr Dekolleté ansatzweise sichtbar wurde. Wie bei den erfolgreichen Frauen in amerikanischen Fernsehserien. Die trugen die taillierten Jacken auch immer direkt über dem BH. Das sah sehr schick aus, wie Simone fand, erwies sich aber im

Alltag leider als unpraktisch. Es schränkte die Bewegungsfreiheit ein. Außerdem war es im Sommer mittags zu warm und im Winter morgens und abends zu kalt. Dieses Outfit funktionierte wahrscheinlich nur bei den ausgeglichenen Temperaturen im Filmstudio.

»Was soll ich mit den Händen machen?«

»Schieb einfach die rechte Schulter etwas weiter vor, und dreh den Kopf nach links. Nein, nicht so viel. Gut. Entspann dich! Das muß locker wirken.«

»Aber zugleich dynamisch!«

»Ja, ja!«

»Und sitzt meine Frisur wirklich gut?«

»Wunderbar!«

»Das sagst du immer, und hinterher sehe ich aus wie ein Zausel!«

»Zeig mal die Zähne!«

Simone froren langsam die Gesichtszüge ein. Sie saß auf einem Barhocker und mußte sich ständig ermahnen, keinen runden Rücken zu machen. Dabei warf nämlich die Jacke Falten, die sie hinten mit Wäscheklammern halbwegs fixiert hatten.

Hoffentlich wird's was, seufzte Simone in Gedanken, denn Arno war zwar ein guter Fotograf, aber Porträts nicht eben seine Spezialität. Und Simone eine superkritische Betrachterin ihres eigenen Konterfeis. Immer störte sie irgend etwas: eine Haarsträhne am falschen Platz, eine Falte in der Bekleidung, eine glänzende Stelle auf der Nase, Schatten unter den Augen.

»Machst du mir bitte auch noch ein paar Schwarzweißfotos?«

»Das ist schwarzweiß!«

»Na, denn eben jetzt noch in Farbe.«

»Dia oder Negativ?«

»Dias.«

Arno wechselte den Ansatz an der Kamera und fotografierte munter weiter: »Dreh dich mehr zum Licht. Und jetzt den Kopf höher. Noch höher und etwas nach links. Die Schultern mehr nach rechts.«

Simone kam sich vor wie ein Korkenzieher und mußte grinsen.

»Ja, gut. Bleib so!«

»Dauert's noch lang?«

»Es sind doch nur zwölf Aufnahmen auf dem Film. Nimm bitte mal die Hand ans Kinn!«

»Wie? So?« Simone stützte das Kinn auf eine lockere Faust, dabei balancierte sie den Ellenbogen auf dem rechten Knie. Sie mußte die Beine übereinanderschlagen, damit sie weiter einigermaßen aufrecht saß.

»Wie der Denker von Rodin. Was für ein Klischee!« Arno war unzufrieden.

»Hauptsache, du gibst mir nicht einen Telefonhörer in die Hand, sonst sieht's noch aus wie ein Pixie-Foto!« Simone lachte, aber zu früh.

»Das bringt mich auf eine gute Idee.«

Arno begann, in seinen zahlreichen Regalen und Schubläden zu stöbern, in denen er die Fundstücke zahlloser Flohmarktbesuche aufbewahrte.

»Was suchst du denn?«

»Wo du schon in einer Fleischwarenfabrik arbeitest, sollten wir wenigstens ein paar Fotos mit einem passenden Utensil machen! Ich habe da irgendwo noch ein sehr schönes Horn. Und wo ist eigentlich das Kuhfell?« Arno kramte weiter. Staub wirbelte im Licht der Scheinwerfer.

»Untersteh dich!« Simone stand auf und entfernte die Wäscheklammern aus ihrem Kreuz.

»Ich lege mich nicht auf deinen Mottenfiffi! Vergiß es!«

Sie schaute auf ihre Armbanduhr. »Oh nein, ich muß ja überhaupt in anderhalb Stunden schon wieder zum Bahnhof und vorher noch packen.«

»Wieso fährst du nicht am Montag? Ich bring' dich zum Bahnhof, auch wenn's mitten in der Nacht ist.«

»Das ist lieb von dir, aber ich habe morgen früh einen Termin mit einem Filmproduzenten wegen des Unternehmensvideos. Ließ sich leider nicht anders arrangieren. Ich geh' schon mal runter!« Sie gab Arno einen Kuß. »Danke für die Foto-Session.«

16. Kapitel

Am Montag morgen fand sich Simone kurz vor neun Uhr im Besprechungszimmer im fünften Stock ein, das direkt an das Sekretariat der beiden Zipfel-Brüder grenzte. Sie plauschte noch ein wenig mit Frau Allerbeck und Frau Frölich, so nach der Devise »Schönes Wochenende gehabt?«, »Ja, danke, und selbst?«, »Danke, ja, auch sehr schön, leider zu kurz«, bis Laura Koerner eintraf. Sie setzten sich ins rustikal eingerichtete Besprechungszimmer und warteten auf Neidhard Ortger.

»Finden Sie nicht auch, daß Filmleute meist eigenartige Namen haben?« fragte Simone, um ein Gespräch, das nichts mit dem Wochenende zu tun hatte, in Gang zu bringen.

»Kann schon sein.« Laura Koerner, die montags in aller Frühe aus Hamburg anreiste, war wohl noch müde. Zum Glück brachte die nette Frau Frölich nun eine Kanne Kaffee.

»Hat sich Herr Ortger noch nicht gemeldet?« Simone wurde schnell ungehalten, wenn sie warten mußte. Draußen klingelte das Telefon, und Frau Allerbeck rief herüber, der Besuch käme mit dem Aufzug hoch. Simone überließ die mit offenen Augen schlafende Kollegin der Obhut von Frau Frölich und begab sich zum Lift. Als dieser sich öffnete, trat ein recht gutaussehender, dynamischer Herr im sogenannten besten Alter heraus, der sich artig vorstellte und erst mal »für kleine Jungs« mußte.

Als die Besprechung nach dem allgemeinen Eingießen von Kaffee dann endlich anfangen konnte, bat Simone Herrn Ortger um ein kurzes Resümee seiner bisherigen Tätigkeit. Das gab ihr Gelegenheit, ihn ausführlich zu mustern. Er trug einen beigen, dünnen Rollkragenpullover unterm undefinierbar grau-braun-grünen Wolljackett und eine schwarze Hose. Über dem Pullover hing eine schwarze Lederschnur, an der unten ein Motivsucher baumelte! Er sah wirklich aus, wie sich Simone einen Regisseur vorstellte.

»Also, ich habe Sie zu dieser Vorbesprechung gebeten«, unterbrach Simone die Aufzählung seiner größten Erfolge, »weil Ihre Filme, zumindest die, die ich gesehen habe, professioneller sind als andere, die mir vorlagen. Wenn ich etwas nicht möchte, dann schlecht ausgeleuchtete Szenen, die hinterher nur noch soßig aussehen.«

»Ja, entsetzlich! Nein wirklich, richtig ausgeleuchtet muß es schon sein, da haben Sie vollkommen recht. Ich sehe, Sie verstehen etwas von der Sache. Das predige ich immer wieder. Ich war ja früher beim Fernsehen, aber zu der Zeit, als auf das Licht noch Wert gelegt wurde. Heute muß das ja alles hoppla hopp gehen. Also, ich hatte da mal einen Fall, bei dem wollte ich eigentlich in 35 mm drehen, aber dann ...«

Laura Koerner malte gelangweilt in ihrem Terminkalender herum, während Simone und Neidhard Ortger sich zusehends in der Diskussion technischer Finessen verloren.

»Wenn Sie mich bitte einen Moment entschuldigen.«

»Herr Ortger hat ein Prostata-Problem«, kommentierte Laura Koerner trocken, »außerdem riecht er wahnsinnig nach Knoblauch. Ich mach' mal das Fenster auf.«

»Hauptsache, er dreht einen guten Film.« Simone fand ihn kompetent.

»Wie soll die Sache denn nun aussehen?« fragte der Filmer aufgeräumt, als er den Raum wieder betrat. »So etwa ein Zehnminüter nehme ich an, ja? – Brr, kalt hier.«

Simone nickte und schloß das Fenster.

»Zipfel wollte ursprünglich einen Unternehmensfilm, aber ich bin doch sehr dafür, das Thema auf die ›Schlemmer-Passagen‹ einzugrenzen.«

»Da haben Sie recht, ein Gemischtwarenladen bringt niemandem etwas. Aber das kenne ich schon, die Chefs wollen immer in zehn Minuten alles drin haben, am besten die komplette Firmengeschichte, von Neunzehnhundertannotobak bis heute.«

»Eben, und dann die Luftaufnahme des Firmengeländes nicht zu vergessen!«

»Sicher.« Ortger grinste wissend. »Ganz wichtig ist natürlich, daß sie selbst drin vorkommen.«

»Muß das sein?« riefen Laura Koerner und Simone fast wie aus einem Munde.

»Das hat den Vorteil, daß ihnen dieser Teil dann auf jeden Fall zusagt.«

Ortger kannte sich aus.

Sie besprachen die Kosten für einen ›Zehnminüter‹, hatten jedoch nur unklare Vorstellungen über die Anzahl der Reise- und Drehtage. »Wie wollen wir weiter verfahren?« fragte Simone in die kleine Runde.

»Am besten, Sie klären noch einmal kurz ab, für welche Zielgruppe der Film produziert werden soll, und machen mir einige Notizen. Ich sende Ihnen dann ein Exposé«, bot Ortger an.

»Wissen Sie etwas Genaueres über die Zielgruppe?« Simone wandte sich an Laura Koerner.

»Na, Cäsar.«

»Sie meinen, er will den Film nur für sich? Das ist doch albern. Also«, fügte Simone zu Herrn Ortger gewandt an, »ich kläre das und melde mich. Herzlichen Dank für Ihr

Kommen, es war ein sehr interessantes Gespräch. Ich bringe Sie zum Aufzug.«

»Danke, das ist nicht nötig. Ich muß vorher noch mal verschwinden.« Ortger lächelte charmant und reichte Simone die Hand.

»Und nun?«

Simone wandte sich, nachdem Ortger ›verschwunden‹ war, an Laura Koerner, die schlapp mit dem halben Oberkörper auf dem Konferenztisch lag.

»Na, das war ja auf Anhieb ein Volltreffer!«

»Was Sie an dem finden. Ich versteh's nicht!«

»Der Mann ist gut. Davon bin ich absolut überzeugt. Er wird das schon richtig machen!«

»Na denn, also dann habe ich nun nichts mehr damit zu tun, oder?«

»Im Prinzip nicht, außer, daß Sie den anderen Anbietern absagen können. Ich kümmere mich ab jetzt selbst um die Sache.«

Simone ging das Desinteresse von Laura Koerner etwas auf die Nerven.

»Ach, Frau Dr. Störmer«, hielt Frau Frölich Simone auf, als sie durchs Vorzimmer ging, »Clemens hat nach Ihnen gefragt. Wenn Sie wollen, können Sie gleich reingehen.«

»Ja, gut.« Simone klopfte an die Tür zu Clemens Zipfels Büro. Clemens kam ihr entgegen und begrüßte sie freundlich. Sie setzten sich an einen runden Holztisch mit einem ziemlich großen Pflanzengesteck in der Mitte. Sein Büro wirkte irgendwie wohnlicher als das seines Bruders, obwohl er keine Sitzecke hatte. Wahrscheinlich lag das an den Familienfotos, die in der teilweise offenen Schrankwand standen.

»Es geht um unsere Image-Broschüre.«

»Aha.« Simone hatte natürlich keine Ahnung.

»Eigentlich ist ja für alles, was die Öffentlichkeitsarbeit

und so weiter angeht, mein Bruder Cäsar zuständig, aber die Image-Broschüre wird von einem zum anderen geschoben, und nun ist sie bei mir. Wir hatten da diese Agentur in Hamburg, die meinte, wir bräuchten eine neue und«, Clemens überlegte, »seit etwa einem Jahr sind wir nun dran, aber sie wird einfach nicht fertig.«

»Haben Sie die Unterlagen da?«

»Ja, Moment.« Er stand auf und fing an, die Stapel auf seinem Schreibtisch umzuschichten. Nach einer Weile und zahlreichen »hier müßten sie doch liegen« brachte er eine Klarsichthülle mit Seitenlayouts an den Tisch und blätterte sie unkonzentriert durch, dabei kniff er seine Augen zu engen Schlitzen zusammen. »Ich bin nicht sehr zufrieden mit der ganzen Sache! Nicht zufrieden.« Er schob die Mappe zu Simone. »Schauen Sie sich das an, und entscheiden Sie, was wir damit machen wollen.«

Schon auf den ersten Blick hatte Simone den Eindruck, ein Grafiker sei Amok gelaufen.

»Wahrscheinlich wurde bereits einiges an Geld investiert, wenn das schon so lange in der Produktion ist.«

»Da haben Sie recht. Was das immer kostet!« Er schüttelte den Kopf. »Und mit dieser Agentur hat sich mein Bruder nun auch noch überworfen. Ich war ja immer dagegen und halte mich da raus.«

»Und warum wurde gerade eine Agentur in Hamburg damit beauftragt? Das sind doch unnötige Wege.«

»Ja, ja.« Clemens war in Gedanken, und Simone sah ihn durchdringend an, um ihn zu einer Antwort zu bewegen.

»Mein Bruder hat so eine Vorliebe für Hamburg. Er meint immer, Hamburg sei das Tor zur Welt und bei den Pfeffersäcken wäre alles viel besser. Er ist ja auch ständig dort.«

»Zu Hamburg fällt mir ein Ausspruch von Karl Lagerfeld ein, der ja aus Hamburg stammt.« Clemens guckte interessiert, und Simone fuhr fort: »Seine Mutter hätte stets gesagt,

– sinngemäß –, Hamburg sei das Tor zur Welt, aber eben nicht die Welt. Deshalb sei er schon in jungen Jahren nach Paris gegangen. Ich fand das sehr einleuchtend.«

»Da haben Sie recht!« Clemens lachte. »Was soll es in Hamburg geben, was es in Hannover nicht gibt, immerhin sind wir hier in einer Landeshauptstadt.«

Simone nickte und lächelte. »Also gut, Herr Zipfel, ich nehme die Unterlagen mit und kümmere mich darum. Ich komme in Kürze wieder auf Sie zu.«

»Ja, schön, sehr schön.« Clemens stand auf. »Das mit dem Tor, aber nicht die Welt, muß ich mir merken. Sehr gut!« Er drückte ihre freie Hand. »Sie machen das schon richtig!«

In ihrem Büro fiel Simone ein, daß ›ihre‹ Marilyn Schupps heute endlich erscheinen sollte. Durch einen Anruf in der Personalabteilung erfuhr sie, daß Frau Schupps noch weitere drei Tage krank sei.

Ein streng frisierter junger Mann in brauner Cordhose, grauen Bequemschuhen mit Klettverschlüssen und gemustertem Kunstfaser-Pullover trat samt einem Holz-Klemmbrett in Simones Büro.

»Kleber, Bert Kleber«, stellte er sich vor, »die rechte Hand von Horn-Müller, Organisationsabteilung. Frau Störmer?«

Simone nickte.

»Ach!« sagte er, so als sei er erstaunt, daß in dem Büro, an dem seit heute morgen »Leitung Kommunikation – Dr. Simone Störmer« stand, auch wirklich die Bezeichnete saß. Er reichte ihr die Hand und deutete eine Verbeugung an.

»Eine Frau Doktor habe ich mir immer anders vorgestellt. Irgendwie älter. Sagen Sie, wie soll ich Sie eigentlich anreden? Bestehen Sie darauf, mit ›Doktor‹ angesprochen zu werden?«

Simone seufzte. Das schon wieder. Und immer waren es Typen wie Bert Kleber, die danach fragten. Sie sah stirnrunzelnd auf seine grauen Klettverschlußschuhe.

»Ich hoffe, es macht Ihnen nicht zu viele Umstände«, sagte Simone, »so viel Zeit muß sein.«

Er guckte ziemlich dämlich.

»Was möchten Sie denn sonst noch wissen?«

»Es ist wegen der Briefbögen. Dafür bin ich zuständig.« Er grinste stolz.

»Und?«

»Wegen der Firmenbriefbögen.«

»Das kontrolliert auch die Organisationsabteilung?« Eigentlich wäre das ja ihr Job, ging es Simone durch den Kopf, schließlich waren die Briefbögen ein wichtiger Teil der Corporate Identity.

»Genau. Die Briefbögen und die Visitenkarten, Formulare, Druckvorlagen für den PC und eben alles, was mit dem Firmendesign zu tun hat.«

»Die Organisationsabteilung?« Simone konnte es nicht glauben.

»Dafür sind wir da-ah!« blökte er fröhlich.

»Dann organisieren Sie mir bitte mal, wo Sie das schon so nett anbieten, Visitenkarten und je einen Kasten Papier mit dem Briefkopf der wichtigsten Firmen.«

»Jeweils erste und zweite Seiten, nehme ich an?«

»Ja, bitte.«

Er stemmte das Klemmbrett in seinen Bauch und begann zu notieren.

Als Bert Kleber weg war, sah Simone die Unterlagen zur Image-Broschüre durch und war einigermaßen entsetzt. Rund um die auf den Seiten verstreuten Fotos flatterten Textblöcke munter vor sich hin. Oben gab es Rubrikenbalken mit Verläufen und unter den Texten und Fotos auch noch unkenntliche Muster, die sich über die Doppelseiten zogen. Simone grauste es noch mehr, als sie die Texte las. Am liebsten hätte sie das ganze gleich in der ›Ablage Rundordner‹ verschwinden lassen. Statt dessen beschloß sie, nach dem Mittagessen Murx zu interviewen. Wenn es um Auseinandersetzungen ging, mußte er eigentlich Bescheid wissen.

Vorher hatte sie aber noch einen Termin bei einem Herrn Walter, dem Leiter der Werbeabteilung.

»Mahlzeit!«

In der Kantine saß Händel, und Simone setzte sich mit ihren »Tortellini in Möhrensoße« zu ihm. Das hörte sich zwar ganz gesund an, aber so wie das schmeckte, war in der orangefarbenen Brühe über den gefüllten Nudeln pfundweise Zucker, vom Farbstoff ganz abgesehen.

»Och, das sieht ja lecker aus. Wo gab's das?«

»Ganz regulär heute morgen am Automaten bestellt.«

»Habe ich gar nicht gesehen!« Händel aß Kohlrouladen. »Aber das ist auch sehr lecker! Ne, also die Tortellini muß ich mir auch mal bestellen. Gutes Essen ist doch was Feines!«

»Wie recht Sie haben!« stimmte Simone ihm zu, allerdings nicht auf das Kantinenessen bezogen.

»Na, Sie haben sich ja schon gut eingelebt!« bemerkte Händel mit vollem Mund.

»Wie bitte?«

Woher konnte Händel wissen, wie sie sich eingelebt hatte? In den Büros standen diese komischen Sprechanlagen, aus denen immer gerade dann, wenn man telefonierte, so wunderbare Durchsagen von Frau Mohr tönten wie: ›Die erste Post kann abgeholt werden!‹ Oder: ›In der Kantine ist kein Besteck mehr. Es sollen sofort alle Gabeln und Messer runterkommen!‹ Wahrscheinlich funktionierte die Anlage auch umgekehrt, und sie wurde abgehört!

»Na, man hört da schon so Stimmen, Sie seien ja ziemlich *tough* und würden die Probleme geradeheraus ansprechen.«

»Ist das schlimm?«

»Nein, aber an Ihrer Stelle, ... also, manche Herren fühlen

sich da auf den Schlips getreten. Ich meine, *ich* bin ja tolerant. Aber das ist nicht jeder!«

Jetzt dämmerte Simone, daß ihre Begegnung mit dem Leiter der Werbeabteilung bereits im Hause rund sein mußte. Der war natürlich nicht gerade begeistert von der Idee, so eine Tussi vor die Nase gesetzt zu bekommen, die ihm in seine Arbeit reinreden wollte. Er hatte denn auch ziemlich geblockt, war aber durchaus freundlich geblieben.

Simone wartete im Büro von Frau Hoffmann. Murx telefonierte, und Simone beobachtete ihn dabei durch die Trennscheibe, was ziemlich langweilig war, da er nur abwechselnd in Akten blätterte und seine rutschende Brille hochschob. Als er endlich auflegte, ging sie in das kleine Büro, in dem selbst noch auf dem Boden vor den Schränken Aktenordnerreihen standen. Murx räumte einige Unterlagen von seinem Besucherstuhl und setzte sich dann zu ihr an den kleinen Besprechungstisch.

»Was kann ich für Sie tun?«

»Es geht um die Agentur, die für Zipfel gearbeitet hat. Ich erhielt eben von Clemens Zipfel Entwürfe für eine Image-Broschüre, um die ich mich kümmern soll. Jetzt wüßte ich gerne, was mit dieser Agentur ist, bevor ich dort anrufe.«

»*PR-Aktiv*, Lydia Balmer, so heißt die Inhaberin. Also, da sind Dinger gelaufen, kann ich Ihnen sagen!«

Murx senkte seine Stimme und kam mit seinem Kopf so nahe an Simone heran, daß sie deutlich Fingerabdrücke auf seinen Brillengläsern erkennen konnte.

»Frau Balmer kam über Dr. Neubert zu Zipfel! Alles, was Neubert empfiehlt, findet Cäsar von vornherein in Ordnung. Sie sind nicht über Neubert gekommen?«

»Nein«, versicherte Simone, »bin ich nicht. Das wissen Sie doch.«

»Das ist gut. Auch für das *Standing* hier im Unternehmen.

Neubert hat schon Leute angebracht, ich kann Ihnen sagen! Na, Sie werden das noch merken.«

Simone wunderte sich wieder über die Andeutungen von Murx und hörte weiter interessiert zu.

»Lydia Balmer«, fuhr Murx bedeutungsschwer fort, »Lydia Balmer zockt Cäsar nach Strich und Faden ab. Jetzt hat er endlich den Vertrag gekündigt, und nun ist sie sauer, weil Zipfel ihr größter, und ich möchte meinen, einziger Kunde war. Sie droht mit einem Verfahren wegen Vertragsbruch. Völliger Unsinn natürlich. Aber Cäsar will ihr nun sogar noch eine Abfindung zahlen, was sonst überhaupt nicht seine Art ist. Und deshalb hat er Sie ja auch eingestellt.«

»Wie bitte?«

»Na ja, nach dem Reinfall mit *PR-Aktiv* und den Unsummen, die er für praktisch nichts gezahlt hat – wir reden hier von siebenstelligen Beträgen –, fand er es natürlich billiger, jemanden fest anzustellen.«

Simone schluckte trocken.

»Ja, wir verdienen alle mehr, als wir am Monatsende an Gehalt bekommen.«

Simone stöhnte innerlich auf und fragte dann knapp, ob er nun noch mit *PR-Aktiv* im Geschäft sei oder nicht. »Ich muß wissen, wie ich mit der Image-Broschüre weiterverfahre.«

»Laut der Verträge muß die Agentur sie noch fertigstellen. Soweit mir bekannt ist, hat *PR-Aktiv* sogar schon das Honorar erhalten.«

»Das darf doch wohl nicht wahr sein!«

»Fragen Sie mal Sänger, der müßte das wissen.«

Simone hatte zunehmend das Gefühl, sich alles wie ein Puzzle zusammenlegen zu müssen, und ärgerte sich über diese Zeitvergeudung. »Gibt es hier im Hause wirklich keine organisierten Informationskanäle? Regelmäßige Sitzungen oder so?«

Murx lachte sein unnachahmliches Looser-Lachen, das er

wahrscheinlich für souverän hielt. »Ne, so was gibt's hier nicht. Das geht alles nur von Cäsar aus, und der erzählt jedem auch nur so viel, wie derjenige unbedingt wissen muß.«

»Das sollte man dann mal ändern!«

»Können Sie ja probieren, aber hier haben alle so viel zu tun, daß keiner an weiteren Sitzungen Interesse zeigen wird.«

Als sie wieder ihr Büro betrat, stand Thorsten Fischer im Zimmer.

»Hallo!« grüßte Simone und ließ sich hinter ihrem Schreibtisch nieder. »Setzen Sie sich doch!«

»Gibt's Ärger?« fragte er mit einem Gesichtsausdruck, der durchaus eine gewisse Vorfreude auf Berichte über irgendwelche Gemeinheiten der Geschäftsführung erkennen ließ.

»Nein, das nicht gerade«, mußte ihn Simone enttäuschen, »aber es ist so verflixt schwer, vollständige Informationen zu erhalten. Mühsam muß ich mir alles Stück für Stück zusammensuchen. Was wissen *Sie* zum Beispiel über *PR-Aktiv* und die Image-Broschüre?«

»Nichts, außer, daß es damit schon viel Generve gab. Vor allem wegen der Abbildungen. Die Agentur meinte, alles müsse fotografiert werden, aber hier im Hause wollte man mal wieder sparen und hat einfach das Bildmaterial genommen, das schon da war, im wesentlichen die Aufnahmen, die Herr Matz so macht.«

»Wer ist das nun schon wieder?«

»Na, unser Hausfotograf; betreut ansonsten die Fachpresse. Er ist schon ziemlich eigen, sehr empfindlich, was seine Bilder angeht.«

»Wissen Sie zufällig, wie er mit Vornamen heißt?«

»Nein, keine Ahnung, wieso?«

»Nicht so wichtig.«

Simone hatte durch Arno mal einen künstlerischen Fotografen namens Matz kennengelernt, der ein Portfolio zum

Thema »Wurst« gemacht hatte: dokumentarische Schwarzweißfotos von in Folie eingeschweißten Würsten mit der Bezeichnung darunter im Negativ. Doch das war vor zehn Jahren gewesen, und sie konnte sich kaum vorstellen, daß der auch bei Zipfel gelandet war.

»Und diese Lydia Balmer?«

»Mein Typ ist sie nicht. Ziemlich schrill. Ich finde, sie hat von nichts eine Ahnung, außer davon, wie man Kohle macht.«

»Das habe ich schon gehört. Am besten wird wohl sein, ich fahre nach Hamburg, um die Angelegenheit zu besprechen.«

»Da sollten wir eventuell zusammen fahren. Deshalb bin ich hier. Ich betreue unter anderem die Agentur *EG-Contact*, die sich um die ganze Verbandsarbeit und so kümmert. Da halten wir regelmäßige Meetings in Hamburg ab. Ich wollte Sie fragen, ob Sie nicht mitkommen möchten, damit Sie die Agentur kennenlernen?«

»Gerne!« Simone war geradezu begeistert, daß ihr jemand von sich aus etwas anbot. Sie notierte den Termin.

»Ich lege dann die Besprechung mit Lydia Balmer auch auf Donnerstag. Wie kommen wir überhaupt nach Hamburg?«

»Mit Cäsars Bus natürlich. Da geht's morgens schon in aller Frühe los. Wo wohnen Sie denn?«

Simone erläuterte es, und Thorsten Fischer bot ihr an, sie um sieben Uhr abzuholen. Simone bedankte sich.

»Da nich für«, sagte Thorsten Fischer. »Es tut mir leid, aber ich muß wieder rauf.«

Er verabschiedete sich formvollendet, und Simone überlegte, ob sie sich zuerst mit dem Videofilm oder doch eher mit der Image-Broschüre befassen sollte. Ihr Blick fiel auf ein Ablagekörbchen, das offenbar Frau Hoffmann in einem Anfall von Eigeninitative besorgt und auf das Sideboard gestellt hatte. »Für eingehende Hauspost« erläuterte in fein säuberlicher Handschrift ein gelber Selbstklebezettel. Darin lag ein an Herrn Sänger adressierter, offener Briefumschlag. »Schon wieder dieser dämliche Kettenbrief!« fluchte Simone. Die Ablage aus dunkelbraunem Plastik war nicht gerade neu. Reste von diversen Schildchen ließen vermuten, daß schon Generationen vor ihr Rundlaufumschläge darin vorgefunden haben mußten.

»Na ja, immerhin!« Simone wurde bescheiden.

17. Kapitel

Die Einrichtung ihrer Frankfurter Wohnung war von Simones Interesse für die Neue Sachlichkeit ebenso geprägt wie von ihrem vorherigen Job. Das ergab eine ziemlich gewagte Mischung aus klassischer Moderne und englischem Landhausstil. In ihrer Hannoveraner Leihwohung fand sich Simone ausschließlich von Entwürfen aus der berühmten schwedischen Designerschule von Niels Gammelgaard umgeben. Sie fühlte sich wie in einem Ausstellungsraum von Ikea. Vorläufig wurde sie das Gefühl nicht los, gleich würde eine vierköpfige Familie, mit Oma im Schlepptau, ins Zimmer stürmen, um die Sitzgelegenheiten auszuprobieren.

Auf dem mintgrünen Sofa, das viel zu weit von dem kleinen Simone-eigenen Mini-TV entfernt stand, lagen Kissen und eine Wolldecke wie für eine Katalogaufnahme drapiert, darüber ein Schau-mir-in-die-Augen-Kleines *Casablanca*-Plakat. Die beiden Sessel vor dem Fenster waren zu tief, der Rücken krümmte sich unbequem die Lehne entlang. Um den Holz-Eßtisch standen Freischwinger-Imitationen. Simone kam sich aufrecht hinter der großen Tischplatte sitzend vor, als würde sie das Fernsehprogramm abarbeiten müssen wie im Büro die Akten, die sich auf ihrem Schreibtisch inzwischen stapelten, weil die ›Hängeordner mit Fröschen‹ immer noch nicht eingetroffen waren.

Nachdem sie jeden Abend eine andere Sitzgelegenheit getestet und für unbequem befunden hatte, legte sie sich bäuchlings auf den neuen und daher stark flusenden Teppich und starrte auf die Mattscheibe.

Eine Moderatorin interviewte dort Menschen, die entweder über ihre unheilbaren Krankheiten oder wenigstens über ein schreckliches Erlebnis beziehungsweise perverse Ambitionen berichten konnten, und legte ihnen ganz betroffen vor Rührung die sonnenbankgebräunte Hand auf den Arm. Simone döste vor sich hin. Der Ausdruck »Steckdosen-Neger« fiel ihr angesichts der Moderatorinnen-Bräune wieder ein. Wer hatte das noch mal gesagt? Ach ja, Tim, ihr ehemaliger Assistent. Was der wohl jetzt machte? Sie sollte ihn anrufen. Aber sie war einfach zu müde.

Sie ließ den Tag noch einmal vor ihrem inneren Auge vorbeiziehen: In aller Frühe hatte Thorsten Fischer sie mit seinem roten Sportflitzer abgeholt. Als sie das Gelände der Zipfel Gruppe erreichten, sahen sie schon Cäsars silbergrauen Kleinbus. Der Fahrer verhandelte gerade etwas mit Murx.

»Wieso ist Murx da?« wunderte sich Simone.

»Wird auch mitfahren müssen. Wahrscheinlich hat ihn Cäsar gestern abend spät noch darüber informiert. Würde mich jedenfalls nicht erstaunen.«

Thorsten Fischer parkte seinen Wagen. Es stellte sich heraus, daß sie Zipfel erst noch auf »seiner Ranch« abholen müßten, wie sich Murx ausdrückte. Simone wurde dann erklärt, Cäsar besitze ein riesiges Grundstück, auf dem er Pferde hielte.

»Und seine Frau leidet unter Heuschnupfen!« ergänzte der allwissende Murx nicht ohne Schadenfreude.

In dem Bus saß Simone in Fahrtrichtung und die beiden anderen ihr gegenüber, mit dem Rücken zum Fahrer. Als sie an der »Ranch« ankamen, stand Cäsar mit seiner Frau schon vor einer Vierfach-Garage, so kam es Simone vor, und mehr konnte sie auch gar nicht sehen. Cäsar öffnete von außen die Schiebetür des Autos. Simone stieg aus, um sich mit Frau Zipfel, einer zierlichen Person in Hausfrauenstrickjacke, bekannt zu machen.

Sobald Cäsar anwesend war, schlug die Stimmung im Bus sofort ins Geschäftsmäßige um. Er saß neben ihr, Murx ihm gegenüber. Sie gingen einen »Fall« nach dem anderen durch. Simone hatte Ohren wie Rhabarberblätter, um nur ja nichts zu verpassen, schaute dabei aber, Diskretion vortäuschend, in Fischers Richtung, der sich in Unterlagen zu schaffen machte.

Die Zusammenhänge konnte sie nicht immer erschließen, denn Murx und Zipfel gaben sich meist nur Stichworte. Klar war nach einer Weile zweierlei: Zipfel behandelte Murx wie einen dummen Jungen, der alles falsch machte, und es ging um Grundstücksgeschäfte und Immobilien, »Standorte« wie es hieß, und dann kamen Ortsnamen und die Namen der Besitzer oder Landräte oder was auch immer, die sich weigerten, an Zipfel zu verkaufen, und denen Murx »mal Feuer unterm Arsch machen muß«, wie Zipfel meinte.

Thorsten Fischer sah Simone, der solche Herrenrunden-Sprüche nichts ausmachten, mit hochgezogenen Augenbrauen an. Sie dachte lediglich, daß der blasse Murx dafür wohl kaum der richtige sei, und tatsächlich entschied Zipfel in einigen Fällen: »Geben Sie das her! Ich sehe schon, das muß *ich* in die Hand nehmen.«

Wenn er nicht gerade Murx anschnauzte, telefonierte er. Alle anderen taten derweil beschäftigt. Murx sortierte seine Unterlagen und machte sich Notizen. Fischer bereitete sich, vermutete Simone, auf die Sitzung vor, und sie selbst las unkonzentriert in Murxens Tageszeitung.

Als sie in einen Stau gerieten, pfiff Zipfel den Fahrer an, endlich zuzufahren, sie hätten schließlich einen Termin in Hamburg einzuhalten. Simone tat der Chauffeur richtig leid.

»Ist schon der dritte in sechs Monaten!« flüsterte ihr Fischer zu, als Zipfel gerade beim Telefonieren aus dem Seitenfenster sah.

Simone fand die Atmosphäre in Cäsars Bürobus zum Schneiden. Etwas frische Luft zu schnappen hätte jetzt gut getan. Aber mit dem Argument, sie »müsse mal«, um einen Halt zu bitten, kam ihr indiskutabel vor. Diese Blöße wollte sie sich keinesfalls geben.

Als Cäsar mit Murks, Fischer und den Telefonaten fertig war, meinte er sehr freundlich zu Simone, er habe ja nun den Vertrag mit *PR-Aktiv* gekündigt, was ihm Frau Balmer ganz unverständlicherweise übelnehme und jetzt mit einer Klage drohe, was natürlich albern sei, da der Vertrag fristgerecht, und so weiter. Nun würde sie ihm aber quasi noch einige Leistungen schulden, die zwar vereinbart, aber noch nicht ausgeführt seien, und Simone solle sich doch bitte mit ihr ins Vernehmen setzen und das zur allseitigen Zufriedenheit regeln. Er würde sich ja gerne selbst drum kümmern, aber leider, er habe da andere Termine.

Simone fand das einen ziemlichen Knüller und verlangte zunächst einmal Akteneinsicht. Wie sie denn etwas einfordern solle, wenn sie die Sachlage gar nicht kenne, wollte sie wissen.

»Murx, die Unterlage Balmer!«

»Habe ich nicht dabei, konnte ja nicht wissen, daß Sie die heute brauchen würden, außerdem sind das mehrere Aktenordner.«

»Aha. Und wo kann ich die finden?« fragte Simone.

Murx erklärte, ein Teil sei bei ihm, ein Teil im Büro Sänger, nämlich der, wo es um Rechnungsprüfung ginge, und die Korrespondenz im Vorzimmer von Cäsar.

»Also, ohne die Unterlagen vorher gesehen zu haben, kann ich da kaum etwas unternehmen.«

»Ach, Fischer kennt den Vorgang doch auch!«

»Ich? Also wirklich!« entrüstete sich Thorsten Fischer.

»Na, ich schau mal, das bekommen wir schon hin!«

»Das ist die richtige Einstellung!« Cäsar sah Murx an, dann wieder Simone. »Sie machen das schon. Ich verlasse mich auf Sie!«

In Hamburg ließ sie der Fahrer vor einem wohnblockgroßen, frisch renovierten Gründerzeitbau aussteigen. Leider besaß Simone nicht die Fähigkeit, durch die Zähne zu pfeifen, sonst hätte sie es in diesem Moment getan. Hier residierte also die Agentur *EG-Contact*, die sich um Zipfels Verbandsinteressen kümmerte! Schien eine lohnende Sache zu sein.

Während sie von drei dynamischen Jungmanagern empfangen wurden, die aussahen, als kämen sie frisch von einer amerikanischen Business-School, raunte ihr Murx leicht hämisch zu, das Haus gehöre Zipfel und er hätte allergrößte Probleme, es zu vermieten. Er kaufe ja auch privat Immobilien beziehungsweise zusammen mit Dr. Neubert.

Sie folgten den in einheitlich dunkle Anzüge und weiße Hemden gekleideten Jung-Dynamikern durch einen Flur mit frisch abgeschliffenen Holzbohlen, die unter den Schritten knarrten. An einigen Stellen hingen Lichtkabel aus den Wänden. Es roch nach neuen Möbeln.

Der Sitzungsraum wurde von einem großen schwarzen Konferenztisch, auf dem Edelstahlwärmekannen und Tassen standen, nahezu ausgefüllt. Simone erkundigte sich nach einer Gelegenheit »zum Händewaschen« und wurde auf eine Art Badezimmer verwiesen, in dem die Toilette mitten im Raum stand. Auch hier wirkte alles dank großzügiger Marmorverkleidung und geschnörkelten Armaturen sehr vornehm, aber unfertig. Über dem Waschtisch fehlte zum Beispiel der Spiegel – ausgerechnet!

Als sie in das Besprechungszimmer kam, war Zipfel schon mitten in der Debatte. Sie nahm, um nicht zu stören, direkt am Kopfende des Tisches nahe der Tür Platz. Die drei EG-Kontakter saßen Zipfel gegenüber am anderen Ende. Thorsten Fischer schrieb mit. Murx, links von ihr sitzend, hatte offenbar nichts mit *EG-Contact* zu tun; er las Zeitung.

Simone bewunderte gerade die wunderschöne Stuckdecke, als sie ihren Namen hörte.

»Frau Dr. Störmer kümmert sich um unsere Öffentlichkeitsarbeit«, erläuterte Zipfel ihre Anwesenheit.

Die drei Jungdynamischen mit den nach hinten gekämmten, mit Gel fixierten Haaren nickten und schauten zu Simone. Drillinge? überlegte sie, räusperte sich ein wenig und setzte ein professionelles Lächeln auf.

»Sicher werden sich unsere Aktivitäten gut ergänzen. Ich freue mich auf eine effektive und interessante Zusammenarbeit.«

Simone hatte ihren Spruch gesagt, und nach allseitigem beifälligem Nicken war sie von der weiteren Debatte mehr oder minder ausgeschlossen. Sie konnte zum Teil nämlich kaum verstehen, was die Herren besprachen. Ab und an erkannte sie Namen von Politikern, ansonsten wurde mit Abkürzungen wie HDE, DFV oder BVE operiert, die sich Simone vorsorglich notierte.

»Und wie weit sind wir mit dem Bundesverband?« wollte Cäsar wissen.

Die Drillinge kamen sichtlich unter Druck.

»Beim Bundesverband der Deutschen Fleischwarenindustrie ist das nicht so einfach, Herr Zipfel«, begann der Eine.

»Wir verstehen ja, daß Sie ein Ihrer Bedeutung angemessenes Amt anstreben und zum Präsidenten gewählt werden wollen, aber«, fuhr der Zweite fort.

»Es wäre keine gute Idee, zu offensichtlich Druck auszuüben«, ergänzte der Dritte. »Wir raten nach wie vor, sich erst einmal auf Landesebene zu engagieren.«

»Das kann mein Bruder machen. Ich habe für solch einen Kleinkram keine Zeit. Jetzt klemmen Sie sich mal dahinter! Das kann doch nicht so schwer sein! Nächstes Thema!«

In zügigem Tempo ging Cäsar mit den Drillingen die Tagesordnungspunkte durch. Er ließ sich dabei nur durch einen Anruf unterbrechen, der alle anderen zum Schweigen verdammte.

Simone nutzte die Gelegenheit, um ihrerseits in ihrem Büro anzurufen. Sie fragte eine Sekretärin in einem topmodisch schwarz eingerichteten Büro, ob sie telefonieren dürfe. Als sie den Hörer in der Hand hielt, fiel ihr die Zipfel-Telefonnummer nicht ein.

Wie peinlich! Und ihr Terminplaner lag im Sitzungszimmer.

Die Sekretärin gab ihr mit stoischer Miene die gewünschte Auskunft.

»Hallo Frau Mohr, ist Frau Schupps im Haus?«

»Wer?«

»Marilyn Schupps, meine Sekretärin.«

»Kenne ich nicht.«

»Dann verbinden Sie mich bitte mit Frau Hoffmann.«

Frau Hoffmann meldete sich. Simone fragte nach Frau Schupps.

»Ist gerade im Haus unterwegs. Soll ich was ausrichten?«

»Ich wollte ihr nur einen schönen ersten Arbeitstag wünschen. Dumm, daß ich gerade heute nicht im Haus sein kann. Richten Sie ihr bitte nur aus, daß ich angerufen hätte und daß wir uns morgen früh unterhalten würden. Sie haben sie ja sicher schon mit den Gegebenheiten vertraut gemacht.«

»Bis jetzt noch nicht. Ich habe genug für Murx zu tun.«

»Seien Sie bitte so nett und kümmern sich ein wenig um sie. Vielen Dank, Frau Hoffmann.«

Die Sitzung dauerte endlos, wie es Simone schien. Da wies Thorsten Fischer, Zipfel ansehend, auf seine klobige Armbanduhr. Simone blickte daraufhin ebenfalls auf die Uhr: Es wurde höchste Zeit für ihren Termin bei *PR-Aktiv*! Zipfel kam nun ziemlich abrupt zum Schluß.

»Meine Herren, Sie wissen, was Sie zu tun haben!«

»Also, Fischer begleitet Sie zu *PR-Aktiv*. Der Fahrer holt Sie später wieder ab und bringt Sie zur Sozietät von Dr. Engels«, erklärte Cäsar ihr, als sie den schönen Altbau verließen.

Lydia Balmer begrüßte Simone mit geringschätzigem Lächeln von rot geschminkten Lippen. Bunte Ohrgehänge, die fast bis auf ihre Schultern reichten, schaukelten unter in der Nuance »Wilde Pflaume« blauschwarz gefärbten Haaren. Die nun folgenden, üblichen Konversations-Minuten dienten im wesentlichen dazu, sich gegenseitig zu mustern. Lydia Balmer sah aus wie ein aufgezäumtes Zirkuspferd.

»Das ist ja amüsant, daß sich Zipfel eine PR-Frau eingestellt hat.« Lydia lächelte süßlich.

»Ich leite die interne und externe Kommunikation«, verbesserte Simone und lächelte, ganz Dame, zurück.

»Ja, da werden Sie schon noch Ihre Erfahrungen machen! Wir«, sie bezog eine unauffällige Mitarbeiterin, die sich dazu gesetzt hatte, mit ein, »wir wissen, wovon wir reden! Da kann ich Ihnen nur viel Glück wünschen!«

Lydia Balmer strich sich bei dem Gespräch immer wieder über ihre Beine, die sie übereinandergeschlagen und seitlich abgewinkelt hatte. Simone fand dieses unbefriedigtes-Weibchen-Gehabe ziemlich deplaziert, aber wahrscheinlich konnte Frau Balmer gar nicht anders, als um Aufmerksamkeit zu buhlen. Thorsten Fischer, der einzige Mann im Raum, schien jedenfalls dagegen immun zu sein. Er beschäftigte sich vornehmlich mit dem Plündern des Obstkorbes, der auf dem Tisch in der Mitte der lockeren Sitzgruppe stand. Für jede Weintraube stand er auf. Denn obwohl er ziemlich groß war, befand sich der kleine Tisch außerhalb seiner Reichweite.

»Wollen Sie sich nicht die ganze Traube nehmen?« fragte das Zirkuspferd, dem dieses Aufstehen-Hinsetzen offenbar zu dumm wurde. »Bibi, reichen Sie Herrn Fischer doch mal eine Serviette!«

»Oh nein, danke.« Fischer reagierte, als hätte man ihn beim Klauen erwischt, und verzichtete auf jede weitere Vitaminzufuhr.

»So, wo ist denn nun der Grafiker? Wie hieß er doch gleich?« kam Simone zur Sache.

»Er hatte leider einen anderen Termin und war unabkömmlich.«

»Es wäre sehr freundlich gewesen, wenn Sie mir das mitgeteilt hätten, denn ohne den Grafiker kommen wir kaum weiter.«

»Ich verstehe gar nicht, was das Problem ist. Die Broschüre wird doch sehr schön!« Lydia Balmer ging ohrringschaukelnd in Gefechtsstellung.

»Verständlich, daß Sie das so sehen, aber nun bin ich für die Kommunikation der Zipfel Gruppe zuständig, und ich habe etwas höhere qualitative Ansprüche! Da gibt es nachweislich Fehler auf allen Seiten, und das Layout ist wirklich zum Erbarmen.«

Dummerweise meldete sich gerade in diesem Moment unglaublicher Hunger. Simone merkte deutlich, daß ihr Magen gleich Geräusche machen würde, und hoffte inständig, sie wären leise. Sie hatte auch schon daran gedacht, von dem Obst zu probieren, aber da war ihr Kollege einfach schneller gewesen und außerdem: mit vollem Mund ließen sich schlecht spitze Bemerkungen machen.

»Sie haben sicherlich noch nicht die letzten Korrekturen, da ist ja noch einiges geändert worden!« säuselte Lydia Balmer.

Der Magen knurrte vernehmlich. Simone seufzte, aber nicht deswegen, sondern weil sie Lydia Balmer eine etwas originellere Replik zugetraut hatte.

»Dann sorgen Sie bitte dafür, daß meine Unterlagen auf den aktuellen Stand kommen. Ich werde dann persönlich einen Termin mit Ihrem Grafiker vereinbaren – wenn Sie nichts dagegen haben.«

Lydia Balmer war einverstanden. Darauf hätte Simone notfalls gewettet, denn selbstverständlich war sie froh, den Ärger los zu sein, zumal sie das Honorar bereits einkassiert hatte. Simone ließ sich die Telefonnummer des Grafikers geben.

»Sonst noch was?« fragte Lydia Balmer schnippisch.

»Ja.« Simone hatte keinesfalls vor, sich abwimmeln zu lassen. »Sie haben für Zipfel einen Medienverteiler angelegt, den hätte ich jetzt gerne.«

Sie wußte, daß ihr der zustand, da Zipfel ausdrücklich dafür bezahlt hatte. Und Lydia Balmer wußte es auch. Simone konnte beobachten, wie die helle Haut am Hals der *PR-Aktiv*-Chefin rötliche Flecken bekam. Sich sichtlich zusammennehmend, erläuterte sie, daß das eventuell möglich sei, aber sicher nicht zum jetzigen Zeitpunkt.

»Also, ich kenne mich ja mit diesen Computern überhaupt nicht aus. Da muß ich erst einen Spezialisten kommen lassen, der ist aber leider, leider gerade nicht greifbar.«

»Das ist aber bedauerlich, wenn Sie mit Computern so wenig umgehen können!« meinte Simone, nun ihrerseits schnippisch. »Das muß doch die tägliche Arbeit sehr erschweren!«

Lydia Balmer stand auf, um das Gespräch zu beenden.

»Gut, dann senden Sie mir die Diskette einfach zu. Sagen wir, spätestens in einer Woche? Das sollte doch machbar sein!«

Lydia Balmer sagte nichts. Ihre Mitarbeitern hatte sich ebenfalls erhoben.

»Dann darf ich sicherlich kurz telefonieren?« fragte Thorsten Fischer, förmlich wie immer.

Auf dem Weg zur Anwaltskanzlei mußte Fischer für einen Besuch, den Cäsar abends vorhatte, noch Blumen besorgen. Bei der Gelegenheit überredeten sie den Fahrer, am Hauptbahnhof anzuhalten, damit sie sich etwas zu essen besorgen könnten. Inzwischen war es halb vier.

»So ist das aber immer, wenn Sie mit Cäsar unterwegs sind. Ein Termin folgt auf den anderen, Pausen werden prinzipiell nicht eingeplant.« Fischer sprach aus leidvoller Erfahrung, während sie an einem italienischen Imbiß auf ihre Lasagne warteten.

»Das dauert ja ewig.« An Simone nagte der Hunger ebenso wie die Sorge, man könne sie beide vermissen.

»Wir essen in Ruhe!« beschloß, mutig geworden, ihr Begleiter, der kurz zuvor noch erwähnt hatte, daß Cäsar bestimmt ungehalten würde, wenn sie so spät kämen.

»Wer ist überhaupt dieser Dr. Engels?«

»Cäsars Anwalt für die besonderen Fälle, also für alles, was Murx nicht machen kann oder soll.«

»Wenn es um das Kapital geht, haben sich Murx und Engels schon immer gut ergänzt.«

Thorsten Fischer guckte sie fassungslos an. Simone entschuldigte sich daraufhin für diesen Kalauer, den Fischer wohl nicht verstanden hatte.

»Und was machen wir bei Engels?«

»Nichts. Ich nehme an, Cäsar will Sie vorführen.«

Als die Lasagne endlich aus der Mikrowelle kam, bestätigten sie sich gegenseitig, daß ihnen eine Mikrowelle nicht in die Küche käme, aber in diesem Fall müßte man wohl ein verstrahltes Essen akzeptieren.

»Besser als nichts!« meinte Thorsten und erzählte stolz, daß er abends oft koche und das Olivenöl von Aldi das beste überhaupt sei und welche Lebensmittel-Sonderangebote es zur Zeit gebe. Zwischendrin schaffte er es noch, seine Lasagne zu essen.

Sie erreichten den Parkplatz mit dem Kleinbus, in dem es durchdringend nach Gyros roch. Der Fahrer puhlte mit einer aufgebogenen Büroklammer in den Zähnen herum.

In der vornehmen Anwaltspraxis an der Alster angekommen, machte Cäsar tatsächlich einige überflüssige Bemerkungen über ihr spätes Eintreffen. Simone berührte das kaum, da sie wußte, daß sie hier ohnehin nur zur Zierde war. Schon wenige Augenblicke später zogen sich Cäsar und Dr. Engels zu einer Besprechung unter vier Augen zurück. Alle anderen erfuhren, daß sie nicht mehr gebraucht würden.

»Und wie kommen wir jetzt zurück?« fragte Simone etwas irritiert.

»Wir fahren mit Sänger, der ist auch in Hamburg und holt uns ab«, erwiderte Murx, der mit ihr und Fischer ins Foyer der Anwaltspraxis trat. Sie warteten und warteten. Als die Damen vom Empfang ihre Handtaschen nahmen und Feierabend machten, gingen sie in den Garten vor dem Haus. Murx kramte einen Apfel aus seinem Pilotenkoffer.

Simone dachte derweil, daß Cäsar Zipfel zwar ein anscheinend cleverer und gern prozessierender Geschäftsmann war, der seine Mitarbeiter wie Lakaien behandelte, aber zugleich auch etwas von einem Herbergsvater hatte. Immerhin sorgte er dafür, daß sie nach Hause kamen, ohne auf ihn warten zu müssen.

»Wir hätten doch auch mit dem Zug fahren können, wo wir doch sowieso schon am Bahnhof waren«, bemerkte sie aus ihren Gedanken heraus.

»Sie glauben doch wohl nicht, daß Cäsar für drei Leute die Bahnfahrt bezahlt!« Murx warf seine Apfelkitsche schwungvoll in den Rhododendronbusch neben dem steinernen Treppenaufgang. »Da würde er uns eher nach Hannover laufen lassen!«

Nach einer guten Stunde tauchte Sänger endlich auf. Er kam von einer Veranstaltung in einem Hotel und hatte angeblich »nicht einmal etwas von dem Buffet gegessen«, um sie nicht noch länger warten zu lassen. Es wurde eine fröhliche Fahrt. Simone konnte sich an den Lästereien über Cäsar zwar nicht beteiligen, lachte jedoch herzlich mit. Insgeheim wunderte sie sich, wie unisono schlecht über ihn geredet wurde.

»Ach, und wissen Sie eigentlich, warum Cäsar Cäsar heißt und Clemens Clemens?«

»Nein«, antwortete Simone wahrheitsgemäß auf diese etwas eigenartige Frage.

»Na, der Großvater hatte die fixe Idee, sie müßten über die Generationen das Alphabet von A wie August – so hieß der Großvater – bis Z wie Zipfel ausfüllen! Stellen Sie sich das einmal vor! Nun kriegen alle Kinder in einer Familie Vornamen, die mit dem gleichen Buchstaben anfangen. Wie Rassehunde!«

Sänger schüttelte sich vor Lachen.

»Die Kinder von Clemens, dem älteren der beiden, heißen Daniela und Darius, die von Cäsar alle mit E, nämlich Eberhard, Ellen und Erwin.«

»Ich finde ja überhaupt, daß Zipfel ein komischer Name für einen Wurstfabrikanten ist, ich meine, man sagt doch Wurstzipfel«, wagte sich Simone vor, nachdem sich das Gelächter über die Vornamenvergabe gelegt hatte.

»Da haben Sie recht! Nomen est omen, wie der Lateiner sagt. Die kommen ja eigentlich aus dem Osten und haben ihren Namen dann angepaßt.«

»Ach was?« entfuhr es Murx, der sonst immer alles schon wußte.

»Ja, die Großeltern hießen Zipfelowsky oder Zipfelinsky oder so ähnlich.« Sänger hielt inne und überlegte. »Na, kann auch sein, daß sie einen polnischen Namen hatten, der auf deutsch Zipfel bedeutet.«

Kurz vor Hannover begann Rudi Sänger einen Witz zu erzählen. »Verdammt, hier müssen wir ja runter!« unterbrach er sich. Auf der Überholspur neben der Autobahn-Ausfahrt vorbeirasend, wollte er den Wagen noch herüberziehen. Lautes Aufschreien von den Herren auf den Rücksitzen. Sie entgingen knapp einer Kollision mit einem PKW auf der rechten Spur. Simone auf dem am meisten gefährdeten Beifahrersitz war ganz ruhig geblieben, war sich aber mit den anderen beiden einig, daß es lebensgefährlich sei, bei Zipfel zu arbeiten. Während sie nun also einen Umweg fuhren, fing Sänger mit dem Witz noch einmal von vorne an.

»Der Firmeninhaber will ein Jubiläum feiern und fragt seinen kaufmännischen Geschäftsführer, wie man das am besten machen könnte: ›Es soll auffallen, die Leute sollen sich freuen, und es soll nichts kosten.‹

Der antwortet: ›Hängen Sie sich auf! Das kostet nichts, die Leute freuen sich, und es fällt auf.‹«

In der Talkshow, die immer noch lief, ließ sich eine Runde von Betroffenen über das Thema Ehebruch aus. Im Publikum sitzende Experten steuerten die neuesten »wissenschaftlichen« Erkenntnisse bei. Dann wurde die Silhouette einer Frau eingeblendet, die anonym bleiben wollte. Sie beichtete, daß sie ein Kind erwarte, das nicht von ihrem Mann sei, und sie sich nicht trauen würde, ihrem Mann, der sich schon auf das Kind freue, zu gestehen, es sei nicht von ihm. Die Stimme der Moderatorin triefte geradezu vor Mitgefühl. Simone fand das so abgefahren, daß sie erst bei der nächsten Werbeunterbrechung abschalten und endlich ins Bad gehen konnte. »Ehebruch ist für mich schließlich kein Thema«, versicherte sie beim Abschminken ihrem Spiegelbild. »*Ich* bin ja nicht verheiratet.«

Mit einem Mal wurde ihr bewußt, wie sehr sie Arnos strikte Weigerung, sie zu heiraten, verletzt hatte. Sie starrte sich im Spiegel an, das rechte Auge ohne, das linke noch mit Wimperntusche und Lidschatten. Ein leichtes Flattern in der Magengegend signalisierte ihr, daß sie doch nicht so nüchtern mit dem Thema umgehen konnte, wie sie es gehofft hatte. Entschlossen zog sie ein Kosmetiktuch aus dem Schlitz in der Packung und entfernte auch vom linken Auge das Make-up, als wenn sie damit auch die leisen Zweifel an Arno wegwischen könnte. »Ich sollte nicht solche sülzigen Sendungen ansehen. Nicht nach so einem Tag!«

18. Kapitel

Marilyn Schupps traf erst ein, als Simone schon Kaffee gekocht und den Wirtschaftsteil ihrer privat gekauften FAZ auf relevante Artikel hin durchgesehen hatte. Statt sich bei Simone vorzustellen, plazierte sie sich an ihrem Schreibtisch im gegenüberliegenden Büro. Simone faltete die Zeitung zusammen und begab sich zu ihrer Mitarbeiterin.

»Guten Morgen, Frau Schupps. Nett, daß Sie da sind. Ich bin Simone Störmer.«

Sie reichte der jungen Frau mit den dominant blonden Locken die Hand und sah auffällig lange, rot lackierte Nägel an beringten Fingern gefährlich auf sich zukommen.

»Geht es Ihnen wieder besser?«

»Wieso?« fragte Marilyn Schupps einen Tick zu patzig.

»Sie waren doch so lange krank.«

»Ach so, das! Ja, es geht wieder einigermaßen.«

»Na, das ist ja schön. Kommen Sie doch bitte mit in mein Büro, damit wir uns miteinander bekannt machen können. Es gibt Kaffee.«

Marilyn wollte sich eine Tasse aus der Küche holen. Simone ging vor und wartete. Kein Mensch konnte so lange brauchen, sich eine Tasse aus dem Schrank zu holen.

Nachdem Simone in der Zwischenzeit zwei Telefonate erledigt hatte, erschien Marilyn endlich und setzte sich auf den Besucherstuhl Simone gegenüber. Die goß ihr Kaffee ein.

»Der Kloschlüssel ist abgebrochen!«

Simone guckte Marilyn entgeistert an.

»Eine Kollegin mußte erst den Hausmeister holen, und der hat mich befreit. Scheißladen hier! Klopapier gab's ohnehin keins. Und jetzt kann man die Toilette nicht mehr abschließen, weil, ein neuer Schlüssel müsse erst beim Hersteller angefordert werden und das dauere halt. Frau Hoffmann hat ein Schild an die Klotür gehängt, auf dem ›Frei‹ und ›Besetzt‹ steht, je nachdem, wie man es dreht.«

»Ja, Frau Schupps«, begann Simone, das Kloproblem ignorierend, »schade, daß ich an Ihrem ersten Arbeitstag nicht hier sein konnte. Aber das ließ sich nun mal nicht anders einrichten. Ich hoffe, Sie sind zurechtgekommen?«

»Ja.«

»Aha. Hat Ihnen Frau Hoffmann das Nötigste gezeigt?«

»Sie hatte nicht so viel Zeit. Sie war mit mir in der Kantine. Aber das kann man ja wohl abhaken.« Marilyn Schupps zog einen Flunsch.

»Ziemlich ungemütlich, nicht?«

»Igitt, und das Essen! Ich muß auf meine Figur achten. Ich halte Diät, da kommt das sowieso nicht in Frage.«

»Und sonst?«

»Mit dem PC gibt es noch ein Problem.«

»Wieso, welches denn?« fragte Simone interessiert.

»Ich kenne mich damit nicht aus. Ich habe nämlich bisher an einem Mac gearbeitet«, antwortete Marilyn Schupps und sah dabei auf ihre langen Fingernägel.

»Wo waren Sie denn vorher?« Simone fühlte sich unwohl, da sie vorab keinerlei Information über ihre neue Mitarbeiterin bekommen hatte. Alle hatten sich demonstrativ ausgeschwiegen.

»Zuletzt war ich in einer PR-Agentur.«

»Ach was. Wo denn?«

»Bei *PR-Aktiv* in Hamburg.«

Simone war, als zöge ihr jemand den Boden unter den Füßen weg. Sie mußte sich schwer zusammenreißen, um Haltung zu bewahren.

»Da war ich gestern! Niemand hat Sie erwähnt.«

»Na ja, ich bin schon eine Weile dort weg und wohne seitdem in Hannover.«

»Wie lange haben Sie denn pausiert?«

»Ein halbes Jahr.« Sie drehte eine Strähne ihrer blonden Locken um den silberberingten Zeigefinger.

»Und wie sind Sie an die Firma Zipfel gekommen?«

»Ich kenne Cäsar Zipfel!« Triumph klang in ihrer Stimme. »Privat!« Das hörte sich an, als würde sie sich bestimmt nichts von Simone sagen lassen.

So war das also. Deshalb hatte Murx so komische Andeutungen gemacht. Simone wäre am liebsten gleich zu Cäsar gegangen und hätte ihn zur Rede gestellt. Sie verkniff sich diese Impulsivität. Er war ohnehin nicht im Haus.

»Als erstes müssen wir für Sie mal einen PC-Kurs organisieren! Dann sollten Sie sich unbedingt in das Thema Fleischwaren einarbeiten. Dazu suche ich Ihnen die entsprechenden Informationen heraus. Besser, wir machen eine Führung durch die Wurstproduktion, da war ich nämlich auch noch nicht.«

Die weiße Spitzenbluse, die Marilyn trug, war reichlich indezent, und Simone fragte sich, wen sie mit diesen Durchblicken beeindrucken wollte.

»Oder haben Sie schon in der PR-Agentur für Zipfel gearbeitet und kennen sich aus?«

»Weniger.«

Simone hatte keine Lust zu fragen, was das denn nun bedeuten solle.

»Ich kann dann gehen?«

»Einen Moment noch!«

Marilyn Schupps setzte sich mit leicht genervtem Gesichtsausdruck wieder hin.

»Ich hoffe, daß wir gut zusammenarbeiten werden. Und ich gehe fest davon aus, daß alles, was wir besprechen, unter uns bleibt.«

Marilyn nickte.

»Gut. Dann wünsche ich Ihnen einen guten Start, und wenn Sie Fragen haben, fragen Sie. Wir kennen uns ja beide noch nicht so gut bei Zipfel aus.« Simone wurde sich der Doppeldeutigkeit der Aussage bewußt und ergänzte: »Ich meine, hier im Haus, aber das bekommen wir schnell in den Griff!«

Kurz darauf bot Clemens Zipfel persönlich an, Simone und Marilyn die Wurstverarbeitung zu zeigen. Mit Stolz erklärte er als erstes die Andockvorrichtungen für die Anlieferung von Frischfleisch. Der Fahrer des Lkw würde über Radar eingewiesen und könne den Betrieb nicht betreten. Die Arbeitskleidung der Mitarbeiter würde täglich desinfiziert, und die Klimaanlage arbeite nach dem Hygienestandard eines Krankenhauses. Simone und Marilyn folgten ihm beeindruckt durch die steril wirkenden Hallen, bestaunten artig edelstahlblitzende Wölfe und Kutter. Wo immer sie hinkamen, pfiffen die weißbekittelten Männer hinter Marilyn her. Clemens ließ sie durch das Kontrollfenster in einen riesigen Kutter schauen, aber die Messer rotierten so schnell, daß sie eigentlich nichts erkennen konnten.

»Das wird zum Teil noch manuell abgefüllt«, erklärte Clemens angesichts der Zuleitungen, aus denen Wurstmasse in die Wurstpelle quoll. Simone versuchte, zu erkennen, wie das Ende der Wurst entstand und ob der Metzger es mit der Hand abdrückte, aber das glitschte nur so. Ja, sie hätten jetzt die neuen Endlos-Naturdärme. Damit würden sie viel Zeit sparen, erläuterte Clemens.

Währenddessen hatte der Metzger, vor dem sie standen, Mühe, sich auf die Bratwurst-Produktion zu konzentrieren. Verstohlen starrte er auf Marilyns rasante Oberweite. Sie hatte die oberen Knöpfe des für sie zu engen Kittels offengelassen. Prompt merkte er zu spät, daß auch ein Endlosdarm zu Ende geht. Das Brät quoll weiter und ringelte sich auf dem Arbeitstisch. Simone mußte grinsen. Sofort kam Herr Hilbert, der Produktionsleiter, herbei und entschuldigte sich bei Clemens für das Mißgeschick.

»Kann ja jedem mal passieren«, sagte Clemens gutmütig.

Gemeinsam gingen sie zu den Räucherkammern, vor denen Rollwägen standen, an denen in mehreren Reihen die Würste hingen. Hier erfuhren sie, daß der pikante, typische Würstchen-Geschmack vom Rauch käme. Clemens verplauderte sich vor den Räucherkammern mit Herrn Hilbert und meinte, sie könnten sich die berührungsfrei zu bedienenden Kochkessel gerne noch selbst ansehen. Marilyn guckte Simone entnervt an. Simone sagte: »Danke, wir müssen dringend ins Büro zurück«, und fragte nach dem Weg. Ein Azubi wurde herbeibeordert und führte sie, lauthals beneidet und bespottet von den Kollegen, zum Ausgang.

»Mir ist schlecht!« meinte Marilyn, »kann ich nach Hause gehen?«

»Also wirklich, Frau Schupps! Wir laufen jetzt eine Runde ums Grundstück, und dann sind Sie wieder fit!«

19. Kapitel

Helmar Kopetzky war der erste Mann um die fünfzig, den Simone in der Zipfel Verwaltung kennenlernte. Wahrscheinlich war er auch der einzige. Mit den nach hinten gesträhnten Haaren und den ungeheuren Koteletten sah er aus wie jemand, der bei einem Elvis Presley-Ähnlichkeits-Wettbewerb auf dem letzten Platz landen würde.

Simone wußte, daß Kopetzky abends »erst so um zehn« ging, was ihr Cäsar, als das Gespräch auf die Arbeitszeit kam, als leuchtendes Beispiel vorgehalten hatte. Einerseits hing das mit seiner Arbeitsbelastung, andererseits damit zusammen, daß Frau und Kinder im Ruhrgebiet lebten und Kopetzky in Hannover nur ein kleines Firmenapartment bewohnte, das er lediglich zum Schlafen aufsuchte.

Helmar Kopetzky war der Geschäftsführer der ZSP Immobilien GmbH, des Unternehmens, das die Schlemmer-Passagen baute. Hinter seinem chaotischen Schreibtisch hing ein großes gerahmtes Foto einer solchen Passage mit den Worten »Mein erstes Baby« darunter.

Simone saß ihm in seinem Büro gegenüber. Es war spät geworden, die Tür zum verlassenen und unbeleuchteten Vorzimmer, durch das Simone gekommen war, stand offen.

»Daß ich das auch mal erfahre!« regte er sich auf.

»Sie waren doch in Urlaub«, entschuldigte Simone – ja, was eigentlich? Daß Cäsar seinen ZSP-Geschäftsführer nicht über den geplanten Videofilm informiert hatte?

»Noch ist ja nichts Wesentliches entschieden worden. Ohne Rücksprache mit Ihnen fange ich so ein wichtiges Projekt nicht an. Das ist doch selbstverständich.«

»Also ehrlich! Das ist doch mal wieder typisch für Cäsar. Der kann sich was anhören! Mit mir nicht!« Kopetzky wollte sich kaum beruhigen. »Hat er schon entschieden, wie der Film aussehen soll?«

»Nein, Herr Kopetzky, es ist noch gar nichts entschieden. Ich habe lediglich ein Gespräch mit einem Produzenten geführt, der sehr kompetent wirkt und den Film auch preislich im vorgegebenen Rahmen halten wird. Und dann habe ich mir den ZSP-Folder besorgt, um einen ersten Eindruck von den Schlemmer-Passagen zu bekommen. Wie viele Schlemmer-Passagen gibt es denn? Cäsar sprach, glaube ich, von zehn.«

»Zehn? Daß ich nicht lache!« Kopetzky schlug entrüstet mit beiden Handflächen auf die Tischplatte.

»Wir haben vier gebaut. Eine ist fast fertig, drei sind in der Planung, und für die restlichen zwei haben wir noch nicht einmal die Genehmigung!«

»Oh, oh!« machte Simone. »Ich finde übrigens sowieso, wir sollten nur eine einzige Passage filmen, das kommt günstiger. Die Drehtage sind ja das teuerste. Welche ist denn die schönste?«

»Mal unter uns Betschwestern: die sehen doch alle aus wie Schuhkartons, wie? Finden Sie doch auch, oder?«

»Keine architektonischen Meisterleistungen, soweit ich das nach den Fotos im Prospekt beurteilen kann, da haben Sie recht.«

»Ich würde ja gerne. Aber Cäsar. Ein schöner Eingang kostet dann eben ein paar Mark mehr. Aber Cäsar will es so billig wie möglich. Da kann man sich auf den Kopf stellen. Die Leute sind ja nicht dumm. Die sehen doch auch, daß es billig ist. Von wegen Schlemmer-Paradies! Und was ich immer für einen Ärger mit den Mietern habe! Die wollen betreut werden, da kann man nicht einfach so einen Kasten hinstellen und das alles sich selbst überlassen! Aber Cäsar meint natürlich, da reiche ein Hausmeister, der einmal die Woche die Mall fegt.«

»Verstehe«, stoppte Simone seinen Redefluß, »aber eine muß doch halbwegs fotogen sein.«

»Na, nehmen Sie die in Finsterwalde, da ist ein Aldi-Markt drin, das kann Cäsar überhaupt nicht leiden, den sieht man schon von weitem. Ich war natürlich froh, daß wir so einen Mieter bekommen haben. Ist doch großartig! Da kauft jeder ein, das bringt doch wenigstens Leben in die Passage. Die liegen ja alle auf der grünen Wiese, wegen der Grundstücke. Innenstadtlage können Sie praktisch vergessen, da träumt Cäsar von! Dann werben wir ja auch mit den vielen Parkplätzen. Aber mal ehrlich, wer fährt denn aus der Stadt raus, um in einem Imbiß ein Würstchen zu essen? Gut, wenn man gleichzeitig noch einkaufen kann, aber ich bitte Sie!«

»Dann gibt es doch noch eine Passage in Dessau. Die sieht auf dem Foto im Prospekt ganz gut aus.«

»Innenaufnahme. Ich weiß. Da haben wir die Leute für das Foto durchgetrieben, damit es belebt aussieht. War ja noch nichts vermietet, damals. Gucken Sie mal genau hin: Fischer und Koerner erkennen Sie bestimmt wieder. Na ja, eventuell, aber von außen? Ein Baumarkt direkt nebenan, außerdem ist inzwischen eine Drogerie drin und ein Elektromarkt. Das paßt nicht zum Konzept der Schlemmer-Passage. Mensch, aber ich kann doch die Dinger nicht leer stehen lassen!«

»Aber Bistros und Zipfel-Metzgerei-Filialen sind doch in allen Passagen?«

»Ja sicher, und der Party-Service, aber die sollen nicht im Vordergrund stehen. Dann heißt es noch, da kommt so ein Wessi, baut sich eine Riesenhütte, und wir haben das Nachsehen. Nein, da müssen natürlich auch ortsansässige Lebensmittelhändler rein, zumindest Händler und Firmen aus der Region.«

»Aber Gemüsehändler kriegen Sie doch nicht an den Stadtrand.«

»Eben. Sage ich ja. Da kann man dann froh sein, wenn andere Ladenketten sich einmieten.«

»Na schön.« Simone wurde pragmatisch. »Dann besorgen wir ein paar Gemüsekisten vom Großmarkt und stellen die in der Passage auf. Den Rest muß man filmisch tricksen.«

»Meinen Sie, das geht?«

»Klar. Wieso nicht?«

»Wir wollen ja vor allem auch in die Großstädte. Und da kann man nicht mit diesen Schuhkartons ankommen. Die wollen schicke Passagen, um die Innenstädte aufzuwerten. Da müssen wir uns wirklich etwas einfallen lassen!«

»Wenn ich das richtig verstehe, wollen Sie, beziehungsweise Cäsar, den Videofilm einsetzen, um Standorte zu akquirieren. Und er soll zeigen, was die Zipfel Gruppe schon alles gebaut hat, aber auch wieder nicht so richtig, weil das nicht schön genug ist. Er soll das Konzept der Schlemmer-Passagen verdeutlichen, das aber in Wirklichkeit nirgendwo konsequent realisiert wurde. Und der Film soll möglichst wenig kosten. Ist das so richtig?«

»Ja, genau. Hätte ich nicht treffender ausdrücken können.« Kopetzky wirkte verblüfft.

»Dann schlage ich vor, daß ich in diesem Sinne ein Konzept ausarbeite und wir jetzt Feierabend machen.« Simone sah auf die Uhr. Der Zeiger ging stramm auf halb neun zu.

»Ach, was ich noch sagen wollte«, Kopetzky hielt sie vom Gehen ab, die Schmalzwelle bebte, »unser Prospekt. Wir haben kaum noch Exemplare. Machen Sie uns einen neuen?«

»Ich schaue mir die Sache mal an. Schönen Abend, Herr Kopetzky.«

Simone bestellte sich ein Taxi, da Fischer, der sie netterweise schon mal nach Hause gefahren hatte, bereits weg war und sie keine Lust hatte, jetzt noch auf ein städtisches Verkehrsmittel zu warten. Müde setzte sie sich neben die Fahrerin und nannte die Adresse.

»Arbeiten Sie etwa bei Zipfel?« fragte diese unverblümt.

»Ja, wieso?«

»Na, bei den Verbrechern möchte ich nicht angestellt sein!«

Simone dachte zuerst, sie hätte sich verhört, und fragte nach.

»Denen gehört doch halb Hannover. Sie glauben gar nicht, wie die ihre Häuser verkommen lassen! Meine Schwägerin wohnt in einem. Glauben Sie bloß nicht, die würden mal etwas reparieren. Vor einem halben Jahr haben sie den Zugang zum Balkon gesperrt. Lebensgefahr! Bis heute ist noch nichts gemacht worden. Wir warten bloß noch darauf, daß der Balkon von alleine runterfällt.«

»Ist ja schrecklich«, kommentierte Simone mitfühlend.

Es kam wirklich eine Hiobsbotschaft nach der anderen. Wo war sie bloß hineingeraten? Und dann Kopetzky. Er schien ja auch nicht gerade von dem Konzept der Schlemmer-Passagen überzeugt zu sein. Und das als Geschäftsführer.

»Da wären wir!« Die Taxifahrerin hielt an. Simone war sehr froh, daß diese sie nicht gefragt hatte, was sie denn bei Zipfel mache. Wie hätte sie darauf antworten sollen, ehrlich oder firmensolidarisch? Also: »Ich bin zwar für die Öffentlichkeitsarbeit zuständig, aber daß die Mietshäuser verkommen, finde ich auch nicht gut.« Oder lieber: »Wer weiß, was Ihre Schwägerin auf dem Balkon angestellt hat. Das Absperren dient ja schließlich ihrer eigenen Sicherheit.«

In der Wohnung angekommen, warf sie ihre Aktentasche aufs Bett, zog die Bürosachen aus und eine bequeme Hose an. Dann hängte sie die frischen Sachen für den nächsten Tag am Garderobenständer in Bereitschaft und verzog sich mit einer Tüte Kartoffelchips vor den Fernseher. Sie hatte sich zwar für

Hannover vorgenommen, abends Gymnastik zu machen; gegen die Verspannungen im Rücken vom Sitzen am Computer und für die »weiblichen Problemzonen« natürlich auch, aber sie fühlte sich so ausgelaugt, daß sie sich selbst zum Blusenbügeln nur noch im akuten Notfall aufraffen konnte.

Arno rief an, als sie beinahe vor dem Fernseher eingeschlafen wäre. Er druckste herum.

»Es ist wegen Lutger. Ihm geht es so schlecht.«

»Ja, und?«

»Also, Sebastian ist Knall auf Fall ausgezogen und wohnt jetzt bei seinem Neuen. Nun hält es Lutger in der Wohnung nicht mehr aus. Will sie sowieso verkaufen, aber das dauert, außerdem ist die Situation auf dem Wohnungsmarkt im Moment ziemlich ungünstig.«

»Komm auf den Punkt.«

»Na ja, ich kam auf die Idee, ob er nicht eine Weile bei uns ...«

»Bei uns was?«

»Na, bei uns wohnen könnte. Er arbeitet ja tagsüber, und in der Woche bist du ohnehin nicht da.«

»Und jetzt willst du wissen, ob er mein Zimmer haben kann?« Simone war hellwach.

»Du benutzt es doch kaum.«

Sie hatte ein Zimmer mit Schreibtisch und Bettcouch, in das sie sich zurückziehen konnte, wenn sie am Wochenende arbeiten mußte oder alleine sein wollte. Von ihrem Rückzugsbedürfnis kündete nicht zuletzt ihr Kosename »Schneckchen«. Ihr Zimmer war so perfekt im Country Look, daß es sogar in *Bessere Häuser & Gärten* erschienen war. Als Simone kurzfristig eine doppelseitige Anzeige storniert wurde, hatte ihr Arno schnell das Zimmer fotografiert. Das Zimmer wirkte auch bei schlechtem Wetter sonnig und warm, einzig der Computer mit dem Terminal und dem Drucker unter dem Schreibtisch störten die Landhaus-Idylle. Den hatten sie natürlich für die Fotos rausgeräumt und einen opulenten Blumenstrauß auf Redaktionskosten dafür reingestellt. »Auf Wohnungsfotos sind immer große Blumensträuße!« hatte sie Arno erklären müssen, als er fragte, was sie mit »dem Gemüse« wolle.

»In *mein* Zimmer! Du hast sie wohl nicht alle!« Simone war empört. Lutger, schön und gut, war Arnos bester Freund. Aber eben Arnos und nicht ihrer.

»Komm, Schneckchen, sei nicht so! Es ist doch nur für kurz. Nur, bis er die Wohnung verkauft hat. Bitte! Du hast doch mal in einer Wohngemeinschaft gewohnt. Dir macht das doch nichts aus.«

»Und am Wochenende? Wie stellst du dir das nur vor?«

»Er kann ja am Wochenende ins Atelier gehen.«

»Da ist kein Klo! Wenn er ins Waschbecken pinkelt: Ich mache das nicht sauber!«

»Lutger ist schon stubenrein. Und außerdem diskret. Er wird uns nicht stören. Bestimmt!«

»Also gut. Aber nur für kurz, und wehe, er zieht heimlich Klamotten von mir an!«

20. Kapitel

Am folgenden Tag überraschte Cäsar sie mit einer Einladung zum Abendessen. Damit sie sich besser kennenlernten und alles mal in Ruhe durchsprechen könnten. Simone dachte erst gar nicht darüber nach, was sie wohl davon halten sollte, sie würde es ja erleben. Außerdem hatte sie den ganzen Tag über genug damit zu tun, sich durch den Vorgang *PR-Aktiv* zu quälen.

Für ihre Verhältnisse geradezu freudestrahlend hatte Frau Allerbeck Aktenordner in ihr Büro geschüttet mit den Worten: »Jetzt bin ich sie wenigstens los! Falls noch Korrespondenz anfällt, gebe ich sie Ihnen runter!« und die Sekretärin von Sänger hatte die Ordner mit den Abrechnungen und Belegen »mit einem schönen Grüß von Herrn Sänger, er ist froh, daß sich jetzt mal jemand darum kümmert« übergeben. Nur Murx hatte geknurrt: »Wiedersehen macht Freude!«

Wie vereinbart meldete sie sich abends um halb sieben, doch Cäsar war noch mitten in der Arbeit. Gegen acht rief er an, sie könnten nun gehen. Simone begab sich in sein Vorzimmer und wartete. Irgendwann, als ihr vor Hunger schon ganz schlecht war, kam Cäsar dann mit seiner prall gefüllten Aktentasche aus seinem Büro und marschierte vor ihr her zum Aufzug. Dabei hörten sie Elvis *In The Ghetto* aus Kopetzkys Zimmer am Ende des Flurs singen. Cäsar ging einige Schritte auf das davorliegende, unbeleuchtete Sekretariat zu.

»Mensch, Kopetzky, was machen Sie denn hier? Ich denke, Sie sind unterwegs!«

Von ihrer Position am Aufzug aus, dessen Tür sich gerade öffnete, bekam Simone nicht mit, was Kopetzky antwortete. Auf jeden Fall hatte er Elvis abgestellt.

»Wann zieht denn endlich ihre Familie hierher um? Ich muß Sie schließlich auch am Wochenende im Zugriff haben! Gibt ja oft eilige Dinge zu entscheiden!«

Cäsar kam zurück und betrat mit ihr den Fahrstuhl.

Simone fand es unmöglich, wie Cäsar mit Kopetzky umsprang, noch dazu vor Zeugen. Dann sackte, etwa gleichmäßig mit dem sich abwärts bewegenden Aufzug, in ihr Bewußtsein ein, daß ihr das auch blühte: Zipfel würde sich, wenn sie erst umgezogen war, am Wochenende bei ihnen auf dem Sofa breitmachen, um mit ihr wichtige PR-Maßnahmen zu diskutieren, die sie genausogut im Büro hätten besprechen können.

»Sie halten öfter Mitarbeiterbesprechungen am Wochenende ab?« fragte Simone, als sie im Erdgeschoß ankamen.

»Ja, ist doch klar. Unter der Woche kommt man kaum dazu, sich Gedanken zu machen. Ich arbeite schließlich auch rund um die Uhr!«

Cäsar eilte vor zum Ausgang, neben dem sein Bus geparkt war. Er hielt ihr die Beifahrertür auf. Simone erklomm, so schwungvoll das mit einem engen Rock ging, die Sitzbank und suchte nach dem Sicherheitsgurt.

»Sie brauchen sich nicht anzuschnallen! Ist nicht weit.«

»Es wäre mir aber lieber!«

Cäsar zeigte ihr, wo sie den Gurt einstecken konnte, mit den Worten: »Oder haben Sie etwa Angst vor mir?«

»Sollte ich die haben?« fragte Simone ebenso kokett zurück.

»Na, mal sehen, was der Abend so bringt!«

Das hatte sie nun von ihrer neckischen Frage.

»Wo fahren wir überhaupt hin?«

Sie mußte an Marilyn Schupps denken. In ihr keimte der leise Verdacht, er habe vielleicht eine seiner vielen Wohnungen für persönliche Abenteuer eingerichtet und steuere diese nun an.

»In ein Restaurant, ganz in der Nähe.«

Zipfel lenkte seinen Bus, auf dessen Vordersitz sich Simone wie ein Lastwagen-Beifahrer fühlte, auf den Parkplatz eines alten Landgasthofes mit einem typisch norddeutschen Namen. Als sie in die rustikale Gaststube eintraten, begrüßte Cäsar die Wirtin, die zu Simones Verwunderung ein Dirndlkleid mit Schürze trug. Diese führte sie zu dem letzten freien Tisch. Simone hatte den Eindruck, von allen Seiten gemustert zu werden.

Als sie sich setzten, entdeckte Zipfel am Nebentisch Bekannte, denen gerade das Dessert serviert wurde.

»Na, wieder bis jetzt gearbeitet?« spotteten sie.

»Klar, als Unternehmer ist man schließlich immer im Dienst!«

Die Herren schauten zu Simone herüber, die bedauerte, daß Cäsar nicht auf die Idee kam, sie vorzustellen. Er stand am Nebentisch und gab jedem einzeln die Hand. Simone fand das albern. Dann kam er nach einem kurzen weiteren Wortwechsel an ihren Tisch zurück.

»Wer sind denn die Herren?« fragte Simone leise.

»Manager der Keksfabrik hier in der Nähe. Wir spielen gelegentlich zusammen Tennis.«

»Es wäre sehr nett gewesen, wenn Sie mich kurz vorgestellt hätten«, bemerkte sie. »Es könnte sonst ein falscher Eindruck entstehen. Ich meine, wir sind doch zu einem Geschäftsessen hier!?«

Cäsar grinste. »Ja, da haben Sie vielleicht recht. Aber die sind für Sie doch nicht wichtig. Wollen wir bestellen?«

Simone schaute in die Karte und überlegte, ob sie lieber die Entenbrust oder gegrillte Seezunge wählen sollte.

»Was empfehlen Sie denn, Sie kennen sich hier aus.«

»Wir nehmen eine Wurstplatte, denke ich.«

»Ja, sicher, wenn Sie meinen. Ich wollte ohnehin mal die Zipfel-Wurst probieren, vor allem den Schinken. Oder hat das Restaurant etwa einen anderen Lieferanten?«

»Selbstverständlich nicht! Wenn Sie wirklich Schinken möchten?« Zipfel sagte das, als habe er kein Vertrauen in seine Pökelwaren. »Roh oder gekocht?«

»Roh und gekocht. Ich muß doch die Zipfel-Produkte kennenlernen.«

Cäsar bestellte.

»Nett hier, nicht?« Er schaute Simone durchdringend an, so daß sie seinem Blick auswich. »Haben Sie sich denn schon eingelebt?«

»Ja, ganz gut, danke.«

»Auf gute Zusammenarbeit!« Cäsar hielt ihr sein Weinglas entgegen, Simone wünschte das auch. Die Männer vom Nebentisch hatten sie unter Beobachtung, was ihr nicht unlieb war.

»Und was haben Sie für einen Eindruck von uns?«

»Gut, daß Sie das fragen. Ich werde da ganz offen sein, ich hoffe, das ist Ihnen recht.«

»Sicher, wir wollen ja was verändern.«

»Also, mir kann natürlich das schlechte Betriebsklima nicht entgehen. Die Leute klagen, wo immer man jemanden anspricht. Wenigstens an der Ausstattung könnte man etwas ändern. Nehmen Sie nur die Kantine. Das sieht ja grauenhaft aus da drinnen. Und dann Fertigessen auf curryfarbenen Tabletts. Das ist auch das einzig Würzige daran.«

»Na«, unterbrach Cäsar sie, »da haben wir in der letzten Zeit viel verbessert. Da hätten Sie mal vor ein, zwei Jahren herkommen müssen! Außerdem ist das alles die Sache von meinem Bruder. Der hat schon seit Jahren die Pläne für einen Kantinenneubau in der Schublade, aber es passiert nichts. Wir haben ja hier alles Stück für Stück aufgebaut. Das Verwaltungsgebäude hatte erst nur zwei Stockwerke, dann haben wir noch drei draufgesetzt.«

»Dabei haben Sie dann vergessen, ausreichend sanitäre Anlagen einzuplanen. Eine Toilette pro Geschlecht und Flur ist ein bißchen wenig.«

»Also, bei den Herren können maximal drei gleichzeitig, wenn sie müssen.« Cäsar grinste.

»Entschuldigung, das konnte ich nicht wissen. Aber bei etwa 70 Prozent Frauen in der Verwaltung ist das etwas ungerecht verteilt. Finden Sie nicht?«

»Ja, das ist alles Sache meines Bruders, den müssen Sie mal darauf ansprechen.«

»Gut, dann wäre da noch etwas Grundsätzliches, das mir bezüglich der Öffentlichkeitsarbeit auf der Seele liegt. Es gibt ja nun viele kritische Stimmen, die sich gegen steigenden Fleischkonsum aussprechen, weil damit auch Gesundheitsrisiken verbunden sind und die Umwelt durch die intensive Tierhaltung belastet wird. Wie stehen Sie denn ...«

»Frau Dr. Störmer, darüber müssen Sie sich doch keine Sorgen machen!« Cäsar legte seine Hand auf ihre.

Beinahe hätte Simone »nehmen Sie Ihre Wurstfinger weg!« ausgerufen, konnte sich aber gerade noch beherrschen. Unter dem Vorwand, sich schneuzen zu müssen, zog sie ihre Hand unter der seinen hervor.

»Ich finde das schon ziemlich besorgniserregend!« widersprach sie, nachdem sie das Taschentuch wieder verstaut hatte, »angesichts der Tatsache, daß ich ja im Zweifelsfall die Existenzberechtigung der Firma Zipfel verteidigen muß.«

»Habe ich Ihnen schon erzählt, welche Visionen ich hege?« lenkte Zipfel ab. »In ein paar Jahren wird es in Deutschland kaum noch Produktion geben – viel zu teuer –, alles wird sich auf den Handel und Dienstleistungen konzentrieren. Deshalb baue ich ja die Schlemmer-Passagen auf.«

»Sie meinen, Sie konzentrieren sich auf das Immobiliengeschäft?«

Mit der Gabel zog sie Linien über die karierte Tischdecke, auf die andere Hand hatte sie ihren Kopf gestützt. So waren wenigstens beide Hände beschäftigt und konnten von Zipfel nicht mit Beschlag belegt werden.

»Genau. Und ich setze auf Convenience-Produkte und so weiter. Um das Metzgersgeschäft soll sich mein Bruder kümmern. Nein, ich will da etwas ganz Neues aufbauen!«

»Entschuldigung, aber was sind Convenience-Produkte?«

»Das sind küchenfertige Fleischerzeugnisse, die nur noch erhitzt werden müssen. Sehen Sie, ich bin jetzt einundvierzig. Und da muß man sich entscheiden, ob man das bisher Erreichte nur verwalten oder noch einmal neu durchstarten will. Mein Bruder ist ja der Typ, der alles belassen will, wie es ist. Aber ich habe mich entschieden, es nochmal drauf ankommen zu lassen!

Später einmal werde ich mir oben in Hamburg ein großes Grundstück kaufen, mein Haus auf dem Gelände bauen und Wohnungen für die Angestellten. Da will ich dann neben dem Geschäft her schottische Hochlandrinder züchten oder Bisons. Ich könnte auch eine Stiftung gründen für alternative Landwirtschaft. Stellen Sie sich vor, Sie arbeiten mitten in der Natur. Das ist doch viel kreativer!«

Um einen Job auf dem Bauernhof hätte sich Simone nicht gerade gerissen. Sie fühlte sich in der Natur von Tieren, die mehr als vier Beine hatten, umzingelt. In Gedanken sah sie, wie die Sekretärinnen morgens als erstes mit einer Fliegenpatsche durch die Büros patroullierten, um Spinnen und alles andere, was sich bewegte, ins Jenseits zu befördern.

Mitten in diese Zukunftsmusik hinein wurden Wurst und Brot aufgetragen. Cäsar malträtierte seine Rohschinkenscheiben, die er hartnäckig zu portionieren versuchte. Das Messer verursachte ein kratzendes Geräusch auf dem Teller, das bei Simone eine Gänsehaut auslöste.

Als allererstes probierte sie den gekochten Schinken. Sie zerkaute konzentriert ein kleines Stück, konnte aber beim besten Willen keinen besonderen Geschmack feststellen. Dann wandte sie sich dem Rohschinken zu. Schmeckte völlig normal. Irgendwie hatte sie ein besonderes Geschmackserlebnis erwartet, jetzt, wo sie in einer Wurstfabrik arbeitete.

Die Herren vom Nebentisch hatten in der Zwischenzeit gezahlt und verabschiedeten sich von Zipfel. Sie nickten Simone mit eindeutigen Blicken zu. Simone war es nun auch schon egal, was sie wohl denken mochten, und so nickte sie freundlich zurück.

Cäsar aß die Gürkchendekoration, die Petersilie sowie die Tomate und legte dann sein Besteck zusammen.

»Wir werden übrigens«, begann er, »eine Realteilung durchführen.« Simone, die noch aß, sah ihn fragend an.

»Wir haben ja im Moment noch eine Holding, die uns beiden, meinem Bruder und mir, zu gleichen Teilen gehört. Jetzt will ich für klare Verhältnisse sorgen. Wir teilen das auf in die Cäsar Zipfel und die Clemens Zipfel Holding mit der Verwaltung als eigenständiger Einheit darüber. Dann kann mein Bruder machen, was er will!«

»Und Sie können Ihre Pläne besser verwirklichen, nehme ich an!« ergänzte Simone.

»Genau! Essen Sie die Tomate nicht?«

Simone verneinte, da man nie wußte, auf wie vielen Tellern die Dekoration schon gelegen hatte. Cäsar piekte sie mit der Gabel auf und aß auch das Gürkchen.

Sie kamen auf Lydia Balmer zu sprechen. Simone war der Ansicht, wenn er sich so über Frau Balmer ärgern würde, dann solle man doch besser sofort die Zusammenarbeit beenden. Da käme dann sowieso nichts Vernünftiges mehr bei raus.

»Wenn Sie meinen. Ehrlich gesagt, da ist die ganze Zeit noch nichts Vernünftiges bei rausgekommen. Ich bin froh, daß Sie sich jetzt drum kümmern.«

Seine Hand suchte die ihre, aber Simone merkte es rechtzeitig und brachte ihre Finger in sichere Distanz.

»Noch ein Nachtisch?«

»Danke, nein. Ich würde jetzt gerne bald nach Hause gehen. Es ist spät geworden. Die Wirtin kann mir sicher ein Taxi rufen.«

»Um eine richtige Zipfel-Frau zu werden, brauchen Sie aber mehr Durchhaltevermögen! Man muß auch mal bis morgens feiern können und dann am nächsten Tag trotzdem fit sein. Was meinen Sie, was los ist, wenn wir Vertretertagung haben!«

Sie konnte es sich denken.

»Ach, übrigens, bald ist die nächste. Da sollten Sie sich dann vorstellen!«

Simone fragte nach den Einzelheiten. Die Tagungen wären immer am Wochenende, erläuterte ihr Zipfel, denn wochentags müßten die Außendienstler arbeiten. Sie dachte, daß sie auch wochentags arbeiten müsse, ihren Arno aber nur am Wochenende sehen könne und es ziemlich gemein sei, sie davon abzuhalten. Für heute reichte es ihr! Sie wollte ins Bett. Cäsar bestand darauf, sie zu chauffieren.

»Ich finde es sehr originell, daß Sie einen Bus fahren!« gab Simone beim Einsteigen ein neutrales Thema vor. Über nichts reden Männer schließlich lieber als über ihren fahrbaren Untersatz.

»Ich brauche keinen Angeber-BMW, so wie mein Bruder. Das habe ich nicht nötig. So ein Bus ist viel praktischer, da ist alles drin. Oft nehme ich jemanden aus der Firma mit, um Besprechungen abzuhalten, denn unterwegs kann man sehr gut arbeiten. Wenn ich im Büro bin, ist ja immer Unruhe.« Cäsar vollführte kurz vor einer Ampel ein Überholmanöver und quetschte sich gerade noch vor einem Passat in die Schlange. »Wann ziehen Sie denn endgültig um?«

»Öhm, ja«, sagte Simone etwas überrascht, »ich muß mal langsam anfangen, mich umzusehen. Da ich am Wochenende nach Hause fahre, ist dafür kaum Gelegenheit.«

»Sehen Sie mal zu, daß das bald klappt. Dauernd nach Frankfurt, das ist doch Zeitvergeudung!«

Cäsar fuhr, daß es Simone angst und bange wurde. Sie war sonst keine ängstliche Beifahrerin. Vielleicht lag es an der erhöhten Position.

»Wie wär's noch mit einem kleinen Absacker?« Cäsar schaute sie unternehmungslustig an.

»Wartet Ihre Frau denn nicht auf Sie?« Diese Frage wirkte doch immer, hoffte Simone. Das Gespräch versandete in Belanglosigkeiten, bis sie vor dem Haus ankamen, in dem Simone wohnte.

»Danke für das Essen und den netten Abend«, verabschiedete sich Simone freundlich. Das konnte auch nichts mehr retten. Sie hatte das sichere Gefühl, nicht raffiniert genug zu sein. Andere Frauen wußten sich eleganter aus der Affäre zu ziehen, wenn der Chef testen wollte, wie weit er gehen könne. Er hätte bei der Einstellung ein Diplom von der Charme-Schule verlangen sollen, aber er wollte ja eine Promovierte, rechtfertigte sich Simone auf dem Weg durch die dunkle Hofeinfahrt zum Hauseingang.

Arno bekam an diesem Abend den Frust ab. Er bedauerte sie für das, was sie erdulden mußte.

»Aber wir haben doch uns!«

»Ja, das ist mein ganzer Trost. Du bist lieb, Arno.«

Dann fiel ihr Lutger ein, und sie fragte, ob er schon eingezogen sei. Ja, sei er, und er hätte sogar gleich abends gekocht.

»Na, dann bin ich ja in Zukunft überflüssig!«

»Unsinn. Jetzt geh schön schlafen, mein Schneckchen, bald bist du ja wieder hier!«

Bei dir und Lutger, dachte Simone etwas verstimmt. »Mache ich. Schlaf gut und träum von mir und von niemandem sonst!«

Simone konnte das Gespräch nicht als erste beenden und gab dem Hörer einen Kuß. Dann noch einen.

»Ich leg jetzt auf«, kündigte Arno an.

»Na gut. Bis bald.« Simone schaute auf das stumme Telefon. Heute war erst Dienstag.

»Bei mir ist es auch schon wie bei Robinson Crusoe: Warten auf Freitag.«

21. Kapitel

Als Simone am nächsten Morgen in den Spiegel sah, fielen ihr zum ersten Mal dunkle Ränder unter den Augen auf. Sie fand, sie sähe eindeutig wie ein Zombie aus.

Heute kam der Grafiker wegen der Korrekturen in der Image-Broschüre. »Wissen Sie eigentlich«, hatte ihr Murx vertraulich zugeraunt, »daß der Grafiker der Mann von Frau Koerner ist?«

»Ex-Mann«, korrigierte Simone, die das schon von Frau Koerner wußte, »und was hat das mit mir zu tun?«

»Na, seien Sie nur vorsichtig!«

»Herr Murx, bitte, nun sind Sie mal nicht kindisch! Wenn die Broschüre nichts ist, dann ist sie nichts, da können hier soviel Ex-Männer stehen, wie sie wollen!«

Murx hatte das nicht verstanden, begriff aber zumindest, daß sich Simone nicht durch solche privaten Verbindungen beeindrucken ließ und zog ab.

KKK – Kornelius Koerner Konzept stand auf der Visitenkarte, die ihr der Grafiker reichte. Marilyn hatte ihn reingeführt, und Simone forderte sie auf, gleich dazubleiben. Er war ein etwas bäriger Typ mit Zöpfchen. Im seltsamen Kontrast dazu standen die feingliedrigen Hände mit den Fingernägeln, deren Länge denen von Marilyn ernsthaft Konkurrenz machte.

Die halbwegs nach Simones Vorstellungen umgearbeiteten Seiten hatte er einzeln auf Präsentationspappen aufgezogen, was das Ganze natürlich ziemlich aufwertete. Simone hielt das für eine schlechte Angewohnheit, denn hinterher war man immer enttäuscht, wenn der breite weiße Rand fehlte und die Seiten plötzlich mickrig und klein wirkten. Er stellte die Pappen ganz langsam Stück für Stück auf das Sideboard.

»Na ja«, sagte Simone, »besser, aber immer noch nicht auf dem Punkt. Haben Sie denn auch die Texte geändert?«

Habe er noch nicht, antwortete er.

»Das ist nun dumm. Man weiß ja nicht, wie sich das Layout dadurch verändert. Und die Balken sind ja immer noch mit einem Farbverlauf versehen!« reklamierte Simone.

Das sähe doch besser aus, fand er.

»Von Braun nach Gelb! Was meinen Sie, Marilyn?«

»Also, mir ist das egal.« Sie friemelte mal wieder an ihren Haaren herum. »Ich geh' dann mal Büromaterial holen.«

Sie diskutierten noch eine Weile über die Seitenzahl, die mit dem Druckbogen nicht aufging.

»Ich wollte da noch ein Blatt einheften lassen, weil, also«, haspelte Kornelius Koerner Konzept herum, »Herr Zipfel meinte, das über die motivierten Mitarbeiter müsse unbedingt noch rein!«

»Ich weiß, das gehört zum Standardrepertoire jeder Image-Broschüre, aber die Zipfel-Mitarbeiter lachen sich doch kaputt, wenn sie lesen, sie seien das Kapital des Unternehmens und in Entscheidungsprozesse eingebunden. Das können wir unmöglich über zwei Seiten auswalzen. Wissen Sie was«, kam Simone zum Schluß, »wir sollten das noch mal inhaltlich überdenken. Im Moment bahnen sich hier im Hause gewisse Veränderungen an, und so eine Broschüre muß ja dann auch eine Weile Gültigkeit behalten.«

Gerade als sie den Grafiker verabschiedete, sah sie durch die verglaste Bürotür Cäsars Berater Dr. Neubert im Flur stehen. Als er herschaute, winkte sie ihn rein. Sie bat den Grafiker um Geduld, sie würde sich melden, und fragte, ob er alleine zum Aufzug fände.

»Herr Neubert, welch eine Überraschung!« Simone wies auf den freigewordenen Besucherstuhl hin.

»Danke, aber ich möchte mich nicht setzen. Ich suche eigentlich Frau Schupps.« Er sprach sehr leise.

»Vielleicht kann ich Ihnen weiterhelfen. Worum geht es denn?«

Simone blieb stehen. Neubert trug, wie schon bei der ersten Begegnung, ein schwarzes Hemd zum schwarzen Anzug, wie Simone das sonst nur von Museumsdirektoren kannte.

»Ich glaube kaum«, antwortete der Unternehmensberater im Kunstszene-Outfit, »es ist nichts Geschäftliches.«

»Verstehe«, sagte Simone, die es im Gegenteil überhaupt nicht verstand. Was konnte Neubert mit Marilyn privat zu besprechen haben?

»Tja, im Moment ist Frau Schupps im Haus unterwegs. Ich kann leider nicht sagen, wie lange es dauern wird.« Das wußte man bei ihr nie, sie verquatschte sich unterwegs immer endlos.

»Ich habe jetzt eine Besprechung mit Herrn Sänger und melde mich danach wieder.«

Gerade als Neubert weg war, kam Marilyn mit Büromaterial zurück, das immer aus der Warenannahme im Hof geholt werden mußte – besonders bei Regen und Kälte eine ziemliche Zumutung, von der Schlepperei ganz abgesehen, wie Simone aus eigener Erfahrung wußte. Eine Gewürzduftwolke begleitete ihren Eintritt.

»Lassen Sie mich raten«, sagte Simone, »Majoran, stimmt's?«

»Stimmt. In der Warenannahme ist ein ganzer Sack geplatzt. Man konnte kaum atmen. Ekelhaft!«

»Sie haben noch ein paar Blättchen in den Haaren«, bemerkte Simone, »wahrscheinlich gibt's vorerst keine Leberwurst mehr.«

Marilyn packte Klarsichthüllen und Mappen in das Sideboard und wunderte sich, wie Simone gerade auf Leberwurst käme. Weil Majoran das Hauptgewürz darin sei, erklärte Simone. »Ach übrigens«, fuhr sie fort, »Dr. Neubert war eben hier. Sie können sich sicher denken, was er wollte.« Simone hoffte, auf diese Weise einen Tip zu erhalten, was dahintersteckte.

Marilyn hockte noch immer vor dem Sideboard, hatte aber mit dem Räumen aufgehört. Simone stand nach einer Weile auf, beugte sich zu ihr hinunter und sah dicke Tränen über ihre Wangen kullern. Sie legte den Arm um ihre Schulter.

»So schlimm? Was ist denn los?« Marilyn schluchzte laut auf. Da sich das alles unmittelbar vor der verglasten Bürotür abspielte, nahm sie Marilyn bei den Schultern und ging mit ihr in die nicht einsehbare Ecke ihres Zimmers, drückte sie auf den Schreibtischstuhl und zog sich selbst den Besucherstuhl heran. Aus ihrem Schreibtisch-Notfall-Kit kam die Packung Papiertücher zum Einsatz. Ausgerechnet die Marke *kokett*, peinlich.

Murx, neugierig wie immer, hatte wohl etwas mitbekommen. Simone fing ihn, so gut es ging, an der Tür ab und schob ihn raus.

»Später, Herr Murx, und sagen Sie bitte Frau Hoffmann, ich würde mein Telefon auf ihren Apparat umstellen.«

»So, jetzt sind wir ungestört.« Marilyn hatte drei angeschniefte *koketts* auf dem Schoß und sich einigermaßen gefangen.

»Peter hat mich fallenlassen wie, wie, also …« Sie zog die Nase hoch.

»Dr. Neubert?«

»Ja, sicher! Gleichzeitig hat er es mit meiner Chefin getrieben. Er brauche Abwechslung, hat er gesagt. Und ich sei ihm zu dick geworden. Ich passe ja kaum noch in seinen Porsche. Meinetwegen würde er sich keinen Mercedes kaufen.«

»Wie gemein!« bestätigte ihr Simone. Sie fand, das mit Lydia Balmer passe durchaus ins Bild.

»Lydia hat mir natürlich fristlos gekündigt, als sie erfuhr, daß ich ein Verhältnis mit Peter hatte.«

»Aber ihm nicht?«

»Ihn braucht sie doch, er besorgt ihr die Kunden!«

»Sehr hübsche Konstruktion.«

»Ja, und dann hat er mir, damit ich aus dem Weg bin, den Job bei Zipfel in Hannover besorgt, gleich mit Wohnung und Firmenwagen!«

»Wie bitte? Firmenwagen? Das ist ja wohl die Höhe!« Ihre Assistentin bekam einen Firmenwagen, und sie mußte mit öffentlichen Verkehrsmitteln vorliebnehmen!

»Wieso?«

»Ach, nichts. Na, da haben Sie's bei allem Ärger noch gut getroffen. Immerhin sorgt er sich um Sie.«

»Der will sich doch nur ein gutes Gewissen verschaffen. Sie haben doch nichts dagegen, wenn ich mich für heute nachmittag krank melde?« Treuherzig blickte sie Simone an.

»Doch, habe ich. Hören Sie, Sie können den Problemen nicht dauernd aus dem Weg gehen und sich jedesmal krank melden, wenn Neubert im Haus ist. Sie sollten sich ihm stellen und etwaige Mißverständnisse ausräumen.«

»Sie haben gut reden.«

»Ich stelle Ihnen mein Zimmer zur Verfügung, damit sie ungestört sind, obwohl ich das Büro ganz und gar nicht für den geeigneten Ort halte, Privates zu verhandeln.«

»Sagen *Sie* ihm doch, ich bliebe heute abend zu Hause und würde auf ihn warten.«

»Das sollten Sie ihm unbedingt selbst sagen. Sie werden sich anschließend viel besser fühlen.«

»Ich sehe aber so verheult aus.«

Simone fragte, ob sie Rouge und Puder dabeihabe und schickte sie auf die Toilette. »Restaurieren Sie sich mal, dann sieht die Welt gleich ganz anders aus.«

Eine halbe Stunde später rief Frau Hoffmann an und erinnerte Simone empört daran, daß das Telefon noch auf ihres umgestellt sei. Dr. Neubert wäre dran. Wo denn Frau Schupps sei, wollte Simone wissen. »Wahrscheinlich immer noch auf dem Klo. Nehmen Sie ihn?«

»Also gut.«

Simone dachte, daß sie Neubert bestimmt nicht nehmen würde, selbst wenn er ihr auf einem silbernen Tablett serviert würde. Sie erklärte ihm, Frau Schupps sei gerade unabkömmlich. Sie wäre ihm sehr dankbar, wenn er seine Privatangelegenheiten mit Frau Schupps außerhalb der Bürozeiten regeln würde, dafür habe er als Unternehmensberater sicher Verständnis. Und soweit sie wisse, sei Frau Schupps heute den ganzen Abend zu Hause zu erreichen.

22. Kapitel

Simone mußte bald darauf zu ihrer ersten Abteilungsleitersitzung, von der sie zufällig durch Sängers Sekretärin wußte. Man war gar nicht auf die Idee gekommen, sie dazu einzuladen.

Die Sitzungen der Abteilungsleiter der Zipfel Verwaltungsgesellschaft fanden im sogenannten Schulungszentrum statt, das nichts anderes war als eine Baracke auf dem Firmengelände, die sich bei der kleinsten Sonneneinstrahlung mächtig aufheizte. Dort gab es drei leidlich modern eingerichtete Räume mit den üblichen Flip-Charts, Overhead- und Dia-Projektoren.

Geleitet wurden diese Sitzungen vom humorigen Herrn Sänger. Sie dienten dem Informationsaustausch. Jeder der Abteilungsleiter erzählte, was er gerade plante oder mit welchem Projekt er befaßt war.

Sänger begann: »Meine Herren, oh pardon, meine Dame und meine Herren, ich muß Ihnen leider..., nein, ich sollte erst einmal Frau Dr. Störmer in unserer illustren Runde begrüßen.«

Simone nickte Sänger und den anderen zu.

Sie bedauerte ein wenig, daß nur in Werbespots attraktive Männer zusammensaßen, um wichtige Entscheidungen zu treffen, und die einzige, ebenfalls gut aussehende Karrierefrau von ihnen umgarnt wurde. Hier traf nichts dergleichen zu, selbst die Entscheidungen wurden nicht getroffen, wie sie schnell merkte, sondern von Sänger bestenfalls mitgeteilt.

»Frau Dr. Störmer leitet, wie Sie wahrscheinlich alle bereits wissen, die Öffentlichkeitsarbeit. Sie wird dann später noch erzählen, was sie vorhat. Ich komme erst einmal auf eine etwas unerfreuliche Nachricht zurück. Unsere beiden Brüder wollen sich auseinanderdividieren. Wir führen jetzt eine Realteilung durch!«

Erwin Hampel, der Leiter der Buchhaltung im blaßbunten Hemd, schlug die Hände vors Gesicht respektive vor seine große Brille. »Das darf doch nicht wahr sein! Wir schaffen ja jetzt schon die Arbeit nicht!« Er war der einzige, der selbst zur Sitzung kein Sakko trug. Vor sich hatte er eine große Kladde liegen, in die er mitschrieb. Sänger hatte die gleiche.

Aus Händels Miene konnte Simone erschließen, daß er es schon gewußt hatte. Er wirkte nervös.

Röder, der Leiter der EDV, und Organisations-Horn-Müller schwatzten aufgeregt miteinander. Der Leiter des Zentraleinkaufs meldete sich zu Wort. Er schwitzte.

»Und wie soll das gehen? Ich habe hier ja schon viel mitgemacht. Ständig kommt einer auf die letzte Minute, und ich muß noch um 17 Uhr einen Kilometer Kunstdarm, Kaliber 90mm, bestellen. Immer ganz dringend, als ob wir nicht auch mal Feierabend hätten. Aber wir machen das Unmögliche möglich! Dann ruft mich Cäsar aus dem Auto an und braucht mal eben privat 100 Meter Maschendrahtzaun. Machen wir auch. Und dann auch noch ...«

»Ja, Herr Sperlich, wir wissen, was Sie leisten«, unterbrach ihn Sänger.

Willi Sperlich nickte und wischte sich den Schweiß von der Stirn. Er war ziemlich gut genährt. Zu viel Wurst gegessen, folgerte Simone messerscharf.

Florian Kraus, der junge Controller, der kurz vor Simone bei Zipfel angefangen hatte, sah betreten auf seinen Laptop.

»Leider kann ich Ihnen heute noch keine Einzelheiten mitteilen, wir müssen das erst noch ausarbeiten. Ich bin sicher, daß wir die Sache mit vereinten Anstrengungen über die Bühne bekommen werden.«

»Wie wollen wir den Vorgang intern kommunizieren? Soll er auch an die Öffentlichkeit getragen werden?« fragte Simone.

»Also, das bleibt erst einmal unter uns, damit keine Unruhe entsteht. Sie«, Sänger blickte auf seine Abteilungsleiter, »informieren Ihre Mitarbeiter nur soweit das nötig ist. Ich gehe generell davon aus, daß wir hier Interna besprechen, die nicht für andere Ohren bestimmt sind. Nach außen«, er wandte sich Simone zu, »werden wir selbstverständlich nichts verlauten lassen. Wenn Clemens und Cäsar Kassensturz machen und ihre Ländereien aufteilen, betrifft das sicher nicht die Presse.«

»Arbeitsplätze sind dadurch nicht gefährdet«, warf Händel erstaunlich hellsichtig ein und kam damit der nächsten Frage von Simone zuvor.

»Das ist wesentlich ein Problem der Finanzbuchhaltung. Die Verwaltungsgesellschaft wird den beiden Holdings übergeordnet. Sie müssen dann ihre Arbeitsstunden jeweils der einen oder der anderen zuordnen, und wir werden sie entsprechend verrechnen.«

»Muß ich jetzt wieder 150 neue Konten anlegen?« fragte

Erwin Hampel in gespielter Verzweiflung und mit Galgenhumor. Er rückte seine große Brille zurecht.

»Und woher weiß ich dann, welcher Holding ich die Rechnung zuordnen soll?« fragte dann ausgerechnet er, völlig konfus.

»Na, das geht doch aus der Anschrift hervor! Natürlich muß in Zukunft darauf geachtet werden, daß die eingehenden Rechnungen mit der korrekten Firmierung ausgestellt sind«, erläuterte Sänger, der sprach, als rede er mit einem kranken Pferd. »Sie wursteln sich da schon durch!«

Als erster Abteilungsleiter hatte Händel zu rapportieren.

»Na, wie viele Kündigungen diesmal?« fragte Sänger wieder munterer.

»Jetzt nur in der Verwaltung?«

»Ja, sicher!«

»Zehn haben selbst gekündigt, von dreien werden wir uns trennen. Das ist etwa wie im letzten Quartal. Wir haben allerdings große Probleme, die Stellen neu zu besetzen.« Händel berichtete, welche Abteilungen betroffen waren.

»Die Fluktuation von rund dreißig Prozent pro Jahr, meine Herren, ist ein ernstes Problem, mit dem wir alle zu kämpfen haben. Vielleicht bin ich ja der Nächste. Niemand weiß das.« Sänger lachte. »Wir können die Leute gar nicht so schnell einarbeiten, wie sie Cäsar wieder hinausschmeißt oder wie sie freiwillig gehen. Wir sollten über dieses Thema gesondert sprechen, einmal eine Sitzung nur zum Thema Fluktuation ansetzen.«

Während des weiteren Verlaufs des Meetings beobachtete Simone, wie Händel sich über die Kekse hermachte, die auf Tellerchen zwischen den Tassen und roten Plastik-Wärmekannen standen. Zuerst aß er die mit Schokolade. Als die verspeist waren, auch die Waffeln und Röllchen. Aus dem Radius von EDV-Röder holte er sich den nächsten Teller. Dazu mußte er aufstehen, was ziemlich störte. Röder betete gerade seine ultra-wichtigen EDV-Projekte herunter und konnte deshalb nicht gegen den Keksklau einschreiten.

»Nun lassen Sie mir auch ein paar übrig!« protestierte Sänger in die Litanei von Röder hinein. Der hielt mit stoischer Mine inne und wartete mit dem Reden, bis die Keksteller neu verteilt waren.

Wie im Kindergarten! seufzte Simone im stillen.

Sie saßen im Kreis. Wenn der eine fertig war, begann der Nebenmann, den Stand seiner derzeitigen Projekte zu erläutern. Röder und Sperlich hatten jeweils einen Zettel vorbereitet, von dem sie die Punkte ablasen. Manchmal fragte Sänger nach, aber meist zählten sie nur eine Sache nach der anderen auf, und Sänger nickte sie ab.

»Also, wie war das nochmal mit den Rechnungen?« fragte Willi Sperlich mitten in die Rede von Klaus Horn-Müller über die komplizierten Vorbereitungen zur Zertifizierung nach ISO 9001.

»Woher weiß ich denn, für welche Firma ich bestellen soll?«

»Herr Sperlich«, antwortete Sänger, »Sie bekommen ein Bestellformular, da steht das dann drauf! So wie immer. Schließlich haben wir ja auch schon jetzt – lassen Sie mich überlegen – fünfundzwanzig Firmen.«

»Vierundzwanzig«, verbesserte der Controller. »Fünfundzwanzig sind es erst nach der Realteilung.«

Musterschüler! Ganz eindeutig! sagte sich Simone.

»Meine Herren, kommen Sie bitte zum Schluß, ich habe um 18 Uhr noch einen Termin!« drängte Sänger nach einem Blick auf seine Armbanduhr. Vor Simone waren aber noch Erwin Hampel, der kleine Buchhalter ohne Jackett, und der stromlinienförmige Florian Kraus (kam aus dem Emsland, hatte aber ein Jahr in den USA studiert!) an der Reihe. Sie machten es verhältnismäßig kurz. Erwin Hampel hatte seine Punkte in der Kladde notiert, allerdings mußte er die richtige

Seite erst einmal finden. Controller Florian konsultierte natürlich – wichtig, wichtig – seinen Laptop.

»Schön, dann wären wir soweit. Den nächsten Termin teile ich Ihnen per Hauspost mit.« Sänger stand auf.

»Ich wollte noch kurz berichten«, meldete sich da Simone, die verwundert war, daß nicht gemeinsam ein neuer Termin ausgeguckt wurde.

»Ach, Frau Dr. Störmer, richtig. Was gibt es denn?« Sänger setzte sich wieder. »Ich muß jetzt aber wirklich gleich los!«

»Wir sind dabei, die Infomappen zu aktualisieren.«

Simone hatte es inzwischen geschafft, Marilyn Schupps zu kleineren Tätigkeiten anzuhalten.

»Das sind Mappen mit einem Text über das Unternehmen, den wichtigsten Charts – Umsätze und so – und ein paar interessanten Presseveröffentlichungen. Wegen der Charts müßte ich noch einmal auf Sie zukommen.« Simone sprach Sänger direkt an, nachdem der genickt hatte, wieder die ganze Runde. »Falls Sie so etwas brauchen, können Sie es in meinem Büro oder im Sekretariat der Geschäftsführer erhalten.

Dann arbeite ich an einer Image-Broschüre, besser gesagt: ich erhielt einen fertigen Entwurf, bei dem ich zur Zeit versuche, einige Schönheitskorrekturen vorzunehmen, obwohl ich es für hoffnungslos halte. Ich würde vorschlagen – auch angesichts der neuen Situation bezüglich der Trennung der Zipfel-Brüder – das Projekt vorerst auf Eis zu legen, bis sich die Sache geklärt hat.« Sie guckte Sänger an.

Der erklärte sich einverstanden, meinte jedoch, die letzte Entscheidung läge bei Cäsar und Clemens.

»Ich wußte gar nicht, daß wir eine Image-Broschüre vorbereiten!« Horn-Müller war wohl nicht gefragt worden und mimte die beleidigte Leberwurst.

»Ach, Herr Horn-Müller, da fällt mir ein, es gibt doch da so ein Handbuch mit den Unternehmensrichtlinien, das hätte ich gerne.«

»Geht nicht.«

»Wie bitte? Ich denke, die Unternehmensrichtlinien sind für jeden verbindlich, und *ich* sollte sie ja wohl kennen!«

»Wir haben zur Zeit kein Orga-Handbuch mehr frei.«

»Dann besorgen Sie mir doch bitte eines.«

»Nein!«

»Wie darf ich das verstehen?«

»Frau Dr. Störmer, Sie zwingen mich, es Ihnen auf den Kopf zu zu sagen: Sie sind noch in der Probezeit, da gibt es kein Organisations-Handbuch! Da könnte ja jeder kommen, sich den Inhalt kopieren und damit bei anderen Firmen hausieren gehen. Das ist schließlich von mir und meiner Abteilung hart erarbeitet und bares Geld wert, was darin steht.«

Nachdem ihn Sänger, die Augenbrauen hochziehend, angesehen hatte, fügte Horn-Müller noch rechtfertigend hinzu: »Das habe ich alles schon erlebt. Man kann nicht vorsichtig genug sein!«

»Ich denke, in diesem Fall sollten wir eine Ausnahme machen!« sprang ihr Sänger bei.

»Noch etwas?« Er hielt seine Kladde unter dem Arm geklemmt und sah schon eine Weile ungefähr alle zwanzig Sekunden auf die Uhr. Die Buchhaltung und das Controlling packten bereits ihre Sachen. Diese Zahlenjongliierer hielten eben immer zusammen.

»Ich arbeite an einem Videofilm über das Unternehmen. Der Inhalt ist noch nicht ganz geklärt. Er muß aber schnell fertig werden, das ist sicher.«

Beifälliges Lachen.

»Ich werde Sie auf dem laufenden halten. Vielen Dank.«

Simone empfand es als schlechtes Zeichen, daß gerade der Unternehmenskommunikation, die sie vertrat, so wenig Interesse und Aufmerksamkeit entgegengebracht wurde. Sie hatte wenigstens eine gewisse Neugier unterstellt. Das Positive war: sie konnte früher als sonst Feierabend machen. Es war schließlich erst halb sieben.

Abends rief Tim bei ihr an, den sie schon eine Ewigkeit nicht mehr gesprochen hatte. Seit sie bei Zipfel arbeitete, kamen private Kontakte eindeutig zu kurz. Aber immerhin hatte sie ihrem früheren Assistenten, mit dem sie befreundet war, eine Arno-Wolff-Motiv-Karte mit ihrer neuen Telefonnummer geschickt.

»Danke für die Karte! Viel stand ja nicht drauf. Jetzt erzähl doch mal, was du bei Zipfel so treibst!«

»Sag mir erst, ob du inzwischen einen neuen Job hast!«

»Nö, noch nicht, aber bald. Am ersten Juni fange ich bei einer Verlagsvertretung in Hanau an.« Wegen seines musikalischen Engagements war Tim sozusagen ortsgebunden.

»Toll, dann hast du ja doch noch was in der Nähe gefunden. Jetzt mußt du dir aber einen Booster in dein Auto einbauen lassen und es tieferlegen! Sonst lassen sie dich nach Hanau gar nicht rein!«

»Ich habe doch gar keinen Manta!«

»Ja, um so schlimmer, Tim, dann wird es aber Zeit!«

»Jetzt sag schon, wie es bei Zipfel so läuft!«

»Zäh, aber hektisch! Ich schreibe abwechselnd Hausmitteilungen und Aktennotizen.«

»Was?«

»Ja, da staunst du! Da wird bei Zipfel fein unterschieden und jede Menge Papierkram produziert. Und obwohl die PCs vernetzt sind, muß man alles fein säuberlich fotokopieren und zu Fuß über die Hauspost verteilen. In braunen Umlaufumschlägen. Damit auch kein anderer sieht, was drinsteht. Und meine Sekretärin kann leider immer noch nicht mit dem PC umgehen.«

»Hast du jetzt eine Assistentin?«

»Das ist zuviel gesagt. Marilyn Schupps, so heißt sie, und so sieht sie auch aus. Keine große Hilfe.«

»Wieso hast du sie dann eingestellt?«

»*Ich*? Um Himmels Willen! Sie ist, wie ich inzwischen weiß, eine abgelegte Freundin von Dr. Neubert, dem Unternehmensberater von Cäsar Zipfel. Die mußte mit einem Job versorgt werden. Und das hat Cäsar dann übernommen. Ist doch sehr sozial gedacht!«

»Au weia! Das klingt ja voll nach Chauvi-Land. Dann hast du viel zu tun, nehme ich an.«

»Kannst du glauben! Ich komme selten vor abends um acht nach Hause, und dabei fange ich hier ja schon um acht morgens an. Es herrscht so ein Chaos, das ich kaum weiß, wo ich anfangen und aufhören soll. Ich sage nur: unter dem Dach der Verwaltungsgesellschaft gibt es fünfundzwanzig verschiedene Firmen, und jede macht, was sie will.«

»Das klingt nicht gut!« meinte Tim besorgt.

»Im Prinzip ist es nicht schlecht. Ich arbeite gerade an einem Unternehmensvideo, das die gesamte Historie der Firma Zipfel enthalten soll, mit 1.500 Wurstsorten, die es in Deutschland gibt, als Statisten. Der Film darf nichts kosten und muß in vier Wochen fertig sein. Eine Image-Broschüre soll auch her, aber die Entwürfe kannst du in die Tonne drücken, wie sie hier sagen. Na ja, und so weiter.«

»Hört sich an, als müßtest du mal gründlich aufräumen im Hause Zipfel.«

»Ja, aber wer aufmuckt wird gekuttert!«

»Wird was?«

»Na, gekuttert! Das ist ein Vorgang bei der Wurstbrätbereitung, wo Fleisch in eine Maschine mit sehr scharfen, rotierenden Messern kommt. Der Kutter kriegt jeden klein und macht aus ihm ein Würstchen.«

»Hört sich echt brutal an.«

»Tja, so ist das in der Wurstfabrik! Weißt du eigentlich, daß es nicht nur U- und E-Musik gibt, sondern auch U- und E-Schweine?

»Ja klar, das sind diejenigen, die ambitionierten Musikern Veröffentlichungen versprechen und sie dann hängen lassen!« Tim wartete schon ein Jahr darauf, daß eine CD erschien, die er bei einem kleinen Label aufgenommen hatte.

Sie plauderten noch ein wenig über dieses und jenen und vereinbarten, sich bald zu sehen, aber noch mal vorher zu telefonieren.

Am nächsten Tag meldete sie sich bei Sänger zu einem Termin an, um die aktuellen Umsatzzahlen für die Charts zu erfragen, die sie für die Pressemappen brauchte.

Sänger hatte ein modern eingerichtetes, großes Büro im fünften Stock. Simone blickte etwas verwundert auf eine große Schale mit Plätzchen, und er erklärte ihr, seine Sekretärin habe den Auftrag, laufend für Nachschub zu sorgen, denn er käme so selten in die Kantine. Auf seinem Schreibtisch prangte das bei Managern übliche Familienfarbfoto im Goldrahmen mit Frau und den obligaten zwei Kindern. Simone fragte sich manchmal, ob sie befürchteten, sie würden sonst abends ihre Frau nicht mehr wiedererkennen, oder was das wohl sollte. Sie wäre jedenfalls nie auf die Idee gekommen, ein Porträt von Arno aufzustellen, obwohl sie ihn nicht jeden Abend sah.

»Wie ich inzwischen weiß«, begann Simone, »sind ja die Umsätze von Fleischwaren in den letzten Jahren allgemein rückläufig. Schweinepest, Hormonskandale und Rinderwahnsinn haben doch zu einem beträchtlichen Rückgang am Verzehr von Fleisch und Wurstwaren geführt. Die Aktien von bekannten Fleischkonzernen befinden sich auf einer dramatischen Talfahrt. Wieso weisen die Umsatzkurven von Zipfel alle nach oben?«

»Da können Sie mal sehen, bei was für einem aufstrebenden Unternehmen Sie sind!« antwortete Sänger, wie immer belustigt.

»Nun mal im Ernst, Herr Sänger, wenn ich diese Charts der Presse aushändige, dann muß ich mich fragen lassen, wie sich dieser gegenläufige Trend erklären läßt.«

»Na ja, wir haben immer noch Probleme, exakte Zahlen zu bekommen. Im wesentlichen sind das Schätzungen, die dann – offen gesagt – nach oben korrigiert werden. Sieht einfach besser aus.«

»Besser vielleicht schon, aber auch unglaubwürdig.«

»Das ist eine Frage, wie man das verkauft. Da wir die Immobiliengeschäfte mit einrechnen, gleicht das die Umsatzeinbußen beim Fleisch und den Wurstwaren wieder aus.«

»Wenn jetzt die Realteilung durchgeführt wird, dann liegen doch die Zahlen offen auf dem Tisch. Ich meine, dann sieht man doch ganz klar den Abwärtstrend.«

»Deshalb will Cäsar die Trennung vollziehen. Weil er in seinem Bereich die Gewinne macht, während sein Bruder mit der Fabrikation immer weiter in die roten Zahlen gerät. Denken Sie nur an die ständig steigenden Lohnkosten! Die haben Sie im Immobiliengeschäft natürlich nicht.«

»Okay, also bei den Umsätzen handelt es sich um den gesamten Gruppenumsatz. Durch geschicktes Marketing von Zipfel ist dieses Unternehmen von den allgemeinen Umsatzrückgängen nicht so betroffen wie Konkurrenzunternehmen. Bei tiefergehenden Fragen werde ich dann an Sie verweisen!«

»Machen Sie das. Und ich besorge Ihnen die aktualisierten Charts.«

23. Kapitel

Seit Simone bei Zipfel arbeitete, hatte eine Yvonne Dubois schon mehrfach nach ihr gefragt, aber entweder war Simone gerade in einer Besprechung oder Frau Dubois unterwegs, wenn Simone sich rückmeldete. An diesem Freitag klappte es endlich. Die Französin traf Simone in ihrem Büro an. Sie trug einen weiten wadenlangen schwarzen Rock und eine weite braungemusterte Bluse darüber, was ziemlich unvorteilhaft aussah. Sie warf ihre langen dunklen Haare mit Schwung nach hinten. Simone schätzte sie auf Mitte bis Ende dreißig.

»Es gibt ja nicht so viele Frauen in höheren Positionen hier im Haus«, begann sie mit einem leichten französischen Akzent, »deshalb wollte ich mit Ihnen reden. Es gibt da einiges, was Sie wissen sollten.«

Simone war gespannt, fragte aber zunächst einmal ihr Gegenüber, was sie denn genau im Hause Zipfel mache.

»Ich bin hier eingestellt worden, um mich um das Auslandsgeschäft zu kümmern. Cäsar hat mich damals, vor zwei Jahren, über einen Headhunter angeworben. Ich war bei einer internationalen Firma in Paris beschäftigt. Er hat mir die tollsten Versprechungen gemacht, was ich hier alles organisieren soll. Verantwortlich das ganze Geschäft in Europa aufziehen. Er hat ja immer große Pläne. Aber dann,« sie hielt inne und warf wieder ihre Haare nach hinten, »dann saß ich da in dem kleinen Zimmer und durfte nicht einmal Zeitungen, wie die *Financial Times* oder *Le Monde*, lesen. Immer wieder hatte er eine andere Idee, um die ich mich kümmern sollte, aber reisen durfte ich nicht, wegen der Kosten.«

Simone holte tief Luft. Das kannte sie bereits. Als sie die FAZ abonnieren wollte, hatte Cäsar mehrfach nachgefragt, ob das denn sein müsse und sie nicht bei Sänger mitlesen könne. Aber Sänger hatte schon drei weitere Geschäftsführer auf seinem Verteiler.

»Ich sage Ihnen das, weil Cäsar am Anfang noch charmant ist. Ich habe den Fehler gemacht, ihn nicht gleich um den Finger zu wickeln und mir alles schriftlich geben zu lassen. Ich habe bis heute keinen Firmenwagen, obwohl er mir zugesagt wurde. Aber ich bekam eine Abmahnung, weil mein Privatwagen nicht gewaschen war! *Vraiment*!«

Simone wurde es innerlich ganz heiß beim Thema Firmenwagen. »Sie warten wirklich schon zwei Jahre auf ihr Auto?«

Yvonne Dubois nickte.

Simone hatte gerade erst Cäsar danach gefragt, der sie zu Händel geschickt hatte. Ausgerechnet! Der murmelte etwas von Gehaltsverzicht, woraufhin Simone schärfstens protestiert hatte. Dann mußte sie sich mit dem Hinweis, man würde sich melden, wenn ein Wagen zur Verfügung stünde, begnügen.

»Jetzt plant Cäsar neuerdings, etwas in Polen aufzuziehen. Das ist auch wieder so eine Idee. Bis die ersten Verhandlungen geführt sind, will er wahrscheinlich Salami nach Ungarn verkaufen!«

Simone grinste.

»Im Endeffekt macht Cäsar dann doch alles alleine. Da kann ich froh sein, wenn ich gelegentlich überhaupt erfahre, daß er mit ausländischen Stellen verhandelt. Als Frau haben Sie es hier unwahrscheinlich schwer«, fuhr Yvonne Dubois etwas unvermittelt fort. »Erst holen sie sich Frauen als Führungskräfte, dann lassen sie sie ins Leere laufen, und schließlich werfen sie sie wieder raus, weil Frauen angeblich nichts leisten. Ich will Sie nur warnen!«

»Danke!« sagte Simone, der diese Information jetzt nicht mehr viel nützen konnte. Wahrscheinlich war das auch alles etwas übertrieben. Sie selbst hatte jedenfalls noch nie das Gefühl gehabt, im Beruf ernsthaft benachteiligt zu werden, weil sie eine Frau war. Und das bißchen Männchen-Gehabe, das sie in Sitzungen erlebte, belustigte sie eher. Sie hielt Unternehmer – im Prinzip zumindest – für rational handelnde Wesen, die Mitarbeiter nach Leistung und nicht nach ihrem Geschlecht beurteilten.

»Also ich«, Yvonne hielt sich die Hand auf den Bauch, »ich werde nicht mehr lange hier sein! Ich bin schwanger!«

»Wie schön für Sie!« gratulierte Simone. »Ich wünsche Ihnen und ihrem Baby alles Gute. Hoffentlich ist es eine problemlose Schwangerschaft.« Im Hinterkopf hatte Simone den Gedanken, daß in dem Alter so eine Schwangerschaft nicht ganz ohne Risiko sei, wollte es aber so deutlich nicht sagen.

»Ja, ich bin jetzt achtundzwanzig, da wird es Zeit, an eine Familie zu denken.«

Simone schluckte. Sie hatte sich ganz schön verschätzt. In diesem Laden alterte man tatsächlich schneller als normalerweise, wie sie an sich selbst bereits feststellen konnte. In zwei bis drei Monaten würde sie aussehen wie ihre eigene Großmutter.

»Und dann, stellen Sie sich vor,« fuhr Yvonne fort, »hat Cäsar versucht, mir zu kündigen! Während der Schwangerschaft! Können Sie das glauben?«

»Das ist nicht zu fassen! Wirklich?«

»*Mais oui*, wenn ich Ihnen das doch sage! Aber nicht mit mir! Nicht nach allem, was er mir angetan hat.«

»Sie leben inzwischen hier?«

»Ja, ich habe meinen Mann hier kennengelernt.« Yvonne Dubois stand auf.

»Im wievielten Monat sind sie denn?«

»Im fünften.« Sie strich über ihren Bauch. »Man sieht noch nicht so viel.«

»Alles Gute und vielen Dank für Ihre Warnung!«

»Schönes Wochenende!« wünschte die werdende Mutter und ließ eine innerlich aufgewühlte Simone zurück.

24. Kapitel

Im Zug nach Frankfurt brauchte Simone fast eine Stunde, um sich zu beruhigen. Sie konnte nicht einmal die Tageszeitung lesen, sondern starrte, wie die beiden anderen Mitreisenden, die am Fenster saßen, einfach nur vor sich hin. Diese ewige Miesmacherei deprimierte sie. Wie konnte sie optimistisch sein, etwas zu verändern, wenn sie alle vom Gegenteil zu überzeugen suchten? Wie sollte sie eine Struktur in das Chaos bringen? Wie sollte sie eine interne Kommunikation installieren, wenn Cäsar alle Information für sich behielt? Wie den Auftritt des Unternehmens lenken und kontrollieren, wenn jede Firma, jede Abteilung nach Gutdünken verfuhr, wenn sie überdies, was sich bereits abzeichnete, in permanenten Kompetenzstreit mit der Werbeabteilung oder der Organisation von Herrn Horn-Müller geraten mußte?

»Oh ja, die Werbeabteilung!« seufzte Simone in sich hinein. Sie war Clemens unterstellt, was von vornherein eine Front bedeutete, denn wie Simone inzwischen klar war, gab es die Cäsar- und die Clemens-Fraktion, die sich scharf gegeneinander abgrenzten. Alle, die mit der Produktion zu tun hatten, wollten von den Verwaltungsleuten nichts wissen und umgekehrt. Und die Werbeabteilung arbeitete ausschließlich für die Produktion und sah Simone als unwillkommenen Eindringling an. Daß von hier die Pressemitteilungen an die Fachpresse versandt wurden, machte die Sache nicht eben einfacher. Sie hatte bei Clemens darauf bestanden, die Aussendungen zu sehen, bevor sie rausgingen, was auch funktionierte, aber eher zähneknirschend. Allerdings war Simone ganz froh, daß sie sich um die reine Produkt-PR nicht weiter kümmern mußte. Das wenigstens lief von alleine.

Simone merkte, daß sie zwar auf die inzwischen aufgeschlagene Zeitungsseite blickte, aber den kompletten Abschnitt noch einmal lesen mußte, um zu wissen, was darin stand. Sie hatte sich oft gefragt, wie es Menschen aushielten, Stunden im Zug zu sitzen und einfach vor sich hin zu dösen. Jetzt wußte sie es: sie hatten einen Chef wie Cäsar Zipfel.

Als sie in Frankfurt ankam und von Arno am Bahnhof abgeholt wurde, hatte sie sich nur oberflächlich beruhigt. Der räumliche Abstand zu Zipfel war ihr durchaus angenehm, doch leider konnte Simone ihre Sorgen nicht auf der Strecke lassen und sie erst am Sonntag abend wieder einsammeln.

»Du nimmst deinen Job zu ernst!« stellte Arno fest.

»Ich kann nicht anders!«

»Jetzt entspann dich erst mal!«

»Wie denn?«

»Du siehst wirklich ziemlich fertig aus!« Arno sah sie kritisch an.

»Danke für das Kompliment. Ich weiß. Morgen gehe ich in ein Kosmetikgeschäft und decke mich mit teuren Cremes ein. Vielleicht nützt es ja was.«

»Wir hätten wohl doch Urlaub machen sollen, als du mit dem Magazin aufgehört hast!«

Arno klang ein wenig schuldbewußt, denn er war seinerzeit dagegen gewesen. Ihm lag nichts an Urlauben, denn er hatte seine Entspannung jeden Tag im Atelier. Und Simone ließ sich wegen der anstehenden Jobsuche schnell umstimmen. Sie fuhren dann nur für ein paar Tage zu Arnos Eltern, um gemeinsam Weihnachten zu feiern. Arno wurde unter den Augen seiner Mutter zum begabten Söhnchen und mußte auf dem Klavier vorspielen. Simone saß derweil mit ihrer Handtasche auf der Couch und nippte an dem Beutelaufguß-Tee, der in echt englischen Teetassen serviert wurde. Bei ihnen zu Hause gab es kein Wedgwood-Porzellan, dafür aber fachkundig aufgebrühten Darjeeling First Flush. Jeder hatte eben seine Prioritäten!

Selbstverständlich bewohnten Arno und Simone in der Villa am Düsseldorfer Rheinufer getrennte Zimmer. Sie waren schließlich nicht verheiratet. So fühlte sich Simone ziemlich isoliert und zugleich wie auf dem Präsentierteller. Sie gehörte nicht zur Familie, was besonders Frau Wolff sie spüren ließ. Arnos Mutter war der Typ gut konservierte Unternehmersgattin mit kulturellen Interessen, aber ohne eigene Ausbildung. Simone sah in ihr das abschreckende Beispiel einer Ehefrau, die sich allein über die Position ihres Mannes identifizierte. Typisch fand sie, daß, wenn sie von Arnos Vater sprach, es immer »der Herr Doktor« hieß, während Simone von Frau Wolff gnadenlos als »Frau Störmer, die Freundin unseres Sohnes Arno« den Bekannten der Familie vorgestellt wurde. So als hätte sie weder einen Titel noch eine eigene Persönlichkeit.

Lästig war das Theater um die Geschenke. Arno hatte wieder einmal gekniffen und Simone sich nicht zum ersten Mal den Kopf zerbrochen, was sie Arnos Eltern, die schon alles hatten, zu Weihnachten mitbringen könnten. Sie beschloß schließlich, für ein Stilleben, das Arno versehentlich recht dekorativ geraten war, einen pompösen Goldrahmen zu kaufen, so daß sie gemeinsam etwas überreichen konnten.

Arnos Mutter freute sich sogar ein bißchen (war ja schließlich ein Bild vom Söhnchen), lamentierte dann aber, daß sie gar nicht wisse, wo sie *diesen* Rahmen aufhängen solle. Dabei paßte er genau zu der bombastisch-spießigen Einrichtung. Der Vater, der in Arno gerne seinen Nachfolger gesehen hätte, bedankte sich freundlich, jedoch ein wenig resigniert.

Simone bekam, wie in jedem Jahr, einen blöden Porzellan-Sammelteller aus einer »streng limitierten Auflage«, wie Frau Wolff nicht müde wurde, zu betonen. Und wie in jedem Jahr versenkten Arno und sie den Teller mit den Worten »das gute

Sammlerstück« daheim in einer Kiste im Keller, die sich langsam füllte. Arno erhielt, wie stets, ein nettes kleines Aktienpaket. Phantasie, was Geschenke anging, hatten die Wolffs jedenfalls alle nicht.

»Sag mal, wo bist du eigentlich mit deinen Gedanken?« fragte Arno.

»Ich dachte gerade an euer Haus in Düsseldorf. Eigentlich schön, aber es wirkt so bedrückend mit den schweren Vorhängen, dem Plüsch und dem ganzen Schnickschnack darin.«

»Müßte man mal gründlich ausmisten und renovieren. – Komm jetzt essen! Die Pizzen sind fertig!«

Simone setzte sich zu Arno an den Tisch. Er goß ihr Weißwein ein.

»Italienischer?«

»Klar, zu Pizza!«

Auf dem hinteren Etikett des Vernaccia von 1992 las Simone: »Zu Vorgerighten und Fischen.«

»Na denn: Salute!« Sie stieß mit Arno an. »Überhaupt: Wo ist eigentlich Lutger?«

»Übers Wochenende zu einem Arbeitskollegen gegangen. Damit du dich an den Gedanken gewöhnen kannst, daß er vorübergehend in deinem Zimmer nächtigt.«

»Wie rücksichtsvoll!«

Simone hatte gleich nach ihrer Ankunft einen Kontrollgang unternommen. Dabei war ihr positiv aufgefallen, daß sich ihre wenigen Kosmetika tatsächlich noch an ihren angestammten Plätzen im Bad befanden. Neben der Badewanne lag ein Paar Hanteln, ein fremdes Handtuch hing über dem Rand. In der Küche prangte chromglänzend eine Espressomaschine. Als sie dann in ihr Zimmer blickte, konnte sie es allerdings kaum glauben: Auf ihrem Schreibtisch stand vor dem Computerbildschirm eine riesige Batterie Herrenduftwässer! Das ganze Zimmer roch wie toter Frisör. Immerhin war das Sofabett gemacht und sonst auch ziemlich aufgeräumt. In einer Ecke stand nun ein Garderobenständer, an dem Lutgers Anzüge hingen, und ein paar Zeitschriften lagen herum. Sie schloß die Tür und versuchte, die Okkupation zu ignorieren.

»Um noch einmal auf dein Problem mit Zipfel zurückzukommen«, lenkte Arno ab. »Wenn es da so schrecklich ist, mußt du dir etwas Neues suchen.«

»Schon wieder? Wie sieht das denn im Lebenslauf aus! Ich bin doch kein Job-Hopper. Ach Arno, warum mußte ich ausgerechnet in einer Wurstfabrik landen? Und dann habe ich das Gefühl, nirgendwo richtig zu Hause zu sein. Wir müssen jetzt wirklich daran denken, in Hannover was zu suchen!«

»Schneckchen«, Arno nahm beschwichtigend ihre Hand, »ehrlich gesagt, ich glaube kaum, daß wir in Hannover eine Wohnung wie diese finden, wo ich ein Atelier und ein Labor im Haus einrichten kann.«

»Genau. Und wo dann auch noch Lutger Platz hat. Also wirklich, Arno! Da können wir uns für die Miete, die wir hier zahlen, ein ganzes Haus leisten. Und außerdem zahlen sie ja die Umzugskosten.«

»Aber nicht das Einrichten des Labors oder den Umbau der Regalwände.«

»Einen neuen Friseur und einen anderen Frauenarzt muß ich mir sowieso suchen, da können wir auch gleich ganz umziehen!«

»Du hast den Zahnarzt vergessen!«

»Stimmt. Was ist überhaupt aus meinen Fotos geworden?«

Bei Zahnarzt war Simone ›Zähne zeigen‹ und damit ihre Porträtsitzung vom letzten Wochenende eingefallen.

»Sind schön geworden! Fand Lutger auch. Moment, ich hole sie.«

Arno stand auf und kam mit einem Packen 13x18-Abzügen zurück sowie dem entwickelten Diafilm. Sie war leicht geschockt, daß Lutger die Fotos vor ihr gesehen hatte. Sie fand das reichlich indiskret, wollte sich aber nicht den Abend mit Arno verderben und biß sich auf die Zunge.

»So siehst du mich also, interessant!« Simone betrachtete aufmerksam die Dias, die ihr alle nicht gefielen, dann die Schwarzweiß-Vergrößerungen. »Pickelscharf, das muß man schon sagen.«

»Scharf sind sie natürlich, Mittelformat eben, und Pickel hast du schließlich keine!«

»Na ja.« Simone war da etwas kritischer. Sie fand eigentlich fast immer einen kleinen Hubbel im Gesicht, den sie erbarmungslos ausquetschen konnte.

»Oh nein, wie blöd ich da lache!« Sie legte den betreffenden Abzug gleich an die Seite. »Vernichte bloß das Negativ! Wenn das dem Falschen in die Hände fällt! Mit so was kann man glatt erpreßt werden.«

Arno besah sich das Foto.

»Du spinnst. Da siehst du doch ganz süß aus! Wie ein kleines Mädchen!«

Simone grollte vernehmlich, fühlte sich aber in Wirklichkeit geschmeichelt.

»Gut, das hier geht einigermaßen.« Sie nahm einen Abzug heraus, auf dem sie ihrer Meinung zufolge am ehesten nach Erfolgsfrau aussah, und legte ihn vor Arno hin. »Davon brauche ich mindestens fünfzehn Abzüge.«

»Verteilst du neuerdings Autogrammkarten?«

»Quatsch. Das schicke ich mit einem spitzenmäßigen Text an die entsprechenden Fachzeitschriften. PR in eigener Sache, offiziell natürlich für Zipfel. Den Text habe ich schon. Willst du ihn hören?«

»Auf jeden Fall!«

»Gut.« Simone kramte ein zusammengefaltes Blatt aus

ihrer Tasche, »dann höre und staune: *Dr. Simone Störmer*, in Klammern *34, ist seit dem 1. März verantwortlich für die Unternehmenskommunikation der Zipfel Gruppe, Hannover. Mit einem Umsatz von* soundsoviel, den genauen Betrag muß ich noch einsetzen, *ist die Zipfel Gruppe der viertgrößte Fleischwarenhersteller in Deutschland. Zur Gruppe gehören 24 Unternehmen, darunter auch die erfolgreichen Zipfel Schlemmer-Passagen. Frau Dr. Störmer ist für den gesamten Auftritt der Gruppe zuständig, den Bereich Öffentlichkeitsarbeit und die interne Kommunikation.*«

»Ich wußte gar nicht, was für einen tollen Job du hast!«

»Tja, da kannst du mal sehen, wie du unterschätzt, was ich leisten muß!«

Arno nahm Simone liebevoll in den Arm.

»Mein Karriere-Schneckchen! Ich bewundere dich!«

Mitten in das erste, noch verhalten lustvolle Stöhnen hinein klingelte das Telefon.

»Laß es klingeln!« Simone räkelte sich schon halb ausgezogen auf dem Sofa.

»Es könnte doch wichtig sein!«

Arno dachte bestimmt, es sei Lutger, denn er stand entschlossen auf. Simone knöpfte vorsorglich ihre Bluse wieder zu. Vielleicht war es doch für sie, und in Dessous konnte sie nicht telefonieren. Da reichte ihr Arno auch schon wortlos den Hörer. Simone hatte ihren Namen noch nicht vollständig ausgesprochen, da wußte sie, daß es Cäsar war, der aus dem Auto anrief.

»Zipfel. Wie weit sind Sie denn mit dem Film?«

Simone räusperte sich und saß nun aufrecht auf der Sofakante. Mit der freien Hand reichte sie Arno unnötigerweise seine Jeans.

»Ich habe schon einige Ideen dafür gesammelt und will sie jetzt ausarbeiten.«

»Dann sollten wir gleich Montag darüber sprechen.«

»Geht es nicht auch Dienstag oder Mittwoch?«

»Bin ich unterwegs. Montag also, halb neun.«

»Ja, gut«, seufzte Simone ergeben in den Hörer.

»Wissen Sie zufällig, wo ich Fischer erreichen kann?«

»*Ich*? Nein, wirklich nicht.«

»Na gut, wir sprechen uns Montag!«

»Schönes Wochenende!« rief Simone Zipfel hinterher, der den Anruf bereits beendet hatte.

»Mist! Wieso mußtest du bloß ans Telefon gehen! Hättest du es doch klingeln lassen!« Simone war stinksauer. »Das Wochenende ist gelaufen!«

»Jetzt bin ich schuld!« protestierte Arno und fragte dann etwas versöhnlicher, was Zipfel wollte.

»Er will mit mir über den Film sprechen. Am Montag um halb neun! Das heißt erstens, ich muß schon am Sonntag wieder fahren, und zweitens, ich habe gerade mal morgen Zeit, ein Exposé auszuarbeiten!«

Arno zog sich freiwillig die Jeans wieder an. Die erotische Stimmung war gründlich dahin.

»Wieso hast du das denn nicht im Büro gemacht?«

»Arno!« Simones Stimme nahm einen bedrohlichen Klang an. »Ich habe jede Menge zu tun, da ist ja im letzten halben Jahr alles liegengeblieben und dann die Gespräche mit den Abteilungsleitern. Und für so ein Exposé muß ich mich konzentrieren. Das kann ich aber nicht, wenn dauernd das Telefon klingelt oder ich in Besprechungen bin! Und wenn ich abends müde werde, fällt mir nichts Vernünftiges mehr ein! Irgendwann will auch *ich* mal Feierabend machen!«

»Ich habe ja nur gefragt. War nicht böse gemeint.«

»Ach ja, wieso sagst du dann überhaupt so was? Das hörte sich gerade so an, als mache ich mir einen schönen Lenz, wenn ich in Hannover bin.«

»Nein, ich weiß doch, daß du viel arbeitest. Tut mir leid.«

»Ja, ja, jetzt tut es dir angeblich leid. Aber erst mal gemeine Sachen sagen! Du kannst es dir erlauben, den ganzen Tag vor dich hinzuträumen und ein bißchen was zu basteln. Und wenn es an dem einen Tag nichts wird, na, da machen wir doch einfach am nächsten weiter. Ist doch egal, oder? Dich drängt ja keiner. Und keiner stört dich. Außer deinem geliebten Lutger, der dich jetzt auch noch bekocht! Wahrscheinlich ist es dir schon zu viel, daß ich am Wochenende komme und die kreative Inspiration zwischen euch unterbreche.«

Die starke Anspannung unter der Simone stand, entlud sich in einer Flut von Tränen. Arno war in solchen Situationen immer ziemlich hilflos.

»Ich finde es schön, wenn du am Freitag endlich kommst. Und es macht mir nichts aus, das ganze Wochenende mit dir zu verbringen, statt weiterzuarbeiten.«

»Siehst du, du sagst es ja selbst. Du wärst lieber im Atelier!«

»Das habe ich nicht gesagt.«

»Hast du wohl. Ich bin dir lästig, und heiraten willst du mich schließlich auch nicht!«

Arno stand auf und ging im Zimmer auf und ab. Simone wußte, er haßte Beziehungsdebatten, und er haßte es noch viel mehr, wenn sie ihm, wie er meinte, das Wort im Munde herumdrehte und alles, aber auch alles niedermachte.

»Wir sind schon so lange zusammen. Und wir haben uns lieb. Das müssen wir uns doch nicht von einem Standesbeamten schriftlich bestätigen lassen! Außerdem würde meine Mutter eine Staatsaktion daraus machen.«

»Dann rede ihr das aus!« schniefte Simone.

Sie verstummten. Nur Simones Schluchzen war ab und an zu hören.

Simone wünschte sich, Arno würde sie in den Arm nehmen und trösten. Arno zeigte sich enttäuscht über den Verlauf, den der Abend genommen hatte, und ziemlich ratlos, wie er sich nun verhalten sollte.

»Am besten, ich gehe rauf, bis du dich beruhigt hast!«

»Ja, geh du nur! Das ist ja immer das einfachste!«

Sie war fest entschlossen, sofort ihre Sachen zu packen und nach Hannover zurückzufahren. Sollte sich doch sein dämlicher Lutger um ihn kümmern! Sobald Arno die Wohnung verlassen hatte, suchte sie den Fahrplan und schaute nach den Zügen. Es fuhr aber keiner mehr. Und das in einer Großstadt.

Simone ging ins Bett und fiel bald in einen unruhigen Schlaf. Im Traum sah sie Cäsar Zipfel, der ihr aus dem vorbeifahrenden Auto zurief, die Wochenenden seien gerade abgeschafft worden. Hinter dem Zipfel-Auto fuhr ein offenes Cabrio, in dem vorne ein Brautpaar saß, das ihr zuwinkte, auf dem Rücksitz ein einsamer schöner Mann. An die Stoßstange des Autos hatte jemand eine Leine mit lauter Würsten gebunden, die wie Dosen über die Straße schepperten. Dann saß sie im Zug, von dem sie nicht wußte, wo er hinfuhr, ihr gegenüber Neidhard Ortger, der sie filmte. Simone hielt die Hand vors Gesicht, weil das Scheinwerferlicht sie blendete. Sie blinzelte.

»Entschuldige, aber ich konnte im Dunkeln meinen Schlafanzug nicht finden.« Es war Arno.

»Wie spät?« murmelte Simone schlaftrunken.

»Schon halb eins. Schlaf weiter, mein Schneckchen!« Arno deckte Simone behutsam zu und löschte das Licht.

25. Kapitel

Am nächsten Morgen stand Simone leise auf und ging in die Küche, um das Frühstück zu bereiten. Sie war glänzender Laune, wie meist, nachdem sie ihren Frust herausgeheult und ausgeschlafen hatte. Kaum hatte sie den Tisch gedeckt, stand auch schon ein ziemlich verstrubbelter, müde aussehender Arno neben ihr.

»Ich war gestern abend lange im Labor, um die Abzüge für dich zu machen.«

»Das ist lieb von dir!« Sie gab Arno einen Kuß. »Danke! Übrigens: Du hast mir schon lange keine neuen Arbeiten von dir gezeigt. Ich bin überhaupt nicht mehr auf dem laufenden. Laß uns erst mal frühstücken. Setz dich doch. Möchtest du vielleicht ein weichgekochtes Ei? Oder Rührei?«

»Wir haben gar keine Eier!«

»Ich hätte dir aber welche zubereitet, wenn wir welche gehabt hätten! Wir müssen doch sicherlich einkaufen, dann können wir ja auch Eier mitbringen.«

»Gute Idee.« Er war morgens immer etwas einsilbig.

Als Simone die Zeitung aus dem Briefkasten holte, traf sie Frau Glatzer im Hausflur.

»Ei, Frau Störmer, wie?«

Simone grüßte zurück und wollte sich vorbeidrängen, aber die Nachbarin hielt sie auf.

»Ei, ich seh' Sie ja kaum noch. Und auch der Herr Wolff macht sich rar. Wie ist es denn als so in Hannover?«

»Es geht so, Frau Glatzer. Viel zu tun. Und wie geht's selbst?« Simone wollte von sich ablenken, was auch problemlos gelang.

»Ich hab' da so ein Ziehen im Rücken. Ich war auch schon beim Arzt. Die verschreiben heute kaum noch etwas. Nicht eine einzige Salbe! Ich war empört, kann ich Ihnen sagen. Frau Glatzer, sagt er dann zu mir, ich gebe Ihnen ein Rezept für Massagen mit. Aber nur acht Stück, mehr gibt's nicht!«

»Ja, das sind die Auswirkungen der Gesundheitsreform, Frau Glatzer! Ist es denn wirklich so schlimm?«

»Ei, was ich Ihnen sag'! Ich kann mich manchmal kaum noch bewegen. Aber zum Glück hab' ich ja da meine Freundin, die wo sich auskennt, und die hat mir als den Tip mit dem Sonnenblumenöl gegeben.«

»Aber nicht zum Putzen, nehme ich an?«

»Ei, wo denken Sie hin! Da nehmen Sie jeden Morgen einen Teelöffel voll in den Mund und dann gurgeln. Mindestens zehn Minuten lang. Auf nüchternen Magen. Das zieht alle Giftstoffe aus 'm Körper und reinigt quasi von innen.«

Simone verzog das Gesicht. Schon die Vorstellung von Salatöl im Mund war ihr ekelig.

»Na, wenn's denn hilft, Frau Glatzer!«

»Mein Rückenleiden ist schon viel besser geworden. Das sollten Sie auch mal probieren! Sie sehen nicht gesund aus. Diese Ränder unter den Augen hatten Sie früher nicht!«

Wenn es schon Frau Glatzer auffällt, mußte es wirklich schlimm sein, ging es Simone durch den Kopf. In einem durchaus nicht ihrer Einschätzung entsprechenden Optimismus entgegnete sie: »Wird schon wieder weggehen! Ich muß nur mal richtig ausschlafen!«

»Wenn das mal reicht! Nehmen Sie lieber auch mal das Öl. Immer morgens einen Löffel so lang als möglich gurgeln. Bis das, was Sie ausspucken, ganz weiß ist. Und danach als unbedingt die Zähne putzen! Das ist deshalb wichtig, weil sonst die Giftstoffe wieder in den Körper zurückkommen! Nicht vergessen! Das ist übrigens ein altes Geheimrezept aus Rußland. Ich kann Ihnen ja mal eine Kopie von einem Artikel zu lesen geben, wo das erklärt ist.«

»Danke, nicht nötig. Ich probier's so mal!« versprach Simone, um nur ja wegzukommen. Aber Frau Glatzer hielt sie am Ärmel fest.

»Ei sagen Sie mal, wenn ich mal fragen darf, wer ist denn eigentlich der junge Mann, der jetzt abends immer kommt? Schläft der etwa bei Ihnen?«

»Ein Bekannter von Arno, der im Moment die Handwerker in seiner Wohnung hat.«

»Ach, und da kommt der zu Ihnen zum Schlafen?«

»Ja, er hat eine Allergie gegen Lösungsmittel. In seiner Wohnung bekommt er keine Luft.«

»Ist ja interessant! Meine Güte! So jung, und schon algerisch! Was soll ich da in meinem Alter sagen? Vielleicht sollte der auch mal gurgeln.«

Sie erzählte Arno von ihrer Ausrede bezüglich Lutgers Anwesenheit und von der neuen Glatzer-Wunderwaffe. Beim Einkaufen legte Arno heimlich eine Flasche Sonnenblumenöl in den Einkaufswagen. Simone merkte es allerdings rechtzeitig und stellte die Flasche, als Arno gerade in Zeitschriften blätterte, im Regal mit den Gesundheitsprodukten ab.

26. Kapitel

Ihr lag das Exposé im Magen. Das verschlug ihr den Appetit. Sie verschob die »Fasanenbrüste an Sahneäpfeln« auf Sonntag und bereitete ein Risotto mit Erbsen und eingeweichten Steinpilzen zu. Während sie sorgfältig den Vialone-Reis rührte und abwechselnd Pilzwasser und Gemüsebrühe angoß, konnte sie in Ruhe über den geplanten Film nachdenken.

Das Firmengelände war zu unfotogen. Der Empfang? Simone stellte sich vor, wie Frau Mohr mit verrauchter Stimme in ihrer unnachahmlichen Art über die Sprechanlage kommandierte: »Der Mitarbeiter, der seinen Wagen auf den Besucherparkplätzen abgestellt hat, muß *sofort* entfernt werden!« Und dann ein Schwenk über die Theken mit den Würsten von der Firma Attrappen-Müller?

Sie goß Brühe in die Kasserolle.

Cäsar könnte an seinem Schreibtisch sitzend ein paar warme Worte zum Konzept der Schlemmer-Passagen sagen. – Vielleicht. Aber den Schrank mit den Ordnern würde sie vorher aufräumen!

Nun kamen die Erbsen und die Pilze hinzu. Simone probierte den Reis, der noch zuviel Biß hatte, und rührte sachte weiter.

Bei Sänger hatte sie ein Diamagazin gesehen, das für Firmenpräsentationen benutzt wurde. Simone schauderte ein wenig, wenn sie daran dachte. Darin waren vor den üblichen Umsatzkurven und Produktfotos auch Jugendbildnisse von Cäsar und Clemens. Cäsar als Zwölfjähriger in Lederhose, der in jeder Hand eine 1 A-Ringsalami hielt. Und Clemens, schon etwas älter, mit weißer Schürze hinter der Theke eines Ladens, auf der ein großer Schweinskopf mit ihm um die Wette grinste. Sänger hatte ihr erklärt, daß die Fotos bei Kunden und Bankiers immer gut ankämen. Wahrscheinlich dachte er das, weil sie darüber lachten, vermutete Simone und beschloß, die komplette Präsentation müsse dringend überarbeitet werden. Die Zipfels konnten sein, wie sie wollten, sie der Lächerlichkeit preiszugeben ging ihr gegen die Berufsehre.

Man konnte sich eine Reihe von Überblendungen vorstellen. Von den Anfängen bis heute. Ein Unternehmen und seine Unternehmer! Auch nur Menschen wie du und ich. Haben am Anfang alle mal in die Windeln gemacht, und heute markieren sie den dicken Mann! »Simone, so geht das nicht!« ermahnte sie sich. »Jetzt mach erst einmal den Reis ›all' onda‹, denn ein gutes Risotto muß wie eine Welle sein, dann sehen wir weiter!«

»Arno!« brüllte Simone ins Wohnzimmer, wo er saß und Zeitung las, »kommst du bitte mal!«

»Kann ich was helfen?«

»In der Tat! Ich kann nämlich nicht vom Herd weg. Du

kannst dir bitte mal deine Hände waschen und dann Parmesan reiben, den muß ich am Schluß noch unterziehen.«

»Männer waschen sich nicht die Hände!«

»Ich weiß, deshalb habe ich es extra erwähnt!«

Nach dem Essen erklärte Simone dem satten und zufriedenen Arno ihr Problem.

»Du als Künstler und Unternehmerssproß müßtest doch eigentlich ein paar zündende Ideen für das Video haben!«

»Also ich«, fing Arno nicht gerade vielversprechend an, »ich würde erst einmal die Schweine abfilmen, die tot an den Haken hängen und dann gleich in die geräucherten Schinken überblenden.«

So was Ähnliches hatte sich Simone schon gedacht, als Arno ›also ich‹ gesagt hatte.

»Und davon dann in das Porträt von Cäsar. Während bei den Rindern analog in Steaks und dann in das Gesicht von Clemens überblendet wird. Arno, du bist mal wieder unmöglich! Ich brauche ernsthafte Vorschläge! Nicht was du gut findest, sondern was Menschen mit einem weniger künstlerischen Geschmack animiert, sich in einer Schlemmer-Passage einzumieten beziehungsweise was einen deutschen Beamten überzeugen könnte, sich eine Schlemmer-Passage in den Ort zu holen. Kannst du dir einen deutschen Beamten überhaupt vorstellen?«

Simone sah Arno an, daß er es krampfhaft versuchte.

»Also dann«, setzte Arno an, »dann stell dir das Kantinenessen in Behörden vor, und überleg mal, ob du mit leckeren Angeboten nicht für eine positive Stimmung sorgen könntest. Erst so ein Kantinenfraß, dann schmackhafte Schlachtplatten! Toller Kontrast!«

»Keine schlechte Idee! Im Prinzip jedenfalls!« schränkte Simone ein, die Schlachtplatten auch nicht attraktiver fand als Kantinenessen und nicht so recht wußte, wo da der Kontrast sein sollte.

»Wurstplatten! Ja! Leckere Wurstplatten!«

»Mit viel Deko drauf!« ergänzte Arno. »Gürkchen und Maiskölbchen zum Beispiel. Und Tomaten-Igel.«

»Tomaten-was?«

»Tomaten-Igel! Die gab's bei mir immer auf dem Kindergeburtstag. Wurden vom Party-Service geliefert. Das sind mit Speckwürfeln gespickte Tomaten, die dann aussehen wie Igel. Oder sollten es Marienkäfer sein?« Arno war unschlüssig.

»Ich schätze, es waren Fliegenpilze, und das war kein Speck, sondern es waren Mayonnaise-Kleckse.«

Simone erinnerte sich, daß ihre Oma so was gemacht hatte.

»Wir veranstalten aber keinen Kindergeburtstag! Jedenfalls nicht absichtlich. Übrigens, ich habe in einem Fachblatt für Metzgereien den Vorschlag gesehen, die Auslage mit Rosen aus Butter zu dekorieren!«

»Siehst du«, meinte Arno nun augenzwinkernd, »noch eine tolle Idee! Sieht bestimmt gut aus, wie die Rosen unter dem Licht der Scheinwerfer zerlaufen!«

»Und wenn wir einen Food-Stylisten engagieren?« Simone überlegte. Schließlich gab es Fachleute für so was.

»Nach allem, was du bisher erzählt hast, bekommst du das nie durch! Die Kosten!«

»Du hast ja recht – leider!«

»Du mußt einfach jede Menge Dauerwurst ins Bild hängen lassen. Die hält was aus, ist dekorativ und kostet nichts extra.«

»Das ist aber nicht gerade abendfüllend! Nicht mal ausreichend für einen Zehnminüter!«

»Dann bring die Würste her. Ich drapier' dir ein paar schöne Stilleben, und die blendet ihr ein.«

»Du legst dann alte Knochen neben die Plockwurst und das alles auf dem mottenzerfressenen Kuhfell. Oder irre ich mich?«

»Na ja, du übertreibst zwar, aber man könnte schon Landjäger-Würstchen mit einem Försterhut und einem Gewehr dekorieren oder Bayrische Bierwurst neben einem Glas Hefeweizen aufnehmen, alles auf einer rotweiß-karierten Tischdecke.« Arno geriet ins Schwärmen. »Ich wollte schon lange mal kitschige Stilleben probieren. So wie auf alten, billigen Glückwunschkarten.«

»So kommen wir nicht weiter! Ich rufe jetzt Neidhard Ortger an.«

»Am Samstag nachmittag?«

»Du, wenn mir Zipfel den Freitag abend vermiest, dann kann ich auch Ortger am Samstag anrufen. Der ist schließlich Freiberufler. Dir ist doch auch egal, welcher Wochentag gerade ist.«

»Auch wieder wahr! Und ich koche Kaffee. Normale Tassen oder Bernd-und-Hilla-Becher?«

»Becher!«

Das war so ein typischer Arno-Kalauer: Eines Tages war er mit zwei scheußlichen Namens-Kaffeebechern angekommen, auf dem einen stand Bernd, auf dem anderen Hilla, wie das berühmte Künstlerehepaar Becher, das Industriemonumente fotografierte.

Simone telefonierte so lange mit Ortger, daß der Kaffee, den ihr Arno im Hilla-Becher neben sie hingestellt hatte, längst kalt geworden war. Aber es hatte sich gelohnt. Neidhard Ortger versprach, aus den gemeinsam entwickelten Ideen ein Drehbuch zu verfassen, das er ihr am Sonntag abend ins Büro faxen würde, so daß sie es Montag vor der Besprechung mit Cäsar lesen konnte.

Simone freute sich, nun doch noch ein bißchen das Wochenende genießen zu können. Und sie mußte sich nicht durch die Parfümerie auf ihrem Schreibtisch wühlen, um überhaupt am Computer arbeiten zu können.

Gerade, als sie festgestellt hatte, daß Arno offenbar ins Atelier oder ins Labor verschwunden war, klingelte das Telefon.

Sie hatte noch ein heißes Ohr vom Gespräch mit dem Produzenten. Es war Yolanda Wolff, Arnos Mutter.

»Ich versuche schon seit Stunden anzurufen! Haben *Sie* den Apparat die ganze Zeit belegt?«

»Geschäftlich, Frau Wolff!« Simone schien es, als kämen an diesem Wochenende alle unangenehmen Anrufe zusammen.

»Dann geben Sie mir jetzt *bitte* meinen Sohn!«

»Leider weiß ich im Moment nicht, wo sich Arno im Haus aufhält.«

»Meine Güte, *so* groß ist die Wohnung ja wohl nicht!« Dabei konnte sie das gar nicht wissen, denn Arnos Eltern hatten sie – zum Glück – noch nie heimgesucht.

»Kann ich etwas ausrichten?« fragte Simone höflich.

»Wenn es denn nicht anders geht. Ich habe in meinem Kulturkreis vorgeschlagen, eine Ausstellung mit Arnos Werken zu veranstalten. In sechs Wochen findet die Vernissage statt. Wir geben dann ein Essen bei uns. Nur für die wichtigsten Leute natürlich. Einige Geschäftsfreunde von Doktor Wolff werden kommen, einige Politiker selbstverständlich, dann einige hochrangige Persönlichkeiten des kulturellen Lebens. Bitte sagen Sie das Arno!«

»Der Termin ist allerdings recht kurzfristig.«

Simone fand es unmöglich, daß seine Mutter es nicht für nötig gehalten hatte, das vorab mit Arno zu besprechen.

»Das sollte doch wohl kein Problem sein!«

»Das kommt drauf an. Wie groß ist denn der Raum?«

»Kindchen, das weiß ich doch nicht!« antwortete sie affektiert.

»Arno muß doch wissen, wie viele Bilder gerahmt werden sollen. Ob Rahmen vorhanden sind, wissen Sie wahrscheinlich auch nicht?«

»Nun machen Sie das doch nicht unnötig kompliziert! Ich verschicke schließlich schon die Einladungen. Um das Dinner kümmere ich mich auch noch! Da ist es doch wahrlich nicht zuviel verlangt, wenn Arno die Bilder herbringt!«

»Ja, das ist sehr entgegenkommend«, säuselte Simone, die wußte, daß Wolffs in solchen Fällen eine Köchin engagierten. »Arno wird sich bestimmt freuen. Am besten, Sie telefonieren noch mit ihm. Und beste Grüße auch an Herrn *Doktor* Wolff!«

»Und vergessen Sie nicht, es Arno auszurichten! Ich bin vorerst nicht zu erreichen. Wir fahren jetzt mit Freunden in den Golfclub!«

Nachdem Simone aufgelegt hatte, begab sie sich ins Studio, um Arno brühwarm (diese Wurst-Ausdrücke!) die Neuigkeit zu erzählen. Er würde ausrasten!

»Herzlichen Glückwunsch!« begrüßte sie überschwenglich ihren Lebensgefährten, der bei diesem Überfall die kleinen Männchen in der Miniaturlandschaft, die er gerade aufbaute, umstieß und »Scheiße!« rief.

»Aber Arno! Das sagt man doch nicht, wenn man auf dem besten Weg ist, berühmt zu werden!«

»Was redest du denn da? Du hast wohl zu lange mit deinem Neidhard Ortger telefoniert!«

»Apropos: Er schreibt ein Script, das er mir rechtzeitig ins Büro faxt. Toll, nicht? Er hat mir das Wochenende gerettet! Viel wichtiger ist aber im Moment, daß deine Mutter eben anrief. In sechs Wochen findet die Vernissage deiner Ausstellung statt!«

Arno guckte, als hätten die kleinen Männchen in seinem Stilleben plötzlich angefangen, sich zu bewegen und mit ihm zu sprechen.

»Was ist los?«

Simone erklärte ihm die ganze Sache noch einmal zum Mitschreiben.

»Das hast du dir ausgedacht, um mich zu ärgern!«

»Nein, mein Süßer, habe ich nicht.«

»Meine Mutter hat ein Rad ab!«

»Sie hätte dich zumindest vorher fragen können. Hast du eine Idee, wo die Ausstellung stattfinden wird?«

»Keine Ahnung! Wahrscheinlich bei uns zu Hause im Flur.«

»Unsinn. Eher in irgendeinem öffentlichen Raum, Sparkasse oder so.«

»Die kann was erleben!« Arno war außer sich. »Allein die ganzen Passepartouts zu schneiden! Rahmen muß ich wohl auch selbst besorgen!«

»Ruf sie einfach an. Irgendwann wird sie ja aus dem Golfclub zurückkommen. Du wolltest mir doch sowieso deine neuen Arbeiten zeigen. Dann suchen wir gleich etwas für die Ausstellung aus. Das klappt schon! Ist vielleicht gar nicht so schlecht. Sag mal, so genau kennt doch deine Mutter deine Bilder nicht. Meinst du, sie versteht sie überhaupt?«

»Ich bitte dich. In ihren Kreisen sucht man Bilder danach aus, ob sie farblich zu den Übergardinen passen! Müßtest du doch eigentlich wissen!«

27. Kapitel

Simone war begeistert. Das Drehbuch zu dem Videofilm war hervorragend. Sie würde nur den Text des Off-Sprechers an einigen Stellen korrigieren müssen, um die Sache auf Zipfel-Linie zu bringen.

Der Film fing mit der Lobpreisung der appetitlichen Zipfel-Wurstwaren an. Ortger schrieb in seinem Begleitbrief, daß er bereits mit dem Assistenten eines Food-Fotografen telefoniert habe, der gegen ein verhältnismäßig geringes Honorar bereit war, das Styling zu übernehmen.

Weiter ging es mit dem Fleischerfachgeschäft mit Feinkostabteilung. Hier sollte eine Verkäuferin beim Aufschneiden von Wurst und dem Herrichten der Auslage gezeigt werden. Dann eine Fahrt durch die Passage an den Fronten der Geschäfte entlang (Gemüsekisten besorgen!), kurzer Halt an der Kinderspielecke. Sie endete mit einem Blick in das gemütliche Bistro, »in dem jeder gerne Rast macht und sich die leckeren Zipfel-Produkte schmecken läßt«.

Schließlich fuhr die Kamera wieder in die Passage. Es folgte eine Computeranimation, mit der illustriert wurde, wie flexibel die Grundrißgestaltung der Passage sein konnte. Anschließend fuhr die Kamera aus dem Gebäude heraus und zeigte die Außenansicht (Menschen, die mit vollen Einkaufstaschen herauskommen). Überblendung Zipfel-Stammhaus, dann Cäsar, der vor einem Architekturmodell einer großen Innenstadtpassage sitzt und die Vorzüge seines Konzeptes erläutert. Ende.

Cäsar, dem sie das Script richtig schmackhaft machte, war ebenfalls ganz angetan. Vor allem, da er nun eine Computeranimation bekam, ohne daß sich der Gesamtpreis wesentlich erhöhen würde.

»Schön, dann kann es ja losgehen. Ich gebe heute noch den Auftrag raus.« Simone stand auf.

»Tun Sie das. Sehen Sie, man muß immer drängen, dann klappt es!« Cäsar lachte sie an, als habe sie einen Termin verschludert und es sei ihm zu verdanken, daß überhaupt gearbeitet wurde.

»Wenn ich sage, es wird rechtzeitig fertig, dann dürfen Sie sich darauf verlassen!« konterte Simone. »Allerdings konnte ich ja nicht wissen, daß sie die nächsten Tage nicht erreichbar sein würden.«

Cäsar nickte geistesabwesend, und Simone war aus der Besprechung entlassen.

Da sie nun schon im fünften Stock war, ging sie bei Thorsten Fischer vorbei. Als sie das Büro betrat, plauschte er gerade mit seiner Kollegin Laura Koerner, beide offenbar noch nicht so recht in Arbeitsstimmung.

»Hallo!« grüßte Simone.

»Guten Morgen, Frau Dr. Störmer!« grüßte Fischer zurück und stand auf, um ihr die Hand zu geben.

»Tag!« sagte Laura Koerner und blieb sitzen.

»Störe ich?«

»Nein, nein. Setzen Sie sich doch!«

Simone schaute sich um, sah aber keinen Stuhl, und hockte sich auf das niedrige Sideboard.

»Ich wollte sowieso gerade gehen.« Laura Koerner stand auf und verschwand.

»Das tut mir leid. Ich wollte Ihr Gespräch nicht unterbrechen.«

»Kein Problem. Ich habe nur gerade erzählt, daß ich das ganze Wochenende unter meinem Alfa gelegen habe, irgendwas stimmt mit dem Vergaser nicht. Ich komme nicht dahinter. Und Sie, wie war Ihr Wochenende? Auch zu kurz, nehme ich an?«

»Logisch, wenn man erst Freitagabends nach Hause kommt und Sonntagnachmittags schon wieder fahren muß. Und dann rief zu allem Überfluß Cäsar am Freitag abend nach neun Uhr bei mir an. Und da hat er unter anderem gefragt, ob *ich* wisse, wo *Sie* seien. Das fand ich ziemlich merkwürdig.«

»Sehen Sie, seit ich bei Zipfel arbeite, habe ich einen Anrufbeantworter«, erläuterte Fischer sachlich. »Der ist immer an. Und selbst falls ich zu Hause bin und Cäsar anruft, hat er die Maschine dran. So einfach ist das! Anders kommen Sie nämlich nie zur Ruhe.«

»Ruft er denn öfter an?«

»Dauernd. Wissen Sie, wenn er im Auto unterwegs ist, dann telefoniert er seine Leute durch, weil ihm sonst langweilig wird. Und je mehr einen Anrufbeantworter haben, desto größer die Chance, daß er bei Ihnen landet. Ja, der kleine Quirlige! Er braucht das Gefühl, seine Leute rund um die Uhr zu beschäftigen!«

»Und wieso hat er nach Ihnen gefragt?«

»Es gibt da nur zwei Möglichkeiten: entweder er wird schon senil, oder uns wird ein Verhältnis angedichtet.«

»Das ist ja sehr schmeichelhaft, aber ein Verhältnis, bei dem Sie mit nach Frankfurt fahren? Das ist nicht sehr wahrscheinlich.«

»Och, so eng darf man das wohl nicht sehen.«

»Wird denn hier so viel geklatscht?«

»Das können Sie laut sagen!«

»Sie wollen mir aber hoffentlich nicht erklären, daß Frau Koerner aus Rücksicht auf das junge Glück den Raum verlassen hat!«

Thorsten Fischer schmunzelte. »Wer weiß?«

»Ich gehe jetzt besser. Ich muß an meinen Ruf denken. Und an Ihren auch!«

28. Kapitel

Tag, Frau Hoffmann. Wo ist denn Frau Schupps?«

»Hat angerufen, daß sie später kommt.«

»Aha. Mehr hat sie nicht gesagt?«

»Nö. Ach übrigens, wir sammeln für Frau Richter von der Immobilienabteilung, die uns nächste Woche verläßt. Wollen Sie auch was geben?«

Simone nickte und holte ihr Portemonnaie. Dafür, daß Frau Richter ging, gab sie gerne. Aber wieviel?

»Sind drei Mark okay?«

»Jeder gibt, was er meint.«

Simone schrieb ihren Namenszug auf eine Karte mit einem Cartoon-Männchen, das bunte Luftballons in der Hand hielt. Frau Hoffmann hakte Simones Namen auf einer Liste ab, setzte wieder ihre Kopfhörer auf und wandte sich dem Bildschirm zu.

Kurz vor der Mittagspause erschien Marilyn Schupps. Simone war gerade konzentriert damit beschäftigt, den Sprechertext des Drehbuches zu überarbeiten. Obwohl sie das selbst bei Unternehmensfilmen unglaubwürdig fand, wenn ständig von »Spitzenprodukten«, »Marktführerschaft« und der »Einmaligkeit« des Angepriesenen die Rede war, formulierte sie nun selbst in Superlativen.

»Da bin ich!« sagte Marilyn Schupps zur Begrüßung, ließ sich auf den Stuhl fallen und guckte leidend.

»Fein«, sagte Simone und schrieb den Satz über das ›sensationelle Konzept der Schlemmer-Passagen‹ zu Ende. »Was ist denn los? Geht es Ihnen nicht gut?«

Marilyn Schupps stöhnte Mitleid heischend.

»Was haben Sie denn? Soll ich den Betriebsarzt rufen?«

»Nein, nicht nötig. Aber eigentlich hätte ich gar nicht kommen dürfen. Ich habe meine Tage.«

»Na, dann sollten Sie sich heute arbeitsmäßig mal nicht übernehmen!« empfahl Simone in ironischem Tonfall.

Eine Mitarbeiterin aus der Werbeabteilung brachte ihr einen Text für die Fleischer-Fachpresse, den Simone »ganz dringend« genehmigen sollte. Marilyn Schupps nutzte die Gelegenheit, um sich davonzumachen. Simone korrigierte den Text über die Einführung des »Dickdarmbohrers« im Schlacht- und Zerlegebetrieb. Damit wurde der Dickdarm des Rindes gleich am Anfang des Schlachtbandes entsorgt.

Sie war mittendrin, als die Tür aufging und Frau Frölich,

wie immer freudestrahlend, mit einer Karte in der Hand hereinkam.

Die Chefsekretärin gab ihr die Hand. Ständig streckte ihr jemand seine Schwitzgriffel entgegen. Simone konnte sich gar nicht daran gewöhnen, daß hier mehrfach am Tag mit Handschlag gegrüßt wurde. Murx, der auch oft morgens in ihr Büro kam, um sie zu begrüßen, hatte ihr erklärt, das sei noch von früher so, als es nur wenige Angestellte gab. Darin drücke sich die »familiäre Atmosphäre« aus. Als Simone einwandte, gerade innerhalb einer Familie grüße man nicht mit Handschlag, hatte ihn das etwas verwirrt. »Von familiärer Atmosphäre kann bei uns sowieso keine Rede sein«, hatte er zum Schluß gemeint.

»Wer geht denn?« fragte Simone Frau Frölich.

»Wie meinen Sie das? Hat schon wieder jemand gekündigt?«

»Eben wurde für Frau Richter gesammelt, die das Haus verläßt. Für wen sammeln Sie?«

»Ich wußte ja gar nicht, daß die auch geht. Nein, also ich sammel' für den Geburtstag von Clemens. Da möchten Sie sich sicher auch beteiligen.«

»Selbstverständlich. Was bekommt er denn für ein Geschenk?«

»Ein Sparschwein. Für seine Sammlung.« Sie reichte Simone die Karte. »Und eine neue Aktenmappe. Die hat er dringend nötig.«

Simone setzte ihren Namen zwischen die vielen Unterschriften, die schon kreuz und quer über die Klappkarte verteilt waren.

»Sind fünf Mark angemessen?«

Simone hatte keine Ahnung, was bei Zipfel üblich war, fand größere Geldspenden aber übertrieben. Der Inhaber war schließlich kein Sozialfall.

Während Simone das Fünfmarkstück in den braunen Umschlag plumpsen ließ, den ihr Frau Frölich hinhielt, antwortete diese mit säuerlicher Miene: »Das ist jedem freigestellt, wie großzügig er sein will.«

Am frühen Nachmittag hatte sie den Text zu dem Videofilm überarbeitet. Sie gab ihn Frau Schupps mit der Bitte, ihn gleich an Ortger durchzufaxen. Eine Stunde später war Ortger am Telefon und mahnte den Text an.

»Haben wir Ihnen doch vor einer Stunde durchgefaxt.« Simone wunderte sich.

»Das tut mir leid, ich habe nichts bekommen.«

»Herr Ortger, ich sende Ihnen das gleich noch einmal.«

»Schön, schön. Am besten, wir treffen uns heute noch, um die Änderungen durchzusprechen. Ist Ihnen fünf Uhr recht? Dann bin ich nämlich ohnehin in der Gegend.«

»Gut, bis um siebzehn Uhr.«

Simone wählte die Nummer von Marilyn Schupps.

»Schuhps.« Sie sprach das »u« immer vornehm gedehnt aus.

»Frau Schupps! Ich gab Ihnen vor etwa einer Stunde ein Schreiben zum Durchfaxen. Wie sieht es denn damit aus?«

»Da bin ich noch nicht zu gekommen!«

»Bevor Sie mir gleich erzählen werden, was Sie in der letzten Stunde davon abgehalten hat, das Fax zu senden, gehen Sie jetzt sofort zum Gerät und erledigen das. Anschließend kommen Sie bitte umgehend mit dem Text in mein Büro.«

»Na gut, wenn Sie meinen.«

»Ich meine! Und jetzt ab zum Faxgerät!«

In Simone verfestigte sich der Eindruck, daß ein kleiner Schupps bei Marilyn nicht ausreichen würde.

Vor Marilyn kam Frau Hoffmann zu ihr und stemmte die Arme in die Hüften. Ob sie ihrer Sekretärin bitte mal sagen könne, daß sie nicht deren Sekretärin sei? Simone verstand nicht.

»Also«, erklärte Frau Hoffmann, »ich bin ja durchaus mal bereit, einzuspringen. Aber daß Frau Schupps mir laufend Sachen rüberschiebt, die ich für sie erledigen soll, das geht doch wohl zu weit!«

»Was für Sachen?« wollte Simone wissen.

»Na, das Fax zum Beispiel! Ihr wäre so schlecht, ob ich das nicht mal schnell für sie erledigen könne, ich ginge doch sowieso dauernd zum Faxgerät. Oder Briefe, die sie schreiben soll. Oder wenn was aus der Warenannahme zu holen ist.«

»Ich werde es ihr gleich sagen!« unterbrach Simone Frau Hoffmanns Beschwerdelitanei. »Natürlich sollen Sie nicht die Arbeit von Frau Schupps machen.«

Als ihre Mitarbeiterin ins Büro kam, hatte sie die Manuskriptseiten in der einen Hand, die andere hielt sie sich auf den Bauch. Simone nahm die Seiten in Empfang und wies Marilyn Schupps auf den Stuhl hin.

»Wenn Sie solche Bauchschmerzen haben, dann nehmen Sie eine Tablette. Soll Ihnen Frau Dr. Störmer was verschreiben?«

»Wie bitte?«

»War nur ein Scherz. Wollen Sie eine Tablette?«

»Lieber nicht.«

»Frau Schupps«, wurde Simone nun wieder sachlich, »ich denke, wir müssen über unsere Zusammenarbeit sprechen.«

»Wie meinen Sie das?« Marilyn Schupps guckte gequält.

»Ich weiß ja, daß Sie sich den Job nicht ausgesucht haben, aber es ist so viel zu tun, und ich brauche Ihre Unterstützung. Und das geht natürlich nicht, daß Sie Frau Hoffmann animieren, Ihre Arbeit zu erledigen. Sie ist die Sekretärin von Herrn Murx und nicht die Ihre.«

»Also, wenn das jetzt wegen dem Fax ist: Sie haben doch selbst gesagt, ich soll mich heute nicht übernehmen.« Ihre Stimme erstarb fast. »Wo es mir doch so schlecht geht.«

Das durfte ja wohl nicht wahr sein! Simone mußte sich zusammenreißen, um nicht aus der Rolle zu fallen.

»Zum einen dachte ich nicht, daß Sie der Gang zum Fax bereits überfordern würde, zum anderen möchte ich die Zusammenarbeit jetzt einmal grundsätzlich klären. Deshalb wäre es nett, wenn Sie mir erläutern würden, welche beruflichen Ziele Sie anstreben. Oder einfacher: was Sie sich für Ihre Tätigkeit bei Zipfel vorgenommen haben.«

»Meine Güte, ich brauchte einen Job, das wissen Sie doch!« antwortete Marilyn plötzlich bei voller Stimme.

»Gut. Das verstehe ich. Aber nun muß es ja auch irgendwie weitergehen. Sie haben doch in einer Agentur gearbeitet. Was waren denn dort ihre Aufgaben?«

»Was man in einer PR-Agentur eben macht! Hören Sie, ich lass' mich nicht ausfragen! Cäsar hat mich schließlich persönlich eingestellt.«

»Und im Zweifelsfall wird er Sie auch persönlich wieder rausschmeißen, wenn Sie nicht aufpassen. Dennoch: Sie sind nicht Cäsars Mitarbeiterin, sondern meine. Mir liegt an einer guten Zusammenarbeit. Aber ich brauche eine Mitarbeiterin, die auf Draht ist und die ich nicht erst lange zur Arbeit überreden muß. Sie können jederzeit Vorschläge und Ideen einbringen. Sicher haben Sie ja einige interessante Erfahrungen aus ihrer Agenturzeit beizusteuern. Ich schlage vor, wir setzen uns in ein paar Tagen noch einmal zusammen und Sie machen sich bis dahin Gedanken, wie Sie sich ihre Tätigkeit vorstellen. Ist das in Ordnung?«

»Wenn es sein muß!«

29. Kapitel

Simone hoffte, Ortger würde rechtzeitig eintreffen, denn um 17 Uhr verließ die Telefonistin ihren Posten, und die Eingangstür der Firma Zipfel wurde geschlossen. Leider hatte sie vergessen, ihn darauf hinzuweisen. Aber Ortger war ein verläßlicher Mensch und saß Simone Punkt fünf bereits gegenüber.

»Soweit ist alles klar, wir drehen die Passage an zwei Reisetagen ab. Ist schon organisiert. Auch den Termin im Studio für die Computeranimation habe ich bereits vereinbart. Sie müssen mir bitte noch einen Termin nennen, an dem wir Cäsar Zipfel filmen können.«

Simone war sehr dankbar, daß Ortger alles zügig in die Hand nahm.

»Klar, das mache ich. Für Cäsar muß ich dann auch noch einen Text schreiben.«

»Unbedingt. Sonst macht er noch mit dem Papst eine Currywurstbude in Wuppertal auf!«

Simone kannte den Loriot-Sketch, auf den Ortger anspielte, und mußte lachen.

»Da haben Sie recht. Es erfordert Übung, einen Text mehrfach zu wiederholen, ohne sich hoffnungslos zu verheddern.«

»Wir müssen noch kurz über das Drehbuch sprechen. Ich habe mir Ihre Änderungen angesehen und schon mal die Übertreibungen rausgestrichen. Es klingt professioneller, wenn man sie wegläßt. ›Hervorragend‹ und ›einzigartig‹ kann man nicht in jedem zweiten Satz verwenden.«

Simone war peinlich berührt, denn im Grunde wußte sie das, rutschte aber automatisch in dieses Lobhudel-Schema, weil sie sich mangels Informationen aus erster Hand an die Aussagen in der ZSP-Broschüre angelehnt hatte.

»Herr Ortger, Sie haben selbstverständlich völlig recht! Gut, daß Sie noch einmal drübergeschaut haben. Bekommen Sie das so hin, wie wir es überlegt haben?«

»Kein Problem! Es wäre gut, wenn das Wetter mitspielen würde. Soll ich für Sie auch ein Hotelzimmer reservieren?«

Simone war hin- und hergerissen. Einerseits hatte sie gerne alles unter Kontrolle, andererseits war so viel zu tun, daß sie sich zwei Tage Abwesenheit vom Büro kaum leisten konnte: die anstehende Vertretertagung, die Firmenzeitschrift, die Probleme mit *PR-Aktiv*, die Pflege von Pressekontakten, und nicht zuletzt mußte sie sich dringend um die Erstellung des Kommunikations-Konzeptes für die Zipfel Gruppe kümmern, wozu sie sich vertraglich verpflichtet hatte.

»Stehe ich denn da nicht nur im Weg rum? Die meiste Zeit vergeht ja doch mit dem Warten auf die nächste Einstellung. Na, ich denke, ich vertraue Ihren Fähigkeiten und lasse Sie das alleine machen.«

»Ehrlich gesagt, der Auftraggeber stört immer ein bißchen. Aber Sie können natürlich kommen, wenn Sie das möchten!«

»Nein, schon gut. Sie zeigen mir das gedrehte Material. Ich denke, das reicht. Wir haben ja die Einzelheiten im Drehbuch festgelegt. Ich hoffe nur, das Styling der Wurstplatten klappt. Und achten Sie vor allem darauf, daß die Passage belebt wirkt! Wenn etwas unklar ist, rufen Sie mich einfach an.«

»Machen wir! Also dann, bis in einer Woche, dann sind wir zurück!«

»Viel Erfolg!«

Neidhard Ortger ging noch mal für ›kleine Jungs‹, dann begleitete ihn Simone ins Erdgeschoß.

Bevor sie selbst Feierabend machen wollte, schrieb sie noch eine Hausmitteilung an Cäsar und Kopetzky über den Fortschritt bei der Videofilmproduktion. Der Ordnung halber brachte sie die Mitteilung in das Chefsekretariat im fünften

Stock. Dabei lief sie prompt Cäsar in die Arme, der gerade ins Büro kam.

»N'abend Frau Dr. Störmer!«

Cäsar reichte ihr die Hand und strahlte sie an, wahrscheinlich, weil es ihm gefiel, daß sie noch arbeitete.

»Tag, Herr Zipfel.«

»Kommen Sie doch einen Moment mit rein!« Er ließ Simone in sein Büro vorgehen.

»Ich habe übrigens Ihre Aktennotiz gelesen, in der sie vorschlagen, Journalisten in die Schlemmer-Passagen einzuladen. Im Prinzip richtig. Nur, wissen Sie, die Konkurrenz! Ich will keine schlafenden Hunde wecken.«

»Moment, es wurde doch über die Eröffnungen berichtet.«

»Das ist was anderes. Das bezieht sich ja nur auf ein Objekt. Aber überregionale Presse, das ist doch was anderes! Da lassen wir besser erst mal die Finger von.«

Simone erschien das reichlich unlogisch, aber bitte, wenn er es so wollte.

»Aber weswegen ich mit Ihnen sprechen wollte: Ich habe da ein paar Ideen. Wir müssen einfach moderner, peppiger werden. Und unseren Namen bekannter machen! Ich stelle mir vor, daß wir Wurstsorten mit unserem Firmensignet anbieten sollten. Bei Sülzen und Pasteten geht es sicher am einfachsten. Aber ich hätte gerne auch Gelbwurst, Mortadella und Bierschinken mit dem Firmenlogo drin. Das ist doch genial: Auf jedem Wurstbrot unser Zeichen! Was halten Sie davon?«

»Eine geradezu fantastische Idee!« lobte Simone ihren Chef mit einer gewissen Doppeldeutigkeit, die er garantiert nicht bemerken würde. »So originell! Da kann sich jede Marketingabteilung eine Scheibe von abschneiden!«

Nach dem einem Chef gegenüber taktisch stets sinnvollen Lob fragte Simone interessiert, ob das denn technisch so einfach möglich wäre.

»Das lassen Sie mal die Sorge der Produktion sein! Schließlich gibt es auch Wurst mit Clownsgesichtern und mit Dinosauriern! Meine Kinder werden von ihren Freunden richtiggehend damit aufgezogen, daß ihr Vater nur normale Wurst herstellt. Da war die Konkurrenz leider schneller. Aber die werden sich noch umgucken! Sie sollen«, er blickte Simone keinen Widerspruch duldend an, »die Produktion in die Wege leiten, entsprechende Mitteilungen an die Presse geben und so weiter.«

»Wir reden hier von dem braunen »Z« in Wurstform mit den beiden Zipfeln an jedem Ende?«

Simone stellte sich vor, daß die Konsumenten, wenn sie die Wurst mit dem Zett sahen, denken mußten, Zorro habe zugeschlagen.

»Ja, genau. Wovon sonst?«

»Och, ich frag' ja nur. Um den Namen bekannt zu machen, müßten wir parallel eine große Werbekampagne starten. Das Zett allein wird den Leuten nicht viel sagen. Da muß unbedingt das Unternehmen, das dahintersteht, kommuniziert werden.«

»Ja, ja.« Cäsar überlegte. »Da ist was Wahres dran, aber keine Werbeaktion! Das bekommen Sie auch mit den entsprechenden PR-Maßnahmen hin! Sie haben doch eine tüchtige Unterstützung!«

»Na ja, Frau Schupps, auf die Sie ansprechen, ist im Moment noch in der Einarbeitungsphase. Außerdem scheint sie ja gesundheitlich etwas labil zu sein.«

»Ich habe es ja nur gut gemeint. Sie kommt aus der PR-Branche, und Sie brauchten doch eine Assistentin!«

»Das ist richtig.«

»Sehen Sie. Ich denke, wenn es da Probleme gibt, sollte ich mit der jungen Dame mal ein ernstes Wort reden!«

»Das wird sicherlich nicht erforderlich sein. Ich führe mit ihr in ein paar Tagen noch ein Gespräch.«

»Sind Sie sicher? Sollte ich nicht doch ... Sie können Sie jederzeit entlassen und sich eine Neue suchen!«

»Nein, schon gut. Sie braucht bestimmt nur ein wenig Zeit, um sich einzugewöhnen. Ist ja hier auch alles ganz anders als in einer Agentur. Außerdem hat sie länger nicht gearbeitet.«

»Na gut. Es ist Ihre Entscheidung. Sie müssen mit ihr klarkommen.«

Simone vereinbarte noch den Termin für den Dreh seines Auftritts im Video und verabschiedete sich.

Als sie die Hausmitteilung für Kopetzky in dessen Büro trug, sah sie bei Thorsten Fischer noch Licht und klopfte.

»Na, auch noch da!« begrüßte Thorsten sie beim Eintreten. »Schon ein Feldbett beantragt, oder übernachten Sie noch auswärts?«

»Das mit dem Feldbett schiebe ich noch vor mir her, weil das Ausfüllen des Antragsformulars so viel Zeit erfordert, daß ich einfach nicht dazu komme.«

»Tja, schon toll bei Zipfel, nicht?«

»Kann man sagen. Kopetzky ist wohl schon weg?«

»Unterwegs im Osten.«

»Aha. Darf ich Sie mal was Indiskretes fragen?«

»Aber besonders gerne.«

»Ist Kopetzky Elvis Presley-Fan?«

»Hat er Ihnen noch nicht das Autogramm gezeigt?«

»Wie bitte?«

»Normalerweise haben doch alle Manager ein Familienfoto auf dem Schreibtisch stehen.« Simone nickte. »Kopetzky hat in dem Rahmen eine Autogramm-Karte vom King persönlich! Sein ganzer Stolz. – Wollen wir noch irgendwo ein Bier trinken gehen?«

Simone überlegte. Sie verspürte das dringende Bedürfnis, aus den Klamotten rauszukommen, die Schuhe auszuziehen und die Füße hochzulegen. Außerdem hatte sie Hunger.

»Doch, das wäre nett!« hörte sie sich selbst sagen.

»Ich rufe nur schnell meine Freundin an, die kann uns dann in der Stadt treffen.«

Eine halbe Stunde später erreichten sie die *Eßbar*, die ganz gemütlich wirkte und schon ziemlich voll war. Sie fanden einen freien Tisch auf der Empore, von der aus sie das Lokal überblicken konnten und bestellten jeder ein Pils. Simone suchte auf der Speisekarte nach etwas, auf das sie nicht lange würde warten müssen. Sie entschied sich für einen Salat mit Schafskäse. Die unvermeidlichen Paprikasschnitze würde sie aussortieren müssen, die vertrug sie nicht.

Thorsten Fischer konnte sich nicht entschließen und wartete auf seine Freundin.

»Leben Sie zusammen?« fragte Simone.

»Ja, seit kurzem. Wir haben jetzt eine schöne Wohnung gefunden und sind quasi noch beim Einrichten. – Ah, da ist sie ja!« Er wandte sich einer burschikos wirkenden jungen Frau zu, die lächelnd auf den Tisch zueilte.

»Darf ich vorstellen: Reinie Alexander, Dr. Simone Störmer.« Die beiden Frauen gaben sich die Hand. Fischers Freundin kam Simone bekannt vor.

»Habe ich Sie nicht schon mal gesehen?«

»Ich arbeite auch bei Zipfel!«

»Ach. Wo denn?«

»In der Verwaltung. Ich bin noch in der Ausbildung. Industriekauffrau.«

»Dann haben Sie sich in der Firma kennengelernt. Wie nett!«

»Das einzig Gute, was ich bisher von Zipfel mit nach Hause genommen habe!« behauptete Fischer mit einem Augenzwinkern in Richtung seiner Freundin.

»Sie mögen die Zipfel-Wurst wohl nicht?«

»Stimmt. Mir reicht es, jeden Tag zehn Stunden im Betrieb zu sein. Da muß ich das nicht auch noch zu Hause haben.«

Simone erzählte von Cäsars Idee, Wurst mit dem Zipfel-Logo zu produzieren und erntete schallendes Gelächter.

»Mal im Ernst. Den Leuten ist der Laden dermaßen verleidet, daß sie den Verkauf von Wurstwaren an Mitarbeiter wegen zu geringer Nachfrage einstellen mußten! Hat sich einfach nicht rentiert.«

»Ich habe mich schon gewundert, daß ich nichts von einem Personalkauf gehört habe. Aber da ich nicht auf die Idee käme, Wurst von hier nach Frankfurt zu transportieren, bin ich der Sache vorerst nicht weiter nachgegangen. Interessant jedenfalls.«

»Der Punkt ist, daß sie so wenig Rabatt geben, daß die Wurst im Supermarkt billiger ist als für die Angestellten! Das müssen Sie sich mal vorstellen! Das gibt es doch auf keinem Schiff, oder?«

»Mmh.« Simone überlegte, ob sie wohl etwas daran ändern könnte, hakte es aber als aussichtslos ab.

»Jetzt hört endlich auf, von Zipfel zu reden. Ist ja furchtbar!« forderte Reinie.

Doch wie nicht anders zu erwarten, sprachen sie den ganzen Abend eher mehr als weniger über die Firma. Thorsten Fischer entpuppte sich als guter Beobachter von Menschen und Vorgängen, der Simone so manche Hintergrundinformation liefern konnte. Zum Beispiel erzählte er ihr, daß eigentlich Murx Geschäftsführer der ZSP werden sollte, dann aber hinter seinem Rücken Kopetzky eingestellt wurde. Murx habe als Assistent von Cäsar angefangen, und irgendwie sei er das ja wohl auch geblieben. So sei Cäsar halt. Ihm habe er schon angekündigt, Assistenten behalte er höchstens für zwei Jahre, dann wollten die mehr Geld und er würde sich wieder eine billige Hilfskraft suchen. Offenkundig litt Thorsten Fischer unter Cäsars Führungsstil »nach Gutsherrenart«, für den er zahlreiche weitere Beispiele anzuführen wußte. Simone konnte sich nur wundern, daß sie bisher weitgehend von diesen Ausfällen verschont geblieben war.

Sie verstanden sich so gut, daß sie am Ende beschlossen, sich zu duzen.

30. Kapitel

Ortger legte die Videokassette ein und drückte den Wiedergabeknopf der Fernbedienung. Simone konnte es vor Spannung kaum aushalten. Noch rauschte und flimmerte es auf dem Bildschirm im Zipfel Schulungszentrum.

»Es ist natürlich noch ohne Ton, aber die Computeranimation ist schon drin!« Neidhard Ortger war wirklich von der schnellen Truppe.

Ein Bild erschien. Es zeigte eine braune, stehende Wurst auf gelbem Grund, die von Geisterhand in die Form des Zipfel-Wurst-Zetts gestaucht wurde. Dann erschien der Schriftzug »ZSP – Zipfel Schlemmer-Passagen« darunter.

Dieses Logo war wirklich grauenvoll, dachte Simone – wie jedesmal, wenn sie es sah. Wurst-Zorro schlägt zu!

Dann kam die erste Einstellung auf eine hübsch dekorierte, runde Platte mit gerollten Schinkenscheiben. Schließlich sah man die Verkäuferin, die sie in die Theke stellte und sich daran machte, weitere Leckereien in der Auslage zu plazieren. Die Kamera zeigte die Feinkostabteilung, dann ging es, wie im Drehbuch vorgesehen, in die Ladenpassage, die Cäsar gerne »Mall« nannte. Drei etwas kümmerlich wirkende Kisten mit Schlangengurken, Kopfsalat und Tomaten repräsentierten das Gemüseangebot. Man sah Leute durch die Passage schlendern. Simone stockte der Atem. Ein Mann im schreiend bunt gemusterten Trainingsanzug, weißen Socken und Badelatschen lief durchs Bild.

»Mußten Sie den unbedingt filmen? Sieht aus, als sei in der Passage eine Sauna!«

Simone hatte sich zu Ortger gewandt, der neben ihr saß, und sah, als sie wieder zum Fernseher guckte, gerade noch ein Schaukelschweinchen, auf dem ein quäkendes Kleinkind saß. Das war die Kinderspielecke.

Dann kam das Bistro an die Reihe, in dem, Simone registrierte es mit Erleichterung, der Food-Stylist ganze Arbeit geleistet hatte. Sogar so etwas Unfotogenes wie Sauerkraut mit Würstchen dampfte dank reichlich Trockeneis animierend in die Kamera. Die Selbstbedienungstheke war nur im Detail erfaßt. Man sah drei mit Gelatine überglänzte Teller, auf denen Wurst und Brötchen, hübsch mit Cocktail-Tomaten und Cornichons verziert, vorgaben, auf den hungrigen Gast zu warten.

Die Computeranimation bestand aus einem grünlichen, dreidimensionalen Grundriß, der sich vor dunklem Hintergrund drehte und dabei unterschiedliche Umrisse annahm, um mögliche Gebäudeformen zu simulieren.

Das Band endete mit der Außenansicht der Passage, die so nah aufgenommen war, daß die »Schuhschachtel-Architektur« kaum deutlich wurde. Außerdem sah man mehr auf die Leute, die herauskamen und hineingingen.

»Alle Achtung! Da haben Sie wirklich das Beste draus gemacht!«

Ortger freute sich über die Anerkennung.

»Das war ein hartes Stück Arbeit! Die Leute sind natürlich fast alle vom Team! Meine Frau hat extra eine Einkaufstasche mitgenommen und zwei verschiedene Mäntel. In der Passage sieht man sie von hinten in beigem Trenchcoat, dann kommt sie in einer dreiviertellangen Jacke in hellblau heraus.«

»Etwas störend ist nur der Mann im Jogginganzug!«

»So ist das im wahren Leben! Kommt doch ganz realistisch!«

»Leider!« bemerkte Simone leise.

»Jetzt fehlen noch die Musik und der Sprechertext, aber damit warten wir, bis der Schnitt fertig ist. Wir müssen erst Herrn Zipfel filmen!«

»Tja, da gibt es noch eine kleine Änderung!«

Neidhard Ortger legte die Stirn in Falten.

»Cäsar will neuerdings Südamerika mit Schlemmer-Passagen überziehen. Der Film soll dort eingesetzt werden. Mit anderen Worten: wir brauchen einen Teil für das Ausland.«

»Das ist ja nun eine ganz andere Zielgruppe!« rief er entsetzt aus. »Keine Frage, wir können den Text in die verschiedenen Sprachen übersetzen lassen, oder auch nur ins Englische, aber wie machen wir Südamerika bildlich deutlich?«

Ortger verstummte.

Simone überlegte angestrengt.

Aus Spaß schlug sie dann vor, eine singende und spielende Indiotruppe, die sie in der Fußgängerzone von Hannover gesehen hatte, zu filmen.

»Na, das ist doch eine glänzende Idee!« Neidhard Ortger war ganz aus dem Häuschen. »Das machen wir! Können wir alles an einem Tag abdrehen. Erst die Folkloregruppe, dann Cäsar Zipfel.«

Gesagt, getan. Das Team rückte bei Zipfel an. Simone hatte bereits einen Raum bis auf einen Schreibtisch leergeräumt, damit nichts Störendes ins Bild kam. Von der ursprünglichen Idee, in Cäsars Büro zu drehen, war sie schnell abgekommen, als sie sich den Raum noch einmal unter diesem Gesichtspunkt angesehen hatte.

Die Regieassistentin brauchte »was Botanisches«, und Simone machte sich auf die Suche. Sie fragte eine Sekretärin nach der anderen: »Könnten Sie mir wohl kurzfristig eine Topfpflanze leihen?« und kam sich ziemlich dämlich dabei vor.

Bei Zipfel hatte sich der Gedanke, daß Grünpflanzen das Klima verbessern, nicht durchsetzen können. Die wenigen, verkümmerten Birkenfeigen, die ihr angeboten wurden, erregten eher Mitleid, als daß sie eine Zierde für den Hintergrund des Cäsar-Auftritts abgegeben hätten. Am Ende trieb Simone ein täuschend echt aussehendes Gebilde mit Blättern aus Seide auf, die sie nur abzustauben brauchte. Die Regieassistentin setzte die Kunstpflanze auf einen Lampenkoffer, damit sie höher stand, und blickte durch den Sucher der Kamera, um den Stand zu kontrollieren.

»So, jetzt ist es gleich soweit. Sie sollten Herrn Zipfel holen!« Neidhard Ortger sah Simone auffordernd an. Er hatte als Regisseur den Beleuchter und den Tontechniker, den Kameramann und die Regieassistentin sowie Simone und Cäsar unter Kontrolle zu halten, was nicht einfach war.

Wie nicht anders zu erwarten, war Cäsar noch in einer Besprechung, und Simone stand im Vorzimmer und trat nervös von einem Bein auf das andere. Alles war bereit: das Architekturmodell der idealen Schlemmer-Passage stand im kameragünstigsten Winkel auf dem Schreibtisch, die Scheinwerfer waren aufgebaut und die richtige Ausleuchtung mit Ortger als Sit-in gecheckt. Simone hatte an Puder gedacht, das sie nun in der Hand hielt, um Cäsars Stirn zu mattieren.

»Jetzt holen Sie ihn da raus!« wies sie Frau Allerbeck an, nachdem Ortger schon zur Tür reingeschaut hatte und fragte, wo sie blieben. Frau Allerbeck hatte keine Lust auf einen Anpfiff, also ging Simone selbst in die Höhle des Löwen.

»Herr Zipfel, das Team wartet, und da kostet jede Minute mehrere hundert Mark!«

Das war Simone spontan eingefallen, und es wirkte wie vermutet. Cäsar stand sofort auf und verabschiedete seinen Besucher.

»Ich muß Sie noch pudern!«

»Aus dem Alter bin ich längst raus! Andererseits wäre es vielleicht sehr aufregend, von Ihnen gepudert zu werden.«

Simone überging diese Bemerkung, zückte einen Wattebausch und ihre Puderdose. Emotionslos wie ein Arzt bei der Behandlung tupfte sie die hohe Stirn ihres Chefs ab.

»Können Sie Ihren Text auswendig?« fragte sie ihren Chef, während sie mit schräg geneigtem Kopf seine Stirn nach eventuellen Reflexen absuchte. »Am besten, Sie sagen ihn mir schnell mal auf!«

Cäsar dachte nach. »Wie war noch mal der Anfang?«

»Nach dem großen Erfolg der Zipfel Schlemmer-Passagen in Deutschland baut die Zipfel Gruppe sie nun auch im Ausland. Südamerika ist zur Zeit einer der interessantesten Märkte für deutsche Wurstwaren ...« Simone konnte den Text im Schlaf.

»Na dann los!« Cäsar wollte nicht aufsagen, sondern gehen.

»Moment, Ihre Krawatte! Haben Sie nicht noch andere mit?«

»Doch, meine Frau hat mir noch eine zweite mitgegeben. Sie hat sich übrigens über Ihren Anruf gewundert.«

»Wieso?«

»Na, ich soll kein gemustertes Jackett tragen und auch keines in einer grellen Farbe und mehrere Krawatten zur Auswahl mitbringen! Fand sie eigenartig.«

»Ich möchte nur, daß Sie fotogen aussehen!«

Simone hielt die zweite Krawatte über die, die er anhatte. Eine scheußlicher als die andere. Ein Wechsel würde nichts nützen.

»Wir lassen es bei der!« Sie zog den Krawattenknoten kräftig nach.

»Wollen Sie mich strangulieren?« schrie Cäsar empört auf.

»Kann ich helfen?« fragte Frau Allerbeck, im Türrahmen erscheinend.

»Ich tue Ihnen schon nichts!« versprach Simone, und Frau Allerbeck verschwand.

»So, jetzt aber los!« Sie ging hinter Cäsar durchs Vorzimmer. Seine Sekretärin warf ihr einen enttäuschten Blick zu. Simone schien es jedenfalls so.

Ortger blickte durch den Sucher und korrigierte Cäsars Position.

Um einen ungestörten Ton zu bekommen, hatten sie die Tür des kleinen Raumes geschlossen. Unter dem Scheinwerferlicht begann Cäsar zu schwitzen. Simone puderte nach und korrigierte den Sitz des Jacketts, ohne ihn direkt zu berühren.

Ortger übergab an seinen Kameramann und sagte: »Wir können! Wir drehen ohne Probe. Sie achten auf mein Zeichen! Blicken Sie zuerst auf meine Hand, und dann drehen Sie den Kopf in Richtung Frau Dr. Störmer!«

Simone stand neben der Kamera, damit sie auch alles genau mitbekam.

»Kamera ab!«

»Stopp! Stopp! Sie sollen auf meine Hand achten! Noch mal von vorne. Kamera ab!«

Cäsar folgte der Handbewegung von Ortger und sah sie direkt an. Simone war das irgendwie unangenehm. Ganz automatisch machte sie stumm die Mundbewegung von »Nach dem großen Erfolg der Zipfel Schlemmer-Passagen in Deutschland ...«

Cäsar sagte statt dessen: »In Südamerika befindet sich zur Zeit einer der kommenden Märkte für Wurstwaren von Zipfel. Wir planen, dort in Kürze mehrere Zipfel Schlemmer-Passagen zu bauen, die alles Dagewesene in den Schatten stellen ...«

Verdammter Mist! Endlos hatte sie an dem blöden Text gefeilt, und er plauderte munter drauflos! Hilflos sah Simone zu Ortger, der ihr beruhigend zunickte.

Ortger ließ Cäsar erzählen, bis diesem nichts mehr einfiel.

»Wie war ich?« fragte Cäsar voller Stolz.

»Das mit dem Schatten war sehr originell, vor allem wo es um heiße Länder geht, aber so hatten wir den Text nicht abgesprochen!«

»War doch sehr schön!« fiel ihr Ortger in den Rücken. »Leider hatten wir einmal kurz das Mikro im Bild.«

Der Ton wurde geangelt, wie das in der Fachsprache hieß.

»Wir müssen das wiederholen.«

»Schauen Sie lieber noch einmal auf den Text!« Simone reichte ihrem Chef das Manuskriptblatt und puderte seine Stirn, wobei sie mit ihrem Arm vor seinen Augen herumwedelte.

»Ich seh' nichts!« beschwerte er sich.

»So, gleich noch einmal. Ist mit dem Ton alles klar?«

»Ton ist gut!« antwortete der auf dem Boden an seinem Bandgerät hockende Tonmann.

»Moment, das Blatt!« Simone nahm den Text wieder an sich.

»Kamera ab!«

»Nach unseren großen Erfolgen in Deutschland«, begann Cäsar, sich wenigstens noch ansatzweise an seinen Text haltend, »bringen wir jetzt das erfolgreiche Konzept der Schlemmer-Passagen auch nach Südafrika.«

Jetzt ging's schon los! Simone verzog schmerzlich das Gesicht. Gleich würde er Herrenboutiquen in Wuppertal eröffnen!

Cäsar hatte den Fehler nicht bemerkt und palaverte weiter, wie es ihm gerade in den Sinn kam. Zum Glück fiel ihm wenigstens noch ein, das Architekturmodell ins Spiel zu bringen, das bisher von ihm völlig unbeachtet auf dem Tisch gestanden hatte.

»Und in Rio de Janeiro planen wir bereits *diese* Passage«, er wies auf das Modell und sah dabei herunter, so daß garantiert seine hohe Stirn vollformatig zu sehen war, »in der Einheimische wie Touristen europäische Wurstwaren und Feinkostartikel finden. Ethnic Food heißt der neue Trend!«

Simone staunte nur noch über diesen galoppierenden Unsinn. Dann erzählte er noch etwas über die enorme Größe des avisierten Grundstückes und über Joint Ventures mit einheimischen Firmen.

»Wunderbar gelaufen!« Ortger strahlte.

Simone stand das Entsetzen ins Gesicht geschrieben.

»Sie sehen so blaß aus, Frau Dr. Störmer«, wandte sich Ortger an sie. »Das kommt von der Hitze!« vermutete er. »Mach doch mal einer ein Fenster auf!«

»Bin ich jetzt fertig?« fragte Cäsar.

»Ja, danke, Herr Zipfel, Sie haben das großartig gemacht!«

»Kann er nicht vielleicht den Text einfach noch mal auf Band sprechen, ohne Kamera?« fragte Simone matt.

»Nein, nein, ist doch alles bestens!« wiegelte Ortger ab.

Cäsar bedankte sich bei der Crew, die schon zusammenräumte, und ging.

»Er hat Süd*afrika* gesagt!« Simones Stimme kiekste hysterisch. Sie räusperte sich.

»Ist mir gar nicht aufgefallen! Das versendet sich!«

»Herr Ortger, Ihre Erfahrung beim Fernsehen in Ehren, aber DAS versendet sich nicht!«

Simone bedankte sich bei allen und bat, sie zu entschuldigen, da sie dringend in ihr Büro müsse. Dort angekommen, trank sie ein Glas Wasser und ersuchte Marilyn Schupps, nachdem diese ihr Privattelefonat endlich beendet hatte, sich um das Team zu kümmern.

»Ich bin doch nicht Ihre Sekretärin!«

»Nein, meine Assistentin. Und jetzt gehen Sie bitte.«

»Ist ja schon gut!« Marilyn Schupps setzte sich in Bewegung.

Simone verzog sich in ihr Büro, legte die Beine auf die Hängeregistratur und starrte ins Leere.

Fürsorglich wie er war, kam später Ortger noch vorbei, um sie zu beruhigen.

»Als Herr Zipfel runterguckte, hatten wir gerade das Architekturmodell im Bild. Ich habe, nachdem Sie gegangen waren, noch ein paar zusätzliche Aufnahmen von dem Modell gedreht.«

»Er hat so viel und so schreckliche Sachen gesagt. Das können wir unmöglich so lassen!«

»Das mache ich schon. Seien Sie ganz unbesorgt!«

»Danke, Herr Ortger, nett von Ihnen, daß Sie mich trösten wollen. Wann haben Sie den Film fertig?«

»Der Schnitt, die Musikeinspielung und der Sprecher, Abspann. Das geht fix. Schätze, in drei, vier Tagen. Ich melde mich.«

Das war der erste Tag, an dem Dr. Simone Störmer pünktlich um siebzehn Uhr Feierabend machte. Zur Ablenkung lief sie durch die Innenstadt. Da hörte sie die Folkloregruppe aus Peru musizierend die Straße heraufkommen. Sie floh in das nächstgelegene Kaufhaus.

31. Kapitel

Simone nahm in der Kantine ihr Alupäckchen in Empfang und setzte sich in eine Tischreihe. Links von ihr stocherten zwei junge Frauen in ihren wäßrigen Pommes frites mit Frikadellen und unterhielten sich. Während Simone ihren überbackenen Fisch aß, hörte sie unfreiwillig, aber interessiert zu.

»Ich hab' ihn dann angerufen. Den Vater von Michael. Der ist ja echt nett, sage ich dir. Die Eltern von Klaus haben nämlich auch 'ne Go-Kart-Bahn. Ich hab' natürlich gleich gesagt, ich würde das alles bezahlen, die Fahrt und so. Und daß es echt super wäre, wenn ich Klaus einen Slick zum Geburtstag schenken könnte. Signiert. Mit so einem silbernen Filzstift, weißt du. Mensch, der würde Augen machen! Wär' auch gar nicht so wichtig, in welchem Rennen er den gefahren sei, sag' ich noch zu Michaels Vater. Der meinte dann, da müsse ich schon in Monte Carlo anrufen, da wohnt Michael jetzt. Das wird aber bestimmt teuer, denk' ich, auch wegen dem Verschicken und so. Und ich glaub', ich trau' mich nicht, in Monte Carlo anzurufen. Das ist doch im Ausland! Was meinst du?«

»Die Idee ist echt super.«

»Ob ich vielleicht doch mal versuche, ihn anzurufen?«

»Also, ich weiß nicht. Der geht doch bestimmt nicht selbst ans Telefon.«

»Mensch, das wär was. So 'n echter Slick im Wohnzimmer mit einer Glasplatte drauf als Tisch. Und dann sitzen die Freunde von Klaus bei uns im Wohnzimmer und sehen das Autogramm von Schumi!«

Auf dem Weg zurück in ihr Büro stellte sich Simone vor, wie mehrere Jungs in engen Jeans, spitzen Stiefeln und mit »Bölkstoff« in der Hand um den Reifen-Tisch herumsaßen und sich damit brüsteten, mit 200 auf dem Nürburgring in die Kurve gegangen zu sein, sich dabei, die Fliehkraft nachahmend, verrenkten, Bier verschütteten und Motorengeräusche imitierten.

Sie bat Frau Schupps, in ihr Büro zu kommen. Als Marilyn erschien, hatte sie eine geschäftsmäßige Freundlichkeit aufgesetzt, die Simone kaum angenehmer fand als die abweisende Haltung, die sie sonst zur Schau trug.

»Welche Gedanken zu Ihrer Tätigkeit haben Sie sich denn zwischenzeitlich gemacht?«

»Mir ist auf jeden Fall wichtig, eigenständig zu arbeiten!« Marilyn ließ eine Pause entstehen.

»Was verstehen Sie darunter?«

»Ich übernehme Aufgaben, für die ich dann verantwortlich bin.«

»Verantwortlich bin immer ich, Frau Schupps.«

Marilyn guckte arrogant, und Simone machte sich die Mühe, freundlich zu erklären, daß Verantwortung nicht delegierbar sei.

»Für alles, was in meiner Abteilung passiert, bin ganz allein ich verantwortlich. Wenn zum Beispiel irgend etwas schiefgeht, muß *ich* dafür den Kopf hinhalten. Denken Sie nur an die Ministerrücktritte«, sagte Simone, um ein populäres Beispiel zu wählen. »Da hat dann irgendein Staatssekretär gemauschelt oder wichtige Akten verschlampt, aber der Minister muß seinen Hut nehmen. Auch wenn er von der Sache nichts wußte, war er der Verantwortliche, denn er muß seine Mitarbeiter veranlassen, ihn informiert zu halten! Und natürlich muß sich jeder Vorgesetzte auf seine Mitarbeiter verlassen können. Soviel zum Thema Verantwortung. Aber Sie können gerne selbständig Arbeiten erledigen, wenn Sie diese mit mir entsprechend abstimmen. Haben Sie schon etwas Konkretes im Sinn?«

»Als erstes muß ein Presseverteiler angelegt werden.«

»Richtig, aber dazu fehlt uns immer noch die Software. Und der Medienverteiler, den uns Frau Balmer von *PR-Aktiv* zukommen lassen wollte. Um beides müßten Sie sich unbedingt kümmern.«

»Adressen gebe ich aber keine ein!«

»Ich finde es keine große Sache, jeden Tag ein paar Adressen einzutippen. Dann wissen wir doch wenigstens, daß sie korrekt sind.«

Marilyn Schupps verzog bei der Vorstellung ihr Gesicht, als hätte Simone sie aufgefordert, jeden Tag ein Kilo Wurstbrät in glitschige Naturdärme abzufüllen.

»Dann müßte das Material der Verbände geordnet werden«, sagte sie immer noch leicht angeekelt.

»Stimmt, aber das haben Sie ja in einer Stunde leicht erledigt. Es wäre gut, wenn Sie unsere Büroausstattung komplettieren würden. Es fehlt doch noch so einiges.«

Marilyn notierte sich die Aufgaben in ihren Terminplaner, den sie als erstes auf Kosten von Zipfel bestellt hatte.

»Dann würde ich mich gerne um die Pressekontakte kümmern.«

»Das sollten Sie dann aber jeweils vorher mit mir abstimmen. Es gibt Redaktionen, die besuche ich lieber selbst. Und wenn Sie Schreiben aufsetzen, möchte ich sie sehen, bevor sie rausgehen.«

»Frau Dr. Störmer, das ist doch selbstverständlich!«

»Sollte es zumindest sein. Bezüglich der Pressekontakte wäre es sinnvoll, wenn Sie sich mit der Werbeabteilung, die ja die Fachpresse betreut, verständigen würden. Wir wollen keine unnötigen Überschneidungen. Fertigen Sie doch bitte bis Freitag ein kurzes Memo an, in dem Sie zusammenfassend darstellen, welche Aufgaben genau die Werbeabteilung übernimmt, ob Sie Verbesserungsvorschläge haben und welchen Bereich Ihrer Ansicht nach unsere Abteilung betreuen sollte.«

»Ja, das mache ich.« Marilyn schrieb eifrig mit.

»Lassen Sie uns an jedem Freitagnachmittag einen festen Besprechungstermin einhalten, zu dem wir die Ereignisse der abgelaufenen Woche durchgehen und die kommende planen. Wie wäre das?«

»Damit bin ich einverstanden«, antwortete Marilyn formell. »Ich würde auch gerne mehr darüber wissen, was Sie tun.«

»Frau Schupps, an mir soll es nicht liegen! Ich fand Sie nur allzu selten an Ihrem Platz vor. Und wenn, dann haben Sie meist angestrengt telefoniert. Ich hoffe sehr, Sie werden sich in Zukunft mehr auf Ihre Arbeit konzentrieren als auf Privatgespräche.«

Simone ließ eine Pause, aber es kam keine Reaktion.

»Na schön.« Simone machte gleich ernst damit, sie einzubeziehen. »Wissen Sie zufällig, wer das Zipfel-Signet entworfen hat?«

»Was ich mitbekommen habe, hat das erst vor anderthalb Jahren *PR-Aktiv* von einer Agentur entwickeln lassen.«

»Ich hätte gewettet, das stamme aus den 50er Jahren!«

»Nein, nein, da ist das CD-Handbuch mit den Hausfarben Gelb und Braun, den Schriften und eben dem Logo entworfen worden. War wohl ein ziemlicher Aufwand.«

»Kaum zu glauben! Sonst wird an allem gespart, aber für so was Dilettantisches gibt Zipfel dann Unsummen aus!«

Simone hatte sich schon fest vorgenommen, ein neues Corporate Design entwickeln zu lassen und sah nun die Chancen schwinden. So schnell würde sie dafür kein Budget genehmigt bekommen. Das stand fest.

»Was ist denn Ihre Meinung zu Cäsars Vorschlag, Wurst mit dem Firmenlogo zu produzieren?«

»Das ist doch eigentlich eine Marketing-Entscheidung, oder?«

»Da haben Sie recht, aber das wird hier nicht so genau genommen.«

»Doch, finde ich gut. Macht den Namen bekannt.«

»Dann schlage ich vor, Sie übernehmen dieses Projekt! Klären Sie die Sachfragen mit dem Produktionsleiter ab. Und dann können Sie sich auch schon Gedanken zu den begleitenden PR-Aktionen machen. Das ist doch eine schöne Aufgabe!« Simone erinnerte noch einmal an die Memos mit einer Kopie für sie. »Wir besprechen dann die einzelnen Schritte, sobald Sie die ersten Recherchen unternommen haben. Wie lange werden Sie dafür benötigen?«

»Eine Woche, denke ich.«

»Aber dann schon inklusive der Vorschläge für die PR-Maßnahmen!«

Marilyn notierte sich das.

Simone wartete, bis Marilyn hochschaute, und sagte dann, ihr direkt in die Augen sehend: »Das ist doch schön, daß wir in der gemeinsamen Arbeit einen kleinen Schritt weitergekommen sind, nicht?«

32. Kapitel

Heute war der große Tag, an dem sie den Videofilm über die Schlemmer-Passagen zum ersten Mal in der vollständigen Version sehen würde. Sie hatte gleich Cäsar, Kopetzky und sogar ihre Mitarbeiterin dazu gebeten. Nun stand sie mit Neidhard Ortger im Schulungszentrum. Die anderen ließen auf sich warten.

»Wie ist denn der Teil mit Cäsar geworden?« fragte Simone etwas bang.

»Sie hatten schon recht! Der Text von ihm war wirklich kaum zu gebrauchen. Wir haben ihn hauptsächlich vom Sprecher sagen lassen.«

Simone war etwas erleichtert. »Hoffentlich kommen die bald!«

Sie standen mitten im Raum, leise rauschte das Fernsehgerät. Ortger wußte inzwischen, wo im Schulungszentrum die Toiletten waren. Während seiner Abwesenheit erschien Cäsar mit Kopetzky im Schlepptau. Von Marilyn keine Spur.

»Dann können wir ja gleich anfangen. Wir warten nur noch kurz auf Herrn Ortger. Der ist sich mal eben die Hände waschen gegangen.«

»Gute Idee!« Cäsar verschwand in Richtung Herrentoilette, Kopetzky hinter ihm her.

»Ich sollte den Film auf dem Klo vorführen, dann hätte ich sie wenigstens alle beieinander!« Simone konnte ihre Ungeduld kaum zügeln.

Dann saßen endlich alle vor dem Bildschirm. Musik setzte ein, und Cäsar sagte etwas zu Kopetzky.

»Psscht!« fauchte Simone.

Die Wurst wurde zum Zipfel-Logo, Tusch. Dann kam der Filmteil, den sie schon kannte, jetzt mit Sprechertext und unaufdringlicher Musikuntermalung. Als der Mann im Jogginganzug auftauchte, zuckte Simone kurz zusammen. Ihre Spannung stieg. Cäsar und Kopetzky waren mucksmäuschenstill.

Nach der Außenansicht der Passage folgte die Überblendung auf das Zipfel-Stammhaus, dann sah man das Architekturmodell. Dazu sagte der Sprecher den Text, den Simone nach Cäsars Vorgaben ausgearbeitet hatte.

Simone atmete auf, Ortger hatte die Indios weggelassen. Man hörte sie nur sehr dominant musizieren. Das wirkte schon folkloristisch genug.

Cäsar erschien im Bild. Er sagte kurz etwas von Renditen und Rio de Janeiro. Dann sah man wieder das Architekturmodell und hörte den Sprecher. Als der mit seinem Text durch war, setzte die peruanische Volksmusik in voller Lautstärke ein. Es folgte der Abspann mit brauner Schrift auf gelbem Grund. Ortger hatte – Simone fand das niedlich – die ersten Buchstaben der Angaben wie Ton, Licht, Kamera etc. als kleine Würstchen mit Zipfeln darstellen lassen.

Neidhard Ortger drückte auf die Stopp-Taste, stellte sich neben den Bildschirm und sah strahlend in die Runde.

Cäsar war baff.

Simone begeistert.

Kopetzky rieb sich das Kinn.

»Ganz hervorragend, Herr Ortger!« fing Simone an, um eine positive Grundstimmung zu erzeugen. »Auch die Musik, alle Achtung! Ein kleines bißchen laut am Ende, aber sonst recht dezent. Gefällt mir sehr. Was meinen Sie, Herr Zipfel?«

»Doch, ja. Und Sie sind im vereinbarten Budget geblieben?«

Ortger bejahte.

»Nein, also wirklich recht gut.«

Ortger strahlte. Simone lächelte froh.

»Was meint denn Herr Kopetzky dazu?« wollte Ortger wissen.

Kopetzky stieß einen westfälischen Urlaut aus: »Woll.«

Simone fragte sich, ob das schon alles war.

»Also, wollen wir mal so sagen: Nicht schlecht. Diese dreidimensionale Darstellung des Grundrisses hat mir am besten gefallen.«

»Mir auch!« bestätigte Cäsar. »Ich komme ja nur recht kurz vor. Haben Sie mich nicht länger aufgenommen?« fragte er unsicher.

Ortger und Simone sahen sich an.

»Wir hatten da ein kleines Problem mit dem Ton, Herr Zipfel. War leider nicht vorher zu merken«, zog sich Ortger aus der Affäre.

»Und einen teuren und zeitraubenden Nachdreh wollten wir Ihnen nicht zumuten, auch angesichts des Termindrucks, was die Fertigstellung des Films angeht«, ergänzte Simone.

»Von mir aus hätten Sie auf den letzten Teil ganz verzichten können!« platzte Kopetzky heraus, dabei geriet seine Brisk-Welle in Schwingungen. »Was interessiert einen deutschen Beamten ein Modell für Brasilien? Überflüssig!«

Peinliches Schweigen. Alle Blicke konzentrierten sich auf Cäsar.

»Kopetzky, Sie verkennen die Bedeutung des Auslandsgeschäftes! Das wertet das Unternehmen doch ungeheuer auf. Wir sind kein kleiner Krauter! Wir müssen uns nicht verstecken! Das ist schon gut, daß wir das drin haben.«

Damit war die Debatte beendet. Cäsar bestellte 750 Kopien auf deutsch, 250 in englischer Sprache, die Ortger umgehend liefern sollte. Simone gab zu bedenken, daß sie die Cover erst drucken lassen müßten, und versprach, sich sofort um alles zu kümmern.

Die Versammlung löste sich auf. Während Simone den Videoschrank abschloß, trat Cäsar zu ihr, klopfte ihr jovial auf die Schulter und sagte: »Das haben Sie gut gemacht! Sehr schön. Hat ja alles geklappt, auch zeitlich.«

Simone freute sich über die Anerkennung.

»Jetzt, wo der Film fertig ist, würde ich mit Ihnen gerne ein Vorgespräch über das Kommunikationskonzept führen, das ich erstellen will.«

Cäsar nannte ihr nach längerem Blättern in seinem Planer einen Termin und fragte dann: »Übrigens, macht sich Frau Schupps jetzt besser?«

Simone sah Cäsar erstaunt an.

»Eigentlich wollte sie sich auch den Film ansehen. Ich weiß gar nicht, wo sie abgeblieben ist. Wieso fragen Sie?«

»Na, ich habe mit ihr mal Klartext geredet. Händel hatte mir ja auch schon gesteckt, daß sie häufiger krank ist oder zu spät kommt.«

»Mußte das sein? Wir hatten doch vereinbart, daß *ich* mit ihr rede.«

»Ich hab' es ja nur gut gemeint!« Cäsar verabschiedete sich mit Handschlag: »Tschüs, Frau Dr. Störmer.«

»Tschüs«, sagte Simone resigniert.

Es ärgerte sie natürlich, daß Cäsar sie übergangen und offenbar nicht angenommen hatte, sie könne das alleine regeln. Er war eben doch ein Chauvi.

»Ist was?« fragte Ortger, der im Flur auf sie gewartet hatte.

»Nichts, was das Video beträfe. Das ist wirklich gelungen!«

»Meine Frau und ich würden Sie gerne zum Essen einladen, bei uns zu Hause. Paßt es Ihnen gleich heute abend?«

»Das kommt überraschend! Fände ich nett. Heute abend ist okay. Ich habe nichts vor.«

»Dann um acht Uhr bei uns.«

»Wo waren Sie denn? Ich dachte, Sie wollten sich den Videofilm ansehen?«

Simone fand Ihre Mitarbeiterin telefonierend hinter ihrem eigenen Schreibtisch vor und hatte sich gezwungen gesehen, zu warten, bis diese fertig war.

»Ich habe die ganze Zeit mit Redaktionen telefoniert. Bin einfach nicht weggekommen. Außerdem habe ich an dem Film ja nicht gearbeitet und schätze, ich werde ihn noch oft genug sehen. Es macht Ihnen doch sicherlich nichts aus, daß ich mal Ihr Büro benutzt habe. Drüben kann ich ja nie ungestört telefonieren. Frau Hoffmann, Sie wissen schon.«

»Jetzt möchte ich aber wieder auf meinen Platz!«

Simone entfernte mit spitzen Fingern ein langes blondes Haar von der Stuhllehne und setzte sich auf das körperwarme Polster. Marilyn Schupps sortierte ihre Sachen, die sie quer über den Schreibtisch verteilt hatte. Außerdem benutzte sie ein schweres Parfüm, das jetzt im Raum hing.

»Welche Redaktionen haben Sie denn angerufen?«

»Verschiedene.«

»Und welche?«

»Solche, zu denen ich noch Kontakt von früher habe.«

»Nennen Sie mal die Titel der Zeitschriften!«

»Na ja, wenn Sie's unbedingt genau wissen wollen: *Die gesunde Familie* und die *Apotheken-Rundschau*.

»Die haben ja auch besonders viel mit Wurst zu tun! Hören Sie, Frau Schupps, Ihre Privatgespräche führen Sie zukünftig von zu Hause! Wenn Sie es sich hier schon gemütlich gemacht haben, darf ich wohl annehmen, daß Sie mit den Aufgaben, die wir besprochen haben, bereits fertig sind.«

»Nein, noch nicht, aber ich bin dran.«

»Wie schön. Dann wird es Ihnen ohne Telefon ja wenigstens nicht langweilig!«

Als Simone von Ortgers zurückkam, rief sie erst mal bei Arno an. Der war auch mitten in der Nacht noch wach.

»Dachte mir schon, daß du es bist.«

»Ich muß dir unbedingt vom Abend bei Ortgers erzählen! Komme gerade im Moment zurück!«

»Wie war's? Gab's was Leckeres?«

»Die sind ja beide total nett. Ortger ist ja sowieso ein Schatz. Wie der aus Nichts ein Video produziert hat! Alle Achtung, sage ich da nur. Das muß man erst mal können. Er erzählt ja immer ganz gerne, was für großartige Sachen er schon gemacht hat. Aber der kann wirklich was.«

»Und kam das Video gut an? Zipfel hat es doch schon gesehen?«

»Ja, heute. Doch, kam gut an. Bin zufrieden. Soll auf der Vertretertagung zum ersten Mal gezeigt werden.«

»Na, das ist doch ein schöner Erfolg für dich!«

»Joh.«

»Jetzt sei mal nicht so bescheiden! Bringst du den Film am Wochenende mit?«

»Klar, ich habe eine Kopie extra für mich bekommen. Ortger denkt an alles!«

»Und wie war's nun?«

»Sie haben ein schönes Haus im Grünen, so mit Garten und allem. Da gab's den Aperitif, weil heute schönes Wetter war. Und wie ist es in Frankfurt?«

»Auch schön. Lenk jetzt nicht ab!«

»Grillwürstchen!«

»Was?«
»Zipfel-Grillwürstchen!«
»Nein.«
»Doch. Ich hätte mich kaputtlachen können. Das war so: Ich war gerade mit Frau Ortger im Gespräch, da kommt Kopetzky mit einem Restaurant-Bedarfs-Pack Würstchen auf dem Arm. Ortger hatte ihn auch eingeladen, weil über seine Kostenstelle ja schließlich der Film finanziert wird. Ortgers hatten sich gerade vor ein paar Tagen einen Gartengrill angeschafft und wollten ihn bei der Gelegenheit einweihen.«
»Und hat's funktioniert?«
»Nö, das nicht. Wäre wohl doch schwieriger, als er gedacht habe, meinte Ortger, nachdem er endlich die Kohle zum Glimmen gebracht hatte. Da war er aber schon fix und fertig mit den Nerven. Wir haben in der Zeit statt der Würstchen Frau Ortgers Nudelsalat gegessen. Und dann, halte dich fest, habe ich mit Kopetzky Rock 'n' Roll getanzt!«
»Ich fasse es nicht!«
»War wirklich lustig. Er hatte jede Menge Elvis Presley-Kassetten im Auto. Die hat er geholt. Dann war Frau Ortger verschwunden und kam in einem karierten Petticoat-Kleid zurück. War ihr ein bißchen eng geworden. Kopetzky war schon außer Atem, aber die beiden haben dann richtig aufgedreht. Ortger war das, glaube ich, etwas unangenehm. Auf jeden Fall hat er mich in den Keller gelotst und mir seinen Schneideraum vorgeführt und das letzte Urlaubsvideo. Lanzarote. Öde, sage ich dir, immer nur Vulkane. Ich habe mich dann ziemlich bald verabschiedet, sonst hätte ich auch noch Gran Canaria und Teneriffa ansehen müssen. Und was hast du gemacht?«
»Bei uns gab's heute Sushi. Sehr dekorativ, aber nicht zum Sattwerden.«
»Jetzt hast du noch Hunger, du Armer!«
»Was soll der hämische Tonfall? Bist du sauer?«

»Nein, müde! Schlaf gut, mein hungriger Wolf!«
»Schlaf auch gut, Schneckchen!«

33. Kapitel

Abends telefonierte Simone ziemlich regelmäßig mit Arno. Anschließend döste sie vor dem Fernseher oder las, wenn sie nicht allzu müde war, ein Buch. Tagsüber zehn bis zwölf Stunden Kommunikation, abends das große Schweigen als Ausgleich.

Manchmal litt sie ein wenig darunter, nur noch mit Arno über Privates sprechen zu können. Ihre Freundin Gaby war mit ihrem Ulfi beschäftigt und abends genauso müde und einsilbig wie Simone. Tim hatte eine neue Freundin und einen neuen Job, dazu oftmals abends Proben mit seiner Band. Bei ihm lief nur noch der Anrufbeantworter. Von Ilka, ihrer früheren Sekretärin, hatte Simone weder die Adresse in Köln noch die Telefonnummer. Vermutlich war sie längst mit einem Promi liiert. In jedem Fall aber verschollen.

Ihre Sekretärin bei Zipfel, die blonde Marilyn, interessierte sich nur für ihre Diäten und die Erfindung von Arbeitsvermeidungsstrategien. Thorsten war ganz nett, jedoch wie Simone sehr beschäftigt. Folglich konzentrierte sich das Bedürfnis nach Nähe und Privatheit aufs Wochenende. Und am Wochenende war Lutger da.

»Meine Güte, seit wann riecht es denn hier so streng im Hausflur?«

Arno ließ Simone vor sich die Treppe zu ihrer Wohnung hinaufgehen. »Wahrscheinlich war Lutger gerade im Keller, um Wein zu holen.« Arno schloß die Wohnungstür auf. Simone schlug nach dem Parfüm im Flur nun ein intensiver Bratengeruch entgegen.

»Jetzt sag nicht, er kocht!«

In dem Moment öffnete sich die Küchentür, und Lutger trat in die Diele.

»Grüß dich, Simone.«

Er umarmte sie und gab ihr ein Küßchen links und rechts auf die Wange, dann noch mal links, dabei eine rasante Duftmischung aus Braten und *Photo* verströmend, das Simone erkannte, weil sie es mal aus Spaß für Arno gekauft hatte, und das sie beide penetrant pampelmusig fanden.

Simone rang nach Atem und quetschte ein: »Hallo, Lutger« hervor. Sie kam sich wie bei sich selbst zu Besuch vor. Fehlte nur noch, daß sie Lutger jetzt ins Wohnzimmer komplimentieren würde und sie mit der Handtasche auf dem Sofa Platz nähme.

»Hast du die Dunstabzugshaube nicht an?«

»Doch, doch, alles klar. Mach dir keine Gedanken!«

Er verschwand wieder in der Küche, und Simone guckte Arno an. Der zuckte mit den Schultern.

»Jetzt zieh dich doch erst einmal um!«

Simone schloß die Schlafzimmertür und pfiff Arno an, was das zu bedeuten habe. Ob Lutger noch ganz dicht sei, sich in ihrer Küche breitzumachen? Ob sie vielleicht lieber in Hannover bleiben solle? Dabei riß sie sich wütend die Klamotten herunter und stieg ebenso wütend in ihre Jeans und einen weiten Pullover.

»Jetzt beruhige dich! Er kann ja nicht an jedem Wochenende wegfahren! Außerdem gibt er sich so viel Mühe mit dem Essen. Extra für dich!«

»Daß ich nicht lache! Ich denke, er kocht *jeden* Abend! Du schwärmst doch geradezu von seinen genialen Kochkünsten! Als ob ich dir nur Rühreier oder Spaghetti vorgesetzt hätte!«

»Du übertreibst! Natürlich kochst du hervorragend. Ich habe aber immer Hunger, nicht nur am Wochenende, und *ich* kann nicht kochen.«

»Jetzt behaupte nur noch, ich hätte dich davon abgehalten, das Kochen zu lernen.«

Arno nahm Simone in den Arm und wollte sie an sich drücken. Sie wehrte sich.

»Und überhaupt! Ich esse kein Fleisch! Und was machen wir, wenn er BSE hat? Hast du darüber schon mal nachgedacht?«

»Wie? Meinst du jetzt den Braten oder Lutger, oder was? Lutger ist nicht positiv, wenn du darauf anspielst.«

»Das weißt du also auch schon! Ist ja interessant. Nein, in der Tat, du hast völlig recht, Lutger ist nicht positiv. Sogar ausgesprochen negativ, nämlich für unsere Beziehung.«

Simone pfefferte die Kleiderschranktüren zu.

»Wahrscheinlich fühlt er sich schon richtig zu Hause, und ich störe die ach so traute Zweisamkeit!«

»Simone, jetzt reicht es! Lutger ist mein Freund, und ich helfe ihm, so wie er mir helfen würde, wenn es mir schlecht ginge. Das hat überhaupt nichts mit uns zu tun!«

Es klopfte. Unmittelbar darauf steckte Lutger seinen Kopf ins Schlafzimmer: »Kommt ihr jetzt bitte zum Essen? Die Vorspeise wird ungenießbar, wenn man sie warten läßt!« Er schloß die Tür.

»Die Vorspeise wird ungenießbar!« äffte Simone ihn nach.

»Komm jetzt und reg dich ab!« Arno nahm Simone entschlossen bei der Hand.

Lutger hatte im Wohnzimmer den Tisch gedeckt. Mit Sekt-, Rotwein- und Weißweingläsern und mit Stoffservietten. Und sie mußte sie hinterher wieder stärken und bügeln, dachte Simone verärgert und setzte sich. Und dann auch noch farbige Kerzen! Wie romantisch! Das gab garantiert wieder Wachsflecke auf der Tischdecke, die jahrelang nicht rausgingen.

»Tja, Lutger, da hätte ich wohl besser ein Abendkleid angezogen! Wäre stilechter gewesen, wie?«

Lutger schenkte stillschweigend Champagner ein.

»Gibt's einen Grund zum Feiern?« fragte sie trotzig. »Hast du einen Käufer für deine Wohnung gefunden?«

»Nein, noch nicht. Aber ich wollte mich bedanken, daß ich in deinem wirklich bezaubernden kleinen Zimmer wohnen darf, und dich ein bißchen verwöhnen. Arno natürlich auch.«

Er erhob sein Glas: »Cheers!«

Sie stießen miteinander an. Simone lächelte gequält. Dann mußte Lutger »ganz schnell« in die Küche. Einige Minuten später tauchte er mit der Vorspeise wieder auf. Dabei hatte er Simones Krokodil-Grillhandschuhe an den Händen. An ihm, schön wie er war, sah das wirklich saukomisch aus. Sie mußte unwillkürlich grinsen.

Überbackene Coquilles St. Jacques. Alle Achtung! Knauserig war er nicht, das mußte sie ihm lassen. Und es roch wirklich verführerisch.

»Bon appetit!« wünschte der Koch, der von Arno und Simone nicht nur anstandshalber sehr gelobt wurde. Dazu gab es einen hervorragenden Sancerre aus ihrem Weinvorrat.

Lutger bestand darauf, alleine abzuräumen und den Hauptgang zu servieren, was Simone sogar durchaus verstehen konnte. Schließlich würde die Küche nicht gerade präsentabel aussehen, was kaum ausblieb, wenn man ein mehrgängiges Menü zubereitete.

»Siehst du«, sagte Arno gleich, als Lutger draußen war, »ist doch sehr nett! Freu dich doch, daß du mal bedient wirst.«

»Ja, schon, aber irgendwie ist das komisch. Ich komme mir dabei wie zu Gast in meiner eigenen Wohnung vor. Scheint sich schon gut in der Küche auszukennen.«

»Entspann dich und trink noch einen Schluck!« Er goß ihr nach.

»So, da wären wir wieder!« Lutger brachte nacheinander

ein zum Anbeißen aussehendes Lammkarree, überglänzte Kartoffeln und Kenia-Böhnchen herein.

Gegen Lamm konnte Simone schlecht etwas sagen. Es war das einzige Fleisch, das sie guten Gewissens und gerne aß. Kein BSE-Verdacht wie bei Rindfleisch, keine Salmonellen-Gefahr wie bei Hühnern und keine Hormone wie in Schwein, Kalb und Pute. Vor allem aber: Lämmer wurden auf der Weide gehalten und nicht in Mastgefängnissen.

»Mmh, das ist aber lecker!« Arno war begeistert.

»Freut mich, wenn es euch schmeckt!« Lutger schaute Simone erwartungsvoll an.

»Doch, ja, wirklich gut gelungen.«

Es wurmte sie, daß er so perfekt kochen konnte und jetzt auch noch gelobt werden wollte.

»Es macht dir hoffentlich nichts aus, daß ich mich bei deinen Kräutern bedient habe?«

»Natürlich nicht, wächst ja wieder nach!« Da konnte sie großzügig sein.

»Wir sollten Rotwein zum Lamm trinken!«

Simone war schon ein bißchen schwummerig vom Alkohol, und sie lehnte dankend ab. »Im Moment hätte ich lieber Wasser!« Sofort sprang Lutger auf, holte ihr eine Flasche Mineralwasser und ein Glas aus der Küche.

Nach dem Lamm waren Arno und Simone, wie sie sich gegenseitig bestätigten, »pappsatt«. Doch Lutger kam mit einer Käseplatte und frischem Baguette. Da konnte man natürlich nicht nein sagen. Simone trank, nach dem Motto »ohnehin schon egal«, nun doch von dem Bordeaux.

Dann entschuldigte sich Lutger, er müsse in die Küche zurück. Nach zwanzig Minuten war Simone ausgesprochen unruhig.

»Was macht er denn so lange in der Küche? Ich glaube, ich schau mal nach!«

»Du bleibst hier!« Diesen Kommandoton war sie von

ihrem Arno gar nicht gewohnt. »Ich habe noch eine Überraschung für dich!«

»Doch nicht etwa ein Geschenk?«

»Nichts, was man einpacken könnte. Stell dir vor, Lutgers Putzfrau kommt jetzt einmal die Woche. Ist das nicht toll?«

»Doch, prima.« Bei Simone verstärkte sich das Gefühl der Fremdheit. War das noch ihr Zuhause?

»Du freust dich ja gar nicht!« Arno guckte enttäuscht.

»Doch«, behauptete Simone, plötzlich sehr müde, »ich bin ja froh, wenn ich hier nicht am Wochenende den Aufnehmer schwingen muß.«

Sie küßte Arno gerade, als das Dessert hereingetragen wurde.

Soufflé! Allen Ernstes Soufflé! Und nicht zusammengefallen! Es war eine Gemeinheit! Simone sagte keinen Ton. Diese Schmach!

Zum Dessert gab es wieder Champagner, die Flasche war ohnehin noch halbvoll gewesen, und Simone nahm erst einmal einen Schluck, um sich wieder zu fangen. Sie hatte sich noch nie an Soufflé herangetraut. Und er brachte es auf den Tisch, als sei das eine Kleinigkeit. Wahrscheinlich kannte er einen Trick, hatte es mit irgendwas betoniert. Das mußte es sein, denn kein normaler Mensch machte freiwillig ein Soufflé. Wenigstens schmeckte es ihr nicht. Es war ihr zu süß, zu, ach, sie wußte es auch nicht, irgendwie zu viel heiße Luft.

»Ein Espresso wäre jetzt nicht schlecht. Was meint ihr?« Lutger war ganz in seinem Element. Sie nickten bloß noch.

Zum Espresso gab es köstliche, frische, gekühlte Pralinen.

»Und gleich bringt er die Rechnung!« tuschelte Simone Arno zu, als Lutger einen kleinen Löffel aus der Küche holen mußte, weil seiner runtergefallen war. So ein Mißgeschick aber auch.

Doch unversehens plauderten Lutger und sie sehr angeregt

über das Für und Wider von Tiefkühlkost. Lutger vertrat den Standpunkt, Tiefkühlsachen kämen ihm nicht in die Küche.

»Ich habe da einen ganz tollen Gemüsehändler direkt neben meiner, äh, ja, also, nebenan.«

Simone versuchte ihn zu überzeugen, daß es Gemüse gäbe, die tiefgefroren schließlich mehr Vitamine hätten, als wenn sie es tagelang im Kühlschrank aufbewahrte, denn *sie* könne nun mal nicht jeden Tag einkaufen gehen. Und überhaupt, sie fände eine dogmatische Einstellung dem Essen oder dem Kochen gegenüber blöd. Sie müsse ja leider sowieso wochentags in der Kantine essen.

So kamen sie auf die Unbilden ihres Berufsalltags zu sprechen. Aber da Arno sich auch an diesem Thema leider nicht beteiligen konnte, sprachen sie schließlich über Bücher.

Als Simone mal mußte, warf sie einen Blick in die Küche und traute ihren Augen kaum. Sie war nahezu aufgeräumt! Während das Soufflé im Ofen war, mußte Lutger die Töpfe gespült und das Geschirr in die Spülmaschine getan haben. Was für ein Mann!

34. Kapitel

Am nächsten Morgen tappte Simone schlaftrunken ins Bad. Lutger, der am Waschbecken stand und sich Aftershave ins Gesicht klatschte, strahlte sie putzmunter an. Er trug lediglich und unübersehbar einen Calvin Klein-Slip. Arno dagegen ließ nichts an seine empfindlichen Teile, was nicht aus bewährtem deutschen Doppelripp gefertigt war, möglichst eine Nummer zu groß.

Sie fragte, wie lange es noch dauern würde, bis sie ins Bad

könne. Er sei sofort fertig, sie brauche nicht erst rauszugehen. Das hatte sie auch nicht vorgehabt, sie bewunderte nämlich gerade verzückt Lutgers Luxuskörper. Er schraubte seine Flasche After-shave zu und öffnete eine andere mit Eau de toilette. Simone lobte noch einmal das Essen vom Vorabend. Das sei eine Kleinigkeit gewesen, nicht weiter erwähnenswert. Er koche eben gerne.

Nachdem das Bad roch wie ein Parfümeriegeschäft, zupfte er mindestens zehn Papiertücher aus Simones Kosmetiktuchbox und wischte damit das Waschbecken aus. Dann räumte er ordentlich seine Rasiersachen zusammen. »So, fertig.« Er drängte sich mit seinem ausgesprochen knackigen Hintern an Simone vorbei durch die Tür.

Unter der Dusche stehend, sinnierte sie über Lutger und den idealen Mann an sich: Er sah blendend aus, war zuvorkommend, konnte hervorragend kochen, hinterließ ein sauberes Waschbecken. Leider interessierten sich so perfekte Männer nicht für Frauen. Das war die Ungerechtigkeit dieser Welt. Sie wickelte sich in ein großes Frotteetuch. Und für uns Frauen blieben die übrig, die im Stehen pinkelten, nicht auf ihr Äußeres achteten und jemanden brauchten, der hinter ihnen herräumte und -putzte.

Auf dem Weg vom Bad zum Kleiderschrank hörte sie Föngeräusche aus ihrem Zimmer. Sie weckte Arno mit den lakonischen Worten »Bad ist frei« und zog sich an. Es deutete alles darauf hin, daß sie das Frühstück würde selbst zubereiten müssen.

Simone setzte Wasser auf. Da hörte sie Lutger rufen, »für mich bitte Tee«, als ob sie die Bedienung sei. Das war jetzt ein bißchen nervig: Kaffee und Tee. Aber okay. Dann ohne Frühstückseier, beschloß sie spontan, das war hier schließlich keine Pension garni!

Sie stellte Geschirr auf den Küchentisch und öffnete den Kühlschrank. Von dessen Inhalt konnte sie sich kaum wieder losreißen. »Junge, du hast dich verändert!« sprach sie den Kühlschrank an. Er sagte nichts, duldete nur stumm, daß in seinem Butterfach eine rosafarbene Migränemaske Frische bewahrte. Das Gemüsefach enthielt natürlich kein Gemüse, sondern Pralinen und einen Rest Schokoladentorte. Im Getränkefach stand nicht etwa eine Tüte Milch für Simones Müsli, sondern diverse Flaschen mit Alkoholika. Arnos freilebender Wurstvorrat war in eine Klarsichtdose gesperrt worden. Der übrige Platz war ausgefüllt von der gestrigen Käseplatte und dem Rest vom Lammkarree unter Klarsichtfolie. Hinter dem Braten fand sie einen einsamen Joghurt, dessen Haltbarkeitsdatum erst kürzlich abgelaufen war. Sie erbarmte sich seiner und stellte ihn auf den Tisch, dazu Butter, zwei Sorten Marmelade, Arnos Wurstdose, die sie extra nicht auspackte, weil sie diese so schön spießig fand, sowie die Käseplatte.

»Frühstück ist fertig!« schrie sie in die Wohnung.

Lutger, frisch geföhnt, und Arno, mit nassen Haaren, wünschten einander einen schönen Morgen und setzten sich an den gedeckten Tisch.

»Haben wir denn keine Blümchen?«

Simone verdrehte die Augen. Lutger war es wohl nicht gemütlich genug.

»Wozu das denn?« fragte Arno.

»Sähe halt netter aus! Ich hole schnell die aus meinem Zimmer.«

»Was heißt hier ›sein Zimmer‹?« Simone sah Arno an. »Noch ist das mein Zimmer, oder habe ich da was verpaßt? Übrigens, sonst hast du mir immer Milch besorgt.«

»Entschuldige, jetzt kauft Lutger ein. Hat er sicher vergessen.«

»Offensichtlich.«

Simone goß den Tee in die vorgewärmte Kanne. Lutger kam mit einem wunderschönen Strauß zurück, der fast aussah, als hätte er ihn auf einer Wiese gepflückt, und stellte ihn, »nein, nicht auf den Tisch!« rief Simone, »ich brauche den Platz für die beiden Kannen.«

»Dann eben auf die Fensterbank.« Er setzte sich. »Kann ich vielleicht eine Serviette haben?«

»Nimm die von gestern!«

»Die sind schon in der Wäsche!«

Simone holte leicht genervt eine frische Stoffserviette aus dem Wohnzimmer. Für einen Traummann fand sie ihn ein bißchen anstrengend, vor allem am frühen Morgen.

In der Zwischenzeit hatte Lutger – wer sonst? – die Wurst aus dem Plastikkäfig befreit und auf einem Teller angerichtet. Da nun alles zu seiner Zufriedenheit geregelt war, frühstückten sie friedlich vor sich hin, bis Simone die Frage aufwarf, was sie denn heute und morgen kochen würden.

»Also, ich habe ja gestern den ganzen Abend in der Küche gestanden«, äußerte sich Lutger ziemlich eindeutig.

»Ich halte mich da raus.« Arno berief sich auf seine Unfähigkeit, ein warmes Mahl zuzubereiten, und meinte: »Macht das zwischen euch aus!« Simone fand seine unsolidarische Haltung gemein.

»Also gut, ich überlege mir was«, gab sie nach.

»Schön, dann fährst du ja sowieso gleich zum Einkaufen. Lutger und ich wollen nämlich auf den Flohmarkt. Wir sind aber zum Mittagessen zurück.«

»Da bin ich mir sicher.« Arno jedenfalls würde keine Mahlzeit verpassen wollen, dabei sah man ihm das nicht mal an.

Als erstes machte sie einen Abstecher in ihre Lieblingsboutique. Simone brauchte gar nicht viel zu sagen, ihr wurden gleich die neuen Hosenanzüge und Kostüme gezeigt.

»Dann vielleicht noch ein sommerliches Top dazu? Wir hätten da etwas sehr Schönes aus einem ganz exquisiten Material, weich und fließend.«

»Kann man das waschen?«

»Da muß ich mal schauen.« Die Verkäuferin stülpte das Top mehrfach um, bis sie den Pflegehinweis gefunden hatte. »Nein, leider nicht, nur chemisch reinigen. Wie wäre es damit?«

»Auf keinen Fall!« Das kam nicht in die Tüte: Nach einmaligem Tragen in die Reinigung. Sie mußte für ihr Geld schließlich arbeiten.

Am Ende kam sie mit einer Tragetasche voller neuer Sachen aus dem Laden. Diese Anprobiererei hatte wieder gedauert! Simone schaute auf die Uhr. Ihr blieb kaum noch Zeit, Lebensmittel einzukaufen. Sie hastete zum Gemüsehändler, der gerade dabei war, seine kümmerlichen Reste zu Sonderpreisen zu verscherbeln. Dann noch in den Supermarkt. Die Käsetheke wurde bereits ausgeräumt und da, wo in der Kühltheke die Milch stehen sollte, befand sich lediglich eine weiße Pfütze.

Zu Hause entschloß sie sich kurz und knapp, die Reste von gestern müßten schließlich auch noch gegessen werden, und fing an, Kartoffeln für ein Gratin zu schälen. Beim Raspeln sägte sie sich, wie so oft, einen Fingernagel am Messer des Hobels an. Sie verschob die Reparatur auf später. Dann schnell die Gratinform mit einer Knoblauchzehe ausgerieben, gebuttert und die Scheiben in eine schöne Ziegelform hineingelegt, gesalzen und gepfeffert. Ganz so schön wurde es nicht, da die Scheiben sehr unterschiedlich in der Größe waren, aber es ging. Die Frage war nur, ob es auch dem kritischen Auge von Lutger standhalten würde.

Statt nur Sahne goß sie eine Sahne-Ei-Mischung an, rieb Gruyère-Käse darüber und setzte Butterflöckchen auf. So sah man die unregelmäßigen Kartoffelreihen nicht so. Muskatnuß würde sie noch mal vor dem Servieren darüber reiben, da das Aroma im Ofen verflog.

Aus den »Resten« vom Gemüsehändler bereitete sie einen

bunten Salat vor, unter den sie auch Gänseblümchenblüten mischte, weil das schön aussah und hoffentlich Lutger verblüffen würde. Da sie die Salatschleuder bediente, hörte sie die beiden nicht in die Wohnung kommen. Sie standen plötzlich hinter ihr.

»Schau mal, was ich gefunden habe.« Arno hielt ihr eine mit einem Silberband eingefaßte ovale Schale aus Horn oder so unter die Nase.

»Das ist ja ein Schädel, igitt! Wo hast du das nur wieder her?«

Der silberne Rand bestand aus lauter fein ziselierten Totenköpfen.

»Das gibt ein großartiges Vanitas-Stilleben, ganz neu interpretiert. Ich habe da schon einige Ideen.«

»Ach, Lutger, wo sind eigentlich die Siebe, die sonst immer in der Topfschublade unterm Herd standen? Und was ist das für eine komische Pfanne, die statt dessen dort steht? Ich finde ja rein gar nichts mehr!«

»Das ist meine Lieblingspfanne, die stammt noch von meiner Mutter«, erklärte Lutger, »ich hatte Sorge, daß Sebastian sie mitnimmt, wenn er die Wohnung ausräumt. Die schönen Kupfertöpfe hat er auch schon beiseite geschafft.«

Klar, Lutger besaß natürlich Kochgeschirr aus Kupfer. Das hat er bestimmt nicht selbst geputzt.

»Das riecht sehr gut hier. Was gibt es denn?« wollte Lutger wissen. Simone erklärte, sie sei leider durch wichtige Besorgungen vom Kauf größerer Lebensmittelmengen abgehalten worden und improvisiere nun. Sie könne aber, wenn das gewünscht werde, schnell noch eine Tarte zum Dessert vorbereiten. Diese dünnen, französischen Obstkuchen waren zur Zeit Simones Lieblingsdessert. Allerdings müßte der Mürbeteig erst ruhen.

»Ruhen würde ich auch gerne, aber nach dem Essen.« Arno sah Simone lüstern an. »Mach die Tarte ein andermal.«

»Ich decke den Tisch.« Lutger hatte wahrscheinlich Sorge, sie würde die Servietten vergessen.

Nach dem Essen zog Arno Simone ins Schlafzimmer und Lutger sich diskret in die Frühlingssonne auf den Balkon zurück. Er müsse noch etwas Berufliches lesen, gab er vor.

»In Wirklichkeit will er bloß braun werden!«

»Hack nicht immer auf dem armen Lutger herum.«

»Ich kann das nicht, wenn er in der Wohnung ist.«

»Du hast doch lange genug in einer Wohngemeinschaft gewohnt. Da waren wir auch nie alleine.«

»Das ist schon ewig her.«

»Hier kommt der große böse Wolf.«

»Arno, laß das!«

»Psscht.«

»Ich bin nicht die drei kleinen Schweinchen.«

»Sicher?«

35. Kapitel

Sie sind also die Neue! Na, wie gefällt's Ihnen denn bei den Zipfeln?« Der Mann in gemusterten Hosen und schlammfarbenem Blouson grinste zweideutig.

»Danke, gut. Ist eine vielseitige Aufgabe.«

Simone wartete zusammen mit den Gebietsleitern vor der Eingangstür des Sporthotels, in dem die Vertreter-Tagung stattfinden sollte. Es war Freitag abend, und allen sah man an, daß sie lieber zu Hause gewesen wären. Sie warteten auf Cäsar und Clemens.

Die Vertreter, in losen Grüppchen stehend, witzelten

herum. Ein kleiner, dünner mit schwarzen Haaren und Bärtchen unterhielt sich mit einem großen, kräftigen, der sich gerade mächtig aufregte und »dieses ganze Vertriebssystem ist Scheiße!« brüllte, woraufhin er beifällige Zurufe der Umstehenden erntete und »ist doch wahr!« hinterherschickte.

»Egon haut mal wieder schwer auf den Putz!« sagte ein weiterer Mann neben ihr, zu Simone gewandt. »Aber wir haben wirklich mächtig Probleme.«

»Inwiefern?«

»Jetzt durch die Krise, also wegen dem Rückgang beim Fleischverbrauch. Na, also, die Konkurrenz ist eben oft schneller oder auch billiger! Da sehen sie dann ziemlich alt aus, wenn sie was absetzen wollen.«

»Aha!« Ihr Gesprächspartner hatte das typische Karojackett des gehobenen Außendienstlers an.

»Man ist ja immer unterwegs«, fuhr er unvermittelt fort. »Und immer in den billigen Absteigen!«

»Welches Gebiet haben Sie denn?«

»Baden-Württemberg-Süd. Zipfel zahlt ja nur den Mindestsatz für die Übernachtung. Da bekommen sie kein anständiges Zimmer für!«

»Kann ich mir denken.«

»Tja, manches war im Sozialismus besser als heute«, schaltete sich ein verhärmter Rothaariger ein, dessen Gebiet in etwa Mecklenburg-Vorpommern und Brandenburg umfaßte, »ohne Berlin!« wie er betonte. »Den Großraum Berlin macht der kleine, dicke Kollege da drüben! Im Organisieren waren wir immer ganz groß! Da könnt Ihr Wessis noch in hundert Jahren von lernen.«

Simone überlegte gerade, wie das wohl gemeint war, als die Zipfel-Brothers in seltener Eintracht erschienen.

»Na, dann womma mal!« meinte Clemens, als er an Simone vorbei durch die Eingangstür schritt.

Der kleine Pfiffige agitierte die anderen Raucher, »schnell noch 'ne Lulle durchzuziehen. Das dauert eh noch!«

Simone folgte den Chefs in Richtung Sitzungssaal, vorbei am Tresen, an dem es sich zwei Außendienstler bequem gemacht hatten.

»Ich muß doch sehr bitten!« bemerkte Clemens im Vorbeigehen, »der gemütliche Teil hat noch lange nicht angefangen!«

»Nur alkoholfreies Bier!« rief ihm der eine hinterher. Simone konnte hören, wie er zu seinem Nachbarn anschließend sagte: »Die Predigt hältst du doch nur aus, wenn du volltrunken bist.«

Cäsar hatte gleich ein Separatgespräch. Mit leiser Stimme verklickerte er Murx irgendwas Geheimes. Dabei kramte er intensiv in seiner aufgeklappten Aktentasche.

»So, meine Herren, wir wollen anfangen!« Clemens rief es in die Gaststube hinein. Im rustikal eingerichteten Raum für größere Gesellschaften waren erst wenige Leute versammelt. Durch eine Glasscheibe konnte man auf die tiefer liegende Tennishalle mit drei Plätzen blicken, auf denen gespielt wurde. Eine Bedienung kam herein und schloß den grünen Vorhang.

»Cäsar, kommst du bitte!« Clemens hatte seine liebe Mühe, die Herren an einen Tisch zu bringen.

»Moment noch, Clemens, fangt schon mal ohne mich an!«

»Leicht gesagt. Die meisten sind ja noch draußen!«

Simone ging zur Tür und bat die Raucher hereinzukommen.

»Bringen wir es hinter uns!«

»Ja, genau, um so eher gibt's Bier!«

»Sie habe ich ja noch nie gesehen! Nett, endlich mal 'ne Frau bei Zipfel!«

»Ich bin für die Kommunikation zuständig. Deshalb kommuniziere ich jetzt den Wunsch der Geschäftsleitung, anzufangen!«

»Tolles Fahrgestell!«

»Die ist Doktor! Bei der kannst du nicht landen!«

Simone war es nicht entgangen, wie über sie getuschelt wurde. Kein Wunder, sie war die einzige Frau unter weit mehr als zwanzig Männern. Außer den Vertretern waren natürlich auch die entsprechenden Vertriebsleiter aus dem Innendienst anwesend sowie Murx, Cäsar und Clemens. Sänger und Kopetzky wollten später nachkommen.

»Meine Herren, ich begrüße Sie zu unserer Frühjahrstagung, für die wir uns dieses schöne Sporthotel ausgesucht haben.« Auf Clemens Worte folgte leicht protestierendes Gemurmel.

Die hatten bestimmt zwei Vertreter auf ein Zimmer gelegt, um Übernachtungskosten zu sparen, vermutete Simone spaßeshalber.

»Für den Deo und mich gab's nur een Zimmer! Mit uns gönne Ses ja machen!« meldete sich prompt der Gebietsleiter von Sachsen.

»Das ist sicher ein Versehen. Wir klären das noch«, versprach Clemens.

»Heute abend wollen wir nach dem allgemeinen Teil gemeinsam essen. Dann sehen Sie anschließend noch einen kleinen Film (»Au ja, Pornos!« rief einer), und mein Bruder wird mit Ihnen über die Schlemmer-Passagen sprechen.«

Spätestens da war Simone klar, daß es spät werden würde.

»Aber was rede ich, Sie kennen das Programm. Wir wollen dann gleich anfangen. Leider ist mein Bruder noch nicht anwesend. – Kann mal jemand gucken, wo er bleibt?«

Keiner rührte sich.

»Na, er wird ja gleich kommen.«

Clemens hatte einen bösen Hänger. Er wußte nicht, was er sagen wollte oder sollte. In die Stille hinein hörte man Musik über die Lautsprecher im Saal. Sie gaben Bumstrallera-Lieder von sich.

Simone sah Clemens durchdringend an, um ihn darauf aufmerksam zu machen, daß er sie in der Zwischenzeit vorstellen könne. Clemens starrte fragend zurück, und Simone zeigte auf sich. Die anderen bekamen das mit und grinsten. Clemens Miene hellte sich auf.

»Meine Herren, wir haben ja eine junge Dame in unserer Mitte, die ich, auch im Namen meines Bruders, begrüße.«

Simone nickte freundlich.

»Frau Dr. Störmer heißt sie und ist unsere neue Pressesprecherin!«

Simone verzweifelte still vor sich hin: »Kommunikations-Managerin, Leitung Öffentlichkeitsarbeit oder von mir aus PR-Tante, aber nicht immer Pressesprecherin!«

»Frau Dr. Störmer hat bereits einen Videofilm produziert, der heute abend seine Premiere hat.«

Beifälliges Trommeln auf der großen Tischplatte mit der grobgewebten gelben Gasthausdecke.

»Er handelt von den Schlemmer-Passagen!«

Buh- und Pfui-Rufe.

»Meine Herren!« mahnte Clemens zur Ordnung, »wenn das mein Bruder hört!«

Die Herren brachen in brüllendes Gelächter aus. Simone fand mal wieder, ein Kindergarten sei nichts dagegen. In dem Moment ging die Tür auf, und Cäsar kam mit Murx und Thorsten Fischer im Schlepptau herein.

»Ah, da ist er ja endlich!« riefen einige. Sofort richteten sich alle Augenpaare auf Cäsar, bis auf das des saarländischen Gebietsleiters, der arg schielte.

Simone registrierte das unter »Großer Auftritt«.

»Ich begrüße Sie, meine Herren. Wie ich sehe, haben Sie schon ohne mich angefangen!«

Cäsar nahm einen Packen Unterlagen aus seiner Tasche und begann, sich über den allgemeinen Umsatzrückgang zu beklagen.

Thorsten Fischer setzte sich netterweise auf den freien Stuhl neben Simone. So hatte sie wenigstens jemandem zum Tuscheln. Ihre Vorstellung fiel offensichtlich flach. Clemens trat hinter ihren Stuhl und neigte sich zu ihrem Ohr herunter.

»Tut mir leid, daß Sie nichts mehr sagen konnten. Holen wir später nach!«

Simone nickte zustimmend und lächelte Clemens dankbar an. Sie fand es höflich, daß er sich für seinen Bruder entschuldigte.

Sie stand auf und ging in die Gaststube, wo sie eine Weile an der Theke stand, bis jemand sich für ihren Wunsch zuständig fand, die Musik in dem Sitzungsraum abzustellen.

»Wir haben dort geschäftliche Besprechungen. Da ist so eine volksmusikalische Untermalung etwas unpassend.«

»Ich mach's ja schon aus!« antwortete die resolute Wirtin.

Simone bedankte sich und ging wieder rein.

Murx sandte ihr vom anderen Tischende Zeichen. Er deutete auf die Lautsprecher und vollführte dann eine Bewegung, als würde er jemandem den Hals umdrehen. Simone nickte andeutungsweise. Er formte Daumen und Zeigefinger zu einem »Okay-gut-gemacht«-Kreis.

Sie war stark im Zweifel, ob sie das nett oder herabwürdigend finden sollte. Sie war ja so eine Art Managerin mit Betreuungsfunktion. Und wenn sie zu viel betreute, würde sie bald als Führungskraft nicht mehr ernst genommen, wenn sie sich nicht um die Details kümmerte, führte sie ihren Job nicht gut aus. Ganz schön schwierig, da die richtige Balance zu finden.

Cäsar befragte jeden Gebietsleiter zu seinen Problemfällen. Dazu zog er jeweils aus seinem Unterlagenberg eine Klarsichthülle mit Schriftstücken. Vor versammelter Mannschaft mußte einer nach dem anderen Farbe bekennen. Warum er diese Handelskette an einen Konkurrenten verloren habe oder jene Metzgereien noch immer keine Zipfel-Kunden seien? Die Außendienstler mit den größten Umsatzrückgängen wurden vor aller Augen und Ohren geschlachtet.

»Zwölf Prozent Minus im Vergleich zum letzten Quartal! Sie haben doch wohl nicht mehr alle auf dem Zeiger! Wohl Urlaub gemacht, was?«

»Also, Sie wissen doch, daß wir die Tidel-Märkte verloren haben! *Sie* haben denen doch die Pistole auf die Brust gesetzt. Jetzt sind sie bei der Konkurrenz.«

»Jetzt wollen Sie mir das unterschieben! Weil ich Mindestabnahmen gefordert habe, wozu Sie ja nicht in der Lage waren! Mit den Leuten muß man Tacheles reden!«

»Sie sehen, wohin das führt! Andere zahlen sechsstellige Summen an Eintrittsgeldern, um ihre Produkte in die Supermarktregale zu bekommen, und Sie verlangen Mindestabnahmen!«

»Das ist Ihr Gebiet! Wenn Sie meinen, daß Sie die Tidel-Märkte behalten hätten, warum haben Sie's dann nicht getan, na?«

»Weil *Sie* gesagt haben, Sie wollen das selbst verhandeln. Und das haben Sie ja auch getan! Ich durfte mich ja nicht mehr drum kümmern!«

»Unsinn, barer Unsinn! Ich *mußte* mich mal wieder selbst um alles kümmern, weil *Sie* versagt haben!«

So ging das ohne Ende weiter. Simone gähnte. Sie tat das hinter vorgehaltener Hand, diskret zu ihrem Nachbarn gewandt.

»Na, müde?« erkundigte sich Thorsten.

»Langer Tag, schlechte Luft hier drin«, flüsterte Simone. »Ein bißchen wie Böhmische Dörfer für mich, was die hier reden!«

»Für mich auch.«

»Murx, nun sagen Sie doch mal was dazu!« donnerte Cäsar.

Es ging um einen schwierigen Fall, in dem schon endlos prozessiert wurde. Murx wühlte hochrot in seinen Unterlagen. Cäsar wartete, ungeduldig auf den Tisch trommelnd.

»Zigarettenpause!« kündigte der kleine Pfiffige an und stand auf. Cäsar schaute ihn an – wie, konnte Simone nicht sehen, da Cäsar vier Stühle weiter in ihrer Reihe saß –, aber der Kleine setzte sich wieder und steckte die Zigarette hinters Ohr.

»Hab' ich jetzt leider nicht greifbar!« meldete sich Murx.

»Wieso denn? Sie wußten doch, daß wir heute Gebietsleitertagung haben!«

Die Außendienstler grinsten schadenfroh. Endlich bekam auch mal einer aus der Verwaltung was ab.

»Kann doch mal vorkommen, bei den vielen Prozessen!« entschuldigte sich Murx mit verlegenem Lächeln.

»Wann gibt's endlich Bier?« fragte einer.

»Und was zu essen! Ich habe Hunger!« forderte ein anderer.

»Gleich, meine Herren, gleich! Erst sind noch die Kollegen Pfeiffer und Schmidt dran!

Simone erkannte gleich, wer gemeint war, da zwei Herren ihre Köpfe einzogen.

»Ich muß mal an die Luft!« flüsterte sie Fischer zu, stand auf und verließ den stickigen Raum.

Nachdem sie draußen im fahlen Licht der Bierreklame einige Male tief durchgeatmet hatte, betrat sie wieder die Gaststube. Die Wirtin sprach sie an: »Wann können wir endlich das Essen servieren? Das halten wir nun schon seit einer halben Stunde warm!«

»Ich schätze, in zehn, fünfzehn Minuten etwa.«

Kaum hatte Simone das gesagt, als auch schon die Saaltür aufging, und diverse Herren zur Theke strömten.

»Offensichtlich sind wir soweit!« kommentierte Simone. »Sie können anfangen!«

Sie selbst ging sich die Hände waschen. Als sie wieder in

den Versammlungsraum kam, standen stapelweise Teller auf dem Tisch, Besteck lag ebenfalls zur Selbstbedienung bereit. Cäsar saß noch auf seinem Platz, ebenso einige andere. Eine Bedienung nahm Getränkebestellungen auf.

»Noch jemand ein großes Pils?«

Hände wurden wie bei einer Abstimmung in die Luft gereckt.

»Mir bitte ein Wasser«, rief Simone.

»Apfelsaftschorle!« orderte Clemens.

»Ich hätte gerne ein Wasser«, verlangte Thorsten, der gerade wieder reinkam.

»Wenn noch jemand Wasser will, dann soll er es gefälligst gleich sagen!«

Derweil stellte eine Kellnerin dampfende Schüsseln mit geschnetzeltem Fleisch in reichlich Soße, Kartoffelpüree und Leipziger Allerlei auf den Tisch. Offenbar hatten sie hier einen Dosenöffner als Koch eingestellt.

»Sieht das lecker aus!« Thorsten Fischers Stimme war voller Ironie. Er stand zusammen mit Simone am Rand des Raumes. Sie sahen dem Treiben zu. Murx gesellte sich zu ihnen.

»Na, wie gefällt's Ihnen?« fragte er grinsend Simone.

»Gut!«

Mehr konnte Simone gar nicht sagen, da sie völlig gebannt darauf schaute, wie sich Cäsar zu den Schüsseln vorbeugte und seinen Teller vollschaufelte. Die meisten waren noch draußen. Von denen, die saßen, langte nur der kleine Dicke aus Berlin ebenfalls kräftig zu.

»Mahlzeit!« wünschte Cäsar diesem und fing an zu essen!

»Das gibt's nicht!« Simone war völlig perplex.

»Och, das ist nichts Besonderes. Hier geht's immer so zu!« Murx garnierte die Erläuterung mit seinem obligaten Verlegenheitslachen.

»Das kann doch nicht sein! Es ist doch noch kaum jemand am Tisch!« Simone war immer noch fassungslos.

»Das sind Sitten hier, da wird einem schlecht! Von dem Essen ganz zu schweigen!« Thorsten sah sie verzweifelt an. »Kein Benehmen!«

»Mensch, ist noch keiner am Tisch, und Sie essen schon?« brüllte sogar der große Vertreter, der sich leicht aufregte, beim Hereinkommen.

»Na, wenn das Essen dasteht, dann kann man auch zugreifen!« Cäsar legte sich vom Geschnetzelten nach.

»Na, dann womma mal!« Nun griff auch Clemens Zipfel zum Teller.

Auf den Veranstaltungsablauf hatte Simone leider keinen Einfluß gehabt, sonst wäre die Vorführung des Videofilms nicht auf den kulinarischen Höhepunkt des Abends gefolgt.

»Ein ziemlich unglückliches Timing!« Sie baute zusammen mit Thorsten Fischer die Geräte im Saal auf. »Nun sind alle satt und leicht angetrunken! Die schlafen doch glatt während der Vorführung ein!«

»Sind ja nur zwölf Minuten!« meinte Thorsten, der im Verkabeln richtig aufging. Gleich würde er ein Rollbrett verlangen, um sich unter den Fernseher zu legen.

»Das reicht für ein kurzes Nickerchen!« entgegnete Simone.

Sie verbanden zwei Fernsehgeräte mit einem Videorecorder. Ein Bildschirm stand rechts, einer links, aber ziemlich niedrig, so daß Simone Sorge hatte, ob man überhaupt etwas sehen könne. Das Mieten eines Videobeams hatte Cäsar aus Kostengründen abgelehnt.

»Nix kann man professionell machen. Immer muß gespart werden!« haderte Simone mit der Situation. Vielleicht war sie aber auch bloß ein bißchen aufgeregt. Sie dachte an die Pfiffe und Buh-Rufe.

»Meine Herren!« Simone baute sich zwischen den Fernsehern auf, das rechte Bein vor dem linken, und nahm die Schultern zurück.

»Darf ich um Ihre Aufmerksamkeit bitten!«

Einige hörten immerhin gleich auf zu reden. Sie stand da und dachte daran, daß sie die Herren jetzt zuschwallen könnte, immerhin waren sie ihr quasi ausgeliefert. Aber was sollte sie den Außendienstlern zum jetzigen Zeitpunkt, zu dem sie noch keine Kommunikations-Strategie entwickelt hatte, schon groß erzählen?

Von seiner Position neben der Tür sah Thorsten Fischer sie unverwandt an. Er wartete auf das Zeichen zum Lichtlöschen.

Die letzten Gespräche verebbten. In die einsetzende Stille hinein hörten alle, wie Cäsar zu Murx »das muß hier aber keiner wissen!« sagte.

»Was darf hier keiner wissen?« fragte der kleine, dicke Berliner vorlaut.

»Nichts, nichts! Wir wollen uns jetzt den Videofilm ansehen! Frau Dr. Störmer, bitte!«

»Ne, so lassen wir uns nicht abspeisen! Wir wollen jetzt wissen, was Sache ist!« Alle redeten wild durcheinander, gestikulierten heftig. Ein kleiner Aufstand schien sich anzubahnen. Simone stand vorne wie bestellt und nicht abgeholt.

»Meine Herren! Bitte!« Sie drang nicht durch. »Wir wollen uns jetzt den Film ansehen!«

So laut konnte sie gar nicht schreien, daß es die entbrannte Diskussion übertönt hätte. Sie ging zu Cäsar.

»Es gibt die Möglichkeit, daß ich jetzt einfach das Licht ausmache. Aber ich fände es besser, wenn Sie eine Stellungnahme abgäben.«

»Kommt nicht in Frage!«

»Herr Zipfel, die Spekulationen sind in jedem Fall wilder als das, was sie vorhaben. Sagen Sie es lieber gleich, bald erfahren sie es ja doch!«

Cäsar stand auf, Simone setzte sich.

»Meine Herren, wir wollten Sie nicht beunruhigen. Deshalb sollte es vorläufig nicht publik werden. Aber da Sie nun wissen wollen, worum es geht, können wir es Ihnen auch gleich mitteilen: Wir führen gerade eine Realteilung durch. Das ist nicht weiter dramatisch. Wir klären nur die Firmenverhältnisse. Mein Bruder und ich werden in Zukunft jeder eine eigene Holding führen. Das ist es auch schon!«

»Das wollen wir jetzt mal genauer wissen!« wurde gefordert. »Heißt das, wir sollen in Zukunft zwei Produktpaletten verkaufen? Das wird ja immer doller!«

»Ne«, rief ihm ein anderer zu, »der eine nimmt die Brühwürste, der andere die Kochwürste! Um die Schinken würfeln sie noch!«

»Meine Herren, jetzt beruhigen Sie sich mal wieder!« befahl Cäsar. »Mein Bruder wird zukünftig die Fleischwarenproduktion selbständig weiterführen.«

»Das ist ja gut!« hörte Simone Gebietsleiter 11 (Südhessen) sagen. »Der ist doch ein Schlaffi.«

»Der Vertrieb bleibt jedoch vorerst mein Ressort, meine Herren!« fuhr Cäsar fort.

»So ein Mist!« Südhessen hatte sich zu früh gefreut.

»Herr Sänger, der gleich noch eintreffen wird, steht Ihnen dann für weitere Fragen zur Verfügung«, blockte Cäsar ab. »Und jetzt darf ich endlich um Ruhe für den Film bitten!«

Simone ging wieder auf ihre Ausgangsposition zwischen den Fernsehern zurück. Diesmal wartete sie gar nicht erst, bis auch das letzte Gespräch verstummt war.

»Ich bin, wie Sie wissen, seit kurzem für die Kommunikation der Zipfel Gruppe zuständig. In dieser Funktion kümmere ich mich um die nicht verbandsgebundene Öffentlichkeitsarbeit, den Außenauftritt und die interne Kommunikation. Mein Aufgabengebiet reicht von der Firmenzeitschrift bis in das Marketing hinein, wie Sie an dem von mir produzierten Videofilm über die Zipfel Schlemmer-Passagen sehen werden. Wie dieser Film eingesetzt werden soll, wird Ihnen anschließend Herr Cäsar Zipfel erläutern.«

Simone spulte nun geradezu lehrbuchmäßige Sätze ab wie: »Ich möchte Sie herzlich einladen, sich jederzeit an mich zu wenden, wenn Sie Wünsche, Vorschläge oder Kritik zum öffentlichen Auftritt der Gruppe haben.« Und: »Sie repräsentieren das Unternehmen beim Kunden, und es ist mir sehr wichtig, Ihre Erfahrungen in meine Arbeit einzubeziehen.«

In der Praxis sah das dann so aus, daß sie Cäsar vorgeschlagen hatte, einen Fragebogen an die Außendienstler zu verteilen, um deren Probleme und Vorschläge kennenzulernen, und Cäsar das rundheraus abgelehnt hatte, mit dem Hinweis, da kämen doch bloß Beschwerden und die sollten lieber Wurst verkaufen, anstatt Fragebögen auszufüllen.

»Doch jetzt freue ich mich, Ihnen den gerade fertiggestellten Videofilm zeigen zu können. Sie sind die ersten, die ihn sehen! Ich stehe Ihnen anschließend gerne noch für Fragen zur Verfügung.«

Simone gab Thorsten ein Zeichen. Das Licht ging aus, und der Film begann.

Die einzigen Reaktionen kamen, wie erwartet, als Cäsar im Bild erschien. »Guck mal, ein Zipfel!« Allgemeines Auflachen. Auch bei der Flötenmusik der Inkas gab es ein großes Hallo, ein Bierglas fiel um. Jemand schrie: »Auf meine einzige gute Hose, du Idiot!«

»Siehste, ist doch jemand aus dem Halbschlaf hochgeschreckt und hat dabei ein Glas umgeworfen!« tuschelte Simone Thorsten ins Ohr. Sie stand neben ihm an der Tür. Sie schalteten das Licht wieder ein. Das Trommeln auf den Tischen signalisierte Beifall.

Simone trat vor die versammelte Außendienst-Mannschaft.

»Freut mich, daß es Ihnen gefallen hat. Möchten Sie sich dazu äußern?«

Es meldete sich einer im karierten Jackett.

»Der Paul hat mir sein Bier über die Hose gegossen. Das wär' ohne den Film nicht passiert!«

Heiterkeit setzte ein.

»Da können Sie mal sehen, wie durchschlagend der wirkt! Sonst noch ein Kommentar?«

Simone musterte die ihr zugewandten Gesichter. Ein Außendienstler meldete sich und schnipste dabei wie ein Schüler mit den Fingern.

»Ja, der Herr im roten Jackett!«

»Also, sollen wir den jetzt beim Kunden vorführen, oder was?«

»Dazu wird Ihnen Herr Zipfel etwas sagen. Ich bedanke mich für Ihre Aufmerksamkeit.«

36. Kapitel

Am nächsten Morgen traf Simone die Herren beim Frühstück an. Sie sahen fast durchgängig übernächtigt aus, einige hatten knallrote Köpfe. Thorsten, der Simone von der Wohnung abgeholt hatte, brachte in Erfahrung, daß Cäsar sie am frühen Morgen zu einem kleinen Tennisturnier gezwungen hatte, »damit sie wieder einen klaren Kopf bekommen!« Thorsten und Simone gratulierten sich, dem entgangen zu sein. Sie konnten gerade noch eine Tasse Kaffee herunterstürzen, als auch schon zur Fortsetzung der Veranstaltung gerufen wurde.

Clemens hatte vor sich ein Manuskript auf einem Tischaufsatz-Rednerpult liegen. Er nestelte an seiner Lesebrille herum, die an einem langen, neonfarbenen Bändchen hing, das ihm vermutlich seine Kinder geschenkt hatten.

»Guten Morgen, meine Herren! Ich hoffe, Sie sind von den sportlichen Aktivitäten nicht so erschöpft, daß Sie meinem kleinen Vortrag nicht mehr folgen können!«

So viel Ironie hatte Simone Clemens Zipfel gar nicht zugetraut.

»Wie Sie wissen, leiden wir alle unter dem Rückgang des Fleisch- und Wurstkonsums, verursacht durch die allgemeine Verunsicherung des Konsumenten aufgrund alarmierender Meldungen über das Vorkommen von Seuchen und Krankheiten bei Schlachtvieh.

Wir haben Sie durch entsprechende Rundschreiben über die aktuellen Entwicklungen auf dem laufenden gehalten und Sie auch bei den vergangenen Tagungen über diese Thematik ausführlich informiert.

Nun, wir haben die Befürchtungen der Konsumenten ernst zu nehmen. Zweistellige Umsatzrückgänge beim Rind- und Schweinefleisch sind eine Mahnung, auf die wir zu reagieren haben.

Der Verbraucher verlangt zunehmend nach qualitativ hochwertigen und gesunden Fleisch- und Wurstwaren. Für ihn wird die Herkunft des Fleisches immer wichtiger. In diesem hochsensiblen Käufermarkt sind Qualität, Produktion, Qualitätssicherung und neuerdings auch die Herkunft der Erzeugnisse die wichtigsten Erfolgsfaktoren zum Bestehen im Wettbewerb!«

Clemens nahm seine Brille ab, die nun am Bändchen vor seinem Jackett baumelte, und sprach weiter.

»Nur die gesicherte Herkunftsgarantie bietet eine unanfechtbare Argumentationsbasis, um den Verbraucher von der Unbedenklichkeit des Fleischverzehrs zu überzeugen! Ja, meine Herren, so sieht es aus! Ohne Herkunftsnachweis wird zukünftig kein Fleischgeschäft mehr zu machen sein! Wir, als selbstschlachtender Betrieb, sind hierbei im Vorteil. Wir werden uns zukünftig vertraglich beim Erzeuger absichern. Außerdem befinden sich zahlreiche Modelle in der Erprobung, die eine Verfolgung der Tiere von der Aufzucht bis in die Wurst garantieren.«

Clemens setzte seine Lesebrille wieder auf.

»Gedacht ist hierbei an ein nicht manipulierbares, dauerhaftes Kennzeichnungssystem, z. B. ein Chip-Implantat.«

»Das werden sie uns auch noch einpflanzen!« befürchtete ein Außendienstler, »damit sie unsere Wege ständig verfolgen können!«

»Die Verbände sind, auch EG-übergreifend, zur Zeit mit diesen Themen befaßt. Auch wir erproben ein EDV-gestütztes System der Qualitätssicherung. Unter den bestehenden Verhältnissen, das sei hier zusammenfassend gesagt, ist ein vollständiger und durchgängiger Herkunftsnachweis nur unter Einschränkungen zu führen. Kurzfristige Marketingansätze ergeben sich jedoch im Bereich ›Aus deutscher Aufzucht‹. Mittel- und langfristig aber wird ein durchgängiges und neutral zu kontrollierendes System mit Landwirtschaft, Wirtschaft und Wissenschaft entwickelt und am Markt umzusetzen sein.

Soweit dazu. Haben Sie noch Fragen?«

»Ja, ich!« meldete sich der Großraum Bielefeld / Paderborn. »Wie wollen Sie denn den Herkunftsnachweis bei Wurst führen? Kleben dann verschiedene Zettel drauf, auf denen steht: enthält Rindfleisch aus Bayern, enthält Schweinefleisch aus Westfalen, oder was?«

Seine Kollegen lachten.

»Nur ernsthafte Fragen, bitte!«

Simone überlegte, ob sie mit einer Frage auch zur allgemeinen Heiterkeit beitragen würde. Als niemand mehr sprach, meldete sie sich zu Wort.

»Eine Frage der einzigen Dame im Raum, ja bitte!«

»Geben diese Herkunftsnachweise auch eine Information darüber, ob die Tiere artgerecht gehalten wurden?«

»In erster Linie dienen sie dazu«, antwortete Clemens, »dem Verbraucher Sicherheit zu geben. Sehen Sie, wenn Sie heute von einem Großhändler gezwungen werden, das Kilo Brühwurst für zweifuffzig abzugeben, dann können Sie davon ausgehen, daß das Fleisch aus einer Massentierhaltung kommt. Anders ist das gar nicht möglich!«

»Genau!« riefen einige. »Der Preiskampf ist mörderisch!«

»Der Verbraucher will magere und preiswerte Wurst- und Fleischwaren und nimmt damit selbstverständlich in Kauf, daß die Tiere unter ökonomisch optimalen Bedingungen aufgezogen werden. Mit anderen Worten: in einer durchrationalisierten Massentierhaltung. Jedoch zeichnet sich ein Trend zu mehr Qualität ab, und wir werden den sich verändernden Verbraucherwünschen Rechnung tragen.«

An den Vortrag von Clemens schloß sich eine Kaffeepause an, die Simone dazu nutzte, im Freien einige Fotos von den Außendienstlern für die Firmenzeitschrift zu machen, in der sie würde über die Tagung berichten müssen. Zu diesem Zweck hatte sie sich von Arno eine Kamera geliehen.

»Bist du auch sicher, daß du damit umgehen kannst?« hatte er sie gefragt und ihr seine Leica in die Hand gedrückt. »Damit fotografierst du automatisch auf dem Niveau der Elite, wie Leitz früher mal behauptet hat! Du weißt, ich habe keine Ritsch-Ratsch-Klick.«

»Zeig mal kurz!« hatte Simone optimistisch geantwortet. »Kann ja nicht so schwierig sein!«

»Also, das ist eine Meßsucher-Kamera, da mußt du erst mal scharf stellen!«

Simone sah alles doppelt und drehte an dem Ring, bis nur noch *ein* Arno in die Linse grinste.

»Jetzt noch die Belichtung!« Arno erklärte ihr das mit den roten Leuchtdioden, und Simone hoffte, sie würde sich alles merken können. Hätte sie bloß schon mal früher mit dem Ding fotografiert! Aber das machte ja immer Arno, wenn sie gemeinsam unterwegs waren.

»So, jetzt wollen wir uns mal schön zu einem Gruppenbild aufstellen!« Simone redete schon wie eine Kindergärtnerin. Die Gebietsleiter zappelten aber auch wirklich undiszipliniert herum. Kleine Kinder hätten nicht unaufmerksamer sein können.

Sie ging noch zwei Schritte zurück, damit alle aufs Bild paßten. Dann kamen Cäsar und Clemens und stellten sich in die erste Reihe. Das machte nichts, denn sie waren fast einen Kopf kleiner als die hinter ihnen Stehenden.

Simone stellte scharf und war sich dann unsicher, wie das mit der Belichtung ging. Immer leuchtete mindestens ein rotes Lämpchen auf. Das war bestimmt eine Warnanzeige! Sie drehte so lange, bis die blöden Lämpchen aus waren und drückte auf den Auslöser.

Natürlich mußten wieder einige das Teufelchen-Zeichen machen. Auch hinter Clemens und Cäsar hielten zwei Gebietsleiter ihre Zeige- und Mittelfinger hinter die Köpfe der beiden.

»Könnten Sie bitte den Unsinn lassen?« bat Kindergärtnerin Simone. »So, und jetzt alle mal freundlich gucken!«

Simone knipste ein ums andere Mal – mit und ohne Warnlämpchen an, in der Annahme, irgendein Foto würde schon richtig belichtet sein.

»Jetzt reicht's!« rief Cäsar und ging wieder rein. Auch Clemens hatte keine Lust mehr. Die Gruppe löste sich auf, nur die Raucher blieben zusammen stehen. Simone machte auch davon noch ein Foto, allerdings mit beiden roten Dioden an. Das würde ohnehin nichts werden! Dann fotografierte sie

Thorsten, Murx und Kopetzky, die auf dem Parkplatz standen und sich angeregt über »schrottige Firmenwagen« unterhielten.

»Das muß genügen!« beschloß Simone und packte die Kamera wieder in ihre Aktentasche.

»Laß sie ja nicht aus den Augen!« hatte Arno ihr eingeschärft. »Die ist locker zehnmal so teuer wie die Kameras, mit denen andere fotografieren!«

»Ja, ja«, hatte Simone geantwortet, »wird schon nichts passieren!«

»Und bring die Leica unbedingt beim nächsten Mal wieder mit zurück!« hatte er ihr noch am Bahnhof hinterhergerufen.

Männer und ihr Spielzeug!

37. Kapitel

Nach der dank wenig Sauerstoff, wenig Schlaf und viel Alkohol ziemlich anstrengenden Veranstaltung mußte Simone, wie alle anderen, am Montag morgen wieder topfit im Büro erscheinen. Wenigstens hatte sie den Sonntag nachmittag nutzen können, um sich endlich den Park von Herrenhausen anzusehen; dummerweise bei regnerischem Wetter.

Simone seufzte, schenkte sich Kaffee nach und sah die Post durch, die ihr Marilyn eben unwillig und ohne einen Ton zu sagen, ins Posteingangskörbchen geknallt hatte. Montags war sie besonders unleidig. Simone hatte längst aufgegeben zu fragen, ob sie ein schönes Wochenende gehabt habe, weil Marilyn das als Provokation auffaßte, wenn es mal wieder Probleme mit Dr. Neubert gab. Im Zweifelsfall wollte sie gleich wieder freihaben, um sich von ihrem Gefühlsausbruch zu erholen.

Heute feierte Clemens Geburtstag in der Baracke, wie Simone das Schulungszentrum nannte. Frau Frölich lief schon den ganzen Vormittag mit glühendem Gesicht durchs Haus, da sie so mit den Vorbereitungen beschäftigt war. Selbstverständlich war die Feier für die Mittagspause angesetzt.

»Bestellen Sie sich bloß nichts in der Kantine!« hatte Frau Frölich sie gleich morgens gewarnt. »Es gibt Schnittchen!«

Als Simone gegen halb eins am Ort der Feierlichkeiten eintraf, standen ein paar verlorene Gestalten herum. Frau Frölich verteilte aufgeregt Sekt mit Orangensaft. Simone gratulierte dem Firmeninhaber und durfte mit dem klebrig süßen Getränk anstoßen.

»Na, schon von der Tagung erholt?« fragte das Geburtstagskind.

»Danke, ja, und selbst?«

»Doch, auch. Meine Frau war froh, daß ich wenigstens am Sonntag zu Hause war. Man ist ja viel unterwegs, da hat dann die Familie das Nachsehen.«

»Ich konnte ja leider am Wochenende gar nicht nach Hause fahren.«

»Aber so eine Wochenendbeziehung kann doch ganz belebend sein für eine Partnerschaft!« meinte Clemens munter. »Viele sind ganz froh, wenn sie sich nicht mehr so oft sehen.«

Bevor Simone eine passende Antwort parat hatte, kam leider schon der nächste Gratulant. Sie wandte sich dem Buffet zu. In dessen Mitte prangte eine große Torte. Aus Wurst! Simone konnte nicht umhin, sie mit dem Finger anzutippen. Die Wurstscheiben in Aspik wackelten leicht. Simone schüttelte sich.

»Toll, nicht? Habe ich selbst gemacht«, sagte Frau Frölich, die plötzlich hinter ihr stand.

»Wahnsinn!« antwortete Simone, und Frau Frölich strahlte stolz.

Die Kanapees sahen wirklich teuer aus, Simone konnte es

kaum glauben. Da mußte der Zipfel Party-Service lange dran gearbeitet haben. Winzige dekorierte Häppchen glänzten appetitlich auf großen Spiegelplatten. Manche sahen aus wie kleine Pyramiden und hatten eine Verzierung, die bestimmt mit Lupe und Pinzette aufgelegt worden war. Auf einer anderen Platte waren Wurstscheiben wie Blütenblätter drapiert, in der Mitte weiße Rosen aus Butter mit glatter Petersilie drumherum. Eine perfekte dunkle Traube rundete das Bild ab. Simone griff nach einer Weintraube. Sie biß hinein und erstarrte. Es war keineswegs eine saftige Frucht, sondern irgendwas Weiches, Fettiges. Simone entsorgte die gefärbte Butterkugel umgehend in eine Serviette.

Kaum hatte sie sich von *dem* Schreck erholt, fiel ihr die Skulptur zweier sich umarmender Schweinchen auf, die aus Hackfleisch geformt war.

»Davon muß man ja mindestens zwanzig Stück essen, bis man einigermaßen satt ist!« Florian Kraus, der Controller, zeigte auf die Schnittchen.

»Na, denn mal los!« forderte Simone ihn auf.

Er packte sich einen Teller voll und biß in ein Kanapee mit einem winzigen Gänseblümchen als Muster. »Komisch. Ich könnte schwören, es schmeckt nach Haarspray!«

Simone lachte lauthals.

»Du hast eine total schwarze Zunge!« stellte Florian fest. »Ißt du nichts?«

»Nö, kein Appetit.«

Simone hörte, wie Sänger den Raum mit Schnurren aus dem Leben der Chefs unterhielt. Händel drängte sich an ihr vorbei zum Buffet und zerstörte die Schweinchen-Skulptur.

Thorsten kam, sah Florian mit dem Kanapee-Teller und grinste.

»Sag bloß, du ißt das?«

»Wieso nicht? Ich habe Hunger!«

»Wohl bekomm's! Ich weiß zufällig, daß die Sachen aus

einem Plattenwettbewerb der Fleischer-Innung vom Wochenende stammen und eigentlich nicht zum Verzehr gedacht sind. Aber Clemens fand, es sei zu schade, sie wegzuwerfen, und auch aus Kostengründen ...«

Eingeladen waren hauptsächlich Abteilungsleiter, Hauptabteilungsleiter und Geschäftsführer. Die meisten schauten »nur mal rein« und hatten dann gleich wieder eine »dringende Besprechung«. Es war ein ständiges Kommen und Gehen, hektische Aktivität offensichtlich das Gebot der Stunde. Schließlich wollte den Inhabern gegenüber niemand den Eindruck entstehen lassen, er habe Zeit, sich zu vergnügen.

Cäsar sah aus verquollenen Augen zu seinen Untergebenen auf. Er hatte den verbeulten Anzug vom Vortag an. Simone nutzte die Gelegenheit, um ihn zu informieren, daß sie in dieser Woche »wegen dringender privater Angelegenheiten« schon am Donnerstag abend nach Frankfurt fahren würde. Sie konnte sich ihre Arbeitszeit zwar frei einteilen, und immerhin hatte sie ja das Wochenende durchgearbeitet, aber die Zipfels sahen es nicht so gerne, wenn man dies als Möglichkeit, *früher* zu gehen, verstand. Widerwillig gab ihr Cäsar seine Zustimmung.

Dann machte sich auch Simone nach knapp zwanzig Minuten wieder auf den Weg zurück in ihr Büro, wo sie ihre Keksreserve zu plündern gedachte.

»Guten Appetit!« wünschte Simone, als sie das Büro von Frau Hoffmann und Marilyn Schupps betrat. »Was riecht denn hier so komisch?« Das Kantinenessen, das Frau Hoffmann auf einem Tablett vor sich stehen hatte, sah geruchs- und geschmacksneutral aus. Doch Marilyn aß Sauerkraut aus einer großen, runden Plastikschüssel, den Deckel hielt sie in der linken Hand, in der Rechten mit abgespreiztem kleinem Finger die Gabel.

»Sie essen rohes Sauerkraut?«

»Ich mache gerade die neue Working-Girl-Diät«, antwortete Marilyn. »Muß auf meine Figur achten!«

Simone gingen diese standardmäßigen Entgegnungen, wie ›das haben Sie doch nicht nötig‹, durch den Kopf, aber Marilyn neigte nun wirklich ein bißchen zum Drallen, und da hätte das sicher falsch geklungen.

»Seien Sie doch so nett, und kommen Sie nach der Mittagspause zu mir, damit wir unsere wöchentliche Besprechung abhalten können. Freitag war ja keine Zeit mehr.«

Marilyn nickte. »Soll ich frischen Kaffee kochen?«

Simone wunderte sich über dieses großzügige Angebot und sagte: »Das wäre nett!«

Marilyn betrat das Büro mit der Wärmekanne und drei Büromaterial-Bestellformularen, die Simone noch abzeichnen mußte.

»Unser Abteilungskürzel ist GP, nicht PR, Frau Schupps!«

»Ich kann mir das einfach nicht merken, was heißt das noch mal?«

»Geschäftsleitung – Public Relations, weil die Abteilung direkt der Geschäftsleitung zugeordnet ist.«

»Und hier ist noch so ein komischer Brief gekommen.« Marilyn reichte ihr den Umschlag. »Da bittet eine Firma, die Kunstdärme produziert, wir sollen ...«

»Sagen Sie's nicht! Die Visitenkarten für Gary in England!«

»Genau!«

»Nicht schon wieder! Dafür haben wir wirklich keine Zeit.«

Sie gingen dann die Themen Presseverteiler und Abstimmung mit der Werbeabteilung im Hause Zipfel durch und kamen schließlich zur Wurst mit dem Zipfel-Logo.

»Ich habe mit dem Produktionsleiter gesprochen«, begann Marilyn, »der mich wohl nicht so ganz für voll genommen hat. Jedenfalls hat er mindestens fünf Minuten lang gelacht. Nachdem er sich beruhigt hatte, konnte er mir erklären, daß so etwas recht kompliziert sei. Es müssen extra neue Werkzeuge dafür hergestellt werden, das kommt natürlich teuer.«

»Ist die Frage, ob sich das lohnt.«

»Genau. Meinte er auch. Man spricht dann übrigens von Dekor-Pasteten, von Wurst kann keine Rede sein, weil Teile mit Blut gefärbt werden müssen. Da gibt es ganz strenge Bestimmungen.«

»Verstehe. Haben Sie schon die Kosten kalkulieren lassen?«

»Nein, weil der Herr Hilbert, der Produktionsleiter, meinte, es gäbe da eine Firma, die wäre auf so was spezialisiert, und Cäsar hätte doch bestimmt sowieso bald eine neue Idee, so daß sich die Eigenproduktion sicher nicht lohnen würde.«

»Gut gemacht, Frau Schupps! Jetzt lassen Sie von Herrn Hilbert eine Kalkulation erstellen und fragen die betreffende Firma an, was die Herstellung von Zipfel-Logo-Wurst kosten würde. Am besten, Sie wenden sich diesbezüglich an Herrn Sperlich vom Einkauf.«

Marilyn notierte sich das.

»Haben Sie denn schon Ideen für die PR-Kampagne?«

Sie wandte ein, daß sie schließlich noch keinen Presseverteiler besäßen, und kam dann mit den üblichen Vorschlägen wie Pressekonferenz, Versand von Presseinfos sowie Anzeigenwerbung und Probier-Aktionen in Supermärkten.

Da Simone der Ansicht war, letztlich würden die Kosten den Ausschlag geben, insistierte sie nicht weiter und vertagte das Ganze auf den Zeitpunkt, an dem die Kalkulationen vorlägen.

Jetzt mußte sie mit Cäsar erstmal über die Erstellung eines Kommunikations-Konzeptes sprechen.

»Schaun Sie«, begann Cäsar, »ich habe Sie eingestellt, damit *Sie* sich Gedanken machen. Ich will das alles vom Tisch haben, überlegen Sie, wie Sie vorgehen wollen, und wenn es nicht zu teuer wird, zeichne ich Ihnen das Budget frei. Aber das mit der gläsernen Produktion können Sie sich jetzt schon aus dem Kopf schlagen. Was alleine die Umbaumaßnahmen kosten würden! Und nur damit ständig Besuchergruppen durchs Haus latschen.«

Simone gab zu bedenken, ein Konkurrenzunternehmen habe dies mit großem Erfolg eingeführt. Das sei eine vertrauensbildende Maßnahme. Cäsar lachte höhnisch und sagte, er ließe sich nicht in die Karten schauen.

»Herr Zipfel, eine vernünftige PR-Arbeit, und erst recht der Aufbau einer Corporate Culture, bedingt Ihre völlige Offenheit. Ich muß über alles, was Sie oder Ihr Bruder planen, auf dem laufenden sein. Es kann doch wohl nicht angehen, daß ich zufällig von Murx erfahre, ein Prozeß schlage in der Lokalpresse hohe Wellen, und ich kenne nicht einmal die Zusammenhänge.«

»Das ist ein kleiner Prozeß, und es geht bloß um ein Grundstück in Bielefeld. Alles halb so wild.«

»Es wäre jedoch meine Aufgabe, der Presse gegenüber Stellung zu beziehen und nicht die von Herrn Murx. Ich gebe zu, das ist mir alles noch ein wenig fremd, aber das ist kein Grund, solche wichtigen Dinge hinter meinem Rücken stattfinden zu lassen. Ich habe ganz allgemein den Eindruck gewonnen, daß es hier im Haus kein internes Informationskonzept gibt.«

»Frau Dr. Störmer, sehen Sie das hier?« Cäsar wies auf einen Stapel Unterlagen. »Das sind alles Aktennotizen und Hausmitteilungen, die ich lesen soll. Wissen Sie, wieviel Zeit mich das kostet? Ich habe wirklich keinerlei Interesse, den Stapel noch zu vergrößern!«

»Das sind alles Informationen, die Mitarbeiter Ihnen zukommen lassen. Aber lassen Sie den Mitarbeitern Ihrerseits Informationen zufließen?« Die Frage war rhetorisch; sie wußte, er tat es nicht.

»Regelmäßige Sitzungen wären sicher effektiver, dann brauchten Sie nicht soviel Papier zu bewegen.«

»Sitzungen? Sind Sie des Wahnsinns? Den ganzen Tag lang habe ich keine Minute Ruhe, ständig will jemand etwas von mir!«

»Eben. Durch regelmäßige Sitzungen würden Sie viel Zeit sparen und ihre Mitarbeiter auch.«

Cäsar schaute sie ungläubig an. »Wie kann man Zeit sparen, wenn man in einer Sitzung sitzt?«

Er wollte es einfach nicht verstehen.

»Jetzt passen Sie mal auf, liebe Frau Dr. Störmer. Sie können mir viel erzählen von Corporate Culture, oder wie das heißt, *machen* Sie was. Zeigen Sie, was Sie können! Nicht reden, tun! Das ist doch die Devise. Reden kann jeder. Jeden Tag reden mindestens zehn Leute auf mich ein. Und wer muß dann wieder alles machen? Ich. Sehen Sie zu, daß Zipfel ein positives Image bekommt, bringen Sie viele schöne Berichte in die Zeitungen. Das ist, was zählt. Ich denke, wir haben uns verstanden, nicht?«

Simone knirschte mit den Zähnen und ging zur Tür. Ihr Kommunikations-Konzept konnte sie sich im Prinzip sparen. Es sei denn, sie wollte eine Liste mit Artikeln über ihn einreichen, die sie im Laufe der nächsten Monate in den entsprechenden Presseorganen unterzubringen gedachte.

Gleichzeitig mit ihr trat Clemens Zipfel ins Vorzimmer, der sie mit den Worten: »Ach, Frau Dr. Störmer, gut, daß ich Sie treffe«, in sein Büro lotste. Er setzte sich mit ihr an den Besprechungstisch und schob das Pflanzengesteck zur Seite.

»Ich hätte mal gerne Ihre Meinung. Als Expertin sozusagen«, begann er. »Es geht um eine absolut neuartige Produktidee. Ich möchte meinen, daß wir damit einen echten Umsatzrenner in petto haben. Aber sagen Sie meinem Bruder noch nichts davon!«

»Selbstverständlich nicht«, versprach Simone, die sich fragte, ob sie nun eine Wurst in Zett-Form zu erwarten hätte.

»Also«, fuhr Clemens fort, »die Sache ist noch *top secret*!« Er schaute sie verschwörerisch an.

»Verstehe. Worum geht's denn?«

»Sie werden es nicht glauben: Um eine Wurst aus Rind- und Lammfleisch. Genial, nicht? Da ist noch keiner drauf gekommen. Außer mir.«

»Toll!«

»Und die Zipfel Werbeabteilung war nicht untätig und hat auch schon einen neuen Namen dafür gefunden. Bin gespannt, wie Sie ihn finden.« Clemens' Augen leuchteten vor Begeisterung. Er ließ eine bedeutsame Pause. »Achtung, jetzt kommt's.« Genüßlich öffnete er die Lippen und sagte: »Salammi!«

38. Kapitel

Wenn ich das recht sehe, ist es doch nächste Woche schon so weit, oder?« fragte Simone Thorsten, der als rechte Hand von Cäsar und linke Hand von Kopetzky mit den logistischen Vorbereitungen zur Eröffnung einer Schlemmer-Passage in Wismar betraut war.

»Ich bin vielleicht froh, daß du dich jetzt um den ganzen Medienrummel kümmern mußt! Bevor du hier warst, mußte ich auch noch die Pressemitteilungen schreiben, und ich habe schließlich keine Ahnung davon!«

»Erkläre mal kurz den Ablauf!«

»Wir packen uns drei Azubis ins Auto, fahren da hoch und abends wieder zurück. Dazwischen liegt die offizielle Eröffnung, mit Bürgermeister und so, Rede von Cäsar, Häppchen, Sekt, das Übliche. Dann kommt die Festivität für das gemeine Volk mit Grillwürstchen zum Probierpreis, Luftballon-Weitflug-Wettbewerb für die Kinder.«

»Ist das alles? Bißchen dürftig! Wir sollten wenigstens den Auftritt von einem Hanswurst organisieren.«

»Wieso, Cäsar tritt doch schon auf!«

Thorsten überlegte dann, wer noch alles aus der Firma den Hanswurst abgeben könnte. Da käme doch praktisch jeder in Frage, außer Kopetzky vielleicht, meinte er, »sind doch alle Würstchen!«

Simone grinste und bekam sofort Gewissenbisse, weil sie dachte, ihr als PR-Chefin stünde es nicht gut an, über die anderen herzuziehen. Sie hielt dann fest, daß sie sich um die Einladungen an die Lokalpresse, das Anfertigen von Pressemappen, das Schreiben der Rede für Cäsar und das Engagieren eines Clowns kümmern würde.

»Du weißt ja, wenn du hier was vorschlägst, hast du's auch am Hals!« faßte Thorsten zusammen. »Ich schaff's echt nicht mehr!«

»Frau Schupps: Ich benötige dringend die Ansprechpartner, Fax- und Telefonnummern der Wismarer und Schweriner Lokalpresse!«

Ihre Assistentin kopierte gerade Diätvorschläge aus einer Illustrierten, als Simone sich auf den Weg in den fünf-ten Stock begab, um im Büro der ZSP Informationen über Grundstücksgröße, Bauzeit und Ausstattung einzuholen.

»Die Einladungen zur Eröffnung der neuen Schlemmer-Passage müssen morgen raus!« ergänzte Simone. »Den Text schreibe ich gleich noch!«

»Wo soll ich die denn herbekommen?« fragte Marilyn zurück.

»Sie sind doch clever, Sie schaffen das schon! Bis morgen früh um zehn auf meinem Schreibtisch, okay?« Simone verschwand durch die Glastür zum Treppenhaus.

Kopetzkys Sekretärin telefonierte und mußte dabei gegen das Organ ihres Chefs ansprechen, der die Tür zu seinem Büro stets offenstehen ließ und gerade selbst telefonierte. Simone sah ihn an seinem Schreibtisch stehen, unruhig wiegte er sich in den Hüften und brachte die Haartolle zum Beben, während er durch ständiges Ja-ja-Sagen versuchte, den Redefluß seines Gesprächspartners zu unterbrechen und erneut auf in einzubrüllen. Er war impulsiv, nicht cholerisch. Je mehr er überzeugen wollte, desto lauter wurde er.

Kopetzkys Sekretärin legte auf, stöhnte kurz, machte sich Notizen und erklärte dann Simone auf deren Nachfrage, daß die Akten über die Schlemmer-Passage in Wismar bei Kopetzky auf dem Schreibtisch lägen und sie ihn besser selbst fragen solle. Also mußte Simone warten, bis er fertig telefoniert hatte. Das konnte dauern. Jetzt zwirbelte er gerade an seiner Krawatte herum und warf sie schließlich über die Schulter. Als er endlich aufgelegt hatte, stürzte Simone in sein Büro, um sich nach der Grundstücksgröße, der Bauzeit und anderen Daten zu erkundigen, die sie für die Pressemitteilung brauchen würde.

Kopetzky starrte in Gedanken das Foto auf seinem Schreibtisch an. Simone nutzte die Gelegenheit und fragte scheinheilig: »Ihre Familie?«

»Was?« fragte Kopetzky zurück. »Sie meinen das Foto?«

Simone nickte. Er drehte den goldenen Rahmen um und reichte Simone seine Devotionalie. Mit leiser Stimme sagte er nur: »Der King!«

Das Foto zeigte den ganz jungen Elvis Presley in Uniform

und trug das Autogramm des Sängers. Simone zeigte sich gebührend beeindruckt und hielt den Rahmen vorsichtig in den Händen.

»Und das hat er mir selbst gegeben!« erläuterte Kopetzky ehrfürchtig. »1958 war das. Da sind wir mit unseren Maschinen nach Friedberg gefahren, zu den Ray Barracks, in denen er stationiert war. Da habe ich ihn aber nicht erwischt. Es waren noch zwei Freunde dabei. Natürlich hatten wir alle blaue Wildlederschuhe an, *Blue Suede Shoes*, Sie wissen schon, so ganz spitze Dinger. Gesehen haben wir ihn dann, als er morgens aus seinem Hotel in Bad Nauheim kam. Das hatte so einen Namen, der irgendwie mit Berlin zu tun hatte, ach ja, Grunewald, Hotel Grunewald, beim Kurhaus. Wir hatten die ganze Nacht draußen vor dem Hotel kampiert, um ihn nur ja nicht zu verpassen, um uns herum sonst fast nur Mädels. Ich kann Ihnen sagen, da ging was ab! Was meinen Sie, was das ein Gekreische war, als er morgens aus dem Hotel kam? Genau vor mir fiel ein Mädchen in Ohnmacht. Beinahe hätte ich kein Autogramm bekommen, weil die dumme Pute ausgerechnet mir vor die Füße sacken mußte! Na ja, sie kam aus Bochum, und wir sind dann ein paar Monate miteinander gegangen. War 'ne aufregende Zeit.«

Kopetzky verstummte.

Simone stellte den Rahmen mit dem Autogramm vom King auf den Schreibtisch zurück. Sie räusperte sich. Als Kopetzky guckte, wies sie ihn darauf hin, daß er seine Krawatte immer noch über die Schulter geschlagen trug.

39. Kapitel

Simone kam am Donnerstag abend spät in Frankfurt an. Wie vorauszusehen gewesen war, hatte sich Arno weder ein Hemd für die Vernissage gebügelt, noch seine Sachen für die Übernachtung gepackt. Er war nicht einmal mit seinen Bildern fertig. Er schnitt säurefreies Papier in Streifen, um daraus große Fotoecken zu falten, die später das Bild unter dem Passepartout halten würden. Simone stand mitten im Atelier in einem Chaos aus Verpackungsmaterial und leeren Bilderrahmen.

»Lutger hätte dir wenigstens mal ein Hemd bügeln können! Er ist doch sonst so häuslich!«

»Simone, ich habe heute keinen Humor!« warnte Arno.

»Wo ist Lutger überhaupt?«

»Was weiß ich? Ich habe zu tun!«

»Kommt er nicht mit nach Düsseldorf?«

»Er ist schon losgefahren, will dort jemanden besuchen!«

Simone ging in die Wohnung und hängte ihr ›kleines Schwarzes‹ in den Kleidersack vor Arnos schwarzen Designer-Anzug, den sie mal über Gaby mit Personalrabatt gekauft hatten. Es ging doch nichts über Beziehungen! Nachdem alles gepackt war, half sie Arno beim Einwickeln der gerahmten Bilder in große Mengen Plastikfolie mit Luftpolstern. Nachts um drei standen endlich die Bilder fertig zum Transport im Hausflur.

Am späten Freitag vormittag trafen sie in der Galerie Bröker in Düsseldorf ein, in der sie eine elegante Dame mit Mozartzopf unruhig erwartete. Der leere Galerieraum roch intensiv nach einem Chanel-Parfüm, das Simone auch ab und an benutzte.

Die beiden wuchteten die Rahmen aus dem Auto, das mit blinkender Warnanlage in der zweiten Reihe stand. Während Arno einen Parkplatz suchte, erfuhr Simone von Frau Bröker, daß ihr leider ein bedeutender Künstler kurzfristig abgesagt habe, so daß sie Frau Wolff unendlich dankbar für das Organisieren von Ersatz sei. Das wäre ihre erste Fotoausstellung, betonte sie, aber man müsse ja auch mal unkonventionelle Wege gehen.

Nach dem Auswickeln stellten sie die Rahmen an den Wänden entlang am Boden auf, um die Reihenfolge der Bilder festzulegen.

»Ungewöhnliche Motive! So, eh«, Frau Bröker fehlte das richtige Wort, »irritierend! Sehen ja fast wie gemalt aus!«

Sie war bestimmt erleichtert, daß ihr Frau Wolff keine Ausstellung vermittelt hatte, die sich als Ansammlung von Urlaubsfotos entpuppte.

Dann spannten sie einen Bindfaden in der Höhe, in der die Nägel eingeschlagen werden sollten. Für alle Fälle hatte Arno auch an Werkzeug gedacht. Zu zweit hatten sie schnell die Nägel für zwanzig Rahmen in die Wand geklopft. Die Galeristin stand in ihrer ›Arbeitsbekleidung‹, den picobello weißen Armani-Jeans und einem naturfarbenem Leinenblazer mit hochgeschobenen Ärmeln, begutachtend daneben. Da nahm Simone lieber selbst Küchenkrepp und Glasreiniger in die Hand, um die Fingerabdrücke von den Scheiben zu wischen.

»So, jetzt noch die Kärtchen mit den Titeln!« Auch daran hatte Arno gedacht. Arno befestigte sie mit Selbstklebepunkten neben den Rahmen. »Fertig!«

Arno und Frau Bröker blickten mit schräggehaltenen Köpfen auf die Bilderreihen. Der Künstler war skeptisch: »Sollten wir nicht doch das dritte und das fünfte Bild tauschen? Ich meine, es würde dem Ganzen mehr Spannung verleihen!«

»Wir lassen das jetzt, wie es ist!« beschloß Simone. »Sieht doch gut aus, und ich muß jetzt dringend etwas essen!«

»Fahrt schon mal vor!« schlug Arnos Vater vor, »Yolanda braucht sicher noch eine Weile!«

Arno war sichtlich nervös. Er zerrte an seinem Hemdkragen. Simone korrigierte den Sitz ihrer goldenen Ohrclips vor dem großen Barockspiegel im Flur.

»Gut siehst du aus!« sagte Arno, hinter sie tretend, »richtig zum Verlieben!« Er küßte sie aus Respekt vor ihren geschminkten Lippen auf den Hals.

»Ja, das muß ich auch sagen!« hörte Simone die tiefe Stimme von Arnos Vater. »Aber die Pumps müssen doch sehr unbequem sein!«

Etwas schuldbewußt sah Simone auf die neuen schwarzen Schuhe, deren Absatzhöhe ihr in der Tat zu schaffen machte. Sie stöckelte hinter Arno zum Auto.

Als Doktor und Yolanda Wolff schließlich eintrafen, herrschte in der Galerie drangvolle Enge. Arno wurde von wechselnden Damen des Kulturkreises belagert. Er möge ihnen doch den tieferen Sinn von diesem oder jenem Bild erläutern. *Kühe in Halbtrauer* sei ja ein komischer Titel, wo der denn herkäme? Da seien doch gar keine Kühe drauf, vielmehr Korngarben, Fernglas und Sägemehl. Oder ob vielleicht die Schildchen mit den Titeln vertauscht seien?

»Nein, der Titel ist«, erläuterte er geduldig, »von Arno Schmidt. In seiner Erzählung heißt es: ›Griffen wir also dann & wann zum Sehrohr, und spähten den fernen Schnitterinnen unter die Röcke.‹«

»Empörend!« Das sei nun nicht die Art Literatur, mit der sie sich im Kulturkreis befaßten. »Ein bekannter deutscher Dichter, sagten Sie? Und nach dem sind Sie benannt?«

»Wie bitte?« fragte Arno irritiert.

»Na, Sie heißen doch Arno!«

»Ja schon, aber nach dem Hund, den meine Mutter als Kind hatte.«

Die Dame im blauen Kostüm mit jeder Menge Goldklunker am Arm guckte Arno über ihre halbe Lesebrille zweifelnd an.

»Yolanda! Komm doch mal her!« Die Gerufene eilte herbei. »Dein Sohn behauptet, er sei nach einem Hund benannt, den du als Kind hattest!« Entrüstung schwang in ihrer Stimme. Yolanda sah Arno strafend an.

»Tomaso Albinoni Wolff sollte er heißen. Der Doktor war dagegen. Da wir unsere Hochzeitsreise nach Norditalien ...«

Die weiteren Erklärungen gingen im Stimmengewirr unter. Simone hörte noch, wie die Freundin in einem Anflug von Humor bemerkte: »Po konntet ihr ihn ja schlecht nennen!«

Ein älterer Herr drängte sich zu Arno durch und fragte ihn, ob er schon viele Gemälde verkauft habe.

»Nein, bloß Fotos, und davon auch nur wenige.«

»Na ja, Sie haben das ja auch nicht nötig. In unseren Kreisen geht man seiner künstlerischen Begabung zum Vergnügen nach, nicht?« mischte sich eine weitere Freundin seiner Mutter ein. Auf ihn träfe das nicht ganz zu, antwortete Arno. Er sehe das eher wie Karl Valentin, der ganz zu recht bemerkt habe, Kunst sei schön, mache aber viel Arbeit.

Arno schaute zu Simone. Simone sah Lutger in die Galerie kommen. In Begleitung!

Ob es denn nicht schwierig sei, mit einem Künstler liiert zu sein, wurde sie gerade mindestens schon zum dritten Mal gefragt. Zur Abwechslung antwortete sie: »Nein, gar nicht. Ich bin ja berufstätig, und da sehe ich nicht, wenn mein Mann Modelle ins Haus schleppt.«

Ob der Rücken auf dem rechten Bild der ihre wäre, wollten zwei andere wissen, die nicht zum Kulturkreis gehörten und eben erst mitbekommen hatten, daß Simone die Gattin des Künstlers wäre.

»Nein, von einem Mann.«

»Ach was, das hätten wir nun nicht gedacht!«

So ging das pausenlos. Arno und Simone wechselten genervt-belustigte Blicke. Arno sah echt cool aus. Simone hatte etwa eine Stunde gebraucht, um seinen Widerstand gegen ›Schmiere in den Haaren‹ zu besiegen und ihn davon zu überzeugen, daß ihr Haar-Fixativ unsichtbar bliebe und er hinterher keinesfalls aussähe wie ein übergebliebener Naßkämmer. Wenn er jetzt noch künstlich braun wäre, spekulierte Simone, würden ihn die Mädels auf der Straße für einen Serienstar aus dem Fernsehen halten! Dabei fiel ihr natürlich Lutger wieder ein. Sie suchte ihn mit den Augen und drängte sich durch die schwatzende und schwitzende Menge.

»Hallo, wie geht's?« fragte sie ihn.

»Grüß dich, Simone!« Küßchen links, rechts, links. »Darf ich dir Rüdiger vorstellen? Rüdiger, das ist Simone. Du weißt schon!«

Sie wechselten vielsagende Blicke. Simone hätte sich am liebsten auf dem hohen Absatz umgedreht und wäre in die Menge abgetaucht. Nistete sich in ihrem Zimmer ein und grinste hinter ihrem Rücken über sie! Was wollte er überhaupt mit dem blondgefärbten Bubi? Eigentlich war es Simone egal.

»Sie sind also die Freundin von Arno?« fragte Rüdiger rhetorisch.

Simone lief es eiskalt den Rücken hinunter. Woher kannte er Arno? Was hatte das denn zu bedeuten? Sie nahm sich zusammen. Jetzt nur keine Schwäche zeigen. »Hast du dich bei uns inzwischen etwas erholen können?«

»Danke, meine liebe Simone, es geht mir schon wieder viel besser. Vor allem der kleine Trip nach Düsseldorf...« Er schaute Rüdiger liebevoll an.

Simone zweifelte an Lutgers Geschmack, vor allem wegen Rüdigers riesiger Segelohren.

»Das freut mich ja. Wir sehen uns ja dann nachher noch beim Essen, nehme ich an?«

Lutger nickte.

Dann kam Arno auf sie zu, als gerade Yolanda neben ihr stand und bemerkte, die Bilder seien doch recht ungewöhnlich, »so traurig und etwas wenig dekorativ«. Arnos Vater hatte sich längst mit einigen Herren in das Büro der Galerie zu Männergesprächen zurückgezogen.

»Darf ich die beiden bezaubernden Damen in ihrer Unterhaltung kurz stören?«

Sonst sülzte er nie so rum. Entweder er machte sich lustig, oder die Erbanlagen seiner Mutter schlugen durch. Simone guckte ihren Arno mit großen Augen an.

»Die gnädige Frau Bröker kam eben zu mir und teilte mir mit, daß vier meiner unsterblichen Werke bereits an private Sammler verkauft seien. Sie käme vor lauter Nachfrage gar nicht dazu, die roten Punkte auf den Rahmen anzukleben.«

»Mensch, Arno«, rief Simone enthusiastisch, »ist ja Wahnsinn! Herzlichen Glückwunsch!«

»Das habe ich nicht anders erwartet!« kommentierte Arnos Mutter. »Man darf ja wohl selbstverständlich annehmen, daß meine Freunde Bilder von Arno kaufen. Sie können sich schließlich einen echten Wolff leisten, nicht Arno! Und nimm bitte die Hände aus den Hosentaschen!«

Es kamen sogar zwei Journalisten, die den Künstler kurz begrüßten, aber nicht wirklich etwas wissen wollten. Arno war das nur recht, er haßte es, seine Arbeiten zu erklären. So meinte er auch zu den Journalisten: »Wenn sie gut sind, sprechen sie für sich selbst, da muß man nichts dazu sagen, und wenn sie schlecht sind, erst recht nicht.«

Nach der recht lebhaften Ausstellungseröffnung fuhren die geladenen Gäste in die Wolffsche Villa zum ›Dinner‹. Als erstes wechselte Simone die Schuhe. Schon im Auto hatte sie die neuen Pumps ausgezogen, da ihre Füße brannten, und wäre dann fast nicht mehr hineingekommen.

Beim Essen, das sich trotz der perfekten Organisation mit Köchin und Butler bis gegen Mitternacht hinzog, saß Arno am Kopfende der Tafel, rechts von ihm die attraktive Tochter eines Geschäftsfreundes der Wolffs, daneben Lutger (ohne Rüdiger), links die stolze Künstler-Mutter. Simone fand ihr Tischkärtchen genau am anderen Ende neben Dr. Wolff. Ein überdimensionales Blumengesteck verdeckte ihr den Blick auf Arno und seine Tischdamen.

Es gab einen Gang nach dem anderen: Die Sülze von jungem Gemüse rührte Simone kaum an, da sie Lebensmittel in Aspik nicht mochte. Dann kam eine doppelte Kraftbrühe, danach pochierter Lachs, ein Zitronensorbet als Zwischengang. Das Filet Wellington wurde mit vielen »Ahhs« und »Ohhs« bedacht. Das mußte angesichts der etwa zwanzig Personen alleine schon ein halbes Vermögen gekostet haben. Simone aß sich mit Bedacht durch die Blätterteigkruste und das Champignonpüree, Duxelles genannt, wie sie wußte. Darunter befand sich eine dünne Schicht Gänseleberpastete und dann das perfekt auf den Punkt gegarte Rinderfilet.

Zwischen den Gängen langweilte sie sich. Arnos Vater unterhielt sich die ganze Zeit mit seinem Tischnachbarn über das Geschäft.

Nach dem Dessert (helle und dunkle Mousse au chocolat auf einem Spiegel aus Himbeersauce) fragte er sie, ob sie ihn in den Garten begleiten würde. Damit eiste er sie von dem salbadernden Lokal-Politiker los, der rechts neben ihr saß. Sie holte sich eine Jacke und folgte ihm dankbar.

»Yolanda sieht das nicht so gerne, wenn ich Zigarre rauche!« erläuterte er und zog eine Montecristo aus einer langen Hülse. »Außerdem wollte ich Sie unter vier Augen sprechen!«

Sie standen am Rand der Terrasse und guckten in den Garten, der durch einige Lampen beleuchtet wurde. Jenseits der hohen Hecke sah man den hellen Himmel über der Düsseldorfer Altstadt. Das Streichholz flammte auf. Die Luft war feucht, Simone roch den Rhein. Er zog mehrmals, bis die Havanna brannte, und stieß, genüßlich den Kopf in den Nacken legend, Rauch aus.

»Ich finde, wir sollten uns endlich duzen. Das ist lange überfällig, schließlich lebt ihr doch schon etliche Jahre zusammen. Simone«, sagte er ein wenig feierlich, »ich heiße Hansernst!« Er küßte sie auf die Wange. Sein kurzer, weißer Vollbart kitzelte.

»Ich dachte schon, Sie hießen ›Doktor‹ mit Vornamen!«

Er lachte fröhlich auf. »Yolanda kann den Namen nicht leiden, deshalb sagt sie immer nur Doktor Wolff. Wenn wir alleine sind, nennt sie mich Wolf, da läßt sie dann das zweite Eff und den Doktor weg. Hansernst ist ihr zu popelig.«

Seine distanzierte Haltung gegenüber dem affektierten Getue seiner Frau machte ihn für Simone noch sympathischer.

»Das ist sehr nett von Ihnen, mir das Du anzubieten. Ich heiße übrigens Simone!« Sie grinste ihn an. »Aber wie soll ich Sie, äh, dich jetzt nennen?« Das Duzen war ungewohnt. »Doktor bin ich schließlich selbst, und Hansernst kommt mir eigenartig vor, weil das sonst keiner sagt.«

»Ein echtes Problem unter Akademikern.« Doktor Wolff massierte sich mit der Hand, in der er die Zigarre hielt, den Bart.

»Ich hab's!« rief Simone aus und schnippte mit den Fingern. »Ich sage einfach Doc zu dir, das ist kurz, und du bist ja auch wirklich Mediziner, außerdem weicht es nicht zu sehr vom Doktor Wolff ab – wenn du einverstanden bist.«

»Das gefällt mir!« Er legte den Arm um Simones Schulter. »Laß uns in den Garten gehen.«

Die etwas plötzliche Vertraulichkeit erstaunte Simone. Aber so recht kam es ihr nicht zu Bewußtsein. Sie war vom Wein leicht beschwipst.

»Sag mal, Simone, ich habe in der Zeitung ein Werk von Arno gesehen, mit der Ausstellungsankündigung. Außerdem waren zwei Reporter auf der Vernissage. Da steckst du doch dahinter?«

»Stimmt«, gab Simone zu, »ich habe vom Büro aus Pressemitteilungen mit einer Postkarte verschickt, die Arno mal hat drucken lassen. Da habe ich sowieso einige in Hannover, falls ich mal jemandem schreiben will. War also kein großer Aufwand.«

»Yolanda und ich waren jedenfalls sehr überrascht. Zum ersten Mal unser Sohn in der Zeitung. Das hast du großartig gemacht!«

»Danke. Wäre schön, wenn wir den Ausschnitt bekommen könnten. In der Hektik habe ich heute völlig vergessen, die hiesigen Zeitungen zu kaufen.«

»Ich glaube, Yolanda will erst einmal Kopien anfertigen, die sie unter ihren Freundinnen verteilen kann.« Er grinste verschmitzt. »Mutterstolz!«

Sie waren wieder an der Terrasse angelangt und hörten das Stimmengewirr aus dem Haus, aber Arnos Vater setzte zu einer neuerlichen Runde durch den Garten an.

»Ich habe gehört, Lutger wohnt bei euch. Ist das wahr?«

»Vorübergehend.«

»Findest du das in Ordnung?«

»Doc«, sie mußte das gleich einmal ausprobieren, »was soll ich denn dagegen machen? Ich bin die ganze Woche über in Hannover. Aber toll finde ich das natürlich nicht. Er wohnt schließlich in meinem Zimmer. Das riecht jetzt so stark nach Rasierwasser, daß ich den Geruch wahrscheinlich nie mehr ganz rausbekomme!«

Arnos Vater wirkte nachdenklich. »Wie läuft es eigentlich beruflich so bei Dir? Du bist ja jetzt schon einige Zeit in Hannover. Wie hieß noch gleich die Firma?«

»Zipfel!«

»Richtig. Und wie ist es so?«

Simone erzählte von den unübersichtlichen Firmenstrukturen, den Schwierigkeiten vor lauter Tagesgeschäft nicht zu einer systematischen Arbeit zu kommen, ihren inneren Konflikten bezüglich der Branche, in die sie da geraten war.

»Mit anderen Worten: du fühlst dich nicht sehr wohl dabei!«

»Obwohl ich ja nicht direkt für mehr Wurst- und Fleischkonsum eintreten muß, bedrückt es mich. Ich sehe jetzt erst, daß die Fleischproduktion eine richtige Industrie ist, völlig losgelöst davon, daß es sich um lebende Wesen handelt. Davon abgesehen ist es aber speziell auch die interne Struktur des Unternehmens, in dem ich tätig bin, die mir Sorgen macht.«

»Inwiefern?«

»Für die Kommunikation kann man nur eine Planung entwickeln, wenn es eine Unternehmensstrategie gibt, nach der man sich richten kann. Bei Zipfel aber wird alles aus dem Bauch heraus entschieden und oftmals ein paar Tage später widerrufen. Niemand weiß, wo's eigentlich langgehen soll. Und Cäsar, das ist der aktive der beiden Brüder, läßt auch nur dann etwas verlauten, wenn es sich nicht vermeiden läßt.«

»Du hast das ja schnell erkannt. Aber wenigstens, nehme ich an, verdienst du gut?«

»Ja, es geht, aber die Lebensqualität kommt eindeutig zu kurz. Mir fehlt richtiggehend die Zeit, Geld auszugeben! Und dann sehe ich Arno ja kaum noch! Das finden wir beide ziemlich schrecklich.«

Simone fror und hatte feuchte Füße. Als Doc mit seinen festen Tretern über den Rasen schlenderte, hing Simone an seinem Arm und mußte mit. Glücklicherweise standen die neuen Pumps unbeschadet oben im Zimmer.

»Simone«, sagte Doc Wolff bei der dritten Runde, »Arno und ich, wir haben uns nie besonders gut verstanden. Ich wollte ja immer, daß er mal die Firma übernimmt, aber da ist ja wohl nichts zu machen. Wie auch immer, wenn du willst, kannst du jederzeit bei mir anfangen. Ich sehe dich schließlich als zukünftige Schwiegertochter, und dann wäre doch noch jemand aus der Familie im Betrieb. Ich hätte ja immer gerne eine Tocher gehabt, aber Yolanda ...«

»Danke für das Angebot, das ist sehr nett von dir. Wer weiß, vielleicht komme ich eines Tages darauf zurück. Aber im Moment? Ich hoffe, du verstehst, daß ich aus eigener Kraft Karriere machen möchte, und nicht über Beziehungen.«

»Das ist mal wieder typisch Frau!« Simone sah ihn erstaunt an. »Na, Männer haben ihre Seilschaften und Kontakte, die ihnen die Karriere sichern, aber Frauen meinen immer, sie müßten alles alleine schaffen und wollen sich nicht helfen lassen. Und du hast auch diesen Stolz!«

»Mag sein.«

»Wir sollten wirklich wieder reingehen! Du fröstelst schon die ganze Zeit, und drinnen werden sie uns sicher vermissen. »Oh je!« er blickte im Licht der Terrasse auf Simones Füße. »Du hast dir deine Schuhe ruiniert. Ganz naß und voller Gras! Das tut mir leid! Wir haben den Rasen heute extra geschnitten.«

»Kein Problem! Ich ziehe sie einfach aus, damit die Teppiche nicht schmutzig werden.«

»Dann auf zu einer neuen Runde Smalltalk!«

»Wer war denn eigentlich die gutaussehende Frau an deiner Seite?« fragte Simone ihren Arno inquisitorisch auf dem Weg zurück nach Frankfurt. »Deine Jugendliebe, oder was?«

»Genau! Bißchen lästig fällt allerdings, daß meine Mutter uns immer noch verkuppeln will. Sie kann's nicht lassen!«

»Wahrscheinlich eine bessere Partie als ich!« entgegnete Simone. »Dann hattet ihr euch ja viel zu erzählen.«

»Es geht. Sie hat zwei Pferde. Von denen schwärmte sie in allen Tonlagen. Sie hat mir berichtet, wen sie im Tennisclub trifft. Dann wurde ich in ihre Überlegungen eingeweiht, ob sie auf der Kö eine Boutique aufmachen soll und wenn ja, für was.«

»Armer Arno!« meinte Simone süffisant.

»Mein Vater war ja richtig traurig, daß wir heute schon wieder gefahren sind, zeigte aber jede Menge Verständnis, daß wir einen Tag für uns haben wollen, wo wir uns so wenig sehen und unser Gast erst Montag zurückkommt. Was hast du denn mit ihm gemacht?«

»Och, nichts. Wir haben uns angeregt unterhalten.«

»Im Garten. Im Dunkeln. Stundenlang. Und dann kommst du rein und hast die Schuhe in der Hand. Das sah ziemlich lasziv aus. Und ihr habt euch wirklich nur unterhalten?«

»Nicht so ganz. Er hat mich geküßt.«

Arno nahm vor Schreck den Fuß vom Gas und guckte Simone entgeistert an.

»Du bist ja eifersüchtig!« lachte Simone. »Nein, nicht, was du vielleicht denkst. Aber attraktiv ist er ja schon, der Herr Doktor Wolff«, stichelte sie. »Wir sind jetzt per du!«

»Was du nicht sagst! Was wollte er denn?«

»Wissen, was mein Job so macht, nichts Besonderes. Was man so erzählt, eben.«

»Soso!«

»Jaja! – Ist doch alles wunderbar gelaufen gestern. Die Ausstellung wird ein voller Erfolg!«

»Schneckchen: wenn meine Mutter ihre Bekannten unter Androhung von Vergeltungsmaßnahmen auffordert, Arbeiten von mir käuflich zu erwerben, kann man das wohl kaum als Erfolg bezeichnen!«

»Jetzt sei mal nicht so kritisch. Verkauft ist verkauft! Kann dir doch egal sein an wen. Deine Mutter hat nur ein bißchen PR für dich gemacht, genau wie ich. So sind wir halt, wir Frauen!«

Simone hatte die beiden Zeitungen des Tages auf dem Schoß, die über Arnos Ausstellung berichteten.

»Daß du dich mit meiner Mutter solidarisierst, ist ja ganz neu.«

Simone machte »Phh!« und hechelte dann mit Arno die Gäste des Dinners durch.

»Von deinen Vertreterfotos sind nur ein paar was geworden!« Arno hatte ihr am Sonntag morgen schnell den Film entwickelt. »Was hast du bloß gemacht? Ich habe dir das mit der Belichtung doch ganz genau erklärt!«

Simone sagte was von roten Warnlämpchen, die aufgeleuchtet seien, und Arno lachte sich schlapp.

»Nur weil ich das nicht mehr so genau wußte, mußt du dich ja nun nicht gleich auf den Boden werfen und trommeln! Laß mal sehen!« Simone riß Arno den Negativstreifen aus der Hand.

»Wieso? Auf manchen Negativen ist doch was drauf!« Sie sah Männer, die mit schwarzen Stäbchen hantierten und mußte überlegen. »Genau, die Raucherecke! Und da: siehste, das sind Kopetzky, Murx und Fischer! Nur die Gruppenfotos sind etwas blaß! Du machst das schon!« Sie hatte großes Zutrauen zu Arnos Laborkünsten.

Sehr zu seinem Mißfallen hatte Simone die Kamera in Hannover gelassen. Sie würde sie ohnehin bei der Eröffnung der Schlemmer-Passage brauchen. Arno gab ihr einen Farbnegativfilm (da mußte er sich dann wenigstens nicht mit den Abzügen quälen) und erklärte ihr nochmals, wie es sich mit der Lichtwaage verhielte.

»Die Lämpchen müssen beide gleich hell sein! Das korrigiert man erst mit der Belichtungszeit, dann Feinjustierung am Blendenring. Oder, falls du große Schärfentiefe benötigst, erst die Blende einstellen, dann die Zeit. Und falls du wieder alles vergessen hast, merke dir: Die meisten Fotos, die man macht, macht man mit Blende acht!«

»Ich werde das schon hinbekommen. Ich bin ja nicht blöd!«

Heimlich steckte sie sich die neue Fotolehre von Andreas Feininger ein, auf die Arno so große Stücke hielt, und las die Passagen über Aufnahmetechnik im Zug nach Hannover aufmerksam durch. Siedendheiß fiel ihr dabei ein, daß sie vergessen hatte, zu fragen, wie sie den Film einlegen mußte. Um den ersten Film aus der Kamera heil rauszubekommen, hatte sie eine Stunde gebraucht. Immerhin war ihr klar gewesen, daß sie ihn zurückspulen mußte, bevor sie die Kamera aufmachte.

40. Kapitel

Die Sonne strahlte vom Himmel, als Simone zur verabredeten Zeit aus dem Haus trat. Thorsten wartete in seinem Alfa auf sie. Zuerst fuhren sie zum Zipfel-Gelände, wo zwei männliche Azubis bereits vor dem Eingang standen. Sie stiegen dann in einen Zipfel-Kombi um, in den Thorsten am Vorabend schon alles gepackt hatte, was sie für die Eröffnung der Schlemmer-Passage in Wismar brauchen würden. Ob er auch an die Pressemappen gedacht habe, wollte Simone wissen. Und an die Luftballons?

Dann kam noch eine Auszubildende mit Namen Jessica, die von ihrem Vater gebracht wurde, und es konnte losgehen. Die drei Azubis quetschten sich hinter Thorsten und Simone auf die Rückbank.

»Geht's einigermaßen?« fragte Simone, sich umdrehend. Sie zog ihren Sitz etwas weiter nach vorne. Die beiden langen Jungs hatten die zierliche Jessica in die Mitte genommen.

Im Verlauf der langen Fahrt an die Ostsee erzählte Thorsten mit wachsender Begeisterung über Rausschmisse, Fehlentscheidungen, Führung nach Gutsherrenart, Profillosigkeit des Managements und die völlig bescheuerte Produktpolitik. Zipfel sei der letzte Saftladen und es könne einem nur jeder leid tun, der da hineingeraten sei.

»Was ist der Unterschied zwischen einem Zipfel-Manager und einem Autoreifen?« fragte Thorsten und wartete eine Antwort gar nicht erst ab. »Der Autoreifen braucht ein Mindestprofil!«

Die drei Auszubildenden, die gerade erst bei Zipfel angefangen hatten, wurden noch stiller. Simone versuchte, ihn zu mäßigen. Als nachhaltiges Anstoßen mit dem Ellenbogen nichts nutzte, forderte sie ihn auf, seine defätistischen Äußerungen zu unterlassen.

Was denn defätistisch hieße, traute sich Jessica als einzige zu fragen. »So was ähnliches wie pessimistisch, nur schlimmer«, erklärte Thorsten und schob gleich die Frage nach, ob sie denn dieses Fremdwort kennen würden, das sei ja schon wie bei Cäsar, dem müsse man auch alles erklären, und welche Noten sie denn im Abiturzeugnis gehabt hätten. Das war als Unterhaltungsthema auch nicht der große Renner.

Simone versuchte ihrerseits ein unverfängliches Gespräch mit ihnen in Gang zu bringen, was aber schwierig war, da sie nur einsilbige Antworten erhielt. Außerdem versperrte ihr die Kopfstütze die Sicht nach hinten. So schnitt sie Thorstens Lieblingsthema Autos an, was diesen wenigstens davon abhielt, die drei jugendlichen Rückbänkler mit peinlichen Fragen zu traktieren. Simone hörte sich einen brandspannenden Vortrag über die Vor- und Nachteile von Spoilern an, der jeweils kurz unterbrochen wurde von Bemerkungen zu Wagen, die links an ihnen vorbeizogen. Simone konnte gar nicht so schnell gucken, wie er Zylinder-Zahl, Baujahr und spezielle Besonderheiten herunterratterte. Sie hatte das Gefühl, ein Autoquartett zu spielen, bei dem sie Schwarze-Peter-Karten in der Hand hielt.

Sie reckten sich in der frischen Luft vor dem primitiven Gebäude, um das herum es ziemlich trostlos aussah. Hier am Ortsrand von Wismar war ein neues Gewerbegebiet ausgewiesen worden, und es wurde kräftig gebaut. Statt Rasen nur aufgewühlter Acker, Schutthaufen und Stapel von Baumaterial. Der Hausmeister hatte schon ein großes Transparent »Eröffnung der Zipfel Schlemmer-Passage« über dem Eingang zur »Mall« befestigt. Die Azubis entluden den Wagen und begannen unter Anleitung von Thorsten eine Messewand in der Passage aufzubauen, die über das Konzept der Schlemmer-Passagen informierte.

Simone griff sich zwei Kartons mit ZSP-Werbekugelschreibern und Zipfel-Kapselhebern in Form einer stilisierten Faust, die ihrer Meinung nach dringend aufgebraucht werden müßten. Sie erkannte den Gebietsleiter und begrüßte ihn, hatte jedoch seinen Namen vergessen. Sodann verteilte sie die Kulis und Flaschenöffner auf den runden Stehtischchen, die in der Passage verstreut standen. Die Mitarbeiter der Metzgerei waren damit beschäftigt, das opulente kalt-warme Buffet aufzubauen. Es roch nach Gas und Schweinebraten. Alles wuselte durcheinander. Luftballons wurden aufgepumpt. Einige flutschten den Azubis aus der Hand und schwebten dann unter dem Hallendach.

Simone sah sich die Einrichtung der Fleischerei an, die nur so strahlte. »Wurst-Boutiquen« nannte Arno diese modern gestalteten Geschäfte. Irgendwie hatte er recht, dachte Simone beim Anblick der geschwungenen, ewig langen Theke und der hellen Holzpaneele unter der Decke. »Mobile Einrichtungselemente und Gestaltungskonzepte, bei denen ein laufender Akzentenwechsel von Anfang an vorgesehen ist, werden zukünftig das Bild des Fleischerei-Fachgeschäftes prägen«, hatte Simone für Cäsars Rede und den Pressetext sinngemäß aus einer Fachzeitschrift übernommen. »Das haben wir«, ging der Text weiter, »hier zukunftsweisend verwirklicht.«

Ein älterer Herr in Hemdsärmeln erschien, streifte die Werbeartikel mit einem abschätzigen Blick und hob seine Nase ein wenig, als wollte er Witterung aufnehmen, wo es das kostenlose Mittagessen geben würde.

Das mußte ein Journalist sein! Simone griff nach einer Pressemappe und ging ihm entgegen. »Darf ich Ihnen einige Informationen überreichen?«

»Mit Fotos?«

»Ja sicher. Und wenn Sie Fragen haben, wenden Sie sich bitte an mich!«

Er klemmte sich die Mappe unbesehen unter den Arm.

»Gibt's was zu trinken?«

Simone zeigte ihm, wo die Getränke standen, und forderte ihn auf, sich ruhig schon mal zu bedienen.

»Von welcher Zeitung sind Sie denn?«

»*Ostsee-Anzeiger*. Gibt's kein Bier?«

»Später, Herr..., wie war bitte Ihr Name?«

»Schulte-Rüstig, vom *Ostsee-Anzeiger*. Dauert ja wohl noch mit den Reden. Ich schau mich denn mal um.«

Simone erblickte Murx am Eingang. Was der wohl hier wollte? Es gab doch hoffentlich keine rechtlichen Probleme wegen der Eröffnung. Und wo blieben Cäsar und Kopetzky?

»Sieht doch ganz nett aus!« Murx kam, nach allen Seiten blickend, auf Simone zu. »Und wie lecker das riecht!«

Diese Männer dachten immer nur an das eine – ans Essen!

Murx hatte sein obligatorisches Grinsen aufgesetzt. Simone gab pflichtschuldigst Händchen und fragte, wo Cäsar und Kopetzky blieben. Die seien leider kurzfristig verhindert, eine wichtige Sache, habe man vorher nicht absehen können. Er fände das ja auch bedauerlich, aber so sei das nun mal bei Zipfel, da müsse man sich dran gewöhnen, wäre halt alles etwas chaotisch.

Simone überlegte. Dann würde sie die Ansprache eben

selbst halten. Dabei fiel ihr siedendheiß das Redemanuskript ein. Doch das lag ja in den Pressemappen. Gerettet!

»Dafür bin ich jetzt hier!« fuhr Murx fort. »Ich halte die Rede. Ist ja klar.«

»Ach? Dann haben Sie das mit Cäsar abgestimmt, nehme ich an?«

»Ich bin schließlich stellvertretender Geschäftsführer der ZSP!«

Murx war von allen möglichen Firmen der Zipfel Gruppe Geschäftsführer, zumindest auf dem Papier. Die meisten Firmen bestanden nur auf dem Papier. Aber wenn er die Rede halten sollte, bitte. Simone steckte ihm ein Namensschild an.

»Mich kennt doch hier jeder!« behauptete Murx. »Ich war schließlich schon bei der Grundsteinlegung dabei!« Simone blieb hart. Das gehörte zum Corporate Design, und sie hatte sich schließlich auch das gute Stöffchen am Revers mit der Nadel ruiniert. Sie trug einen sehr schicken braunen Hosenanzug mit einem hellgelben Shirt darunter. Es waren nicht genau die Firmenfarben, denn das hätte nach Zipfel-Uniform ausgesehen. Ja, es war ein schmaler Grat zwischen der Identifikation mit dem Unternehmen und dem Aussehen einer Wurst-Hosteß!

Sie verteilte Pressemappen und kümmerte sich um den Bürgermeister, der gar nicht wie einer wirkte. Er hatte eine blaßrote Baumwollhose und ein kariertes Hemd an, dazu mehrfarbige Schuhe. Wie er so neben Murx in seinem Schlabberanzug stand, gab das jedoch ein ganz harmonisches Bild. Simone machte eine Aufnahme.

Der Bürgermeister sprach ein paar politisch korrekte warme Worte. Dann begann Murx. Nach ausschweifenden Begrüßungen der anwesenden Politiker und Verbandspräsidenten erinnerte er daran, daß er schon bei der Grundsteinlegung...

Thorsten gesellte sich zu Simone und flüsterte ihr zu, alles sei aufgebaut und die Azubis würden bestimmt in einer Stunde schlappmachen.

Dann hörte sie, wie Murx sagte: »Die älteste Würstchenbude Deutschlands ist, wie Sie hier im Osten vielleicht nicht wissen, die Historische Wurstküche in Regensburg. Schon vor über 900 Jahren aßen dort Könige und Kaiser, aber auch Bauern und Handwerker Schweinswürste mit Kraut. Die Zipfel Schlemmer-Passagen stehen in dieser Tradition, aber natürlich haben wir heute ein viel höheres Niveau, das wir von der Zipfel Gruppe uns freuen, nun auch an die Ostsee zu bringen.«

Offensichtlich hatte er in das ausgefeilte Redemanuskript nicht einmal hineingesehen. Simone wurde ob der peinlichen Ansprache ganz klein vor Scham und hielt sich am Imbißtisch fest. Thorsten guckte sie kritisch von der Seite an. »Das ist nicht deine Rede, stimmt's?«

»Wirklich nicht! Und unter dem Text in den Pressemappen steht zu allem Unglück ›Es gilt das gesprochene Wort‹!«

Murx holte zu seiner Schlußpointe aus: »Damit auch *Sie* zukünftig Wurst und Fleisch vom Feinsten genießen können, eröffne ich hiermit die Zipfel Schlemmer-Passage von Wismar.«

Die Anwesenden klatschten schlapp und fielen über das Buffet her. Simone ging sich frisch machen.

Als sie vom Klo kam, fragte sie ein junger Mann, ob sie für die Organisation zuständig sei. Er hieße Hans Wurst und solle hier den Clown machen. Simone musterte ihn von oben bis unten und konnte nichts Lustiges an ihm feststellen.

»Moment mal, ich hatte einen Hanswurst bestellt und keinen Hans Wurst!«

»War nur ein Scherz. Hans Wurst – Hanswurst. Sie verstehen? In Wirklichkeit heiße ich Jean Paté.«

Simone griff sich an den Kopf.

»Wieder nur ein Scherz!«

Ha ha.

»Friedel Ochs ist mein richtiger Name. Mein Kostüm liegt in der Herrentoilette. Ich bin ja noch etwas zu früh.«

Er schwirrte ab Richtung Buffet. Simone war der Appetit vergangen.

Um fünfzehn Uhr kamen die ersten Kinder an. Sie fanden, die Passage sei eine gute Skate-Bahn, und veranstalteten einen Slalom zwischen den herumstehenden Imbißtischen. Simone hatte alle Mühe, sie mit den wenigen Baseball-Mützen, die es als Werbegeschenk gab, zum Ausgang zu locken. Geschickterweise hielt sie das Wurst-Logo verdeckt. Die Kids waren stinksauer, als sie den Betrug merkten, trollten sich jedoch.

Murx half großzügig den Azubis beim Zuknoten der Luftballons, verklemmte sich aber nach zehn Minuten den Finger in einem Ballongummi. Thorsten befreite ihn. Nachdem Murx Simone seinen »Betriebsunfall« geschildert und diese den Finger mit einem nassen Papierhandtuch gekühlt hatte, verabschiedete er sich eiligst.

Thorsten knüpfte »Connections«. Er unterhielt sich mit allen Herren, die irgendwie wichtig aussahen. Simone fand, sie sähen vor allem übergewichtig aus.

Nach und nach trafen Mütter mit etwas jüngeren Kindern ein. Die Azubis mußten für alle, die nicht schreiben konnten, beim Luftballon-Weitflug-Wettbewerb die Karte mit der Adresse ausfüllen. Wessen Luftballon am weitesten flog, der sollte von der Zipfel Gruppe eine Jahresration Ringsalami erhalten.

Simone hängte dem Hanswurst Hartwurst-Ketten um den Hals. Vorher hatte sie ihm auf dem Herrenklo geholfen, sein Kostüm anzuziehen, das in einem Stück aus Schuhen, Latzhose und Oberteil bestand. Schminken konnte er sich alleine.

Obwohl Simone nur vage Vorstellungen hatte, wie die historische Hanswurst-Figur aus dem 17. Jahrhundert aussah, wunderte sie sich über den Aufzug. Die Ähnlichkeit mit Ronald McDonald war sicherlich historisch nicht verbürgt, konnte aber marketingmäßig nicht schaden. Schließlich erkannten die Kids wenigstens, um was es ging: Sie verlangten Fähnchen. »Mist! Fähnchen habe ich vergessen!« Simone besorgte den schreienden Kleinkindern ersatzweise Luftballons am Stiel. Hanswurst erzählte dämliche Witze und gab sich alle Mühe, den Kindern verabredungsgemäß Appetit auf Zipfel-Wurst zu machen: »Tri ta trulla- la, die Zipfel-Wurst ist pri-hi-ma!«

Die Kinder wollten aber keine Fleischwurstscheiben essen und entdeckten statt dessen, daß man sie über den Boden rollen konnte. »Mit Essen spielt man nicht!« ermahnte eine Mutter, ließ aber die Wurst am Boden liegen. Simone sammelte die Scheiben auf und brachte sie den Hunden, die draußen bleiben mußten. Dafür wurde sie von einem kräftigen Rottweiler angesprungen und abgeleckt. »Camilla, Platz!« rief ein junger Mann mit Grillwürstchen in der Hand, der überhaupt nicht wie Prinz Charles aussah. Notdürftig entfernte Simone im Waschraum, wo gerade ein Baby gewikkelt wurde, Sabber und Staub von Hose und Jacke. Es roch durchdringend nach feuchtem Zellstoff. Sie beschloß, sich vor dem nächsten Kinderfest einen Neopren-Anzug zu leihen.

Als sie wieder in die Mall trat, stürmten gerade einige der aufgeweckten Kleinen das Bistro und verlangten nach Junior-Tüten. Gab's natürlich nicht. Echte Marktlücke, wie sich Simone später notierte.

Nachdem alle Werbeartikel verteilt waren, verließen die Besucher ziemlich schlagartig die Passage. Nur einige Biertrinker hielt es noch im Bistro.

Thorsten baute mit den Azubis die Messewand ab, auf der nun mit Filzstift gemalte Graffitis prangten. Simone half Friedel Ochs, der offenbar den Gebrauch eines Deodorants ablehnte, aus seinem Kostüm und überreichte ihm den Umschlag mit seinem Honorar. Die Quittung unterschrieb er mit Friedhelm Ochsenburger. Simone fragte gar nicht erst.

Als sie mit Thorsten zum Auto kam, saßen die Azubis völlig fertig auf der Rückbank. Sie versuchten, die drei zu einem klitzekleinen Abstecher an die Ostsee zu überreden, die nur wenige Fahrminuten entfernt lag.

»Wir wollen zurück!« jammerten sie. »Normalerweise hätten wir schon vor einer Stunde Feierabend gehabt!«

»Keinen Elan haben die jungen Leute!« meinte Thorsten altklug und fuhr los.

Kurz vor Lübeck gab es ein scheppperndes Geräusch, das dann in ein Schleifen überging und schließlich aufhörte. Thorsten vermutete, der Wagen falle gleich auseinander und fuhr an den Straßenrand. Da er auf Anhieb nicht herausfand, was fehlte, bestand er »aus Sicherheitsgründen« darauf, das Auto mit dem Wagenheber hochzubocken. Er ließ die Azubis einen Teil der Messewand auspacken und überreichte Simone sein Jackett. Dann legte er sich rücklings auf die bebilderte Seite der weiß laminierten Platte und ließ sich von den beiden Azubis unter das Auto schieben.

Als es dunkel wurde, mußte er die Inspektion zu seinem größten Bedauern ergebnislos abbrechen.

41. Kapitel

Daß Cäsar außerordentlich schlecht gelaunt war, wußte Simone am nächsten Morgen schon kurz nach Arbeitsbeginn. Nachdem er, wie sie zwischenzeitlich immer mal wieder hörte, schon diverse Geschäftsführer und Thorsten »zur Sau« gemacht habe, erhielt Laura Koerner die Kündigung. Sie mußte sofort ihre Sachen packen und verschwinden, hatte nicht einmal Gelegenheit, sich zu verabschieden. Thorsten

ließ seiner Empörung in Simones Büro freien Lauf und kündigte an, lange werde er nicht mehr in diesem Laden bleiben. Er jedenfalls beabsichtige, einem Rausschmiß zuvorzukommen. Sie hörte es mit Bedauern. Ohne ihn würde es bei Zipfel noch trostloser sein.
Gegen Abend war dann Simone an der Reihe: Sie solle sofort zu Cäsar kommen, teilte ihr Frau Allerbeck mit. Sie begab sich in die Chefetage.

Stumm wies Cäsar auf den Besucherstuhl vor seinem klobigen Eicheschreibtisch, auf dem ein nagelneuer Monitor prangte.

»Ach, Sie haben jetzt auch einen PC?«

»Tatschskrien«, murmelte Cäsar und las dabei eine Aktennotiz. Simone überlegte, ob das wohl eine neue Marke sei, und kam schließlich auf die Idee, er habe »Touch-Screen« gemeint, einen Bildschirm, der auf Berührung reagiert. Er machte seinen Kringel unter das Schreiben und drehte den Monitor seines neuen Computers ein wenig zu ihr um. Er drückte mit seinem dicken Zeigefinger auf den Bildschirm. Simone sah, durch die Perspektive verzerrt, rote und grüne Flecken erscheinen.

»Das sind«, er zeigte auf die roten Flecken, »die Gebiete, die weit unter der Umsatzplanung sind.« Die grünen lägen im Plan. Das sei wie bei einer Ampel. »Für doofe Chefs eben«, bemerkte er selbstironisch. »Wie ist es denn in Wismar gelaufen?«

»Recht gut«, antwortete Simone zurückhaltend.

Ob sie eigentlich noch bei Sinnen sei, Murx die Eröffnungsrede halten zu lassen, polterte er los. Das sei ja wohl das allerletzte. Wofür er sie eigentlich eingestellt habe? Sie sei schließlich die Pressesprecherin und habe gefälligst die Reden zu schwingen.

Simone setzte mit der Erklärung an, daß er Murx beauftragt habe, für ihn diese Rede zu halten. Cäsar fiel ihr gleich ins Wort, das sei völliger Quatsch. Sie habe ihm zu glauben und nicht Murx. Der würde sich liebend gerne in den Vordergrund spielen, aber das müsse sie doch inzwischen wissen.

»Gut«, lenkte Simone ein, »wenn Murx beim nächsten Mal behauptet, er solle die Rede halten, dann weiß ich, daß es nicht stimmt.« Sie sei schließlich erst kurz im Haus, fügte sie entschuldigend hinzu, gäbe sich aber alle Mühe, seinen Wünschen zu entsprechen.

»Dann wird es Zeit, daß mal wieder etwas über mich in der Zeitung erscheint. Man muß schließlich im Gespräch bleiben.«

Ob es denn einen aktuellen Anlaß für einen Presseartikel gäbe, wollte Simone wissen.

Das wäre doch wohl ihr Problem, wie sie das unterbringen würde, und nicht seines. Sie sei doch die Fachfrau, ob er ihr jetzt gute Ratschläge geben solle?

»Das nicht, aber ohne einen Aufhänger ist es schwierig, die Kollegen von der Presse zu interessieren.«

»Hängen Sie auf, wen Sie wollen, in spätestens zwei Wochen ist ein Beitrag erschienen. Klar?«

»Klar«, sagte Simone in der Gewißheit, daß sie bald das Presse-Clipping über die Eröffnung der Schlemmer-Passage in Wismar hätte, was ihn erst mal ruhigstellen würde.

»Ach, und sagen Sie mal«, Cäsar musterte sie, »Sie sehen ja eigentlich nicht so aus, aber können Sie kochen?«

»Ja sicher, wieso?«

»Na, sicher ist das nicht«, Cäsar lachte, »heutzutage. Ich hätte da eine Idee.«

Simone befürchtete das Schlimmste.

»Ich will mich auf Convenience-Produkte konzentrieren, wie Sie wissen, und Sie könnten da doch mal ein paar Rezept-Ideen für eine Broschüre entwickeln.«

»Rezept-Ideen für Fertigprodukte. Das ist doch wohl ein Widerspruch«, wandte Simone ein. »Außerdem denkt der

Verbraucher zunehmend ernährungsbewußt, und da würde es sich doch eher anbieten, in diese Richtung zu gehen und die Firma Zipfel als Vorreiter auf dem Gebiet der genußreichen, ausgewogenen Ernährung zu profilieren. Und nicht als Fast food-Anbieter.«

Cäsar ließ Simones Worte einen Augenblick auf sich wirken und sagte dann: »Convenience ist der Markt der Zukunft, außerdem gibt es bisher kaum Konkurrenten, die Convenience im großen Stil produzieren. Ihre Öko-Einstellung ist ja ganz nett, aber unrealistisch.«

»Sie haben doch selbst gesagt, die Produktion würde unrentabel, und jetzt wollen Sie doch produzieren?«

»Ich will das in erster Linie unter unserem Namen vermarkten, produzieren können das andere. Mein Bruder zum Beispiel.«

Simone gab noch zu bedenken, Convenience passe nicht zum Konzept der Schlemmer-Passagen und es wäre doch dringend erforderlich, eine einheitliche Linie in die Aktivitäten zu bringen, anstatt Widersprüche aufzutürmen, aber Cäsar war solchen Argumenten nun mal nicht zugänglich.

»Denken Sie lieber über PR-Aktivitäten nach, wie wir den Leuten Convenience-Produkte schmackhaft machen können! Broschüre oder so. Ihnen fällt schon was ein.«

Simone dachte an halbgare Hamburger in Klarsichtverpackungen mit dem Zipfel-Logo drauf und bekam eine Gänsehaut.

Am nächsten Tag hatte Cäsar bereits ein Konzept auf dem Tisch, in dem Simone vorschlug, die Convenience-Produkte möglichst nährstoffreich herzustellen und sie mit Frischeprodukten (Salat, Gemüse) zu präsentieren. Auf den Verpackungen könnten Hinweise stehen, durch welche frischen Nahrungsmittel sich die Hot Dogs, Hamburger, Würstchen und panierten Schnitzel ergänzen ließen. Das könne man dann als gesundheitsbewußten Ansatz der Zipfel Gruppe der Presse kommunizieren.

Im Grunde war ihr schon klar, daß von ihren gutgemeinten Vorschlägen letztlich nur noch ein Dekorations-Salatblatt auf dem »Serviervorschlag-Foto« der Verpackung übrigbleiben würde. Anstelle von Ernährungstips würden die Angaben über Inhalts- und Konservierungsstoffe auf dem Etikett stehen.

»Herr Sperlich möchte Sie sprechen, ob Sie runterkämen oder er hochkommen soll?«

Simone fragte Marilyn, worum es denn ginge. Marilyn zuckte nichtsahnend mit den Schultern.

»Ich gehe zu ihm runter«, beschloß Simone der Einfachheit halber.

Einkaufsleiter Willi Sperlich schwitzte. Das sah man gleich. Außerdem telefonierte er aufgeregt in seinem Büro, das nur durch eine Glasscheibe von dem seiner Mitarbeiterinnen getrennt war.

»Jetzt hat er zwei Ventilatoren in seinem Zimmer stehen«, bemerkte die eine der beiden geradezu Zipfel-untypisch netten Sachbearbeiterinnen, »dabei ist es für Mai wirklich arschkalt!«

Simone wartete, bis er zu Ende telefoniert hatte, und ging rein. Sperlich begrüßte sie mit Handschlag.

»Ja, was wollte ich denn von Ihnen? Meine Güte. Das ist aber auch immer so hektisch hier! Sie können sich nicht vorstellen, was hier los ist. Ständig alles auf die letzte Minute.«

Er brabbelte noch eine Weile so im Leerlauf vor sich hin, und Simone hoffte, es würde ihm bald sein Anliegen einfallen. Ihre Haare flogen derweil abwechselnd in alle Richtungen, da sich die beiden Ventilatoren drehten. Dabei blieben Haarsträhnen am Lippenstift kleben, was Simone ziemlich unangehm fand. Sie fummelte ständig in ihrem Gesicht herum.

»Ja, jetzt hab' ich's! Die Weihnachtspräsente!« Triumphierend blickte er Simone an.

»Die Weihnachtspräsente«, wiederholte Simone. »Und was ist damit?«

»Sie wissen doch, Weihnachten kommt immer ganz plötzlich. Dann schreien alle: wo sind die Präsente? Letztes Jahr habe ich mir ganz fest vorgenommen, darum kümmere ich mich schon ab Januar. Jetzt ist schon wieder fast Sommer und höchste Zeit.«

Er wischte sich mit einem großen Taschentuch über die Stirn.

»Wir müssen die Muster beschaffen, und dann müssen sich die Herren auf einige Artikel einigen. Sie glauben nicht, wie lange das dauert. Denn es will sich ja keiner entscheiden. Bis es schließlich zu spät ist. Und ich kann dann wieder beim Lieferanten betteln, daß die Sachen wenigstens noch Ende Dezember bei uns eintreffen. Letztes Weihnachten haben wir die Präsente im Januar verschickt!«

»Wir brauchen auch neue Streuartikel. Kugelschreiber und so«, ergänzte Simone.

»Oh je, das wird wieder was. Ich sage nur: Elvis Kopetzky. Der hat garantiert Sonderwünsche.«

»Elvis Kopetzky?« fragte Simone.

»Na, ich sage Elvis zu ihm, weil er doch so 'n Fan ist. Wir streiten uns immer. Ich steh' auf Jazz. Mögen Sie Jazz? Also, in meiner Jugend war ich mal ein richtiger Jazzer. Elvis Kopetzky dagegen war Rocker. Gucken Sie sich doch nur mal die Koteletten an! Der ist in so einer Motorrad-Gang rumgefahren. Bis dann das erste Kind unterwegs war, ja, ja.«

Willi Sperlich stierte in die Ferne, in der er offenbar die schönsten Szenen aus seiner wilden Jugendzeit erblickte.

»Was ist jetzt mit den Weihnachtspräsenten?«

»Ja, also, dann nehmen Sie sich mal die Kataloge mit, und wählen Sie aus. Wir bestellen dann die Muster. Ach, und wegen der Streuartikel, da müssen Sie einen Termin mit Frau Küster machen, Clemens besteht darauf, daß wir bei ihr die Kugelschreiber kaufen, weil, also, ihr Mann ist der Leiter vom Ordnungsamt.«

Simone schreckte unversehens Marilyn auf, als ihr der große Stapel mit Katalogen von Werbeartikel-Anbietern aus der Hand und auf den Schreibtisch ihrer Assistentin knallte. Vor lauter Schreck beendete Marilyn abrupt ihr Privatgespräch. Simone vermutete, sie würde bestimmt gerne in Katalogen blättern, und bat sie, eine Vorauswahl mit gelben Zetteln zu markieren, außerdem möge sie einen Termin mit Frau Küster vereinbaren. Marilyn schrieb sich das auf.

»Schreiben Sie sich das gar nicht erst groß auf, machen Sie's lieber gleich, dann vergessen Sie's auch nicht – oder verlieren wieder den Zettel, so wie neulich. Ach ja, und kümmern Sie sich bitte um das Presse-Clipping Wismar.«

»Das muß ich mir jetzt aber doch aufschreiben! Und neue gelbe Selbstklebezettel brauchen wir auch.«

Kein Wunder, dachte Simone mit Blick auf Marilyns Schreibtisch, auf dem ein Dutzend solcher Zettel klebten. Einige praktischerweise zur Wiederverwendung wie »faxen«, »fotokopieren«, »Telefon ist umgestellt« oder zur ständigen Erinnerung: »Post abholen«, »Abteilungskürzel = GP«, »55 kg«. Letzterer klebte als Zielmarke auf einer Tabelle neben der Schreibtischunterlage, in die Marilyn jeden Tag ihr Gewicht eintrug.

Frau Küster konnte es gar nicht erwarten, ihre Kugelschreiber an den Mann beziehungsweise an die Frau zu bringen. Bereits am folgenden Tag rief Frau Mohr bei Simone an. Frau Küster wäre rein zufällig im Hause und stünde am Empfang, ob sie nicht kurz Zeit hätte. Simone ging die Treppe hinunter in die Empfangshalle und fand die Werbeartikel-Vertreterin mit Frau Mohr im Zwiegespräch, während sich die Telefonleitung heißklingelte.

Wann immer sie sich die Chance erhalten wollte, ein Gespräch schnell zu beenden, benutzte Simone ein Besprechungszimmer. Da konnte sie einfach aufstehen und gehen, während man aus dem eigenen Büro Besucher umständlich rauskomplimentieren mußte. Sie lotste also Frau Küster in einen freien Raum im Parterre.

Frau Küster war eine vollschlanke Vertreterin in den späten Fünfzigern, die wahrscheinlich die Herren Kollegen problemlos unter den Tisch trinken würde, wenn es darauf ankam. Sie hatte eine tiefe Whisky-Stimme, mit der sie Simone in eine Unterhaltung von Frau zu Frau verwickelte. Sie betonte, wie lange sie schon der Firma Zipfel verbunden sei, und kam dann, was Simone verwunderte, sofort darauf zu sprechen, daß es Frauen bei Zipfel nicht leicht hätten. Sie hätte schon einige kommen und gehen sehen, das seien doch alles Chauvis hier. »Das haben Sie ja sicher schon selbst gemerkt!« Simone konnte dem nicht so recht zustimmen. Da sie nicht weiter darauf einging, öffnete Frau Küster ihren Musterkoffer. Der enthielt, wie Simone auf einen Blick sah, nur ausgesprochen langweiliges Schreibwerkzeug. Frau Küster meinte: »Bin gespannt, wie lange Sie es hier aushalten.«

42. Kapitel

Sie freute sich schon darauf, am Wochenende mal wieder so richtig schön zu kochen, und machte unterwegs nach Frankfurt Pläne. Bei ihrem Eintreffen wurde sie mit der freudigen Nachricht begrüßt, Lutger habe netterweise schon eingekauft.

»Das hätte ich lieber selbst getan, ich würde nämlich gerne

mal wieder was Leckeres essen, dieser Kantinenfraß ist wirklich unerträglich.«

»Dir kann man es aber auch gar nicht recht machen«, entrüstete sich Arno und schlug vor, sie könne ja mit Lutger zusammen kochen, am Samstag zum Beispiel. Er würde dann ohnehin auf den Flohmarkt fahren, er brauche dringend eine Inspiration.

Lutger war in einer Ballett-Aufführung. So hatten sie den Abend für sich, was sie allerdings zunächst dazu nutzten, sich zu streiten: über das Einkaufen im allgemeinen, Lutgers Eigenmächtigkeit im besonderen und die Frage, wie das mit dem Haushaltsgeld zu regeln sei.

»Ach, übrigens, meine Mutter hat die Zeitungsausschnitte über die Ausstellung geschickt«, wechselte Arno das Thema.

Gemeinsam beugten sie sich über die Artikel aus Tageszeitungen und Szeneblättern. Simone freute sich, daß nahezu alle, die sie angeschrieben hatte, eine Notiz oder einen kleinen Artikel veröffentlicht hatten. Schon sechs Arbeiten seien inzwischen verkauft, hatte Yolanda in ihrem Begleitbrief geschrieben, und Frau Bröker sei außerordentlich begeistert. Sie überlege, in Zukunft regelmäßig ein- oder zweimal im Jahr Fotografie zu zeigen. Arno habe die Zusage, in zwei Jahren wieder bei ihr auszustellen, und Frau Bröker wolle ihn weiterempfehlen, behauptete jedenfalls seine Mutter. Simone fragte ihn, ob er nicht stolz sei auf diesen Erfolg.

»Schon, ja, ein wenig.«

»Siehste, jetzt wirst du noch berühmt.«

Am nächsten Morgen wurden sie vom Geruch frisch aufgebrühten Kaffees geweckt.

»Extra für euch gemacht«, betonte Lutger, »und frische Brötchen.«

»Och nö!« kommentierte Simone. »Entschuldige, aber das sind ja Fertigbrötchen aus der Fabrik! Entweder selbstgebackene oder keine. Du nimmst doch auch keine Fertigsoßen zu deinen Braten, oder?«

»Selbstverständlich nicht!« antwortete Lutger, entrüstet ob dieser Unterstellung, »im Gegenteil, ich bereite den Fond stets persönlich zu.«

»Siehst du!« triumphierte Simone, die allerdings schon mal fertige Fonds benutzte, »siehst du, aber halbgare Brötchen aus der Fabrik kaufen! Ich kann dir gerne mal zeigen, wie man Brot oder Brötchen backt, das geht wirklich einfach und schmeckt ganz hervorragend.«

»Jetzt setz dich und laß uns frühstücken«, forderte Arno, der es eilig hatte, zum Flohmarkt zu kommen. »Ihr könnt euch ja beim Kochen weiter streiten.«

»Wir streiten uns keineswegs. Wir klären hier nur Details.«

Während sie einen Apfel in ihr Müsli rieb, um ihren Gesundheitsanspruch zu untermauern, merkte sie selbst, daß sie nicht so gut gelaunt war, und schrieb ihre Intoleranz dem Streß im Job zu. Diese Selbsterkenntnis hielt sie jedoch nicht davon ab, Lutger lauernd zu fragen, was er denn eingekauft habe beziehungsweise zu kochen gedenke.

»Da du ja kein Fleisch essen magst, dachte ich, wir könnten zusammen drei Nudelsorten zubereiten. Die reichen dann vielleicht auch noch für morgen. Arno sagt, du machst so gute Gnocchi.«

»Ich liebe Gnocchi! Tolle Idee. Und was machst du?«

»Ich habe extra meine Nudelmaschine geholt. Ich dachte an Bandnudeln und an Ravioli.«

Das war mal wieder typisch für Lutger, der hatte natürlich eine Nudelmaschine. So was nahm doch bloß Platz weg.

Arno suchte nach der Tageszeitung, um sich hinter ihr zu verschanzen. Lutger aß brav die aufgebackenen Brötchen.

»Welche Saucen?« fragte Simone knapp.

»Was du möchtest. Ist für alles gesorgt.«

»Aha. Dann hast du also auch alten Pecorino besorgt?«

Lutger war irritiert: »Wofür?«

»Wenn man drei Saucen macht, dann sinnigerweise eine weiße aus Sahne, eine rote aus Tomaten und eine grüne aus Basilikum. Na, und für Pesto braucht man Parmesan und alten Pecorino, weiß doch jeder!«

»Das tut mir jetzt leid. Meinst du, es wird auch ohne gehen?«

»Im Notfall, aber da darf man natürlich nicht erwarten, daß es perfekt schmeckt.«

Arno verabschiedete sich bald darauf. Lutger und Simone fachsimpelten noch eine Weile am Frühstückstisch und wetteiferten damit, wer die italienischere Variante diverser Nudelsaucen kannte, was natürlich, wie sie selbst wußten, müßig war, da in jeder Region die Rezepte unterschiedlich interpretiert werden.

Da ihnen allein schon beim Gespräch darüber das Wasser im Munde zusammenlief, beschloß Simone, schon mal die Kartoffeln aufzusetzen, aus denen die Gnocchi entstehen sollten. Lutger wunderte sich, warum sie diese nicht vorher schälte.

»Weil sie sonst zu viel Wasser aufnehmen und außerdem an Geschmack verlieren«, erklärte sie bereitwillig.

»Ein tolles Hemd hast du an«, meinte sie unvermittelt, um mal was Nettes zu sagen. Lutger schaute an seinem schlichten weißen Hemd herunter, von dem er die Ärmel ziemlich weit aufgekrempelt hatte, was seine durchtrainierten, aber nicht zu muskulösen Arme sehen ließ.

»Ja, findest du?«

Noch viel aufregender war allerdings seine Jeans, unter der sich nicht nur sein Po abzeichnete. Er stand neben ihr und verströmte sein derzeit favorisiertes Duftwasser.

»Simone«, sagte er und umfaßte dabei mit seinen schönen Händen ihre Schultern, »ich kann verstehen, daß du lieber mit Arno alleine wärst, vor allem, wo ihr euch nur am Wochenende seht. Ich finde das wirklich sehr lieb von dir.«

Sie sah ihm in die Augen, wozu sie den Kopf in den Nacken legen mußte.

»Ich hoffe, wir sind Freunde.« Eine Haarsträhne fiel ihm dabei ins Gesicht. Das ließ ihn verwegen und ziemlich verführerisch aussehen. Simone merkte, daß sie rot wurde, und bemühte sich, daran zu denken, wie zickig er sein konnte.

»Ja, öhm, also, es ist schon okay, daß du hier bist. Ich muß nicht die ganze Zeit mit Arno alleine sein. Es ist nur so, daß ich generell gerne alleine bin. Aber das habe ich ja schon abends die Woche über.«

Seine Arme glitten höher, und er umfaßte ihren Hals, was Simone erschauern ließ. Würde er sie küssen oder erwürgen?

»Du bist etwas gereizt, ist das meinetwegen?«

»Nicht direkt. Mehr so der Streß überhaupt.«

»Weißt du, daß du völlig verspannt bist?«

»Ja, schrecklich. In Hannover habe ich keine Zeit, zur Massage zu gehen.«

»Was hältst du davon, wenn ich dich massiere?«

»Und was ist mit den Nudeln?«

»Alles zu seiner Zeit.«

Sie räumten den Eßtisch ab. Während sich Simone halb ausgezogen auf einer Decke darauf legte, damit er ihr den Rücken massieren konnte, suchte Lutger eine leise, entspannende Musik aus. Er massierte hingebungsvoll. Am liebsten wäre ihr gewesen, er hätte überhaupt nicht mehr aufgehört.

»Woher kannst du das nur so gut?« fragte sie unter den Armen durch, auf denen ihr Kopf lag.

»Hat Sebastian mir beigebracht, der hatte mal einen Lover, der Masseur war. Lange vor mir, selbstverständlich.«

Arno hatte nie eine Masseurin zur Freundin gehabt.

»Du hast eine tolle Haut; macht Spaß dich zu massieren.«

»Wir können das Vergnügen gerne wiederholen, aber ich fürchte, jetzt müssen wir an das Essen denken.«

»Da fällt mir etwas ein. Bleib liegen.«

Lutger deckte sie mit dem herunterhängenden Teil der Decke zu, und Simone räkelte sich wohlig. Dann hatte er auch schon ein kleines Schälchen Kaviar in der Hand und einen verzierten, altmodischen Hornlöffel. Er kniete sich vor Simones Kopf und begann, sie mit den schwarzen Perlen zu füttern, die erotisch auf der Zunge zerplatzten.

Die Musik verstummte, und bei Simone meldete sich ihr Gewissen. Was würde Arno denken, wenn er sie so sehen würde?

Sie wickelte sich in die Decke und ging sich anziehen. Lutger saß im Schneidersitz auf dem Boden und löffelte genüßlich den Kaviar zu Ende. Wenig später stand sie wieder in der Küche und schimpfte über die zerkochten Kartoffeln.

»Die müssen doch ohnehin passiert werden«, beschwichtigte Lutger.

»Das hätte trotzdem nicht passieren dürfen«, meinte Simone.

»Wieso, ist doch gar nichts passiert.«

Sie guckten sich an, grinsten und bereiteten die Teige zu.

Als Arno zurückkam, wunderte er sich sichtlich über die beiden Köche, die sich gegenseitig Mehl auf die Nase gestäubt hatten und ihre sonstige Ernsthaftigkeit beim Kochen ziemlich vermissen ließen. Das lag nicht zuletzt daran, daß der zum Aromatisieren von Saucen und Dressings vorrätige Noilly Prat Lutger auf die Idee gebracht hatte, Drinks zu mixen. Die Nudelsaucen hatten sie noch gar nicht in Angriff genommen, aber das machte nichts, die gingen schnell.

Arno küßte Simone und fragte sie, wieso sie so fremd rieche. Sie wurde ein wenig verlegen. Lutger habe ihr den Nakken massiert, der ja, wie er wisse, stets so verspannt wäre von der Schreibtischarbeit. Und der Geruch sei vom Massageöl.

»Ach so«, sagte Arno leicht eifersüchtig. »Ihr scheint ja viel Spaß zu haben. Ich glaube, ich sollte auch noch anfangen zu kochen.«

43. Kapitel

Ganz unerwartet und gerade als Simone schwer im Streß war, meldete sich in der folgenden Woche ihre frühere Sekretärin Ilka aus Köln. Simone bat sie, später am Tag nochmal anzurufen, was sie auch tat.

Ja, ihr ginge es gut, berichtete sie, sie sei ja nun bei einer Fernsehproduktionsgesellschaft, das sei wahnsinnig interessant. Lauter nette Leute, bis auf ihren Chef, da würde sie doch oft an Simone denken, die ihr immer alles geduldig erklärt habe. Aber sonst könne sie nicht klagen.

Ob sie sich denn einen Promi geangelt habe, wollte Simone wissen.

»Das nicht, aber einen süßen Kameramann. Leider ist er ständig unterwegs. Nächstes Jahr wollen wir unbedingt zusammen eine Reisereportage machen, über Usbekistan oder das Sauerland. Ist noch nicht ganz raus.«

»Toll«, meinte Simone.

»Also, weshalb ich anrufe. Wir machen da so eine Talkshow, die planen wir eine Weile im voraus, und im Herbst ist eine Runde zum Thema Fleischkonsum angesetzt. Da dachte ich an dich.«

»Inwiefern?«

»Du bist doch jetzt bei einer Fleischwarenfabrik und könntest die Position der Hersteller vertreten.«

»Wieso nehmt ihr da nicht einen Pressesprecher von einem der vielen Verbände, die sind doch viel eher geeignet?«

»Also, ehrlich gesagt, wir brauchen noch eine Frau in der Runde. Als Farbfleck. Die Männer haben ja immer so langweilige dunkle Anzüge an, das gibt kein schönes Bild.«

Simone ärgerte sich ein wenig, als Farbfleck eingeladen zu werden, und fragte, wer denn sonst noch auf ihrer Liste stünde. Ilka zählte auf. Das waren Vertreter von Umwelt- und Tierschutz-Organisationen, ein Vegetarier, ein Vertreter der Deutschen Gesellschaft für Ernährung und sie.

Simone fand diese wunderbar parteiische Zusammenstellung mal wieder typisch fürs Fernsehen. Die suchten doch immer einen, der in der Runde das Feindbild verkörpert, damit die anderen auf ihm rumhacken konnten!

»Und ich soll den Prügelknaben machen, oder was?« fragte Simone entrüstet.

Ilka entschuldigte sich, so habe sie das noch gar nicht gesehen.

»Aber das ist doch trotzdem eine gute Gelegenheit, sozusagen den Zipfel der Wurst hochzuhalten.« Sie kicherte. »Du hast ja noch Zeit, es dir zu überlegen.« Sie nannte Simone ihre Büronummer und bat, sich gelegentlich zu melden.

Simone war so in Rage, daß sie gleich wieder zum Hörer griff. Sie wählte die Null für externe Gespräche, dann eine zweistellige Geheimnummer, ihre vierstellige Personalnummer, die Vorwahl von Frankfurt und die Nummer ihres Anschlusses. Die Gebühren für Privatgespräche wurden automatisch vom Gehalt abgebucht. Leider war Arno im Kino und Lutger am Telefon. Er konnte Simones Empörung überhaupt nicht teilen. Im Gegenteil. Er fand das so genial, daß er fragte, ob er nicht anstelle von Simone gehen könne. Das wäre dann wenigstens die gerechte Rache an Sebastian.

»Meine Güte, ins Fernsehen!« schallte es ein ums andere Mal aus dem Hörer. »Der Wahnsinn!«

»Jetzt beruhige dich wieder!« forderte Simone. »Mach dir lieber klar, was das für mich heißt! Ich, die ich nicht mal Wurst esse, und kaum Fleisch, soll öffentlich, ich betone öffentlich, mein Gesicht für die Fleischwarenindustrie hinhalten! Das fehlte mir gerade noch! Ich kann doch nicht zu mehr Fleischkonsum aufrufen, wenn ich selbst zwar nicht gegen Fleisch generell, aber doch gegen die industrielle Produktion von Fleisch bin. Ich kaufe ausschließlich bei einem Bauern, der selbst schlachtet und der auch das Futter für die Tiere selbst anbaut. Und zwar aus kulinarischen wie aus ökologischen Gründen.«

»Hey«, sagte Lutger aufgekratzt, »das wußte ich ja gar nicht. Wenn du mir die Adresse sagst, kaufe ich da fürs nächste Wochenende ein.«

»Ja, gut, aber was mache ich jetzt? Wenn Cäsar erfährt, daß ich ins Fernsehen eingeladen bin und nicht gehen will, dreht er mir den Hals um.«

»Simone, du hast den falschen Job! Das hättest du dir eher überlegen müssen!«

»Danke für den Hinweis, lieber Lutger. Du hättest dir auch eher überlegen müssen, daß Sebastian dich verlassen könnte. Dann hättest du jetzt nicht die Wohnung am Hals!«

Der Vergleich hinkte zwar, aber das war Simone ziemlich egal.

44. Kapitel

Zwei Monate später wohnte Lutger immer noch bei ihnen. Der Immobilienmarkt tendierte wöchentlich schwächer. Man konnte von einem Broker schließlich nicht verlangen, seine ungeliebte Wohnung mit Verlust zu verkaufen. Er hätte sich längst eine Mietwohnung suchen können. Aber wozu der Umstand? Arno sah keinen Grund, den kochenden Lutger vor die Tür zu setzen. Simone hatte sich an das Wettkochen am Wochenende schon so gewöhnt, daß sie sich heimlich in Hannover Feinschmecker-Zeitschriften besorgte und neue Rezepte studierte.

»Männer sind halt bequem«, hatte ihre Freundin Gaby erläutert, »das geht bis in alle Ewigkeit so weiter. Es sei denn, du besorgst Lutger ein Ausweichquartier.«

»So weit kommt es noch!«

»Ist es nicht überhaupt merkwürdig, daß euer Lutger noch keinen neuen Freund hat? Lebt er jetzt abstinent?«

»Keine Ahnung. Vielleicht sitzt das mit Sebastian tief. Sie waren ein paar Jahre zusammen.«

»Und du bist ganz sicher, daß er nichts mit Arno hat?«

Simone stellte sich das bildlich vor: Arno und Lutger. Zwei schöne Menschen lagen sich in den Armen: »Meine Frau vernachlässigt mich!«, »Mein Mann hat einen jüngeren!«

»Simone, sag was! Bist du noch dran?«

»Ja. Öhm, nein, Unsinn, völliger Quatsch.«

»Arno ist Künstler, vergiß das nicht!« ermahnte sie ihre Freundin. »Die sind ganz anders gepolt als wir Normalos.«

»Alles Vorurteile! Sicher, viele Künstler sind homosexuell veranlagt«, gab Simone zu, »aber Arno zufällig nicht!«

»Aber wäre ja immer noch besser, wenn er dich mit einem Mann betrügt als mit einer Frau. Vielleicht lebt ihr ganz zufrieden zu dritt. Wäre doch möglich! Ich fände nichts dabei.«

»Theoretisch finde ich auch nichts dabei. Aber eben nur theoretisch.«

»Also, mit meinem Ulfi könnte mir das nicht passieren! Der ist scharf wie Nachbars Lumpi! Mit Männern hat der nichts am Hut.«

»Meinst du Arno etwa!« fiel Simone ihr ins Wort.

»Nimm's nicht so tragisch«, forderte Gaby sie auf. »Also, Simone, ich muß mir noch die Nägel machen. Laß wieder von dir hören!«

Nach diesem merkwürdigen Telefonat gingen ihr so allerlei krause Gedanken durch den Kopf. Wer wußte schon, was die beiden damals im Internat getrieben hatten. Und war nicht

Arno nach Frankfurt gezogen, weil Lutger dorthin gegangen war? Oder umgekehrt? Wieso hatte sie diesen wichtigen Details nie Beachtung geschenkt? Andererseits kannte sie Arno nun schon etliche Jahre und hätte sicher was gemerkt. Lutger war immer eher distanziert gewesen, höflich und zurückhaltend. Gaby hatte ihr da was eingeredet! Schöne Freundin!

In der Nacht träumte Simone, Arno und Lutger wollten heiraten. Als Trauzeugin müsse sie die dreistöckige Hochzeitstorte anfertigen, teilten sie ihr mit. Sie versank bedrohlich in rosaroter Buttercreme. Nur ihr Kopf guckte noch raus. In der Ferne sah sie die roten Locken von Gaby leuchten. Gaby hatte einen Männchen-machenden Hund an der Leine, den sie Ulfi rief. Schweißgebadet wachte sie mitten in der Nacht auf. Sie überlegte, wo sie überhaupt war.

Da Esther aus Berlin zurückkehrte, mußte sie vor einigen Tagen die Ikea-Wohnung räumen. Gerade noch rechtzeitig war ein Firmenapartment in einem Hochhaus frei geworden. In dem hatten schon Generationen von Zipfelianern gewohnt, ohne daß zwischenzeitlich renoviert worden wäre. Große Flecken auf dem grauen Nadelfilz-Teppichboden kündeten von ausgelassenen Feiern. Die fragmentarische Einrichtung bestand aus Mitnahmemarkt-Sonderangeboten der untersten Preisstufe im Stadium fortgeschrittenen Verfalls. Telefon gab's auch keines, aber eine Zelle vor dem Haus. Es war an alles gedacht.

In Arnos Auto, der es nicht mehr brauchte, seit Lutger einkaufen fuhr, hatte sie sich einige Foulards und einen ausrangierten Teppich mitgebracht, um die schlimmsten Flecken und den scheußlichen Sofabezug zu kaschieren. Viel wohnlicher sah die Dreizimmerwohnung trotzdem nicht aus. Im mit Bett und Schrank in Kiefernholzimitat ausstaffierten Schlafzimmer hing eine Deckenlampe mit hellblauer Stoffbespannung, auf der Schlümpfe Ringelreihen tanzten. Im engen Badezimmer gab es nur eine schwache Deckenbeleuchtung und keine Steckdose für den Fön.

Die Firmenwohnung war gleichwohl ihre Rettung gewesen. Arno hatte ihr ziemlich deutlich zu verstehen gegeben, ein Umzug käme zur Zeit nicht in Frage. Sie hatte ohnehin bisher keine Zeit gehabt, sich um eine Bleibe für sie beide zu kümmern.

Das hing vielleicht auch damit zusammen, daß sie mit ihrem Job nicht so ganz glücklich war, und zwar mal ganz abgesehen von Cäsar, der sie ständig mit neuen Vorstellungen und Ideen überrollte, die letztendlich im Sande verliefen. Nie hatte sie sich vorher vorgestellt, welch gigantische Industrie hinter den Fleisch- und Wursttheken im Supermarkt stand. Und für alles gab es einen Verband: den Bundesverband der Fleischwarenindustrie, den Bund Deutscher Großschlachter und Fleischgroßhändler, die Bundesvereinigung der Deutschen Ernährungsindustrie. Hinzu kamen die diversen Verbände und Innungen der Fleischer, die Förderungsgemeinschaften wie die des Fleischerverbandes oder die Aktionsgemeinschaft Fleisch. Dann gab es noch spezielle Vereinigungen, die sich für den Naturdarm oder das Lammfleisch stark machten. Und natürlich die Centrale Marketinggesellschaft der deutschen Agrarwirtschaft, kurz CMA, mit ihren genialen Slogans wie »Fleisch muß sein. Beiß rein«.

Zum Reinbeißen hatte Simone aber überhaupt keine Lust mehr. Sie las in den Fachzeitschriften, die samt Umlaufzettel jede Woche in ihrem braunen Posteingangskörbchen lagen, nicht nur Artikel mit poetischen Überschriften wie »Sülze ohne Grenzen« oder schaute in das »Rohschinken Spezial: Pökeln und Brennen«, sondern fand auch Beiträge, in denen die Probleme von Massentierhaltung und industrieller Fleischproduktion sehr viel offener dargestellt wurden, als sie das vermutet hatte. Obwohl es immer noch eine Überzahl an

Experten gab, die das alles »wissenschaftlich« verharmlosten. Sie wußte langsam nicht mehr, was und wem sie glauben sollte.

Leider erfuhr sie dadurch, daß ihr geliebtes, scheues Perlhühnchen in engen Ställen gezogen wurde. Auch Eigelb in Nuggets mochte an sich etwas Praktisches sein. Simone schien das wieder nur ein weiteres Sinnbild für eine degenerierte Nahrungsmittelproduktion.

Dabei konnte sie ja noch froh sein. Sie mußte keine Werbung machen, weder für Fleisch noch für Wurst. Machten alles die Verbände. Cäsar hatte ihr eingeschärft, die Finger davonzulassen, dafür zahle er schließlich horrende Beiträge. Immerhin hatte sie inzwischen Kontakte zu den Pressesprechern der wichtigsten Organisationen geknüpft, so daß sie einigermaßen über die aktuelle Entwicklung und die anstehenden Probleme der Branche informiert wurde. Cäsar oder Clemens hüllten sich ja in Schweigen, und irgendwoher mußte sie ihre Informationen schließlich beziehen. Manches brachte sie in Kurzfassung in die *Zipfel News*. Und schon nach der ersten Ausgabe hatte Sänger sie gelobt, er brauche zukünftig gar nicht mehr in die Fachzeitschriften zu schauen, sie fasse das Wichtigste wunderbar zusammen.

45. Kapitel

Simone hatte gerade die Korrekturfahnen für die zweite von ihr gestaltete Ausgabe der *Zipfel News* vor sich, als mal wieder das Telefon störte.

»Zipfel Gruppe, Störmer«, meldete sie sich, noch mit den Fahnen beschäftigt.

»Ich bin's bloß«, hörte sie Arno sagen. »Ich wollte mal wieder deine Stimme hören.«

Sie legte den Stift aus der Hand und genoß fernmündliche Streicheleinheiten.

»Wie wär's«, kam Arno nach einer Weile auf den Grund seines Anrufs, »wenn ich am nächsten Wochenende käme? Wir könnten uns ein bißchen die Gegend ansehen.«

»Und endlich mal wieder alleine sein?«

»Genau.«

Simone war begeistert, zog sofort den Fahrplan aus der Schublade und erklärte Arno, welchen Zug er nehmen solle.

Als sie aufgelegt hatte, war es höchste Zeit für ihren Termin bei Cäsar. Gutgelaunt nahm sie ihren Filofax und sagte Frau Schupps, wo sie hinginge. Cäsar hatte mal wieder seinen Zeitplan nicht eingehalten. Frau Allerbeck schätzte, es dauere noch mindestens eine Stunde, sie sei aber auf der Liste und sie würde sie anrufen. Bei Cäsar einen Termin zu haben war immer etwas nervig. Wenn er morgens angesetzt war, verschob er sich genau in die Mittagspause, und Simone wußte nicht, ob sie das bestellte Kantinenessen würde einnehmen können. War der Termin für nachmittags geplant, fand er in den Abendstunden statt. In jedem Fall war die Wahrscheinlichkeit groß, ihm mit knurrendem Magen gegenüberzusitzen und über Genußmittel zu sprechen.

Marilyn machte schon seit Wochen die Fit-for-Life-Diät und fiel für gemeinsame Kantinenbesuche aus. Schon zweimal hatte sie Simone erzählt, daß die Frau des Erfinders dieser Diät auch Marilyn hieße. Also ging Simone wie üblich alleine durch den Kaltgang zur Nichtraucherkantine, um ihr Alupäckchen mit der Lebensmittelration in Empfang zu nehmen. Es gab zwei Ausgabezeiten, die frühere für die Arbeiter aus der Wurstproduktion und die spätere für die Angestellten.

Das einzig sinnvolle am Aufenthalt in der trostlosen Kantine war der Umstand, daß beim Essen ab und an Führungskräfte zusammen saßen und Dampf abließen.

Simone setzte sich zum neu eingestellten Vertriebsleiter für Convenience-Produkte und fragte ihn, wie's so gehe und ob er sich schon eingelebt habe.

»Man kann ja nicht genug klagen. Es ist alles recht unübersichtlich«, antwortete er, »ich fange praktisch bei Null an, muß alles neu planen und organisieren.«

»Ja, das kann ich mir vorstellen. Es dauert seine Zeit, bis man bei Zipfel durchblickt. Was haben Sie denn vorher gemacht, wenn ich fragen darf?«

»Ich war Vertriebsleiter bei einem Versandhaus, da war alles perfekt organisiert. Dagegen ist das hier... eine echte Herausforderung.«

»Wie sind Sie denn zu Zipfel gekommen, ich meine, so ein Versandhaus ist schließlich eine ganz andere Größenordnung.«

»Wenn Sie's für sich behalten können«, er kam noch näher an Simone heran, »ich war vorher arbeitslos und in meinem Alter...« Er war deutlich über vierzig. »Ich fand übrigens Ihren Vorschlag, auch bei Convenience an die Gesundheit zu denken, sehr gut. Cäsar hat mir gleich Ihren Entwurf gegeben.«

Florian Kraus setzte sich zu ihnen: »Mahlzeit!«

»Danke, dito«, wünschte der Convenience-Vertriebsleiter.

»Es ist unglaublich, was Zipfel für ein unqualifiziertes Personal einstellt!« platzte der jugendliche Controller raus. »Nur weil das billiger ist! Kein Wunder, daß hier nichts klappt.« Florian Kraus war sichtlich in Fahrt. »Sänger sagt, Zipfel sucht so lange, bis er Langzeitarbeitslose gefunden hat, wegen der staatlichen Förderung.«

Simone sah betreten auf das Profil ihres Nachbarn.

»Da wundert einen doch gar nichts mehr. Und dann die

Fluktuation! Diese Woche haben drei Leute allein in meinem Umfeld gekündigt. Sänger ist stinksauer. Aber was will man machen?«

Simone teilte ihre Befürchtung mit, Cäsars Sekretärin könne sie suchen. Sie verabschiedete sich und versprach dem Vertriebsleiter, ihn später zwecks Vereinbarung eines Besprechungstermins anzurufen.

»Mahlzeit!« Cäsar knallte ihr ein farbiges Querformatbild von einer gespenstisch blaß aussehenden Metzgersfamilie mit vier Kindern auf den Tisch.

»Kennen Sie das?«

Simone verneinte.

»Sollten Sie aber!«

Es handelte sich um ein Faltblatt, das einer Fachzeitschrift beigelegen hatte. Da Simones Abteilung die Magazine immer als letzte bekam, was sie schon mehrfach reklamiert hatte, fehlten die Beilagen dann sowieso längst. Innen stand was von einer »Taler-Aktion«, was nicht näher erläutert war, offenbar hatte Simone hier eine Bildungslücke. Rechts wurde in großen Lettern gefragt, ob man das nächste Geschäftsjahr zu seinem Erfolgsjahr machen wolle. »Ob groß ob klein – alle finden sie fein«, hieß es darunter. Abgebildet waren vier Sammelfiguren. Gleich die erste war ein blaues Schwein im Anzug, das mit Nachnamen Sänger hieß! Simone gluckste. Sonst gab es noch zwei grüne Kühe, einmal mit Fußball und einmal sitzend, sowie ein weiteres blaues Schwein mit einer Ziehharmonika und Kniebundhosen. »Nur Kuh und Schwein, das ist nicht fein«, reimte sie in Gedanken.

»Was gibt es da zu lachen, Frau Dr. Störmer!« fuhr Cäsar sie an.

Simone fand das saukomisch, limitierte Schweinefiguren, die nach dem Zipfel-Geschäftsführer hießen, und sagte das auch.

»Anstatt sich lustig zu machen, hätten Sie selbst auf so eine Idee kommen können! Wenn man nicht alles alleine macht! Sammelfiguren! Das ist mal eine PR-Idee!«

»Moment, Herr Zipfel, hier steht, die Kunden müßten die Figuren kaufen! Dann ist es in jedem Fall Marketing!«

»So meine ich das nicht. Wir könnten in unsere Verpackungen Sammelfiguren einschweißen! Ich verhandle sowieso gerade mit China.« Er dachte mehr laut, als daß er zu Simone sprach. »Die Währung ist nicht konvertibel, also tausche ich die Erlöse gegen Plastikfiguren ein. Gut, das leidige Hygieneproblem – es wird zu lösen sein!«

Das war bestimmt wieder so eine Idee, wie die mit dem Logo in der Wurst, die hatte Cäsar auch gleich verworfen, als Simone ihm die Kostenkalkulation auf den Tisch legte.

»Sie werden mich über Ihre Verhandlungen mit China auf dem laufenden halten, hoffe ich.«

»Sie sollten sich lieber mal hier und da umhören. Da schnappt man immer was auf. Ich habe schließlich keine Zeit für Plauderstündchen.«

Und sie hatte zu viel zu tun, um den ganzen Tag auf dem Flur zu stehen, nur um irgendwelchen Tratsch mitzubekommen. Sie hatte schon mal versucht, ihm zu erklären, daß sie nur dann sinnvoll arbeiten könne, wenn er ihr seine Pläne rechtzeitig mitteilte und nicht erst im nachhinein und auch nur punktuell. Neulich hatte ein Journalist sie gefragt, was an den Gerüchten dran sei, daß Cäsar Zipfel eine Gewürzmühle in der Nähe von Hamburg übernehmen wolle. Sie wußte von nichts und mußte sich rauslavieren. Sänger hatte auch keine Ahnung, und Cäsar gab schließlich nach längerem Drängen zumindest zu, er »habe darüber nachgedacht«.

»Da müssen Sie aber laut drüber nachgedacht haben, wenn das bis in die Redaktionen der Hamburger Tageszeitungen gedrungen ist!« empörte sich Sänger, der Simone Schützenhilfe leistete. Genützt hatte es nichts. Er tat immer noch so, als seien seine Mitarbeiter und Geschäftsführer lästige Anhängsel. Außerdem war er so scharf drauf, in die Zeitung zu kommen, daß er nicht davor zurückschreckte, unausgegorene Pläne in Hörweite von Medienvertretern auszuposaunen.

46. Kapitel

Zuerst die gute oder zuerst die schlechte Nachricht?« fragte Arno, nachdem er sich in Simones neuem Domizil umgesehen hatte.

»Scheußlich hier!«

»Zuerst die gute«, verlangte Simone.

»Lutger hat einen neuen Freund, aber für die Wohnung findet er keinen Käufer, zumindest nicht für den Preis, den er sich vorstellt.«

»Und das heißt?«

»Er überlegt, ob er nicht wieder in seine Wohnung zurückgeht und eventuell sein Neuer mit ihm dort einzieht. Er hat gerade einen großen Deal abgewickelt und könnte Sebastian auszahlen.«

»Na, das ist wirklich mal eine gute Nachricht. Ich dachte nämlich schon, der zieht mit hierher. Und was ist die schlechte?«

»Die schlechte war, daß er im Moment noch bei uns rumhängt.«

»Was heißt hier ›rumhängt‹? Du warst doch so begeistert von deinem dich bekochenden Hausgenossen.«

»Offen gesagt, er kocht jetzt abends bei seinem Valentin. Ich bin wieder auf Brote-Diät.«

Daher wehte also der Wind! Völlig uneigennützig dachte selbst Arno nicht.

»Und jetzt willst du dich hier mal wieder richtig sattessen. Leider Fehlanzeige. Die Küche eignet sich bestenfalls, um eine Tütensuppe zu kochen. Laß uns in ein Restaurant gehen.«

Arno äußerte am nächsten Morgen den Wunsch, »wo ich schon mal hier bin«, in das kleine Dorf Bargfeld zu fahren, um das Haus von Arno Schmidt zu begucken. Simone paßte das gut, denn sie hatte sich in der Zeitung schon einige Immobilien angestrichen, die heute zu besichtigen waren. Und wenn das Richtige dabei war, würde sie Arno schon überzeugen können, umzuziehen – jetzt, wo er sich nicht mehr um Lutger sorgen mußte. Also mäanderten sie auf Nebenwegen durch Moor und Heide, schauten sich mehrere langweilige Einfamilienhäuser an, mit Tischtennisplatten in Hobbykellern und Bädern, die ganz in Bahamabeige gehalten waren.

Am Nachmittag erreichten sie Bargfeld und parkten auf der stillen baumbestandenen Hauptstraße.

»Besichtigung nur nach schriftlicher Voranmeldung! Dafür ist es nun zu spät.« Arno stand vor dem Eingang zur Schmidt-Stiftung und war enttäuscht.

Im Haus des bedeutenden deutschen Nachkriegsautors standen alle Fenster offen, so als sei es noch bewohnt. Es lüftete ein Bauschutz-Betrieb, der gerade den Holzbock bekämpfte. Er hatte sein Firmenschild am Gartenzaun hinterlassen. Arno fotografierte bei sengender Mittagshitze mit dem Teleobjektiv durch den Zaun, was das Zeug hielt. Simone schlich, ehrfürchtig und leise wie auf einem Friedhof, hinter Arno den Feldrain am großen Grundstück entlang.

»Soll ich dich mit dem Haus im Hintergrund fotografieren?« bot sie an. »Man sieht zwar nur den Dachfirst der ärmlichen Kate, aber immerhin!«

Arno wechselte den Film und das Objektiv. Er grinste in die Kamera.

»Und jetzt noch eins vor dem Eingangsgatter«, schlug Simone vor.

Auf einem Feldweg entfernten sie sich vom Haus. Vögel zwitscherten, Libellen summten und in der Entfernung hörten sie Kindergeschrei wie aus einer Badeanstalt.

»Hier ist er spazierengegangen!« sinnierte Arno über seinen Namensvetter.

Dann entdeckte Simone ein kleines Gehöft mit dem Schild eines Maklers an der Mauer.

»Guck mal, wie süß!« rief sie ganz begeistert. »Das wär's doch!«

Sie zog Arno am Arm in den gepflasterten Hof hinein.

»Das ist doch viel zu teuer!« baute Arno vor, »und denk nur daran, wie lange du jeden Morgen nach Hannover brauchen würdest!«

Aber Simone war nicht mehr zu bremsen. Mit der Hand über den Augen lugte sie durch die Fenster und richtete in Gedanken bereits ein. Die Decken waren ein bißchen niedrig für ihre Regale und die Wände wahrscheinlich uneben, aber es sah so gemütlich aus! Arno inspizierte derweil die Remise.

»Das Dach ist undicht, aber es gibt einen Wasseranschluß!« faßte er seine Erkundungen zusammen.

»Na siehst du, ist doch perfekt als Dunkelkammer!«

»Klar, da werden die Prints gleich von oben gewässert – zumindest wenn's regnet!«

»Und ich könnte endlich einen Hund haben!«

»Und eine Katze und ein paar Lämmchen zum Schlachten!«

»Arno!« sagte Simone drohend.

»Simone! Jetzt komm bitte wieder zu dir!«

Hinter ihnen fuhr unversehens ein dicker Mercedes in den Hof, aus dem sich ein korpulenter Mann in einer Art Jägeroutfit umständlich und unter Stöhnen herausquälte. »Was machen Sie denn hier?« dröhnte er Arno und Simone entgegen und ließ seinen Jagdhund aussteigen, der schwanzwedelnd auf Simone zulief.

»Och, wir gucken nur«, sagte Arno.

»Gehört das Ihnen?« fragte Simone und streichelte den Hund.

»Wollen Sie's kaufen?« fragte der dicke Jäger interessiert und holte ein Schlüsselbund aus der Hosentasche.

Sie sahen sich das Haus an, das offensichtlich einer umfassenden Renovierung bedurfte, aber Simone sehr gefiel. Sie war wieder ganz in ihrem Element.

»Da muß ja die komplette Elektrik neu gemacht werden!« stellte Arno hinterher auf dem Weg zum Auto fest. »Und die Rohre sind wahrscheinlich auch im Eimer.«

Dafür sei's ja nicht so teuer und außerdem hätte er endlich ein ganzes Gebäude nur für seinen Fotokram, argumentierte Simone.

»Aber du hättest nicht gleich diesen Vorvertrag unterschreiben müssen!«

»Ich freu' mich jetzt schon aufs Einrichten. Und stell dir vor, dann wohnst du in Bargfeld!«

Arno brummte sich irgendwas von »jahrelang die Handwerker im Haus« in seinen nicht vorhandenen Bart und fuhr los.

Im fußgängerzonigen Celle fanden sie am Abend nach längerem Suchen ein sehr schönes kleines Feinschmeckerrestaurant, in das sie sich zuerst mit ihren verschwitzten Sachen nicht reintrauen wollten. Doch der Hunger siegte. Das Essen war überwältigend, das Dessert geradezu göttlich. Und der Rosé de Provence genau der, den sie an Sommerabenden auf ihrem Balkon so gerne tranken. Glücklich schauten sie sich in die Augen und hielten Händchen.

47. Kapitel

Am nächsten Wochenende konnte Simone nicht nach Hause fahren, weil Freitag und Samstag eine Delegation chinesischer Politiker aus Peking ins Haus kam, was Cäsar im übrigen vergessen hatte, ihr rechtzeitig zu sagen. Vom vielen Lächeln hatte sie noch am Montag Muskelkater im Gesicht. Als sie an einem der folgenden Abende bei Händel im Büro saß, um die Texte für Personalanzeigen abzustimmen, klagte der: »Jetzt wird es schon wieder so spät! Ich muß unbedingt meine Frau anrufen, die weiß schon gar nicht mehr, wie ich aussehe!«

Simone wäre diesem unsensiblen Klotz vor Wut am liebsten ins Gesicht gesprungen. Sie hätte wirklich Grund gehabt, sich zu beklagen, denn auch das folgende Wochenende konnte sie nicht nach Hause fahren. Sie mußte Cäsar und Clemens auf eine Tagung der Fleischwarenfabrikanten nach Dresden begleiten. Arno hatte sich inzwischen um die Finanzierung des Hauskaufs gekümmert. Und Lutger war aus ihrem Zimmer ausgezogen. Seine Putzfrau kam aber weiterhin.

Ausgerichtet wurde die Mitgliederversammlung des Bundesverbandes vom Fachverband der Sächsischen Fleischwarenindustrie, was Cäsar aber nicht davon abgehalten hatte, sich kräftig einzumischen. Schließlich wollte er endlich wenigstens zum Vizepräsidenten, besser zum Präsidenten gewählt werden. Die Agentur *EG-Contact* hatte den Auftritt der Zipfel Gruppe vorbereitet. Dazu gehörte die Veranstaltung eines großen Essens am Vorabend der Tagung, das in direkter Konkurrenz zu einer Rad-Dampferfahrt auf der Elbe angesetzt war, zu welcher der Sächsische Fachverband einlud.

Auf sein Zimmer im Hotel erhielt jeder Teilnehmer der Tagung von der Zipfel Gruppe eine Flasche Sekt mit Zipfel-Etikett sowie ein Körbchen mit einem Dresden-Reiseführer mit Zipfel-Eindruck, einem Flaschenöffner und einem Kugelschreiber mit dem Wurst-Logo, einer Rolle Pfefferminz-Bonbons und einigen Kopfschmerztabletten, die sie sicher brauchen würden, wenn sie den warmen Sekt trinken würden. Um die Zusammenstellung dieses »Gebindes« hatte sich Simone selbst gekümmert.

Zwei der drei Herren von *EG-Contact* brachten die Geschenke persönlich auf die Hotelzimmer, was Simone sehr wunderte. Später erfuhr sie von Murx hinter vorgehaltener Hand, daß bei der Gelegenheit die genauen Angaben, wann und wo die Dampferfahrt begänne, aus den Zimmern der Tagungsgäste entfernt und durch Einladungen zum Zipfel-Essen ersetzt wurden. Als Simone Mißfallen bekundete, wurde ihr beschieden, in der Branche kämpfe jeder mit harten Bandagen.

In dem Saal, den sie in dem Hotel gemietet hatten, wurde die von Simone inzwischen neu gestaltete mobile Wand mit den Informationen über die Schlemmer-Passagen aufgebaut. Simone sollte später am Abend die Anwesenden grüppchenweise zum Anschauen des Videofilms in einen Nebenraum führen. Damit sollte die Leistungsfähigkeit der Zipfel Gruppe demonstriert und Cäsars Innovationskraft in den Vordergrund gestellt werden. Simone verteilte auf den Tischen von ihr selbst gestaltete Menükarten, die sie mit Bändchen in den Zipfel-Farben gebunden hatte.

Cäsar und Clemens trafen gleichzeitig mit den ersten Gästen ein. Cäsar war nicht umgezogen, sein Anzug sah wieder völlig verbeult aus. Simone fragte ihn, ob er keinen anderen mithabe. Er verneinte. Dann solle er ihn zum Aufbügeln geben, bat sie ihn. Unwirsch entgegnete er, dazu habe er jetzt keine Zeit mehr.

Im Zugangsbereich zu den Gesellschaftsräumen standen zwei Zipfel-Mitarbeiterinnen aus dem Vertrieb hinter einem Stehpult, führten die Gästeliste und pappten jedem einen Aufkleber mit dem Wurst-Zett und seinem Namen an die Brust. Simone postierte sich dahinter, begrüßte die Eintreffenden und wünschte einen schönen Abend. Sie trug diesmal nicht die Firmenfarben Braun und Gelb, sondern ein schwarzes Kostüm, bestehend aus einer schlichten, engen Jacke und einem kurzen, raffiniert gewickelten Rock mit Zipfeln. Dieser feinsinnige Bezug zum Firmennamen fiel natürlich niemandem auf. Murx fragte sie, wer gestorben sei.

Als kaum noch neue Gäste eintrafen, begab sich Simone in den Saal und beobachtete, wie Cäsar von einem zum anderen ging. Er machte ziemlich deutlich darauf aufmerksam, wie nötig ein so innovativer Unternehmer wie er als Verbandspräsident sei. Simone wäre vor Peinlichkeit am liebsten im Boden versunken. Sie nahm einem vorbeieilenden Kellner ein Glas Rotkäppchen-Sekt vom Tablett.

Clemens unterhielt sich die ganze Zeit mit einem Unternehmer aus dem Badischen über die Vor- und Nachteile von Flüssigrauch gegenüber dem herkömmlichen Verfahren zur Raucherzeugung.

Die wieder wie Drillinge ausstaffierten Herren von *EG-Contact* hatten sich im Raum verteilt und machten Stimmung für die Firma Zipfel. Da sich die meisten Anwesenden schon lange kannten, setzten sie sich gruppenweise an die runden Tische. Nur wenige standen noch, als Cäsar an sein Glas klopfte und um Ruhe bat. Simone hatte ihm extra eingeschärft, die Rede erst nach der Vorspeise zu halten – vergebens.

»Meine sehr verehrten Damen und Herren, liebe Kollegen. Oder sollte ich ›geehrte Konkurrenten‹ sagen?« Einige lachten. »Ich freue mich, daß Sie meiner Einladung so zahlreich gefolgt sind. Die Zipfel Gruppe ist, wie Sie alle wissen, in ständiger Expansion begriffen. Neben der Produktion von hervorragenden Fleischwaren, die auf dem Markt ihresgleichen suchen, (Hört, hört-Rufe) hat sich die Zipfel Gruppe den Immobilienmarkt erschlossen und ist damit zukunftsweisend für die ganze Branche. Unsere Schlemmer-Passagen stehen für den Erlebniskauf schlechthin. An diesem Konzept werden sich andere messen müssen. Die Zukunft wird eine Zweiklassengesellschaft unter den Konsumenten bringen. Die Wohlhabenden werden sich hochwertige Lebensmittel leisten. Sie sind aber auch besonders kritisch hinsichtlich deren Produktion. Das heißt: Qualität vor Quantität auch bei der Erzeugung! Die anderen werden weiter ihre Lebensmittel im Supermarkt kaufen und ausschließlich nach dem Preis entscheiden. Das bedeutet für Sie, meine Damen und Herren, die Preisspirale wird sich weiter nach unten drehen! Ihre Gewinne werden geschmälert, wenn nicht ganz ausbleiben. Denken Sie nur an die Forderungen der Umweltschützer! Solche Dinge werden sich zukünftig nicht mehr so einfach ignorieren lassen.«

Die Rede hatte *EG-Contact* aufgesetzt, sie hatten sie ihr vorab gefaxt. Wie gewohnt, hielt sich Cäsar nur wenig an den Text. Simone fiel ein, daß sie ein Foto für die *Zipfel News* machen sollte. Sie holte die Kamera aus ihrem Hotelzimmer.

»Deshalb hoffe ich«, hörte sie Cäsar sagen, als sie zurückkam, »daß Sie mir morgen bei der Wahl zum Vorstand ihre Stimme nicht verweigern werden.«

Dumm formuliert, fand Simone. Er hätte es positiv ausdrücken müssen und nicht das Verweigern schon anklingen lassen sollen. Sie würde ihn bei Gelegenheit darauf hinweisen.

Das Essen war sächsisch deftig, etwas ganz anderes als sie bestellt hatten und die Menü-Karten auswiesen. Simone reklamierte aufgeregt bei der Bankett-Beauftragten des Hotels, die angeblich von nichts wußte, aber meinte, man könne das nun ohnehin nicht mehr ändern. Es gäbe einen Preisnachlaß. »Das ist jetzt nur noch ein schwacher Trost!« Simone kam der Verdacht, das sei die Rache des Sächsischen Fachverbandes, der seine Dampferfahrt in kleiner Besetzung machen mußte. Sie entschuldigte sich bei Cäsar, der nichts bemerkt hatte, und es großartig fand, daß es billiger würde, sowie bei Clemens, dem es prima schmeckte. Er setzte sein anregendes Gespräch über Bandentschwartungsmaschinen der neuen High-Tech-Generation fort.

Als eine weitere großzügige Geste der Firma Zipfel wurde am nächsten Vormittag ein Damenbegleitprogramm organisiert, das Simone geschlechtsneutral »Partnerprogramm« genannt hatte. Wie auch immer, es waren nur Damen, und mit denen fuhr sie im Bus nach Meissen, zum Besuch der Porzellanmanufaktur.

Von Murx erfuhr Simone, als sie zurückkam, daß der bisherige Präsident wiedergewählt worden sei. Cäsar habe sogar die Wahl in den Vorstand um eine Stimme verpaßt. Und: Clemens sei mit vier Stimmen Vorsprung vor Cäsar in das Gremium gewählt worden.

48. Kapitel

Am nächsten Tag, wieder in der Firma, kam Murx zu ihr, um ihr von der Rückfahrt mit Cäsar zu erzählen. Simone war erst später abgefahren, sie wollte sich noch ein wenig Dresden ansehen, was die Zipfels mit Kopfschütteln quittiert hatten.

»Die Gemäldesammlung des Zwinger hätte ich mir wohl

auch gerne anguckt, aber Sie wissen ja, wie Cäsar ist! Für so was hat er keinen Sinn! Meine Frau und ich, wir fahren ja öfter weg, um uns Ausstellungen anzusehen. Sie ist eben sehr an Kunst interessiert.«

Dann berichtete er noch brühwarm, Cäsar habe die Niederlage schnell weggesteckt. »Jetzt will er Konsul von Aserbaidschan werden!«

Simone stutzte. »Wie kommt er gerade auf Aserbaidschan?«

»Keine Ahnung. Das ist doch wieder nur eine seiner vielen, unausgegorenen Ideen.«

»Wäre das denn überhaupt möglich?«

»Er hat doch seine politischen Freunde. Was meinen Sie, was da an Geldern fließt. Da wird dann ausnahmsweise nicht gespart. Neulich erst hat er einen Ex-Minister zum Angeln nach Schottland eingeladen.«

»Schottland paßt gut zu ihm. Schade, daß er nicht Konsul von Schottland werden kann. Aber Aserbaidschan! Er weiß hoffentlich, daß Moslems kein Schweinefleisch essen?«

»Er weiß doch nicht mal, wie man Aserbaidschan schreibt!«

Marilyn fragte erstaunlicherweise, wie es in Dresden gewesen sei, und Simone erzählte ihr vom von Touristen überlaufenen Meissen und Cäsars Wahlniederlage.

»Das geschieht ihm recht!«

»Was sind das denn auf einmal für Töne?« fragte Simone erstaunt.

»Wissen Sie, was er zu mir gesagt hat? Sie glauben es nicht! Er hat gesagt, wenn ich das nächste Mal krank werde, solle ich gefälligst Urlaub nehmen!«

»Das hat er bestimmt nicht so gemeint!« beschwichtigte Simone, die zunächst ziemlich ärgerlich gewesen war, daß es Marilyn am letzten Donnerstag plötzlich »wahnsinnig schlecht ging« und sie nicht, wie geplant, mit nach Dresden fahren konnte.

»Wann hat er Ihnen das denn gesagt?«

»Gleich heute morgen. Unglücklicherweise trafen wir auf dem Parkplatz zusammen. Die Woche fängt wieder gut an!«

»Was machen eigentlich die Weihnachtspräsente?«

»Habe ich alles an den Einkauf delegiert!« erklärte Marilyn stolz. »Die bestellen die Muster, die wir ausgesucht haben, und rufen dann die Abteilungsleiter zusammen, damit sie auswählen können.«

Simone ermahnte Marilyn, am Ball zu bleiben, sie wolle die Muster vorher sehen.

»Wer weiß, was das für ein Zeug ist! Im Katalog sieht das immer ganz ordentlich aus, aber in Wirklichkeit? – Was hat denn Sperlich zu der Idee gesagt, jeweils einen ganzen Schinken als Präsent zu verschicken? Das hätte doch wenigstens einen Bezug zum Hause Zipfel.«

»Er fand das gut, meinte aber, das käme zu teuer und würde deshalb abgelehnt. Was zu kaufen wäre billiger.«

Simone seufzte und besprach mit ihrer Assistentin, was sonst noch zu erledigen wäre und welche Termine in der nächsten Zeit anstanden. Simone müßte dringend ein paar Redaktionsbesuche einschieben.

»Ich sollte Sie daran erinnern, daß Sie eine gewisse Ilka anrufen, wegen des gemeinsamen Projektes. Sie haben mir ja leider nicht gesagt, worum es dabei geht.«

»Das verschieben wir noch ein bißchen. Ich muß mich jetzt als erstes um die neue Broschüre für die ZSP kümmern!«

Montags unterhielt sich inzwischen gewohnheitsmäßig Thorsten Fischer mit ihr über das Stellenangebot vom Wochenende. Er war wild entschlossen, nicht das gleiche Schicksal wie seine Kollegin Laura Koerner zu erleiden und einem Rausschmiß zuvorzukommen.

»Ich habe Kontakt zu einem Unternehmensberater, der mir einen Job angeboten hat. Aber leider in Polen. Und ich kann kein Polnisch. Na, das wäre vielleicht noch machbar, aber die Leitung eines Unternehmens? Vielleicht noch ein bißchen früh für mich. Und wie sieht es bei dir aus?« fragte Thorsten.

»Wir haben jetzt ein Haus in der Heide gekauft!«

»Verstehe ich nicht. Du ziehst hierher? So richtig? Aber deine Probezeit ist doch noch gar nicht zu Ende!«

»Na und? Ich bin immer noch billiger und vor allem besser als jede Agentur. Die können doch froh sein, daß sie mich haben.«

»Schon korrekt, aber ich hätte jetzt gedacht, wohnen auf dem Bauernhof sei nicht dein Stil.«

»Landhaus in der Heide, Thorsten, sozusagen ein Cottage. Auf einen Bauernhof würde ich natürlich nicht ziehen!«

Simone zog Fotos aus ihrem Terminplaner und reichte sie Thorsten. »Hübsch, nicht?«

»Ganz nett. Hast du denn deine Wohnung in Frankfurt schon gekündigt?«

»So gut wie. Wir hoffen natürlich, daß wir möglichst schnell Handwerker kriegen. Wenigstens die Arbeiten, bei denen Wände aufgestemmt werden müssen, sollten gemacht sein, bevor wir einziehen. Und jetzt laß uns mal was tun!«

Sie grübelten gerade über der Gestaltung des Titelbildes für die Neuauflage der ZSP-Broschüre. Sie durfte wie üblich nichts kosten, sollte aber hochwertig aussehen. Simone hatte Thorsten zu Rate gezogen, weil er sich sowieso ständig mit den Schlemmer-Passagen befaßte und sich, was die Details anging, besser auskannte. Deshalb arbeiteten sie schon eine Weile gemeinsam daran.

Sie hatte vor einigen Wochen einen Fotografen zu den Schlemmer-Passagen geschickt, um sie ordentlich fotografieren zu lassen. Bisher gab es nur die Amateurfotos von Murx, die er bei den Eröffnungen gemacht hatte. Ein Titelbild, so wie Cäsar sich das vorstellte, war aber nicht unter den Profi-Fotos. Kein Wunder, der Fotograf hatte sich an die Realität halten müssen, während Cäsar sich eine Mischung aus einem Glaspalast und einem amerikanischen Einkaufscenter vorstellte.

»Wir können ja schon mal den Rest fertigmachen und die Titelseite noch offenlassen«, schlug Simone vor.

»Dann fragt er dich, ob du einen Prospekt mit einem weißen Titel machen willst! Laß es! Und denke immer daran, was er über die Gestaltung gesagt hat: Es soll aussehen wie ein Mickymaus-Heft! Also: Sprechblasen über den Fotos!«

»Und ich habe ihm gesagt, ich wisse, wie man ein Heft mache! – Ich bestelle mir jetzt erst einmal Kataloge von sämtlichen Bildagenturen im Land. Dann sehen wir weiter.«

»Meine Güte, ist es heiß hier drin!« bemerkte Thorsten. »Das erinnert mich an Cäsars Ambition, Konsul von Aserbaidschan zu werden. Wie ging die Geschichte eigentlich weiter?«

»Ich habe ihn darauf angesprochen und aus Blödsinn gefragt, ob es nicht auch Tadschikistan sein dürfe, das sei schließlich viel größer. Aber er fragte nur, ob Murx wieder gequatscht habe. Soweit ich weiß, ist die Sache längst im Sande verlaufen.«

»Vielleicht hat er überhaupt Konsul mit Kalif verwechselt!«

»Kalif wäre schön! So mit Pluderhosen und allem!«

Nach einer Pause, in der sich Simone ihren Chef in Pluderhosen und mit Turban vorstellte, sagte Thorsten: »Du weißt ja, wie sehr Cäsar auf Doktortitel steht. Deshalb hat er dich ja auch eingestellt und eben Dr. Neubert.«

Simone hörte Neid aus seiner Stimme.

»Das Neueste ist, er träumt jetzt von der Verleihung einer Ehrendoktorwürde. Bedenke, er hat immerhin Volksschulabschluß!«

»Na, wunderbar. Mal was ganz Neues!«

»Im Ernst. Sagen Sie aber nichts Frau Dr. Störmer davon, hat er gemeint.«

»Ehrendoktor! Bestenfalls bekommt er das Mortadella-Diplom von der Brühwurst-Universität in Krakau!«

49. Kapitel

Die Kataloge der Bildagenturen stapelten sich auf Simones Schreibtisch. Sie hatte die Wahl zwischen dem World Trade Center und dem Taj Mahal. Beides eignete sich kaum für den Titel der Broschüre über die Schlemmer-Passagen. Thorsten sah auch gerne bunte Bilder in Briefmarkengröße an und blätterte, in Simones Büro stehend, mit abnehmender Begeisterung die Kataloge durch.

»Das kannst du echt haken!« Thorsten klappte den dicken Katalog wieder zu. »Was macht eigentlich dein Bauernhof?«

»Du meinst das Cottage. Dem geht's gut. Aber offengesagt, wird es finanziell etwas eng. Ich kann nur hoffen, daß nichts schiefgeht.«

»Und dann mußt du dir ja auch noch einen Jeep anschaffen, das gehört zum Landleben dazu. Da kann ich dir aber sicher günstig was besorgen. Ein Bekannter von mir...«

»Es ist unglaublich!« Marilyn kam, eine Zeitung schwenkend, herein. »Sie werden es nicht fassen! Hat mir eine Freundin geschickt. Stellen Sie sich das nur vor!«

»Was denn?« fragten Thorsten und sie wie aus einem Munde.

Marilyn las die Schlagzeile vor: »*Unternehmer aus Hannover kauft Fabrikgelände*. Hier heißt es weiter: *Der Fleischwa-*

renfabrikant Cäsar Zipfel (41) aus Hannover kaufte das Gelände der Maschinenfabrik Meyer & Söhne zum sensationellen Preis von«, Marilyn schluckte, »*zehn Millionen Mark. Hier will er, wie er unserem Reporter vor Ort schilderte, schon in Kürze sein neues Unternehmen gründen. Die alten Fabrikgebäude werden abgerissen und durch moderne Bürobauten ersetzt. Das ist für die Region von großer Bedeutung, da zahlreiche neue Arbeitsplätze entstehen.* Weiter brauche ich wohl nicht vorzulesen!«

Thorsten sagte: »Ach du Scheiße! Pardon. – Das gibt einen Aufstand!«

»Und nun?« fragte Simone.

»Da steckt doch wieder dieser Dr. Neubert dahinter! Der hat doch immer so bescheuerte Ideen!«

»Also, Peter war es nicht!« behauptete Marilyn. Thorsten und Simone sahen sich erstaunt an. »Da hätte er mir was von gesagt.«

Simone bezweifelte das im stillen und fragte, ob sie denn noch oder besser gesagt wieder mit Neubert zusammen wäre.

»Schon lange. Wir wollen sogar heiraten!«

»Ach was!«

»Er hat's versprochen. Sobald er geschieden ist.«

»Wie, er ist verheiratet?« rief Thorsten und kam damit Simone zuvor.

»Aber schon über ein Jahr getrennt. Also, so gut wie geschieden.«

»So, so«, sagte Thorsten.

»Kommen wir zurück auf unser Problem,« forderte Simone.

»Wieso unser?« fragte Marilyn.

»Na, wir müssen es doch jetzt hinbiegen. Fragt sich nur wie. Kennt den Artikel sonst noch jemand?«

Marilyn hatte keine Ahnung, konnte das aber nicht ausschließen. Er war ihr in die Firma geschickt worden, und die Briefumschläge wurden in der Poststelle geöffnet.

»Ärgerlich! Außerdem könnten auch noch andere Bekannte haben, die ihnen den Beitrag zusenden.«

»Das ist doch bodenlos, daß er hinterrücks ein Grundstück kauft, um ein neues Unternehmen zu gründen, und wir aus der Zeitung davon erfahren! Und für dich ist das ja ein Schlag ins Gesicht! Im Grunde müßtest du sofort kündigen! Der hat sie doch nicht mehr alle!« Thorsten war erbost.

»Besonders einsichtig, was die Notwendigkeit von Vorabinformationen oder Einbeziehen in Entscheidungsprozesse betrifft, war er doch nie! Mich wundert das im Grunde nicht sonderlich. Wir müssen im Moment Schadensbegrenzung betreiben. Dazu brauchen wir zunächst einmal vernünftige Informationen über das, was an der Sache dran ist.«

»Cäsar ist nicht im Haus. Und unterwegs kann man ihn schlecht erreichen, er telefoniert ständig.« Thorsten mußte es wissen.

»Marilyn, fragen Sie bitte Herrn Sänger, wann wir zu ihm hochkommen können. Machen Sie es ganz dringend!«

Marilyn verschwand, und Thorsten schlug sich auf die Schenkel. »Neubert will Marilyn heiraten. Das ist ja wohl die große Lachnummer! Der mit seinem Angeber-Porsche! Er treibt es doch mit allen Weibern hier aus dem Haus. Hast du schon mal darauf geachtet, wie aufgetakelt und auf jugendlich gemacht sie rumlaufen, wenn er kommt?«

Simone hatte andere Sorgen und ging nicht darauf ein.

Marilyn brachte Sänger gleich mit. Simone öffnete ein Fenster, weil der Sauerstoff in dem kleinen Zimmer für vier Leute nicht ausreichte. Und frische Luft würden sie brauchen. Sänger las den Artikel im *Lauenburger Kurier* und wurde puterrot im Gesicht. Nervös steckte er sich eine Zigarette an.

»Doch ja, wußte ich, aber hätte natürlich nicht in einer Zeitung erscheinen dürfen. Uns verbietet er den Mund, und er selbst gibt Interviews! Typisch Cäsar. Tja!«

»Nun erzählen Sie mal, Herr Sänger!« Simone wollte endlich wissen, was dahintersteckte.

»Ich«, begann Sänger, »also ich habe ihm ja davon abgeraten. Diese hohe Investition allein für das Grundstück! Dann die Neubauten! Aber Cäsar hat sich in den Kopf gesetzt, in die Nähe von Hamburg zu ziehen, da hatte er ja schon immer ein Faible für. Und da ist ihm kein Preis zu hoch.«

»Wahrscheinlich macht er sich die Konsequenzen nicht klar«, vermutete Thorsten.

»Mit Sicherheit nicht!« pflichtete ihm Sänger bei.

»Und überhaupt, das ist doch meilenweit von Hamburg weg! Geradezu lächerlich weit weg! Mitten auf dem Land, wo sich Kuh und Schaf gute Nacht sagen!«

»Was will er denn genau dort machen?« fragte Simone.

»Das ist wohl noch nicht ganz raus. Auf jeden Fall ein Haus bauen für sich und seine Familie, dann halt Büros.«

»Deshalb die Realteilung!« folgerte Simone.

»Richtig. Die Produktion bleibt in jedem Fall hier, die ließe sich gar nicht verlagern. Aber allen anderen Kram will er da oben ansiedeln.«

»Und wir stehen da wie Idioten!« ärgerte sich Thorsten.

»Er muß unbedingt eine Erklärung dazu abgeben, damit keine Gerüchte in Umlauf kommen. Wir rufen eine Betriebsversammlung ein!«

Sänger, Thorsten und Marilyn starrten Simone ungläubig an.

»Eine Betriebsversammlung? Die hat es hier noch nie gegeben!«

»Dann wird es Zeit, damit anzufangen!«

»Ich glaube nicht, daß Sie das durchbekommen!« sagte Sänger, und Thorsten wies darauf hin, daß, wenn man Cäsar reden ließ, dies noch mehr Unheil anrichten könne.

Händel guckte in den vollen Raum und öffnete vorsichtig die verglaste Tür, um sie nicht Sänger in den Rücken zu rammen.

»Hier sind Sie alle!« Er zog den *Lauenburger Kurier* aus der Jackettinnentasche. »Haben Sie das schon gelesen?«

»Längst«, winkten sie kollektiv ab.

Ob das bereits im Haus rum sei, wollte Händel wissen.

»Weiß Murx es schon?« fragte Sänger.

»Wir können ihn schlecht fragen«, gab Simone zu bedenken.

»Ich habe Bekannte in der Gegend, die haben mir das zukommen lassen«, erklärte Händel. Marilyn fragte, ob sie noch gebraucht würde, wenn nicht, ginge sie jetzt. Simone wollte wissen, wohin, es sei schließlich noch nicht mal Mittag. »Zum Arzt«, erklärte sie. Händel musterte Marilyn Schupps mit seinem schönsten So-krank-sehen-Sie-gar-nicht-aus Personalchef-Blick.

Einen Augenblick später trat Murx ein. Der auch noch!

»Frau Schupps wollte mir nichts verraten. Wer feiert denn? Gibt's Schnittchen?«

»Schon alle!« sagte Thorsten.

»Nichts Besonderes, Herr Murx«, Sänger drehte sich zu ihm um, »nur eine kleine Unstimmigkeit bezüglich der Öffentlichkeitswirkung des Unternehmens, die wir gerade mit Frau Dr. Störmer beraten.«

»Hat Cäsar wieder Murks gemacht?« fragte Murx dazwischen.

»Lassen Sie sich durch uns nicht stören,« antwortete Sänger knapp.

Murx blieb nichts anderes übrig, als in sein Büro zurückzukehren.

»Was nun?« wollte Händel wissen.

»Frau Dr. Störmer hat eine Betriebsversammlung vorgeschlagen.«

»Gütiger, bloß das nicht!« fiel Händel Sänger ins Wort, »dann kommt noch jemand auf die Idee, die Gewerkschaft einzuschalten!«

»Ich schlage vor, wir warten, bis Cäsar wieder im Hause ist, und besprechen das mit ihm. Einverstanden?«

Als sich die Versammlung in Simones Büro auflöste, blieb Thorsten sitzen.

»Du, sag mal, hast du nicht auch ganz dringend etwas mit *EG-Contact* zu besprechen?«

Simone überlegte. »Nö, nicht daß ich wüßte.«

»Doch, bestimmt. Schon alleine, wenn man bedenkt, daß *EG-Contact* in Hamburg ist. Na?«

»Ja, jetzt wo du es sagst! Stimmt. Ich sollte mich schleunigst über die neuesten Verordnungen aus Brüssel informieren lassen. Machst du den Termin aus?«

So fuhren sie am nächsten Tag nach Hamburg. Aber anstatt den Termin bei *EG-Contact*, wie geplant, in einer Stunde abzufackeln, wurden sie von den Drillingen zum Essen eingeladen; zu einem Italiener, bei dem angeblich auch die Unterwelt verkehrte. Na toll! Simone kam schließlich aus Frankfurt, da gab's auch Kriminelle. Unter einem dreigängigen Menü ging die Sache nicht ab, und als endlich der Espresso kam, war es Nachmittag. Und dann hatte Thorsten keinen Plan, wo das Gelände überhaupt liegen sollte. Also mußten sie suchen und sich durchfragen. Das dauerte. Als sie schließlich dort ankamen, waren sie von der Sucherei schon ganz entnervt.

»Mann, was für eine Pleite!« stöhnte Simone angesichts des strömenden Regens. »Und wie das hier aussieht!«

Sie parkten am Rande eines Brachlandes, in dessen Mitte eine große Backsteinhalle stand, daneben ein zweistöckiges Haus, in dem wahrscheinlich die Büros untergebracht gewesen waren. Das Unkraut stand stellenweise kniehoch und überwucherte Wege und ehemalige Parkplätze. Der Maschendrahtzaun um das Gelände war an vielen Stellen runtergetreten. Simone entdeckte ein aus Müllsäcken improvisiertes Zelt, in dem wahrscheinlich ein Obdachloser hauste, und wies Thorsten darauf hin.

»Na, wunderbar. Da hat Cäsar doch schon einen Hausmeister!«

»Meinst du eigentlich, wir müssen auch hierher ziehen?« fragte Simone besorgt.

»So stellt er sich das wohl vor. Aber nicht mit mir! Ich habe mir ja eben erst eine Wohnung in Hannover eingerichtet. Da ziehe ich doch nicht schon wieder um.«

»Und was soll ich da sagen! Ich habe gerade ein Haus gekauft!« Bei dem Gedanken daran war ihr zum Heulen zumute. Arno sammelte schon fleißig Kartons für den Umzug. »Und was machen wir jetzt?«

»Na, angucken gehen, was sonst?« Thorsten schlug den Jackettkragen hoch und stieg aus. Simone kramte noch nach ihrem Taschenschirm, als er bereits zurückkam.

»Verdammter Mist! Neubert muß hier irgendwo sein! Hinter den Büschen steht sein Porsche!«

»Bist du sicher?«

»Runter!«

Thorsten drückte ihren Kopf nach unten, was albern war, da sie in einem Firmenwagen saßen, auf dem außen groß und deutlich ein Wurst-Zett angebracht war. Ein neutraler Wagen war nicht frei gewesen. Simone wischte ein Stückchen der beschlagenen Scheibe frei und sah ganz deutlich Neubert mit einer Blondine auf Büsche zugehen. Und das war nicht Marilyn.

Thorsten startete und wendete hektisch. »Jetzt aber nichts wie weg! Wenn Cäsar erfährt, daß wir hier waren, läßt er uns kuttern!«

Am nächsten Tag rief die *Fleischer Zeitung* an. Sie hätten über ihren Ausschnittdienst den Artikel im *Lauenburger Kurier* bekommen. Das sei ja alles hochinteressant. Man wüßte gerne mehr darüber. Wie hoch denn die geplanten Investitionen wären? Wie viele Arbeitsplätze entstünden? Und wann denn der Betrieb dort aufgenommen würde?

Simone erklärte, es handle sich um ein Mißverständnis, die Zipfel Gruppe würde laufend Grundstücke kaufen, sie sei schließlich auch im Immobiliengeschäft tätig. Und der Kollege vom *Lauenburger Kurier* hätte das falsch interpretiert.

Cäsar ließ jeden Tag vermelden, er käme am nächsten wieder ins Büro, aber dann mußte er noch ganz dringend unterwegs etwas erledigen. Simone erreichte ihn schließlich im Auto, und er sagte nur, sie solle sich bloß nicht so aufregen, das sei schließlich seine Entscheidung und sie könne froh sein, daß er ihr die Arbeit abnehmen würde. So sei wenigstens mal wieder was über ihn in der Presse erschienen!

Gegen Ende der Woche wurden ihrer Abteilung von Frau Allerbeck sämtliche in dieser Sache eingehende Anrufe zugeleitet. Es riefen an: drei Hersteller von Kuttern, Mischern und Wölfen aus Deutschland und einer aus der Schweiz, ein Hersteller von kompletten Schlachtstraßen, ein Klimaspezialist, eine Firma für Zerlegetechnik, Fördertechnik und Regalsysteme sowie zwei Architekturbüros. Ein auf die Fleischwirtschaft spezialisiertes Ingenieurbüro aus der Nähe von Hamburg schickte eine Mappe mit dem Angebot, den »neuen Fleischverarbeitungsbetrieb kostengünstig und kompetent« zu errichten. Simone fragte Marilyn, ob nicht auch Hersteller von Verpackungsstraßen, Spezialisten für Rauchanlagen und Hygieneausstatter ihre Geräte angeboten hätten.

Sie bat sie, die aktuelle Ausgabe der *Fleischer Zeitung* beizubringen, die im Haus kursieren mußte. Natürlich stand doch eine Meldung drin, mit der Verschärfung, Cäsar wolle »eine neue Fleischwarenfabrik errichten«. Simone riß den

Umlaufzettel ab und versenkte die Zeitung in den Untiefen ihres Schreibtisches.

Dabei fiel ihr Blick auf das Protokoll der letzten Abteilungsleitersitzung. Mit einem Mal erschien ihr Sängers Aufforderung an alle Anwesenden, darüber nachzudenken, wo in der Abteilung noch gespart werden könnte, in einem anderen Licht. Er hatte das ausnahmsweise wirklich ernst gesagt und jeden gefragt, was ihm spontan dazu einfiele. Die Buchhaltung und das Controlling hatten ohnehin zu wenig Personal, der Einkauf war unabdingbar, aber Horn-Müller von der Organisation kam schon ein wenig ins Stocken. Er sorge ja nun mit seiner Mannschaft für einen effektiven und reibungslosen Ablauf, meinte er aber dann sehr von sich überzeugt. Nur Simone sagte in einer Mischung aus selbstkritischer Haltung und Ironie, Öffentlichkeitsarbeit würde bei Sparmaßnahmen ja als erstes eingestellt.

»Tja«, hatte Sänger geantwortet, »da ist was dran, aber machen Sie sich mal darüber keine Sorgen!«

Im Grunde wäre es eigenartig, wenn Zipfel sie eingestellt hätte, um sie nach einem halben Jahr wieder zu feuern. Aber jetzt, wo er das Grundstück gekauft hatte? Konnte sie da so sicher sein?

50. Kapitel

Zu Hause in Frankfurt lag ein Brief vom *Better Homes & Gardens*-Verlag aus New York, sie möge sich bitte beim »Publisher Mr. John L. Newman« melden. Simone und Arno rätselten, was das zu bedeuten habe. Simone kam zu dem

Schluß, »wahrscheinlich will er bloß irgendwas wissen, Anzeigentarife oder die Adresse von einem Hersteller.«

»Jetzt sieh mal nicht alles so negativ!« forderte Arno, dem sie die Situation bei Zipfel in glühenden Farben ausgemalt hatte.

»Und was machen wir dann mit unserem Häuschen in Bargfeld?«

»Das vermieten wir!«

»Na, du hast Nerven!« Simone dachte daran, daß sie vom Arbeitslosengeld die Raten nicht würde bezahlen können. Und nun hatten sie auch die Wohnung schon gekündigt. Im Prinzip saßen sie bereits auf der Straße. Dann fiel ihr etwas ein.

»Wenn wirklich alle Stricke reißen, muß ich doch noch die Stelle bei deinem Vater annehmen.«

»Wie bitte?«

»Na, dein Vater hat mir damals beim Gartenspaziergang angeboten, ich könne jederzeit bei ihm anfangen.«

»Ich glaube es nicht! Hinter meinem Rücken!«

»Du sollst ja auch nicht arbeiten, sondern ich.«

»Damit mich meine Eltern wieder in ihrer Nähe haben. Dazu bin ich doch wohl etwas zu alt. Außerdem: du und Gesundheitsschuhe. Da lachen ja die Hühneraugen! Apropos Hühner. Wann machst du denn mal wieder dein legendäres Perlhühnchen in Morchelrahm?«

»Du denkst doch wirklich nur ans Essen! Wenn wir eines bekommen können, von mir aus an diesem Wochenende. Und überhaupt, dein Vater stellt wenigstens Artikel her, die den Menschen nützen. In Fußbettsandalen möchte ich nicht öffentlich auftreten müssen, das stimmt. Aber warum sollte man nicht mal schicke Gesundschuhe entwerfen? Außerdem werden unter der Marke Dr. Wolff ja auch noch andere Dinge vertrieben.«

»Genau, und wenn wir heiraten, dann heißt du auch Dr. Wolff. Das stellt sich mein Vater doch bestimmt so vor!«

»Also, das mit dem Namen kannst du vergessen. Ich heiße Störmer, und ich bleibe bei Störmer, ob verheiratet oder ledig. Kommt gar nicht in Frage, daß ich meinen Namen aufgebe!«

»Und einen Doppelname auch nicht.«

»Auf keinen Fall. Simone Wolff-Störmer, wie sich das anhört, furchtbar! Oder heißt es Störmer-Wolff? Ich weiß das nie. Jedenfalls ist beides schrecklich und überhaupt, ich kann Doppelnamen nicht leiden.«

»Dann sind wir uns ja wieder mal einig.«

Samstag nach Geschäftsschluß rief ihre Freundin Gaby an.

»Ulf-Dieter, dieser Scheißkerl!« fauchte Gaby. »Seit einer Woche hat er wieder bei uns im Haus gearbeitet und jetzt das!«

»Was?« fragte Simone leidlich interessiert.

»Also, ich war im Lager, Hosen aufbügeln.«

Simone mußte sich erst mal vergegenwärtigen, daß damit nicht das Plätten von Beinkleidern gemeint war, sondern das Aufhängen von Hosen auf Kleiderbügel.

»Wieso du?« fragte Simone, »das machen doch sonst die Auszubildenden.«

»Die hatten Schule. Ist doch auch egal! Ich war jedenfalls im Lager, und was höre ich?«

Simone wußte es nicht.

»Stöhnen. Aus dem Jeanslager. Ich natürlich nichts wie hin, gucken, was da abgeht. Und was sehe ich?«

»Ulf-Dieter«, vermutete Simone ins Blaue hinein.

»Richtig. Bumst eine Praktikantin von Herrenartikel auf einem Stapel Wrangler-Jeans. Der hat einfach keinen Stil! Wrangler-Jeans, ich bitte dich!«

»Geschmacklos!«

»Was ich dir sage.«

»Und weiter?«

»Ich konnte gerade noch an mich halten. Ich bin dann

schnell hoch und hab' dem Abteilungsleiter von Herrenartikel gesagt, ich hätte im Lager so komische Geräusche gehört, ob er nicht mal nachsehen könne. Ulf-Dieter war natürlich schwer blamiert. Kannst du dir denken, von wegen Unzucht mit Abhängigen und so. Das wird noch ein Nachspiel haben.«

»Du hast ihm keine Szene gemacht? Alle Achtung! Außerdem klingst du gar nicht so unglücklich. Wie kommt's?«

»Erst mal, weil mir das wahnsinnig peinlich wäre, wenn es im nachhinein rauskommt, daß wir ein Verhältnis hatten. In meiner Position. Die denken dann doch alle, wir hätten es auch im Lager getrieben, und das ist schließlich Grund genug für eine fristlose Kündigung. Und zweitens, habe ich, offengesagt, von Ulf-Dieter ohnehin die Nase voll gehabt. Irgendwie ist er ein Prol. Neuerdings«, Gabys Stimme wechselte nun ins Schwärmerische, »kommt mindestens einmal die Woche ein Kunde in meine Abteilung, der aussieht wie Robert Redford. Du verstehst?«

»Ist er etwa auch so alt wie Robert Redford?«

»Na und! Hauptsache, er macht mir ein unmoralisches Angebot!«

51. Kapitel

Am Montag morgen war Cäsar endlich wieder in seinem Büro. Sänger war bei ihm. Simone schärfte Frau Allerbeck ein, sie sofort anzurufen, wenn Sänger rauskäme. Dann rief Cäsar selbst bei ihr an. Er hatte das Telefon auf Freisprechen gestellt, was Simone wegen der schlechten Akustik höchst unangehm fand. Warum sie so einen Wind gemacht habe wegen des Grundstückkaufs? Erst sei Sänger bei ihm gewesen, und Händel läge ihm auch schon die ganze Zeit in den Ohren. Das ginge schließlich außer ihm niemanden etwas an.

Simone versuchte, ihn vom Gegenteil zu überzeugen, und erwähnte, daß der Artikel ziemliche Wellen in der Branche schlage. Es wäre sicher besser gewesen, er hätte das vorher mit ihr besprochen, dann hätte sie ihn zumindest auf die Konsequenzen so eines Presseberichtes hinweisen können.

»Kommt überhaupt nicht in Frage!« hörte sie Cäsar in der Tiefe des Raumes empört ausrufend. »Ich bin schließlich niemandem Rechenschaft schuldig!«

»Kann ich jetzt raufkommen? Ich muß dringend mit Ihnen sprechen.«

»Später!« Cäsar hatte aufgelegt.

Er sei mit Sänger zu der Ansicht gekommen, teilte ihr Cäsar in seinem Büro mit, die Sache noch unter Verschluß zu halten, um keine Unruhe im Haus entstehen zu lassen. Natürlich würde er keine neue Produktion aufbauen, sondern seinen Visionen folgen. Er sei froh, daß er seine Familie inzwischen umgestimmt habe, mit ihm dorthin zu ziehen.

Das schien Simone vergleichsweise irrelevant.

Sie fragte, wer von den Kollegen denn mit dorthin gehen solle. So genau wisse er das auch noch nicht, man solle sich überraschen lassen.

»Also ich werde ja sicher sowieso in der Zentrale bleiben, ich habe übrigens gerade ein Haus hier in der Nähe gekauft.«

»Dann haben Sie aber einen ziemlich langen Anfahrtsweg!«

»Stimmt. Es liegt etwas abseits. In Bargfeld, um genau zu sein.«

Cäsar schaute ihr direkt in die Augen. »Auf Feldwegen bis

Lauenburg. Das kostet zu viel Zeit. Kaufen Sie sich in der Nähe von Hamburg was Neues.«

Ob er das jetzt ernst gemeint habe, wollte sie wissen. Und was eigentlich mit den anderen sei, die auch hier ein Haus hätten.

Mehr könne er ihr jetzt dazu nicht sagen, das sei schließlich längst noch nicht alles unter Dach und Fach, erst ein Vorvertrag geschlossen und die Gemeindeversammlung müsse auch noch zustimmen. Bei den Politikern wisse man nie. Da hieße es, sich nicht zu früh freuen. Aber sie könne ruhig etwas mehr Begeisterung zeigen, schließlich würde auch ihr das neue Erfahrungen eröffnen. So unmittelbar bei der Aufbauphase dabeizusein, das müsse doch reizvoll sein.

Simone sah sich in Trümmerfrauen-Montur Stein für Stein ein altes Fabrikgebäude abtragen und fragte, um keinen Verdacht zu erregen, wann sie sich das Gelände denn mal ansehen könne. Er würde sie gelegentlich mitnehmen und jetzt habe er noch zu tun. Sie kündigte an, einen Plan auszuarbeiten, wie der Umzug intern vermittelt werden solle und ging.

Mit der Hauspost ließ sie Cäsar Vorschläge zukommen, wie der Plan eines zweiten Standortes am besten zu kommunizieren sei. Darin schlug sie unter anderem vor, mit allen Zipfel-Mitarbeitern einen Betriebsausflug zum Gelände zu unternehmen und dort ein Picknick zu organisieren.

Von Cäsar kam tagelang keine Reaktion darauf, aber Murx erzählte ihr, Cäsar habe die Idee, jedem der betroffenen Mitarbeiter frühmorgens einen Zettel auf den Schreibtisch legen zu lassen, in dem stünde, er würde in die Nähe von Hamburg gehen. Sie, Simone, könne da ja mal ein entsprechendes Schreiben aufsetzen, dächte Cäsar.

»Nur über meine Leiche!« entgegnete Simone. »Das soll er mir erstmal selbst sagen!«

In der Zwischenzeit war sie auf die Idee gekommen, den Titel der ZSP-Broschüre mit einem schönen Foto von Schlemmer-Artikeln zu schmücken, in das ganz klein eine Aufnahme einer real existierenden Passage eingeklinkt wurde. In einem Copy-Shop hatte sie abends zusammen mit Thorsten das komplette Layout farbkopiert, damit die Herren nicht wieder fragten, wieso das alles so langweilig schwarzweiß sei.

Dabei hatte ihr Thorsten vertraulich erzählt, er habe Cäsar zur Rede gestellt, wie er sich das denn mit dem zweiten Standort vorstelle. Die meisten hätten schließlich hier ein Haus abzuzahlen und schulpflichtige Kinder. Er selbst sei gerade erst in eine neue Wohnung gezogen und seine Freundin sei noch in der Ausbildung. »Dann suchen Sie sich eine neue Freundin, wenn wir erstmal umgezogen sind«, habe er gesagt. Ihm sei da regelrecht schlecht geworden. Cäsar ließe immer den Familienvater raushängen und ihm würde er vorschlagen, sich eine neue Freundin zu suchen, weil er, Cäsar, sich in den Kopf gesetzt habe, mit seiner Familie ins norddeutsche Flachland zu ziehen!

»Sieh es doch mal so«, hatte sie ihm geantwortet, »er hält dich offenbar für einen Casanova. Nimm es als Kompliment.«

»Da stellt sich optisch eine sehr gute Verbindung zum ersten Prospekt her, auf dem dieses Foto, wie Sie sich erinnern werden, ganzseitig auf dem Titel war«, erklärte sie Cäsar und Kopetzky bei der Präsentation des Prospekt-Layouts.

»Doch, sieht lecker aus!« kommentierte Kopetzky. Eine Entscheidung aus dem Bauch heraus. Kopetzky knurrte nämlich der Magen.

»Schön, dann machen Sie das so!« sagte Cäsar.

Simone war froh, daß ihre Ausarbeitung anstandslos akzeptiert wurde und wollte gehen. Cäsar hielt sie zurück und wartete, bis Kopetzky draußen war. Dann eröffnete er ihr, das mit dem Grundstück sei problematisch, die Gemeinde wäre gegen den Verkauf und es würde wohl nichts daraus. Cäsar wirkte betrübt und ausgelaugt. Er tat ihr schon fast leid. Simone dagegen war erleichtert, weil sie hoffte, das würde ihn von seinem Plan, das Unternehmen in zwei Standorte aufzusplitten, abbringen. Und dann hatte sie eine Idee.

»Sie sind doch so interessiert daran, in den Medien präsent zu sein. Was halten Sie davon, einmal an einem Medientraining für Manager teilzunehmen? Ich kümmere mich gerne um einen seriösen Veranstalter.«

»Meinen Sie, ich hätte es nötig?«

»Offengesagt: ja. Gerade, wenn man an einen Auftritt im Fernsehen denkt. Das will vorher trainiert sein.«

»Fernsehen!?« Cäsars Augen leuchteten. »Daran habe ich noch gar nicht gedacht. Ist wirklich wahr, ich sollte in der Tat im Fernsehen auftreten!«

»Aber nur, wenn Sie vorher so ein Seminar absolvieren! Dann besorge ich Ihnen einen Auftritt in einer Talkshow!«

Simone hatte im Sinn, Ilka zu überreden, Cäsar statt ihrer für die Talkrunde zum Thema Fleischkonsum zu akzeptieren. Sie konnte ihm ja ein buntes Sakko verpassen, wegen des ›Farbflecks‹.

»Grandios! In einer Talkshow! Das machen wir!« Cäsar war wieder munter. »Meinen Sie nicht, Sie könnten mir das auch beibringen?«

Simone schluckte ein »Nur das nicht!« herunter.

»Da sollten wir Profis ranlassen. Ich habe keine TV-Erfahrung.«

»Aber was das wieder kostet!«

»Das ist eine Investition in die Zunkunft, Herr Zipfel, Sie haben doch noch viel vor und brauchen die Unterstützung der Medien – haben Sie selbst gesagt.«

Marilyn erzählte ihr ganz aufgeregt, es hätten ein Herr Wolff und jemand aus New York für sie angerufen. Sie habe kaum etwas verstanden, die Frau habe sehr schnell gesprochen. Sie hätte der Frau verständlich gemacht, daß Simone in einem Meeting sei und sie es in einer halben Stunde noch mal probieren solle.

Simone wartete gespannt. Das Telefon klingelte, es war aber bloß Thorsten, dem sie versprach, ihm später zu erzählen, wie das mit der Broschüre gelaufen war. Dann stellte ihr Marilyn den erwarteten ›call from New York‹ durch.

»Wie aufregend!« meinte sie. »Ich lege dann auf.«

»Hi, this is Ruth, Mr. Newman's Personal Assistant«, meldete sich die Stimme von Übersee, »how are you?«

Simone lauschte angestrengt, obwohl die Verbindung ausgezeichnet war. Ein bißchen leise vielleicht. Ruth erklärte, sie habe schon bei ihr zu Hause angerufen und von Mister Wolff diese Nummer erhalten und warum sie denn nicht auf den Brief geantwortet habe. Simone hatte das in dem Chaos bei Zipfel völlig vergessen. Ruth wollte wissen, wann sie nach New York kommen könne, Mr. Newman, der Verleger von *Better Homes & Gardens*, wünsche sie zu sprechen. Simone sagte, das sei nicht so einfach, sie habe viele Termine und sei schwer abkömmlich. Ob sie nicht erstmal mit Mr. Newman telefonieren könne, damit sie wisse, um was es überhaupt gehe. Sie schlug Freitag vor, »past one thirty your time«, da sei sie zu Hause in Frankfurt erreichbar.

»War das geschäftlich?« fragte Marilyn, kurz nachdem Simone aufgelegt hatte.

»Mehr oder weniger«, antwortete sie diffus, »ich fahre jetzt zu dem Satzstudio, das die ZSP-Broschüre produzieren wird. Ich schätze, ich komme heute nicht mehr ins Büro zurück.«

Sie wollte anschließend endlich nach Bargfeld, um sich nach Handwerkern zu erkundigen.

Von der schmuddeligen Telefonzelle vor dem Haus rief sie am späteren Abend Arno an. Es regnete. In der Zelle staute sich die warme, feuchte Luft.

»Ich fürchte, ich habe eine Sommergrippe.« Arno klang, als spräche er mit einer Wäscheklammer auf der Nase. »Moment« – Simone hörte ein Niesen –, »da bin ich wieder.«

»Ich glaube, ich stecke mich schon vom Zuhören an. Liegst du im Bett? Nimmst du was ein?«

»Frau Glatzer...«, er mußte sich die Nase putzen, »Frau Glatzer hat mir einen unfehlbaren Kräutertee in die Hand gedrückt. Ich glaube, der hilft wirklich.«

Simone kicherte. »Sag bloß, du trinkst ihn.«

»Hab's halt ausprobiert. Man kann ja nie wissen.«

»Mein armer Arno!«

»Yolanda rief mich heute an, meinem Vater geht es nicht gut. Die Ärzte befürchten einen zweiten Herzinfarkt. Er ist zu Untersuchungen im Krankenhaus. Ich kann ja schon wegen des Fiebers nicht hinfahren.«

Sie bat Arno, Grüße auszurichten und sie auf dem laufenden zu halten. Wegen des mysteriösen Anrufs aus New York meinte Arno, da müsse man eben bis Freitag warten, und fragte, von zweimaligem Niesen unterbrochen, ob sie nicht früher kommen könne. Sie bedauerte, aber Clemens habe den örtlichen Marketing-Club zu einer Besichtigung und einer Sitzung eingeladen, da müsse sie noch etliches vorbereiten. Sie wünschte ihrem Liebsten gute Besserung und mußte prompt selbst niesen, als sie durch den Regen zum Haus zurücklief.

52. Kapitel

Freitags herrschte ab halb drei Aufbruchstimmung im vierten Stock der Firma Zipfel. Die Sachbearbeiterinnen blockierten die einzige Toilette auf dem Gang, in der kurz vor drei eine dicke Wolke aus Parfümspray hing. Simone hatte gerade Marilyn ein schönes Wochenende gewünscht und sortierte ihre Unterlagen in eine große Aktentasche, als das Telefon klingelte. Sie sah auf die Uhr. In fünf Minuten mußte sie weg, um den Zug nach Frankfurt zu erreichen. Sie hatte zwar Arnos Volvo immer noch in Hannover, plante aber, die Zeit im Zug zu nutzen, um sich auf einen Vortrag über Öffentlichkeitsarbeit vorzubereiten, den sie vor den Auszubildenden halten sollte.

Cäsar wollte sie sprechen. Sie hoffte, während sie nach oben ging, es käme nicht schon wieder Besuch, den Cäsar vergessen hatte, anzukündigen, und für den sie ein Unterhaltungsprogramm aus dem Hut zaubern müsse.

»Nächste Woche findet die Sitzung des Gemeinderates statt«, fing Cäsar unvermittelt an, »da wird dann über den Grundstückskauf entschieden.«

Simone wechselte unruhig das Standbein.

»Wenn Sie sich beeilen, bekommen wir noch einen Artikel in die Wochenendausgabe des *Lauenburger Kuriers*.«

Sie sah ihn entgeistert an.

»Über einen positiven Bericht in der Zeitung können wir ordentlich Stimmung machen. Die Politiker wollen schließlich wiedergewählt werden!«

»Und das fällt Ihnen jetzt erst ein, Freitag nachmittags um drei? Ich habe heute abend einen wichtigen Termin in Frankfurt.«

»Dann schreiben Sie schnell, dann sind Sie rechtzeitig dort!«

»Wohl kaum!« antwortete Simone.

»Je länger Sie hier stehen, desto später wird es!«

Stinkwütend ging Simone in ihr Büro zurück und warf den Computer an. Was Positives über Cäsar schreiben! Was sollte das wohl sein?

Sie informierte Arno, dem es schon besser ging, und kündigte an, später mit dem Auto zu kommen, da sie ja nicht wisse, wie lange sie für den Artikel brauchen würde. Dann rief sie beim *Lauenburger Kurier* an und erkundigte sich nach dem Redaktionsschluß: in einer Stunde, sonst sei der Platz verplant. Na wunderbar!

Fünfundvierzig Minuten später hatte Simone einen bewegenden Text über den liebenden Vater und erfolgreichen Unternehmer Cäsar Zipfel geschrieben, der als Knabe die betreffende Gegend auf einer Fahrradtour erkundet habe und seit dieser Zeit nichts sehnlicher wünschte, als sich dort mit seiner Familie und seinem Unternehmen anzusiedeln. Voller Ironie hatte sie sich die Story ausgedacht, nach dem Motto: »in die Wochenendausgabe muß ein Text für die ganze Familie«.

Sie suchte das Foto vom kleinen Cäsar mit den beiden 1A-Ringsalami raus und schrieb dazu die Bildunterschrift: *Diese von seinem Vater hergestellten Ringsalami waren die Wegzehrung auf der Fahrradtour des jungen Cäsar Zipfel von Hannover zu seiner Tante in Ratzeburg. Unterwegs lernte er die Schönheiten des Lauenburger Landes lieben, in dem er sich heute mit seinem Unternehmen niederlassen möchte.*

Kaum war der Text ausgedruckt, stürmte sie auch schon zu Cäsar ins Büro. Etwas erschrocken sah er auf.

»Hier, der Text!« rief sie ihm schon von der Tür aus entgegen.

»Jugendtraum eines erfolgreichen Unternehmers gefährdet. Politiker wollen verhindern, daß sich der Fleischwarenfabrikant Cäsar Zipfel im Kreis Lauenburg ansiedelt und neue Arbeitsplätze in dieser Region schafft«, las Cäsar laut die

Überschrift und die Unterzeile vor und zeigte sich beeindruckt. Er las stumm weiter und war am Ende fast zu Tränen gerührt.

»Nein, das haben Sie aber wirklich schön geschrieben! So lebensnah! Sehen Sie, es geht doch!«

Simone wies darauf hin, daß sie die allergrößten Probleme auf sich zukommen sähe, wenn er nicht endlich seine Mitarbeiter informieren würde. Sie habe das im Prinzip gegen besseres Wissen geschrieben. Ihr blieben jetzt aber nur noch fünf Minuten, um den Text durchzufaxen, sonst käme er nicht mehr ins Blatt.

»Dann los und schönes Wochenende!«

Mit dem Versprechen ewiger Dankbarkeit und der Ankündigung einer Schachtel Pralinen brachte sie Frau Allerbeck dazu, den Text mit dem kopierten Foto an die Zeitung zu faxen und einen Fahrer zu organisieren, der das Foto zum *Lauenburger Kurier* bringen würde.

Als sie kurz darauf im Auto saß, wußte sie nicht mehr, ob sie in der Hektik ihren Drucker ausgeschaltet hatte oder nicht. Sie fuhr auf die Autobahn und stand nach wenigen Kilometern bereits im Stau. Nichts ging mehr. Und im Auto wurde es immer heißer. Sie war kurz davor, ins Lenkrad zu beißen.

Auf der Überholspur entdeckte sie ein Mercedes Cabrio, in dem der Fahrer telefonierte. Simone kramte drei Lippenstifte aus der Handtasche, entschied sich für den knallroten und applizierte die Farbe. So gerüstet stieg sie aus und fragte den schon etwas reiferen Cabrio-Piloten, ob sie sein Telefon benutzen dürfe.

»So eine reizende junge Dame wie sie – aber immer!« Er reichte ihr den Apparat und erklärte ihr ungefragt den Umgang damit.

Simone lächelte ununterbrochen charmant. Über die Beifahrertür in den offenen Mercedes gelehnt, versuchte sie, Frau

Allerbeck zu verstehen. Ein Polizeiauto fuhr mit Sirenengeheul vorbei.

Ja, es klappe alles, konnte sie hören, und sie würde schauen, ob der Drucker aus sei. Dann bat Simone noch Frau Allerbeck, sie möge ihren Mann verständigen, sie stünde im Stau, die Nummer habe sie ja.

Erleichtert gab sie dem grauhaarigen Herrn den Hörer zurück. Er habe ihr das Leben gerettet, behauptete sie stark übertreibend. Einem Lebensretter müsse sie nun aber auch dankbar sein und sich mit ihm verabreden, entgegnete er und guckte lüstern. Ihr fiel siedendheiß ein, daß er über die Wahlwiederholung ihre Büronummer ablesen könne. Zum Glück hatte sie bei Frau Allerbeck nur »ich bin's noch mal« gesagt und nicht ihren Namen. Glaubte sie zumindest.

Die ersten Wagen fuhren wieder an. Sie wollte sich aus dem Staube machen. »Wie heißen Sie denn?« insistierte er.

»Vielen Dank noch mal«, rief Simone und stieg in den Volvo.

Dieser Stau blieb nicht der einzige. »Freitags Auto zu fahren ist die Hölle!« schimpfte sie und dachte an Mr. Newman, der bestimmt schon angerufen hatte. Als sie zu Hause ankam, wurde es schon fast dunkel. Sie schloß die Wohnungstür auf und stieß gleich gegen einen Stapel gepackter Bücherkartons. Verschwitzt und entnervt ließ sie ihre Taschen in der Diele fallen. Arno telefonierte im Wohnzimmer. Hektisch winkte er und sagte: »Hold the line!«

Simone nahm den Hörer und hörte nur das, wie es ihr schien, Rauschen des Ozeans.

»Simone, this is John«, meldete sich Mr. Newman aus New York.

»Sag schon, was wollte er?« drängte Arno nach dem Gespräch. »Du hast ja immer nur *yes* und *I'll think it over* gesagt!«

»Ich muß jetzt wirklich erst einmal dringend ins Bad!« entschuldigte sich Simone.

Arno ließ ihr einen kleinen Vorsprung und kam herein, als sie sich gerade wusch. Nackt und naß wie sie war, drückte er sie an sich. Ihre Brüste hinterließen feuchte Abdrücke auf seinem Hemd. Arno schnappte nach Luft.

»Deine Erkältung ist aber noch nicht viel besser«, stellte Simone fest. »Steck mich bitte nicht an!« forderte sie ihn auf, als ob er das unter Kontrolle hätte, und ausgerechnet, nachdem sie sich gerade minutenlang geküßt hatten.

Simone zog sich frische Sachen an. Arno saß auf dem Rand der Badewanne und sagte: »Ich höre dir zu!«

»Stell dir vor, er hat mir einen Job angeboten!« rief Simone, inzwischen in Shorts und BH, enthusiastisch. Sie gab dem verdutzten Arno einen Kuß auf die Schnupfnase. »Was sagst du dazu?«

»Wie, was, welchen Job denn?«

Sie zog sich ein T-Shirt an und setzte sich Arno gegenüber auf den Klodeckel.

»Irgend so was wie Koordinator der internationalen Ausgaben. John sagte, er habe schon damals an mich gedacht, als die deutsche Ausgabe eingestellt wurde, aber da sei die Stelle noch besetzt gewesen. Nun aber würde die Stelleninhaberin in Kürze ein Baby bekommen und aufhören. Und sie wollen auch wieder eine deutsche Ausgabe bringen, aber in einem großen Verlag. Und ich soll das alles koordinieren!« Sie hielt inne und strahlte Arno an. »New York, wir kommen, sage ich da!«

»Ist nicht wahr!«

»Ehrlich! Der galoppierende Wahnsinn!«

»Und was wird aus unserem Haus in Bargfeld?«

»Du hast doch selbst gesagt, das vermieten wir. An einen Arno Schmidt-Fan. Oder besser: wir behalten es als unser Pied-à-terre in Deutschland. Da kannst du deinen Laborkram unterstellen und die Bücher. Mensch, Arno, die Errettung aus der Wurstfabrik muß gefeiert werden!«

»Mir ist nicht so nach Feiern zumute, Simone. Meinem Vater geht es sehr schlecht. Er hat im Krankenhaus einen zweiten Infarkt bekommen. Glück im Unglück. Er kam sofort auf die Intensivstation.«

»Oh nein, wie furchtbar!« Sie setzte sich auf Arnos Schoß und nahm ihn in die Arme. Seine Kopf lag an ihrer Schulter. So saßen sie eng umschlungen, jeder in seine Gedanken vertieft.

»Was für ein Chaos!« dachte Simone, »immer alles auf einmal!«

53. Kapitel

Natürlich fuhren sie am nächsten Tag nach Düsseldorf, um Doktor Wolff im Krankenhaus zu besuchen. Er wirkte sehr blaß und hilflos. Mit all den Kabeln und Geräten, an die er angeschlossen war, schien er nicht mehr Herr seiner selbst zu sein. Arno und Simone trugen Kittel und einen Mundschutz. Alles wirkte wie aus einem Science fiction-Film.

Sie hatten Yolanda, die ununterbrochen bei ihm gewacht hatte, überredet, sich im Park etwas Bewegung zu verschaffen.

Arno hielt die Hand seines Vaters. »Setz dich zu mir!« forderte er Simone mit leiser, brüchiger Stimme auf. Er reichte ihr die andere Hand. Sie wirkte fast transparent. Simone hielt sie vorsichtig mit beiden Händen fest, in Sorge, an die Kanüle zu kommen, die in einer Vene steckte.

»Wenn man hier liegt, hat man viel Zeit zum Nachdenken.

Das Erschreckende ist, man denkt über eine Zukunft nach, an der man selbst nicht mehr teilhaben wird.«

»Du wirst wieder gesund!« sagte Arno mit feucht glänzenden Pupillen.

»Ich werde nie wieder richtig gesund sein. Da mache ich mir keine Illusionen. Yolanda habe ich versprechen müssen, daß ich die Firma aufgebe und wir in unser Haus in der Schweiz ziehen.«

Das Sprechen fiel ihm schwer. Er sah Arno in die Augen.

»Ich hätte Dich gerne zu meinem Nachfolger gemacht, aber du hast es vorgezogen, dich der Kunst zu widmen. Du bist deinen eigenen Weg gegangen. Ich weiß noch genau, wie empört du warst, als ich von dir verlangt habe, du solltest etwas Vernünftiges studieren, Medizin oder Jura. Vielleicht hast du es richtig gemacht und ich falsch. Wer will das entscheiden?« Erschöpft hielt er inne. »Nun bleibt mir nicht mehr viel Zeit, Dinge zu ordnen. Wenigstens will ich die Familie versorgt wissen. Kümmert euch bitte um Yolanda, wenn ich es nicht mehr kann. Ich habe sie immer beschützt, sie ist alleine so hilflos.« Er hielt einen Moment inne, um Kraft zu sammeln. »Ich möchte, daß ihr euch die Hand gebt und mir versprecht, bald zu heiraten!«

Arno sah Simone an. Das löste bei ihr die Tränen aus, die sie die ganze Zeit zurückzuhalten versuchte. In kleinen, lautlosen Bächen versickerten sie im Mundschutz. Mit der einen hielt sie weiter Doc Wolffs Hand, die andere Hand reichte sie Arno.

»Wir versprechen es!« gelobte Arno mit erstickter Stimme.

In der Grünanlage des Krankenhauses suchten sie nach Yolanda. Sie fanden sie völlig erschöpft an den Stamm eines Baumes gelehnt. Sie wirkte erschreckend gealtert. Yolanda erzählte ihnen, was die Ärzte gesagt hatten, und sie hoffte, Hansernst könne in ein paar Wochen wieder nach Hause.

Simone fiel auf, daß Yolanda zum ersten Mal ›Hansernst‹ gesagt hatte.

Sie wolle dann sobald als möglich mit ihm in ihr Haus am Vierwaldstätter See, damit er sich erholen könne. Er mache sich natürlich Sorgen um die Firma. Vernünftigerweise hätte er ja nach dem ersten Infarkt schon einen Geschäftsführer eingestellt, mit dem er inzwischen recht zufrieden sei. Sie hoffe sehr, das würde Hansernst beruhigen. Sie überredeten Yolanda, sie nach Hause zu fahren, damit sie etwas schlafen könne.

Simone brachte ihre Sachen ins Gästezimmer. Arno wohnte, wie immer, wenn sie in Düsseldorf waren, in seinem ehemaligen Jugendschlafzimmer. Simone fand ihn dort, versonnen auf seinem Bett sitzend. An den Wänden hingen Bilder von ihm. Zwei ungegenständliche Gemälde aus der Zeit auf der Kunstakademie in Paris, eine sehr schöne Aktzeichnung und ein frühes Schwarzweißfoto einer Pariser Pferdemetzgerei im Stil der dreißiger Jahre. Im Regal stand die ganze Reihe der Time-Life-Fotobücher, die ziemlich zerfleddert waren, daneben einige alte, nicht mehr funktionstüchtige Kameras, die er als Jugendlicher auf Flohmärkten gekauft hatte. Die Luft im Zimmer war stickig, und Simone öffnete das Fenster.

»Du machst dir Sorgen um deinen Vater.«

»Ja, sicher. Ich hätte nicht so egoistisch sein sollen. Möglicherweise wäre aus mir ein passabler Buchhalter geworden!«

»Juniorchef!«

Yolanda kam herein. »Wieso sitzt ihr nicht auf der Terrasse?« Sie konnte vor Übermüdung nicht schlafen.

Sie nahm auf dem zweiten der kleinen mit Blumenstoff bezogenen Cocktailsessel Platz. Simone stellte sich zu den Sesselchen immer einen weißen Königspudel vor, doch die Wolffs hatten nie einen Hund gehabt.

»Kinder, mir geht so viel durch den Kopf. Ich habe wirklich

Angst. Wie soll das bloß alles weitergehen? Ich darf gar nicht daran denken, daß Hansernst mal nicht mehr sein könnte.«

Arno nahm die Hand seiner Mutter und streichelte sie beruhigend. »Er wird bestimmt wieder gesund. Mach dir nicht so viele Sorgen!«

Yolanda sah Arno dankbar an. »Es ist mir ja ein wenig unangenehm, das anzusprechen, aber hat er mit euch über eine Heirat ...? Er wollte es zumindest.«

»Hat er«, antwortete Arno knapp und sah betreten auf den flauschigen Teppichboden.

»Ich hoffe, ihr habt Verständnis dafür, daß in der jetzigen Situation eine Feier ganz unmöglich ist.«

Arno und Simone guckten Yolanda groß an.

»Doktor Wolff ist zu krank. Dann der ganze Presserummel, die Leute, die wir einladen müssen, das geht auf keinen Fall! Andererseits können wir auch keine kleine Feier machen, dann sind wieder so viele pikiert, daß sie nicht gebeten wurden. Wenn es euch nichts ausmacht, würde ich eine Hochzeit im Ausland vorschlagen. Als Geschenk natürlich«, beeilte sie sich, hinzuzufügen, »inklusive Hochzeitsreise, alles in einem sozusagen. In der Karibik zum Beispiel. Ich meine, was sollen wir euch ein teures Wedgwood-Service schenken, das erbt ihr ja sowieso mal.«

Arno und Simone waren platt. Geistesgegenwärtig erklärte Simone, im Prinzip fände sie das sehr nett, zumal ja sicher ihre eigene Mutter sowieso nicht dabeisein könnte, wenn sie hier heiraten würden. Sie würden eine stille Trauung ohne große Feierlichkeiten bei weitem vorziehen, aber ob sie überhaupt heiraten würden, darüber sei das letzte Wort noch nicht gesprochen.

Simone schlug Arno vor, er solle noch ein paar Tage bei seiner Mutter bleiben, sie selbst würde am Sonntag von Düsseldorf aus nach Hannover fahren.

»Es tut mir so leid, daß du kein richtiges Wochenende hattest, du siehst ziemlich mitgenommen aus«, sagte Arno zum Abschied.

»Mir geht es gut. Mach dir keine Gedanken um mich.«

»Durch die Sorgen um meinen Vater haben wir ganz vergessen, über das Angebot aus New York zu sprechen.«

»Jetzt kümmere dich erst mal um deine Eltern, das mit dem Job besprechen wir später.«

Ganz so gelassen, wie sie Arno gegenüber getan hatte, war sie allerdings nicht. In New York zu arbeiten war ein traumhaftes Angebot, aber auch nur, wenn sich Arno entschließen würde mitzugehen. Auf der anderen Seite hatten sie jetzt dieses Haus gekauft. Vielleicht blieb Cäsar Zipfel ja doch in Hannover.

Das Problem war der Zeitdruck. John Newman erwartete ihre Entscheidung innerhalb von zwei Wochen, weil er sich sonst anderweitig umsehen müßte. Und außerdem lief Ende des Monats ihr halbes Jahr Probezeit bei Zipfel ab.

Sie fuhr an eine Raststätte, trank einen dünnen Kaffee und rechnete: Bei *Better Homes & Gardens* sollte sie spätestens im Januar anfangen. Bei einer dreimonatigen Kündigungsfrist innerhalb der Probezeit blieb ihr ein Monat plus der ihr zustehenden Urlaubstage, um ihre Angelegenheiten zu regeln und in die USA zu ziehen. Und das ausgerechnet mitten im Winter! Wie gerne würde sie endlich Urlaub machen! Meine Güte: Karibik! Das wäre es jetzt! Um sie herum saßen nur Familien, die gerade aus den Ferien kamen oder in die Ferien fuhren. Die Kinder quengelten. Die Väter riefen »Ruhe jetzt!« und die Mütter wischten den Kleinsten Essensreste aus den Gesichtern.

54. Kapitel

Thorsten kam am Montag gewohnheitsmäßig gegen neun Uhr zu ihr ins Büro, um, wie Simone annahm, die Lage auf dem Stellenmarkt zu ventilieren. Schon als er mit seiner Kaffeetasse in der Hand die Tür öffnete, strahlte er übers ganze Gesicht.

»Ich habe einen neuen Job in Aussicht! Ist das nicht toll?«

Simone gratulierte und überließ sich Thorstens detailreicher Erzählung. Da sie mit ihren Gedanken zunehmend woanders war, bekam sie nur mit, daß es sich um eine interessante Position bei einem in der Region ansässigen großen Automobilkonzern handelte. Thorsten war selig, endlich sein Lieblingsthema Autos zu seinem Beruf machen zu können. Er schwärmte ohne Unterlaß. Natürlich würde er lieber bei einem italienischen Automobilhersteller anfangen, aber man könne es sich nicht aussuchen. Endlich müsse er sich von Cäsar nichts mehr gefallen lassen.

»Dann lasse ich es drauf ankommen, ich kann ja sowieso erst zum Ende des Quartals kündigen. Vielleicht wirft er mich vorher raus, dann bekomme ich noch eine Abfindung! Das wäre das Größte! – Sag doch mal was!«

»Schön für dich!« Sie entschuldigte sich für ihre mangelnde Begeisterungsfähigkeit mit der Sorge um Arnos Vater.

Marilyn brachte die Post mit dem Belegexemplar des *Lauenburger Kuriers*. Simone riß den braunen Umschlag auf und fand den Artikel-Anfang gleich auf der ersten Seite, die Fortsetzung im Lokalteil. Sie hatten ihren Text wortwörtlich übernommen und das Foto des kleinen Cäsar zweispaltig eingerückt. Simone las vor, bis sie einen Schluckauf bekam. Thorsten entriß ihr die Zeitung, las zu Ende und brüllte vor Lachen, als er die Bildunterschrift entdeckte.

»Der Scherz wird dich den Kopf kosten! Aber es hat sich gelohnt!«

»Unsinn«, antwortete Simone, »Cäsar hat den Artikel vor der Veröffentlichung gelesen und war ganz gerührt. Beinahe hätte er sogar Danke gesagt, aber nur beinahe!«

Sie erklärte die Sache mit der Gemeindeversammlung und daß Cäsar habe Stimmung für sich machen wollen.

»Na, das ist wahrhaftig gelungen!« prustete Thorsten.

Simone rief jeden Tag in Düsseldorf an, um sich nach dem Befinden von Doc Wolff zu erkundigen. Am Mittwoch war Arno noch im Krankenhaus und Yolanda am Apparat. Sie sagte, er sei über den Berg. Er hätte schon nach einem Telefon im Zimmer verlangt, was sie den Schwestern strengstens untersagt habe. Und sein Handy habe sie im Safe eingeschlossen.

Auf den Gängen bei Zipfel war die Hölle los, denn natürlich wußte inzwischen der letzte Sachbearbeiter von Cäsars Umzugsplänen. Im Prinzip eine funktionierende Unternehmenskommunikation!

Murx sprach sie an, als sie gerade am Fotokopierer stand. Sie gingen in ihr Büro.

»Wie stehen Sie denn zu den Plänen von Cäsar?« fragte er unverblümt.

»Tja«, sagte Simone und überlegte, wie sie sich aus der Affäre ziehen sollte. War aber nicht nötig, denn Murx redete gleich weiter.

»Mich hat er natürlich längst eingeweiht. Wir besprechen ja alle wichtigen Entscheidungen. Ich dürfte das eigentlich nicht sagen, aber schon finanziell hat er sich mächtig übernommen. Ich habe da ja Einblick. Und ganz unter uns, er denkt, ich würde mit ihm da hoch gehen. Das funktioniert natürlich nicht. Ich bin schließlich für alle Firmen der Gruppe tätig.« Er schob seine Brille hoch. »Sie doch auch! Und sie will er doch sicher gleich mitnehmen. Kündigen Sie jetzt?«

»Sie wissen doch, noch ist die Sache nicht hundertprozentig. Deshalb möchte er auch nicht, daß darüber spekuliert wird.«

»Der bekommt doch immer, was er will. Na, ich wollte ja auch nur mal wissen, wie Sie darüber denken.«

Am Donnerstag sprach sie bei Cäsar vor, um zu erfahren, wie die gestrige Gemeindeversammlung ausgegangen sei. Er wisse es auch noch nicht, aber Dr. Neubert habe Kontakt zu einem Politiker. Er wolle sofort noch mal versuchen, Neubert anzurufen, was er in ihrer Gegenwart auch tat. Während des Gesprächs hellte sich sein Gesicht auf. Offenbar hatte es geklappt. Der Verwirklichung von Cäsars Visionen stand nichts mehr im Wege.

Arno war wieder nach Frankfurt gefahren. Sie erreichte ihn spät von der Telefonzelle aus. Er berichtete ihr, daß sich am nächsten Tag die ersten Nachmieter vorstellen kämen. Da auf ihrer Telefonkarte kaum noch Einheiten waren, mußte sie sich kurzfassen. Cäsar habe das Grundstück und sie müsse dringend am Wochenende mit ihm darüber sprechen, wie es weitergehen solle.

Bereits am Freitag war Cäsar überhaupt nicht mehr zu bremsen. Er ließ Simone schon ausrufen, als sie morgens um acht das Firmengebäude betrat. Frau Mohr teilte ihr mit, er warte seit einer halben Stunde auf sie. Sie solle besser gleich nach oben fahren. Simone trug ihr statt dessen auf, Frau Allerbeck zu sagen, sie käme gleich, und ging erst mal in ihrem Büro vorbei.

»Da sind Sie ja endlich!« begrüßte Cäsar sie in bester Laune. »Wir haben viel zu besprechen. Also, ihr Artikel war ja der Knüller! Selbst Dr. Neubert war begeistert! Ach, wußten Sie übrigens«, fragte er aufgeräumt, »daß er ein Verhältnis mit ihrer Sekretärin hat?«

»Sicher«, antwortete Simone, »er hat ihr ja wohl die Ehe versprochen.«

Cäsar guckte sie ungläubig an.

»Ich habe schon Pläne gemacht, wie ich das Grundstück umgestalten will. Die alten Fabrikhallen kann man kostengünstig in Büros umbauen, da muß man nur Zwischenwände einziehen. Waschräume gibt es auch, ist also alles kein Problem. Im Februar können wir einziehen.«

»Ich dachte, Sie wollten alles abreißen und neu bauen?«

»Haben Sie eine Ahnung, was das kostet? Erst mal baue ich ein Haus für meine Familie, und dann sehen wir weiter.«

»Sind denn die anderen inzwischen informiert?«

»Die erfahren das alles noch früh genug.«

Er schwelgte in seinen Visionen, ohne auch nur einen Gedanken daran zu verschwenden, ob ihm seine Mannschaft überhaupt folgen würde. Zusätzliche finanzielle Anreize zu geben, könne er sich nicht leisten, meinte er. Das Grundstück wäre teuer genug. Und bei den Umbauten könne jeder mal mit anpacken, da hätten sie das doch schnell eingerichtet. *Sie* würde das schon richtig vermitteln.

Es sei schließlich seine einsame Entscheidung, das Unternehmen aufzuteilen, also müsse er auch dazu stehen und könne das nicht auf andere abwälzen, sagte sie ihm, wohl wissend, daß er Konflikten gerne aus dem Weg ging. Das hatte sie ja live mit Lydia Balmer erlebt. Sie hatte sich schließlich mit ihr endlos herumgestritten, bis sie endlich die Unterlagen rausrückte, die Zipfel zustanden. Cäsar hatte immer nur gesagt: »Sie machen das schon!«

Daß seine Mitarbeiter an letzter Stelle kamen, fand Simone mal wieder typisch. In einer Fabrikruine wollte sie jedenfalls nicht arbeiten und fragte aus gegebenem Anlaß: »Und was ist mit mir?«

»Na, Sie kommen natürlich mit! Hab' ich Ihnen doch schon gesagt.«

»Ich kann doch nicht die Kommunikation der Firmengruppe von einer alten Lagerhalle aus machen, wenn der Hauptsitz hier ist!« gab sie zu bedenken.

»Ach was, da wo ich bin, spielt die Musik! Und da wird es noch viel zu tun geben. Ich werde die Gegend da oben aufmischen, daß man es bis Hamburg hört!«

Kaum war sie wieder in ihrem Büro, kam Marilyn mit roten Augen herein.

»Haben Sie etwa geweint?« fragte Simone mitfühlend.

»Ach ja«, seufzte sie, »ich habe mir eben einen Fingernagel abgebrochen!« Sie hielt Simone das Unglück unter die Nase.

»Na, wenn das alles ist!« stöhnte Simone gequält.

»Nein, weshalb ich eigentlich hier bin. Also der Peter, sie wissen schon, also, ja ...«

»Ja, was denn?« fragte Simone.

»Na, wie soll ich sagen? Also, offengesagt, ich kündige.«

»Ach was? Wieso denn das auf einmal?«

»Der Peter hat gesagt, ich brauche da nicht mit in die Pampa zu gehen. Ich könne bei ihm im Büro anfangen. Natürlich nur vorübergehend. Bis die Scheidung durch ist und wir heiraten.«

»Weiß es Cäsar schon?«

»Ich denke mal, Peter wird es ihm schon gesagt haben.« Marilyn stand auf. »Ach ja«, was ich beinahe vergessen hätte, »er wollte sich dafür einsetzen, daß ich sofort aus dem Vertrag rauskomme. Das macht doch nichts, oder?«

»Och nö, was sollte das machen?« fragte Simone kurz vor einem Schreikrampf.

Als Marilyn draußen war, griff Simone in die Handtasche und zu einer bewährten Glatzer-Geheimwaffe. Sie schluckte drei Magnesiumkapseln auf einmal. Magnesium half gegen

Streß. Normalerweise nahm sie allerdings nur eine Kapsel. Dann ging sie zu Thorsten.

»Du wirst es nicht glauben«, begrüßte er sie, »ich war eben dabei, wie Händel und Cäsar darüber gesprochen haben, ein Picknick auf dem neuen Grundstück zu veranstalten. So, als hättest nicht du das vorgeschlagen, sondern als sei das Händels Idee gewesen. Und er schickt auch die Einladungen raus. Aber selbstverständlich nur an einen ausgewählten Kreis. Und was glaubst du, wer mitfahren soll?« Er wartete ihre Antwort gar nicht erst ab. »Dr. Neubert, Sänger, Händel und noch ein paar andere, die überhaupt nicht nach Lauenburg gehen! Gute Idee, nicht? Die machen sich da einen netten Herrenabend!«

Matt sagte Simone: »Marilyn hat gerade gekündigt.«

»Na und? Gehen wir nicht alle eher früher als später? Die hat doch nie groß was gearbeitet, immer nur rumintrigiert im Haus und ihre Beziehung zu Neubert weidlich ausgenutzt. Sei doch froh, daß du sie los bist! Aber 'ne Neue kriegst du natürlich nicht, jedenfalls nicht für hier. Die stellt Cäsar dann erst da oben ein.«

»Dir ist das egal, aber ich muß sie dann wieder einarbeiten. Ich halte es nicht mehr aus.«

»Was sagt eigentlich Murx zu der ganzen Sache?«

»Vom juristischen Standpunkt?«

»Quatsch. Ich meine, geht der mit oder nicht? Also, Kopetzky ist etwas stinkig deswegen, aber er führt ja ohnehin eine Wochenendehe, und dem ist es letztlich Jacke wie Hose, ob er von hier nach Hause fährt oder von da oben.«

»Thorsten«, sagte Simone, »das ist mir jetzt scheißegal. Ich hab' ein Haus in Bargfeld und ein Angebot, nach New York zu gehen, und ich weiß nicht, was ich machen soll.«

Thorsten bekam große Augen und ließ den Mund offenstehen.

55. Kapitel

Auf der Fahrt nach Frankfurt mußte Simone grinsen. Thorsten hatte wirklich geguckt wie ein Auto und dann gleich gefragt, was es denn da noch zu überlegen gäbe. Er hatte ja recht.

Sie stellte sich vor, wie sie ihre Kündigung in einem braunen Hauspostumschlag in den fünften Stock bringen würde und dann in ihrem Büro säße, um darauf zu warten, daß die Bombe detonierte. Cäsar hatte schließlich das Kündigen als Hobby und haßte es, wenn ihm jemand den Spaß verdarb. Sie formulierte in Gedanken schon mal die passende Pressemitteilung: *Der visionäre Unternehmer Cäsar Zipfel, der mit seinem Bruder Clemens Zipfel in wenigen Jahren ein Fleischwaren-Imperium aufbaute und der erst vor kurzem ein Grundstück im Lauenburger Land erwarb, um dort noch einmal etwas ganz Neues aufzubauen, mußte heute in eine Nervenklinik eingeliefert werden. Bei einer Nachricht, die ihn per Hauspost ereilte, geriet er in Raserei und konnte nur von zwei kräftigen Herren, die ihn in eine Zwangsjacke steckten, beruhigt werden. Der Auslöser für diese Krise war die Kündigung seiner Kommunikations-Managerin Dr. Simone Störmer.*

Ob er wohl darauf bestehen würde, daß sie gleich ihre Sachen packte? Simone tendierte zu der Annahme, er würde sie so lange arbeiten lassen, wie er ihr Gehalt zahlen mußte. Und dann endlich Urlaub! Morgen würde sie ins Reisebüro gehen und sich Prospekte holen.

Ihre Phantasien wurden jäh unterbrochen durch das hinter einer Kurve unerwartete Ende eines Staus. Sie kam rechtzeitig zum Stehen und fluchte vor sich hin. »Schon mal was von einer Warnblinkanlage gehört? Blödmann!«

Sie dachte darüber nach, wie sich Arno entscheiden würde. New York hatte für ihn weniger Reiz als für sie. Und gerade jetzt, wo es seinem Vater gesundheitlich schlecht ging, würde er vielleicht in seiner Nähe bleiben wollen. Sie wollte wiederum nicht ohne Arno in die USA gehen. Das mit der Karriere war schön und gut, aber nicht um den Preis, auf ihren Arno zu verzichten. Und in Frankfurt saßen sie ja praktisch schon auf gepackten Umzugskisten, da konnten sie die Sachen auch gleich irgendwo einbunkern oder nach New York verschiffen. Oder würde Arno die Wohnung lieber behalten wollen? Oder das Haus? Meine Güte, war das alles verfahren!

Als sie in Frankfurt ankam, war ihr beklommen zumute. Die Stunde der Entscheidung! Sie schloß die Wohnungstür auf und hörte es in der Küche rumoren. Das durfte doch nicht wahr sein! Lutger war zurück! Doch da stand tatsächlich ihr Arno am Herd und kochte! Sie umarmten sich so lange, bis ein Topfdeckel klapperte.

»Essen ist gleich fertig. Zieh dich nur um, aber geh nicht ins Wohnzimmer!«

Simone gehorchte, viel zu erstaunt, um Fragen zu stellen.

»Bist du soweit?« fragte Arno von der Küchentür aus.

»Ich komme!« rief sie aus dem Bad.

Er führte sie ins Wohnzimmer. Auf dem gedeckten Tisch stand Champagner kalt, und eine Kerze brannte, obwohl es draußen noch ganz hell war.

»Arno! Was ist los?« Völlig verblüfft ließ sich Simone auf dem Sofa nieder. Arno hockte sich vor sie.

»Liebe Simone«, begann er ungewohnt offiziell, »wir sind schon viele Jahre miteinander sehr glücklich, und ich könnte mir nichts Schöneres vorstellen, als mit dir hundert Jahre alt zu werden. Ich liebe dich sehr und möchte immer mit dir zusammen sein. Willst du mich heiraten?«

Arno nestelte ein kleines Päckchen aus seiner Hosentasche und überreichte es ihr.

Simone küßte ihn so stürmisch, daß er das Gleichgewicht verlor. Und da sie nun schon auf dem Teppich lagen ...

»Willst du es denn nicht auspacken?« Arno wies auf das Schächtelchen, das Simone auf dem Sofa abgelegt hatte. Sie zog das weiße Satin-Schleifchen auf. »Tiffany« stand darunter. Sie hielt einen Moment gespannt inne und öffnete dann erst den Deckel.

»Was für ein wunderschöner Ring!« Sie fiel Arno erneut um den Hals. »Und du hast ihn alleine ausgesucht!«

»Ich hoffe, er paßt!«

Simone probierte ihn an. Er saß wie für sie angefertigt. Der Brillant glitzerte, wenn sie die Hand bewegte. Sie war ganz stumm vor Rührung, sah immer nur abwechselnd auf den Ring und auf Arno, der ein bißchen verlegen vor ihr stand.

»Jetzt trinken wir einen Schluck!« beschloß er und goß Champagner ein. Er reichte ihr das Glas und sagte: »Den Ring können wir übrigens bei Tiffany in New York umtauschen, falls er dir nicht gefällt.«

»Heißt das, du kommst mit nach New York?«

»Soll ich nicht?«

»Doch! Ohne dich würde ich gar nicht gehen. Du bist ein Schatz. Ich liebe dich.«

»Ich dich auch. Laß uns auf unsere gemeinsame Zukunft anstoßen.«

»Auf uns und eine aufregende Zukunft!«

Epilog

Kurz vor Ablauf ihrer Zeit bei Zipfel fand Simone einen Käufer für das Haus in Bargfeld. Ihren Hausstand transportierten sie in zwei Lastwagen mit Hänger von Frankfurt nach Düsseldorf. Zum Glück war eine alte Lagerhalle der Firma Wolff frei. Mitte November flogen sie nach New York, um dort zu heiraten. Lutger ließ es sich nicht nehmen, sie zu begleiten, und fungierte als Trauzeuge. Zur Hochzeit schenkte er ihnen ein romantisches Essen zu dritt in einem Restaurant über den Dächern von Manhattan. Ihre Flitterwochen verbrachten Arno und Simone ohne Lutger auf Hawaii. Arno entdeckte den großen Flohmarkt am *Aloha Stadium* von Honolulu und wäre am liebsten dort geblieben. Simone verliebte sich spontan in das leicht verfallene Herrenhaus einer ehemaligen Ananasfarm. Zum Glück kam diesmal kein Makler vorbei. Mitte Dezember trafen sie Mr. Newman im verschneiten New York. Er eröffnete ihnen, daß die Redaktion von *Better Homes & Gardens* aus Kostengründen in Kürze nach Des Moines, Iowa, umsiedeln würde. Simone bekam einen Lachkrampf.